王向遠教授

學術論文選集

● 第八卷 ●
日本侵華史與侵華文學研究

《王向遠教授學術論文選集》
編輯委員會

編輯弁言

萬卷樓圖書股份有限公司與王向遠教授部分的學生，組成編輯委員會，於王向遠教授從事教職滿三十週年（1987-2016）之際，推出《王向遠教授學術論文選集》。

《王向遠教授學術論文選集》是王向遠教授的論文選集，選收一九九一至二〇一六年間作者在各家學術刊物公開發表的學術論文二百二十餘篇，以及學術序跋等雜文五十餘篇，共計兩百五十餘萬字，按內容編為十卷，與已經出版的《王向遠著作集》全十卷（寧夏人民出版社，2007年）互為姊妹篇。

各卷依次為：

第一卷《國學、東方學與東西方文學研究》

第二卷《比較文學學科理論研究》

第三卷《比較文學學術史研究》

第四卷《翻譯與翻譯文學研究》

第五卷《日本文學研究》

第六卷《中日現代文學關係研究》（上）

第七卷《中日現代文學關係研究》（下）

第八卷《日本侵華史與侵華文學研究》

第九卷《日本古典文論與美學研究》

第十卷《序跋與雜論》

以上各卷所收論文，發表的時間跨度較大，所載期刊不同，發表時的格式不一。此次編入時，為統一格式原刊有「摘要」（提要）、關鍵詞等均予以刪除；「注釋」及「參考文獻」一般有章節附註與註腳

兩種形式，現一律改為註腳（頁下註）。此外，對發現的錯別字、標點符號等加以改正，其他一般不加改動。

　　感謝王向遠教授對本書編輯出版的支持，也感謝本書編委會諸位成員為本書的編校工作及撰寫各卷〈後記〉所付出的辛勞。

萬卷樓圖書股份有限公司

二〇一六年六月

目次

日本對華文化侵略的特徵、方式與危害[1]

一

　　日本對中國的文化侵略──這是個歷史問題，然而作為歷史研究，卻又是一個新課題。

　　日本對中國的侵略，有軍事入侵、經濟掠奪和文化侵略等種種方式。對中國讀者而言，關於日本對華軍事侵略和經濟掠奪的歷史材料的整理和介紹，已經較為充分了。但是，關於日本對中國的文化侵略，卻極少有人來進行專門的研究。一九二七年，《現代評論》雜誌第五卷第一〇六號發表了署名「執無」的文章〈日本的文化侵略〉，算是第一次明確地提出了「日本的文化侵略」問題。一九四〇年，上海商務印書館出版了著名記者任白濤先生的題為《日本對中國的宣傳政策》一書，雖然只是一本五萬來字的小冊子，但作為日本對華文化侵略問題的專書，應該說是前無古人，而且在此後半個多世紀中也可以說是「後無來者」的。除此之外，迄今為止中國學者對日本文化侵略問題只是在軍事侵略、經濟掠奪的研究中順便提到，卻沒有專門、系統的研究著作。因此，當代中國讀者對這個問題所擁有的知識，與這個問題的嚴重性是遠遠不相稱的。必須看到，近現代日本對中國的侵略是全方位、多層面的，正如日本的許多侵華理論家所強調的，那不僅是一場軍事的戰爭，而且是一場「文化戰」、「思想戰」。近代日

1　本文原載《北京社會科學》（北京），2005年第1期。

本對中國的侵略已經不同於十五至十七世紀倭寇在東南沿海地區的搶劫騷擾，而是以長期占領中國，將中國殖民地化（即所謂「皇化」）為目的。換言之，日本發動戰爭的目的，不僅是要抗日的中國人的「命」，而且更要中國人的「心」。前者靠刺刀槍炮就能辦到，後者卻需要利用「文化」這把軟刀。因此，在日本侵略中國的整個過程中，「文化侵略」作為侵略的一種方式和途徑，是與軍事侵略、經濟掠奪相始終的。不過，人們即使認識到了這一點，在學者們尚未能提供豐富翔實的歷史資料並做出系統的分析研究的情況下，要一般人說出日本對華文化侵略的來龍去脈，恐怕有諸多困難。所以可以說日本對華文化侵略問題對中國一般讀者來說還是較為陌生的。當然也同時說明，這個問題的研究是迫切和必要的。

　　「文化侵略」是一種「侵略」。什麼是「侵略」？日本出版的種種字典上的解釋大體相同。如大修館《明鏡國語辭典》的解釋是：「某國行使武力，侵犯他國的主權；或攻入他國，奪取其土地與財物。」這些解釋主要是對「軍事入侵」和「經濟掠奪」而言的侵略。縱觀近現代帝國主義侵略史，「侵略」往往並非純武力的侵略，也必然伴隨著文化的侵略。日本對中國的侵略尤其如此。在現代日語中也有「文化侵略」這樣一個詞組，其意思是「文化的侵略」，即利用「文化」的手段，為「侵略」服務。但是，當年日本人並不把「文化侵略」叫作「文化侵略」，而是稱為「文化方策」、「思想戰」、「宣傳戰」或「思想宣傳戰」、「在支文化事業」之類。說法不同，實質一樣，本書都把它們歸結為「文化侵略」。本來，「文化」是指超越物質實體的觀念的、精神的東西，主要包括思想意識、學術研究、文學藝術、輿論傳媒、宗教信仰、語言教育等等。這些東西本身並不是「武力」，在通常狀態下，它們具有軟性特徵，因而「文化」本身絕不可能直接用來奪取他國領土、殺戮他國人民。但是，當「文化」被用來為武力侵略服務的時候──包括事先製造侵略他國的思想輿論，對將

來武力侵略他國的可能性和必要性進行種種學術意味的設想、研究和論證；或在戰爭中為侵略進行宣傳、辯護；或在占領他國的條件下，以奴役被侵略國的人民為目的，蓄意歧視、污蔑、毀損、破壞、掠奪對象國的文化，並將自國的思想觀念、宗教信仰、文化設施、自國的語言文學等強加於對象國，——這些「文化」的行為都構成「文化侵略」。日本對中國的文化侵略，就具備了這些特徵。因此，在本書中，所謂「文化侵略」是日本侵華史上的一種客觀存在，而不是一個虛擬的抽象概念。而且，日本對華「文化侵略」的歷史比武裝侵略的歷史更長，在日本對華侵略中所起的作用也非常巨大。

二

歷時地看，日本對華文化侵略有兩個歷史階段。

第一個階段，就是對將來用武力侵略中國的可能性和必要性，進行種種學術意味的設想、研究和論證，事先製造侵略中國的思想輿論。

眾所周知，日本人覬覦中國，由來已久。十六世紀末武士幕府大將軍、軍事冒險家豐臣秀吉發動侵略朝鮮的戰爭的根本目的是以朝鮮為跳板「直搗大明國」，把中國納入日本的版圖。中朝的八年抗戰使豐臣秀吉遭到可恥失敗，也使日本在此後的二百多年中不敢冒然大舉犯華，但這並不意味者日本放棄了侵略中國的野心。恰恰相反，日本不少在野民間人士，自發性地通過種種方式，不斷地對日本侵華的必要性、可能性和可行性，進行種種試探和研究。有的通過文藝的形式表達和宣洩侵華意念與幻想，有的則通過學術研究的方式為侵華出謀劃策，提出了系統的侵華理論和方略，並以此對在朝當權者和日本民眾施加影響。其中，最早通過文藝的形式表達侵華意念的是十七世紀日本著名戲劇家近松門左衛門。他在大型歷史劇《國姓爺合戰》中讓日本武士開進南京，在中國土地上建立了日本人統治的王國。到了十

九世紀初年，佐藤信淵在《宇內混同祕策》一書中提出由日本來統一世界是神所賦予日本的一種使命，由此設計出了一個周密的入侵和占領中國的計畫「祕策」，並論述了如何「攻取」中國的具體方法和步驟。不久之後，被後人稱為幕末維新志士的吉田松陰，在明治維新前夕又提出了「墾蝦夷，收琉球，取朝鮮，拉滿洲，壓支那，臨印度」的狂妄設想，認為日本對外擴張的第一步，應是「割取朝鮮、滿洲與支那」，為此後日本走向近代軍國主義國家之路，產生了不可忽視的巨大影響。

　　明治維新後，日本進入了一個新的歷史時期，日本的侵華理論也呈現出了新的表現形態。即由此前的「紙上談兵」——在書齋裡提出侵略主張和實施方略——演變為侵華理論與侵華戰爭的互動。著名私塾先生與民間報人福澤諭吉，以一個學者文人特有的方式，打著「文明」論的幌子，極力為對華戰爭尋找理論根據，他宣稱日本已經是一個和西方列強一樣的「文明」國家，中國及朝鮮還是「野蠻」國家，日本攻入朝鮮和中國是為了推進「文明」，不服從日本就是不服從「文明」，因此日本發動的戰爭是「文明」的戰爭，而「文明」的戰爭是絕對正確的和必要的。他在甲午中日戰爭前後的二十年的時間裡，寫了四十多篇鼓吹侵華的文章，無所顧忌地大談戰爭的好處、打仗的好處，並對戰中採取何種策略、戰後如何要脅中國割地賠款等，提出了種種點子和建議，甚至慫恿日本軍隊「直衝北京可也」。福澤諭吉是一個典型的窮兵黷武主義者、近代日本第一位軍國主義理論家，對日本走向軍國主義道路、對政府的侵華決策和民眾輿論，都產生了極其重要的影響。甲午戰爭期間，另一位著名文人德富蘇峰則鼓吹「大日本膨脹論」，認為大日本人口要膨脹，國土也要膨脹。為此他極力主張對中國開戰，提出了「防禦於北方，展開於南方」的思路，即把中國北方納入日本版圖，然後再繼續南下，占領臺灣。德富蘇峰提出的這些侵略中國及亞洲的思路，與同時期福澤諭吉等人的思路基

本吻合。這意味著，在甲午中日戰爭前後，日本民間學術界對華侵略的主導思想和輿論導向已經初步形成。此後日本半個多世紀的侵華史幾乎與福澤諭吉、德富蘇峰之類的御用文人學者的設計完全吻合。

　　除了赤裸裸的侵華主張之外，日本還有一種具有「懷柔形態」、也更虛偽的侵華理論。它與赤裸裸的武力侵華論相反相成，形成了日本侵略中國的軟硬兩種理論形態。他們不是像福澤諭吉那樣主張「脫亞」，將日本弄成一個「歐洲國家」，而是與福澤諭吉相反，提出「興亞」或「振亞」。其中，最早系統提出這一思想的是十九世紀九〇年代的樽井藤吉的《大東合邦論》（1893）。「大東合邦論」是以儒學加以包裝的、建立在近代種族主義基礎上的具有「懷柔形態」的日本侵華理論，強調亞洲黃種人與西洋白種人的種族對立，認為亞洲黃種人是「單一種族」，因此應該通過同一種族「親和」的方式實現「合邦」，建立以日本為盟主的「大東國」。之後，「單一種族」論就被進一步發展為「同文同種」論，成為「大亞細亞主義」的理論淵源之一。接著，日本近代著名美術理論家岡倉天心（1862-1913）用英文寫作並出版了《東亞的覺醒》（1902）、《東洋的理想》（1903）兩書，提出了「亞洲是一體」的口號，認為亞洲的統一是「東洋的理想」，而只有日本才能擔當起統一亞洲的責任，中國、印度等其他各國都沒有這種資格和能力。值得注意的是，樽井藤吉的「大東合邦論」、岡倉天心的「亞洲一體」論，與福澤諭吉的「脫亞論」表面上看完全不同：前者對東方的傳統文化給予高度評價，後者則將東方傳統文化基本上視為野蠻落後的東西；前者提出「歐洲的光榮，即是亞洲的恥辱」，後者則對西洋文明頂禮膜拜，主張「脫亞入歐」。但兩者的對立和不同只是表面上的，這實際上是日本近代軍國主義思想的一把雙刃劍：一面是要日本成為西方列強那樣的具有對外侵略能力的國家，一面則要牢牢掌握在亞洲的支配權，而不讓西方列強染指和分享。

　　到了二十世紀初，隨著日本和俄國在中國東北地區的爭奪激烈化

及日俄戰爭的爆發，「亞細亞主義」越來越成為侵華理論的主流形
態。明治末年和大正初年，以中島端和酒卷貞一郎為代表的一些日本
文化人，面對中國歷史和社會在辛亥革命前後的歷史轉折時期所不可
避免的巨大動盪和混亂，通過學術著作的方式，大肆宣揚「支那必死
論」和「西方列強分割論」，認為西方列強必然要分割中國，中國必
然亡國，日本應該「保全」中國，「保全」的實質是使中國成為日本
的被保護國、附屬國；如果中國滅亡，那也只有日本才最有資格來獨
占中國的「遺產」，西方列強無權染指。一九一六年出版的小寺謙吉
的《大亞細亞主義論》，是一部大亞細亞主義及侵華理論的集大成和
代表作，其實質就是讓中國承認日本對亞洲、對中國的領導地位，拱
手把所謂「外藩」滿蒙地區讓給日本，另外十八省的「改造」，也要
在日本的指導下實施；中國必須接受日本在政治、經濟、軍事、文化
等方面的全面「提攜」，最終完成「支那與日本的統一」。顯而易見，
這種「大亞細亞主義」實際上就是赤裸裸的侵略中國的強盜「主
義」，是日本強加於亞細亞、強加於中國的軍國主義。

　　日本對華文化侵略的第二個階段，是在全面軍事入侵後，將文化
侵略作為戰爭的一個組成部分。即利用文化手段為侵略服務，為長期
占領並奴役中國人民服務。

　　七·七事變後，日本一些學者文人在納粹德國戰爭理論的啟發
下，將現代戰爭看成是「總力戰」，並提出了「思想戰」、「宣傳戰」、
「思想宣傳戰」的概念，以此作為「總力戰」的重要環節，並對「思
想戰」、「宣傳戰」問題做了系統的理論闡發和研究。至此，對華文化
侵略已經高度自覺化和理論化。日本軍國當局採取了一系列「思想宣
傳戰」及文化侵略的措施。首先，在日本國內，進一步加強了對國內
的思想統制和輿論宣傳的控制，陸續出版了一系列有關宣傳問題的
「大綱」、「綱要」之類的文件，操縱了全國的戰爭輿論，所有輿論媒
體機器都開足馬力，展開了轟轟烈烈的針對中國的「思想宣傳戰」。

在中國淪陷區，則在軍事占領後立即著手進行所謂「文化工作」。一些文人學者加緊研究「對支文化工作」的方案，全面論述了「對支文化工作」的思想原則、指導理論和意義價值。明確提出所謂「對支文化工作」是對中國人的攻心之戰，要著眼於對中國長期占領與統治，其目的在於通過思想文化的滲透來「收攬人心」。為此，日本派遣的一些從事「文化工作」的特派員也紛紛來華，對中國上層特別是知識階層進行利誘與勸降。而對下層老百姓，則由日軍組成了所謂「宣撫班」，進行以奴化為目的的宣傳「安撫」活動。同時，在新聞媒體、情報機構、日語教育、宗教信仰等各個方面的所謂「在支文化事業」，也都全面展開。在新聞媒體方面，隨著對中國的軍事占領，日本各新聞通信社也紛紛尾隨而入。他們憑藉武力，掃蕩、毀壞或占領了中國原有的新聞通訊機構及報館，嚴禁非淪陷區中國報紙的傳入，建立日本自己的通訊社、報社和雜誌社，並扶植和操控漢奸傀儡政權的宣傳媒體，以便為日本在中國的軍事占領和奴化統治製造輿論。更有一些人來中國進行情報刺探和間諜活動，一些在華的官辦或有官方背景的大學、會社等，也積極從事對華情報活動，甚至設立了專門的情報機構。日本國內的官方與民間的組織、新聞社甚至個人，成立了大大小小數量繁多的對華情報組織、學會、研究會等等，收集並整理出版了大量情報資料，其情報網絡覆蓋了中國社會的各個領域和角落。他們尤其注意對中國抗日情報的搜集和研究，許多文化特務深入中國的前線後方，對中國軍民的抗日宣傳問題，進行了廣泛的情報收集和調查活動。這些人回國後將他們的調查獲得的材料，連同自己的分析概括，寫成文章乃至專門著作，雖也一定程度地映照了中國抗日及抗日宣傳、抗日教育的情況，但卻肆意顛倒「日本侵華」與「中國抗日」兩者之間的因果關係，為日軍在中國的侵略活動火上澆油，在推動日本對華侵略中起到了不可忽視的作用。在教育方面，為了長期統治中國，日本有計畫有步驟地在中國推行奴化教育，其主要手段是

強制推行日本語教育。在臺灣島，日本千方百計施以「皇化」教育，
日語被作為「國語」推了五十年；在中國東北地區，也按照臺灣的
經驗和模式大力推行皇化教育，增建中小學，設立所謂「建國大
學」，建立起了一整套教育體系，對學生和民眾宣傳「滿洲建國」、
「五族協和」、「王道樂土」之類的奴化思想。在中國其他各淪陷區，
日本人全面控制了從小學到大學的各級各類學校的教育主權，並要求
按照「皇化教育」的理念實施教學，還在一般學校之外開設了大量專
門的日語學校，試圖通過日語學習來培養中國人的「親日」情感。日
本還十分重視利用宗教文化為侵華服務。宗教作為日本對華文化侵略
的重要一翼，發揮了獨有的作用。日軍所到之處，必有神道教和佛教
人員緊隨其後。其中，在臺灣島的神道教神社就有十幾座，在東北地
區的神社有二百多座，在中國大陸的神道教教會組織就有六十多個，
日本當代一學者將這些神社一針見血地稱為「侵略神社」，十分準確
地點出了神道教及其神社在日本侵略戰爭中的作用及功能。日本的佛
教也納入了軍國體制中，日本佛教各宗派在中國建立的寺院、別院、
布教所等不下於一百六、七十處。

　　總之，日本對華文化侵略，從方針、方案、政策到途徑和方式，
全面而又完備，對中國造成的文化損害，也十分巨大而深刻。

三

　　在進行日本對華文化侵略研究考察時，我們可以發現一個規律性
的現象。就是，日本對華侵略的思想、方策的設計者，基本上都不是
在朝的政府官員，而是在野的民間學者、文化人。最早的表達侵華意
念的近松門左衛門是個下層武士和作家；最早的侵華方案的設計者佐
藤信淵曾行過醫，當過私塾先生，後來潛心著書立說，寫了三百本
書；吉田松陰短短的一生只以開私塾為生。而極力煽動「日清戰爭」

的福澤諭吉一輩子都沒有進政府做官，只是以開辦私塾和辦報為業；一生甘為御用學者的德富蘇峰，卻一輩子以一個學者文人的身分從事活動。而且，這些對日本國民的侵華輿論及日本政府的侵華「國策」有著重大影響的在野民間學者和文化人，大部分在當時似乎並不被看重。例如佐藤信淵在《宇內混同秘策》的最後，感歎當時「舉世皆濁，無人知我，所殫精竭力，誰能解我心者！只待明君出世，而後見用也」。只有把實施希望寄於未來，希望「將來之英主，有鞭撻宇內之志向者，先讀此書」。提出侵略亞洲狂妄計畫的吉田松陰，卻在二十九歲時因涉嫌暗殺被幕府判處死刑。在一八五七年就主張將滿洲、朝鮮「併入」日本，「將美國作（日本的）一個東藩，變西洋為我所屬，使俄國為我小兄弟」的橋本左內，最終也被幕府政府處死。還有那位在《日本改造法案大綱》中系統提出「日本改造計畫」、並把侵略中國納入整個「改造」計畫的日本天皇制法西斯主義理論家、民間武士「浪人」北一輝，也因參與策劃暗殺而在一九三六年被日本政府處死。又如，在日俄戰爭爆發的四年前，即一九〇〇年，有六名博士（一說七位，博士在當年很稀少並極受重視）聯名給政府提交了一份秘密建議書，向當時的首相山縣有朋提出了日本應盡快打進滿洲，對當時及後來的政府決策無疑起了重要推動作用。此後一般國民中「開戰」的輿論逐漸占據上風，可見民間學者文人的輿論對戰爭的引導作用如何巨大。

　　記得馬克思曾說過這樣的話：任何一個時代占統治地位的思想，都是統治階級的思想。現在我們換一個角度似乎也可以說：任何一個時代占統治地位的思想，都是有思想能力的那些人的思想，而任何一個時代「有思想能力」的人，都主要是那些被稱為學者和文化人的一群。在日本近現代史上，「侵華」問題之所以成為「思想文化」課題，與許多文人學者在思想文化和學術研究的平臺上對這個問題的反覆「研究」有著極為密切的關係。特別是在有關中國的研究中，直接

或間接地為侵華服務的所謂研究成果陸陸續續大量推出。例如，在中國歷史研究（日本當時稱為「支那史」研究）中，有不少學者自覺自願地使自己的研究服務於侵華的現實需要。他們努力從歷史上尋找侵華的理論根據，為日本的侵華獻計獻策，並極力將日本對華侵略合法化。這些所謂的「研究」事實上構成了日本對華文化侵略的一個重要方式和途徑，有的甚至在各個不同的歷史時期充當了日本軍國主義的文化侵略的前鋒，這些都在日本「支那史」、「東洋史」的主要代表人物，如內藤湖南、白鳥庫吉、桑原騭藏、服部宇之吉、矢野仁一、有高岩、秋澤修二等人身上，不同程度地體現出來。特別是在日本侵華和中國抗日的大背景下，日本學術界十分熱衷所謂「支那國民性研究」，其中有不少人恣意描畫自己心目中醜陋的中國人形象。他們將人性中一切負面和醜惡的東西都加於中國「國民性」中，認為中國人保守、頑固、愚昧、野蠻、骯髒、貪婪、好色、奢侈、懶惰、自大、虛偽、排外、殘忍、變態、不團結、無國家觀念等等，斷言「支那國民性」已經徹底墮落，成了一個「老廢的民族」，並進而運用這些「結論」來為日本侵華辯護，胡說中國人民的抗日行為都是受惡劣的國民性所驅動，聲稱日本侵華是用日本人優秀的國民性來改造支那人惡劣的國民性，在此情況下，日本的「支那國民性研究」實際上也已經成為對華文化侵略的重要一環。總之，日本的侵華，往往是「有思想能力」的學者文化人首先提出設想、加以論證，並首先在民間製造輿論，然後思想輿論一旦形成，則影響政府決策，並由政府來加以實施。

筆者希望再次提醒讀者注意，民間的、在野的學者、文化人對日本侵華戰爭負有重要的、有時甚至是關鍵的責任。那種認為日本侵華戰爭只是軍國政府當局一意孤行發動起來的看法，是表面的和簡單化的。本書的研究可以表明，日本侵華戰爭從設想到實施，大體經過了：

①學者文化人個人的侵華設想、方策的提出，但基本處於書齋狀態；

→②學者文化人的侵華主張傳媒化，並為許多民眾所理解，也為政府所接受；

→③學者文化人戰爭輿論與軍國政府之間的互動及侵華戰爭的發動；

→④學者文化人在侵華戰爭期間成為媒體宣傳、情報搜集、文化教育、宗教入侵等文化侵略的主體。

　　而且，在戰後半個多世紀中，日本學者文化人又成為日本人戰爭反思的主體階層，並在反思中造成分化。大部分人承認戰爭的罪責，另一小部分則為侵略戰爭開脫，拒不認錯甚至大肆美化。這部分右翼學者在二十世紀五〇至六〇年代是極少數，在二十世紀九〇年代後在右翼政治的庇護下迅速抬頭，並日見猖獗。最近十幾年來，由於種種綜合性的、複雜的原因，日本右翼學者、文化人否定、美化侵略歷史的傾向越來越嚴重。聯繫到日本對中國文化侵略的歷史，不禁使人感到，歷史上的現象與現實是有深刻聯繫的。

　　日本對中國的文化侵略是一個歷史問題，因此對這個問題的研究也屬於歷史研究。應當指出的是，現在一些日本學者故意將歷史問題「學術化」，就是把歷史事實虛擬化，將史實作為一種假設，在此前提下進行所謂的「學術討論」或「學術爭鳴」。這種連史實都不予承認的所謂「學術」，實際上是對學術研究的褻瀆。本書所研究的「日本對中國的文化侵略」問題，不是一個可供爭鳴的「學術」的問題，也不是「文學評論」似的「公說公有理，婆說婆有理」那樣見仁見智的問題，更不是「張三說有，李四說無」的問題。歸根結柢，對華文化侵略的歷史是日本人自己製造的，它是一個客觀的歷史事實，筆者所要做的，就是要將這歷史的、客觀的存在描述出來、呈現出來。

江戶時代日本民間文人學者的侵華迷夢
——以近松門左衛門、佐藤信淵、吉田松陰為例[1]

一　一七一五年一部侵華戲劇的上演及其轟動

　　日本覬覦中國領土由來已久。距今四百多年前，日本幕府「大將軍」豐臣秀吉就曾提出了較明確、系統的進攻中國的計畫。並為此發動了侵略朝鮮的戰爭。中朝兩國經過了八年的抗日戰爭，使豐臣秀吉在朝鮮遭到可恥失敗。日本在此後的近三百年中，除有小股「倭寇」時常騷擾我東南沿海外，不敢冒然大舉犯華。但這並不意味著日本放棄了侵略中國的野心。恰恰相反，在此後的三百年中，日本不少在野民間人士，自發性地通過種種方式，對日本侵華的必要性、可能性、可行性，進行種種試探和研究。有的通過文藝的形式表達和宣洩民眾的侵華意念與幻想；有的則通過學術的方式為侵華出謀劃策，提出了系統的侵華理論和方略，並以此對在朝當權者和日本民眾施加影響。

　　其中，最早通過文藝的形式表達侵華意念的是十七世紀日本著名戲劇家近松門左衛門。

　　近松門左衛門（1653-1724）原為武士，後致力於戲劇創作，成為日本文學史上著名的戲劇家。他一生中創作了「淨琉璃」（一種木偶戲）和「歌舞伎」劇本一百多部，被文學史家稱為「日本的莎士比

---

[1]　本文原載《重慶大學學報》（重慶），2008年第4期。

亞」。在他的劇本中，有一部一七一五年出籠的以中國為舞臺背景的戲，名為《國姓爺合戰》，是一部大型的歷史劇。

所謂「國姓爺」指的是明代的鄭成功。鄭成功後受南明唐王隆武帝賜明代「國姓」朱，改名成功。《國姓爺合戰》就是以鄭成功抗清復明、攻打南京城為背景寫成的歷史劇。然而，該劇本卻嚴重歪曲歷史史實，其中最嚴重的是對鄭成功形象的歪曲和改造。據史料記載，鄭成功，原名鄭森，字明儼，父親鄭芝龍曾赴日經商（做鞋子買賣），一六二四年與日本女子田川翁子生下鄭成功。鄭成功七歲時離開母親回到中國，在福建安海讀書，十五歲時考中秀才，二十一歲時隨父親鄭芝龍到南京，進入國子監讀書，一六四五年回到福建，在福州見到隆武帝朱聿鍵。隆武帝見鄭成功年青有為，視為知己，遂賜其姓朱，改名成功。這就是中國民間鄭成功稱為「國姓爺」的由來。鄭成功之父鄭芝龍（小字一官）因在日本參與反對幕府政權的活動，事洩逃到臺灣，後建立武裝集團，一六二八年受到明朝招撫。當清兵入閩時，鄭芝龍作為明朝在福建的總兵卻不戰而降，出走北方依附清朝。鄭成功不從父命，在廈門和金門一帶建立根據地，堅持抗清。一六五三年，在廣西的南明永曆皇帝朱由榔封鄭成功為「延平郡王」。一六六一年，鄭成功從荷蘭人手中收復臺灣，成為中國歷史上的民族英雄。這就是歷史記載的鄭成功生平事蹟的大概。

而在《國姓爺合戰》中，近松門左衛門卻把歷史上中華民族的民族英雄鄭成功寫成了日本武士。說他是在日本長大，娶日本人為妻，二十幾歲以後才回到中國，還給他起了一個日文名字和藤內。所謂「和」就是日本，「藤」字和當時日本稱呼中國的「唐」字在日本語中都讀作「とう」，而「和」字在前、「藤」（唐）字在後，明顯具有突出強調鄭成功的日本人身分的意圖，和藤內也許就是近松所謂的「國姓」的真正含義。在《國姓爺合戰》中，和藤內和父母一同去「大明國」，在大明國靠著日本武士的神威，打敗韃靼（清）兵，攻

陷南京城，城內明將與和藤內合作，並擁戴和藤內為「延平王」。在近松筆下，這位「國姓爺」——和藤內——完全是一個日本武士的化身，他口口聲聲自稱「我們日本人」，他來中國的目的實際上也不是抗清扶明，而完全是為揚日本之國威，並圖謀在中國實施日本的統治。關於這一點，劇本中有露骨的描寫。在第二幕第一場戲中，和藤內在退潮的海灘上看到鷸蚌相爭的情景，不禁感慨道：

> 讓兩雄交兵，乘虛而攻之，此乃兵法奧秘……聽說在父親老一官的生國，大明和韃靼雙方正在戰鬥，這豈不是鷸蚌相爭嗎？好！現在就到中國去，用方才領悟的兵法奧秘，攻其不備，大明和韃靼兩國的江山，豈不是唾手可得的嗎？

作者接著使用旁白，做點題之語：

> 這位年輕人就是後來西渡中國、蕩平大明和韃靼、名揚異國和本朝、被稱為延平王的國姓爺。

　　劇本特別注意表現這位被稱為「國姓爺」的和藤內是作為日本人來與中國人打仗的。例如第二場中和藤內對中國的殘兵敗將說道：「喂！縱然你們人多勢眾，但也沒什麼了不起的。我的生國是大日本。」和藤內還摸著老虎的脊背說：「你們污蔑日本是小國，可是你們看看日本人的本領！連老虎都害怕我們，看到了嗎？」這位和藤內靠了母親從日本帶來的神符，靠了「天照大神的威德」，在中國耀武揚威，連猛虎遇到他都嚇得打哆嗦，更何況是中國的士兵？全都可以輕而易舉的加以降伏。和藤內命令中國的降兵敗將全都剃成日本式的月牙頭，穿上和服，並改換成日本式的姓名，然後接受他的檢閱和指揮。並對中國將領發令訓話——

你們看，這裡請來了天照大神。本人以一介匹夫，卻攻下數城，
現在成了諸侯之王，受你等的臣下之禮，這就是日本的神力！
在竹林中收降的這些夷兵，已剃了日本頭，讓他們在前面宣傳
日本的支持，韃靼兵素知日本的武威，他們一定聞風喪膽！

就這樣，和藤內「國姓爺」終於攻下了南京城，驅逐了韃靼王，
保住了「大明江山」。而實際上，這「大明江山」，已經不是「大明的
江山」，而成了「和藤內」的江山、日本的江山了。

近松門左衛門的《國姓爺合戰》，是在十八世紀初日本對華侵略
擴張思想的一次暴露。據日本文學史的記載，這齣戲連續三年在日本
上演不衰，觀眾多達二十多萬人次。就受歡迎的程度和演出的盛況而
言，在當時是空前的。後來近松門左衛門又陸續寫出了關於「國姓
爺」的兩個劇本《國姓爺後來的戰鬥》和《中國船帶來的當今國姓爺
的消息》。被後人稱為《國姓爺三部曲》。這種情況充分說明，在豐臣
秀吉的軍隊侵略中國的迷夢破滅一百多年後，許多日本人——當然包
括在野的文化人及受其影響的庶民百姓，對於中國仍暗懷覬覦之心，
有時還變得熾熱如火，只是由於種種原因，侵華難以付諸行動，於是
就以文藝的形式加以表達和發洩。可以說《國姓爺合戰》的公演和大
受歡迎，正是十八世紀初許多日本人某種心態的暴露。

二　一八二三年一位民間學者提出驚人的侵華方案

在《國姓爺合戰》出籠一百年後，也就是日本明治維新的前夕，
又有一位民間在野人士，用學術研究的方式，系統提出侵華方略，此
人名叫佐藤信淵。他在《宇內混同秘策》一書中，提出了所謂「宇內
混同」的侵華方略。

佐藤信淵（1767-1850）出身平民，為醫學世家，曾行過醫，也

曾短期做過幕僚，還當過私塾先生，對造船造炮之類極感興趣，四十九歲後周遊日本各地，考察日本山川地理，關注日本歷史與現狀，同時潛心著書立說，一生著作達三百種，凡八千卷，內容涉及政治、經濟、軍事、法律、歷史、地理、博物等各個方面，成為著名學者。在日本封建時代末期，政治經濟和國際形勢等面臨一系列危機的情況下，他廣泛調查研究，向當時的幕府和地方藩閥提出了一系列改革主張。其中最重要的著述之一就是他在一八二三年寫的《宇內混同秘策》。這是他所設計的日本政治、經濟及國際關係的基本設想和方略，並欲向執政者提交，故稱「秘策」。所謂「宇內」，指的是「宇宙之內」，相當於今日的「世界」之意；所謂「混同」，就是混合、同化、統一之意。它實際上是佐藤信淵所勾畫的未來世界的政治地圖。

《宇內混同秘策》用近代日語寫成，是研究日本對華侵略史不可多得的珍貴文獻。該書分〈宇內混同大論〉（相當於序言部分）和〈宇內混同秘策〉（正文部分）兩卷。其中，《宇內混同大論》簡明扼要而又全面地闡述了自己的主張。他首先竭力使自己的「宇內混同」的主張神聖化，以神道教為依據，著力論證由日本（作者又稱「皇大御國」或「皇國」）來統一世界是神所賦予的一種使命。他開門見山地寫道：

> 皇大御國，乃大地最初成立之國，是世界萬國之根本。故其根本確立之時，則全世界悉為郡縣，萬國君長皆為臣僕。查考神世古典，有所謂「可知青海原潮之八百重也」之句，即謂皇祖伊邪那岐大神速須佐之男命所賜予。可知明乎產靈神教，以安撫世界萬國之蒼生，乃皇國原本之要務。我曾著《經濟大典》和《天刑要錄》等書，悉為闡明產靈之神教而寫，亦即安撫全世界之法也。蓋救濟全世界之蒼生，是極宏偉之事業，必先明辨萬國之地理形勢，以妙合天地之自然，必施以產靈之法教。

故精研地理學亦勢在必行矣。(《宇內混同秘策》校注本，頁
47-48）

　　這裡所謂的「產靈神」，是《日本書紀》中的代表宇宙之生成力
的兩個隱形大神，即皇祖神。佐藤信淵顯然是受到了十八世紀以賀茂
真淵（1697-1769）和本居宣長（1730-1801）等為代表的所謂復古國
學的影響，為對抗中國文化的滲透和影響，而強調日本的古典傳統，
並在八世紀最古老的文獻《日本書紀》、《古事記》中找到了信仰的源
頭。他將兩書中的神話和傳說加以宗教化，稱之為「產靈神教」，以
此強調日本作為「天神降臨所生的皇國」所具有的神聖性、優越性，
強調日本國作為「皇國」的那種自豪，並把這種優越和自豪作為「宇
內混同」的前提與基礎。

　　　　今夫詳知萬國地理，以明察我日本全國之形勢，可知日本自赤
　　　　道以北三十度起至四十五度止，氣候溫和，土地肥沃，萬種物
　　　　產，應有盡有。四周環大洋，船舶海運極其便利，萬國無雙；
　　　　人傑地靈，勤勞勇敢，迥異他邦。其勢堂堂，四海獨秀，鞭撻
　　　　宇內之實力，乃天然齊備焉。若以神州之雄威征伐蠻夷之蠢
　　　　類，混同世界、統一萬國，何難之有哉！噫！造物主恩寵皇大
　　　　御國，真無以復加矣。(頁 48）

　　十九世紀初期的情況是，中國的清王朝儘管開始走下坡路，但仍
然是世界上公認的最強大的國家之一。而當時的日本江戶時代，雖然
也算是國泰民安，但畢竟只是一個閉關自守的並不富裕的島國，自然
不能與中華帝國同日而語。在這種情況下，日本有什麼能力來「混同
宇內」呢？對這個問題，佐藤信淵顯然是想到了。

蓋皇大御國自天孫降臨以後，亦曾不尊人君太古盛世之教法，懶惰放蕩有年，愛美女嫌烈婦而傷天年，輕經濟之要務，經營不善，逞縱奢靡，夫妻不合，家政不濟，兄弟鬩牆，親友相殺，國家墮落，遂至於「君不君臣不臣」之境地矣。故大名持、少名彥（均神名──引者注）之規模頹敗，國體衰微既久，邪魔、浮屠等說盛行，世間知真教者渺無可尋。只聞支那、天竺等國疆域廣闊，而皇國土地狹小，人少氣弱，若有聞我「宇內混同大論」而捧腹大笑，不知其真義者，實不知我皇國役使萬國是乃天理也。誠如俗諺所謂「下人聞道，只有傻笑」，亦所謂「不遭嘲笑，道不足道」是也。若因此而放棄求道，中邪魔而溺水者恐永不得拯救，太古神聖之法教或斷絕於世，豈不可悲可歎之至哉。故應努力闡明古道……（頁48-49）

原來，他是認為日本以前衰弱是由於「不尊太古盛世之教法」，信仰「邪魔、浮屠」，而不信「世間真教」即日本神道所造成的。在他看來，即便當時的日本還是「土地狹小，人少氣弱」，但由於「皇國役使萬國乃天理」，早晚會成為現實。現在由他來「闡明古道」，自然也是出於「天理」。接下去，他繼續闡明日本何以能夠征服「支那」（即中國）：

詳察世界地理，可知萬國，是以皇國為根本矣。皇國，確為萬國根本。願論其詳。
由皇國而征服外國，順勢而易取；而外國欲攻皇國，逆勢而難攻。之所以皇國易出而他國難進，事出有因焉。當今之世，國土最遼闊，物產最豐饒、兵革最強盛者，首推支那國，豈有他哉。支那國雖與皇國比鄰密接，而欲傾全國之力加害皇國，支那則無良策矣。若有強梁君主興師動眾入侵，如元朝忽必烈動

員全國兵力來犯，而皇國則絲毫不足懼之，而彼國卻自招損
失。故一度來犯，不敢再三，此不待費詞矣。而皇國征伐支
那，若能進退有節，不過五年七年，彼國必定土崩瓦解無疑。
因皇國出兵固需不少軍費，而彼國卻勞民傷財甚巨，必不堪
也。且其國人必暈頭轉向，疲於奔命，莫知如何。故皇國若要
打開他國之門，必先以吞併支那為肇始。如上所述，支那以其
強大，猶不足與皇國為敵，況其他夷狄乎！此皇國天然具備混
同世界之形勝也。故此書首先闡明攻取支那之方略。只要支那
入我版圖，其他如西域、暹羅、印度亞國，咿哩呱啦，茹毛飲
血之徒，必漸漸敬畏我之威德，低首下眉，甘稱臣僕。是故由
皇國來混同世界萬國，非難事也。（頁50-52）

　　同時，佐藤信淵也懂得，僅僅這些還不足以成事，他指出：「欲
經營域外，必先強盛內地，若其根基不牢，即便枝葉繁茂，亦有摧折
之患。故需講清日本全國之地理，闡明山海之形勢。」他提出了建立
新的以「王都」為中心的全國行政區劃方案，認為當時的江戶是建立
王都的理想之地，江戶應改稱為「東京」（後來江戶果真改為東京），
而浪華（今大阪）則為「西京」，作為「別都」，此為東西兩京，然後
設立十四省府。認為這樣一來，全日本即可令行禁止，「征服他邦」
之事才能提上議程。「東西兩京既設，《經濟大典》之法既行，全國人
民既安，物產開發，財貨多貯，兵糧滿溢，武器銳利，船舶充足，軍
卒訓練有素，爾後方可興海外之事也。」
　　接著，佐藤信淵進一步論述了如何「攻取」中國的方法和步驟。

經略他邦之法，宜從薄弱處攻取。當今世界萬國之中，皇國最
易攻取之地，非支那國的滿洲莫屬。所為何也？滿洲之地，與
我日本之山陰及北陸、奧羽、松前等，一水之隔，凡八百餘

里，相對而望，可知滿洲為容易侵擾之地。侵擾時應以防備薄弱處下手，西有防備時則擾東，東有防備時則擾西，如此必令它東西奔走相救。在左奔右走之間，必可窺知虛實強弱。爾後可避實就虛，避強攻弱。未必動用大軍也，暫時可以輕兵騷擾之。滿洲人有勇無謀，支那人膽小怕事。稍有敵情，則興師動眾，令人困馬乏，財帛糜費，不待言也。何況由支那王都至滿洲海岸，復來往去，沙漠遼遠，山巒險峻。所以皇國征討之，僅隔一百六、七十海里，如順風揚帆，一晝夜可抵達南岸。無論由東還是由西出發，舟行均甚為順暢。若支那人以大眾防守，我國軍士則窺其空虛之處，乘虛而入，即取之也。如此，黑龍江地區，將悉為我之所有。得黑龍江諸地後，宜施產靈法教，大施恩德於北方夷人，使之撫納歸化，對彼之夷狄行使皇國之法，撫納統轄而逐漸向西滲透，則取得混同江（指松花江——引者注）一帶亦容易也。再得吉林城時，則支那、韃靼諸部必聞風而動，依附歸順焉。若有桀傲不降者，則興兵討之，此亦易如反掌也。韃靼既定，盛京（今瀋陽——引者注）亦危在旦夕，支那全國必為之震動。故皇國征討滿洲，成功雖或早或晚，但終歸皇國所有，此乃必定無疑也。且不僅取得滿洲，支那全國之衰微亦自此而始。

既已取得韃靼，朝鮮、支那隨後可圖。茲述其詳。滿洲之最北端，有條大河，名曰黑龍江。此大河入海之處，與我蝦夷之唐太島僅十餘里海水之隔。此處距支那的王都北京城七百里，如飛腳疾走，凡八、九十日即可到達。然至支那以此地為樞要，在名曰齊齊哈爾之處構築城池，由支那北京派來將軍一名，率軍卒鎮守。故唐太島北部，支那人居住者不少。彼處位於北極出地五十五度之外，氣候寒冷，穀物難生。土人以魚類、鳥類、草根、樹皮等為食，與我蝦夷人無異。又軍士之食糧，又

須自支那內地遙遙搬運來，常以食物缺乏所困。故此地喜愛米
穀甚於金玉。而我奧羽及古志等諸州，盛產米穀，常以食之不
盡至腐爛為憂。以有餘而濟不足，符合產靈之法教也。今運送
北州之餘米，儲藏於蝦夷諸港，由青森省與仙台省出軍船與人
員，於蝦夷諸島操練水軍戰法，並使其逐漸開發唐太島北境，
經年累月，便可習慣於寒冷風土，另派清官及精明商家，與彼
國土人通商交易，多施酒食，取悅當地夷狄，宣示產靈之法
教，教化土人，使其歸順。然後接近黑龍江，大施恩德，讓利
讓惠，輸送米穀，雖云交易，不唯盈利，以醇酒與美食相贈
與，彼土居民必撫納也。凡有血氣者，無不知感恩戴德，何況
人類乎！彼等原以草根樹皮為食，而代之以皇國糧米，彼等飲
馬奶以為宴樂，而代之以美酒，誰不歡喜而心悅誠服也？不過
三年，四海平定。支那人探知夷狄誠服於皇國之法教，必嚴禁
與皇國通商。夫《經濟大典》云，產靈神教，乃救濟世界萬國
蒼生之法，然有人竟敢抗拒之，實乃天地之罪人也。……以皇
國有餘，濟彼土之不足，是乃奉行天意。然支那人拒絕之，其
暴虐何甚矣。尚書云「惟天奉民，惟辟奉天」，奉天意而正萬
國之道，自開天闢地始，即是皇國專務也。於是乎出兵黑龍
江，以行天罰，以救蒼生，使其免於沉溺於惡俗之中。（頁
55-60）

甚至連日本各地在「攻略」中國時的出兵順序和作戰分工，他也
替後人安排妥當了。

至於出兵順序，第一為青森府，第二為仙台府。因開發唐太島
經年，二府之兵已習慣寒冷風土，可作先頭部隊，由黑龍江出
發，以軍船駛進西南部「考米爾河」、「塞肯河」、「伊爾河」、

「亞拉河」等地方，或者登陸施土人以穀類美酒等，以撫納夷狄。或者將屯兵之要塞盡數燒毀之，將敵兵擊斃之，對防守嚴密之處，則不必登陸，而以大炮、火槍轟射之，騷擾其海岸；對防守空虛之處則見機滲透，或戰，或以食物安撫夷人。

第三為沼垂府，第四為金澤府，此二府出軍川數十艘，抵達朝鮮國以東之滿地，即「萃林河」、「亞蘭河」、「庫里因河」、「納爾肯河」等岸邊，與青森、仙台等地的兵士會合，共商計策，以騷擾敵國為主。以上四府的兵力七八千人，於滿洲八百里海岸周旋，伺機登陸，各顯其能。如此不用四五年，則令支那人大為困窘，終至放棄滿洲，黑龍江各部，可悉為我所有也。由此逐漸向松花江推進，攻陷吉林城，安撫收納夷狄，再攻盛京。

第五為松江府，第六為萩府。此二府憑眾多之軍船、載火器大炮，抵朝鮮國東海，以經略咸鏡、江原、慶尚三道諸州。

第七為博多府，其兵力憑眾多軍船抵達朝鮮國南海，襲擊忠清道諸州。朝鮮既為我松江與萩府之強兵所攻，困於東方一角，南方諸州，必有空虛之處。而我直攻之，盡顯大炮、火槍之妙用，諸城必聞風潰逃。乃取數城為皇國郡縣，留置清官及六府官員，施以產靈法教，厚待其民，而使其歸化之。由此處再出軍船，於渤海邊時常耀武揚威，以騷擾登州、萊州濱海諸邑。此處距支那王都北京較近，支那全國必為之鼎沸矣。又，青森、仙台、沼垂、金澤四府之兵力，自其本省漸次增加，以成大軍，直攻盛京，且韃靼諸部之夷狄皆已服膺皇國之恩德，大軍一旦總攻支那，盛京必不能守。況我以武器炮術之妙，無堅不摧，自不待言矣。盛京既不能守，而北京亦岌岌可危也。清主必敗走陝西，或不走而防守北京，但皇國雄兵即已席捲滿洲，攻陷盛京，節節取勝，直達山海關，令智者無防守之策，勇者無迎戰之法矣。

第八為大泊府之兵，由琉球取臺灣，直達浙江各地，經略台
州、寧波等地。支那人強敵當前，遠近之難皆不能救，諸城必
皆悲歎連連，棄城奔走，潰不成軍，又如何防禦我火攻之法
耶？惟殺人應謹慎從事，不用三炮（水戰炮、行軍炮、防守
炮——引者注）利器，以安撫教諭即可降之也。……

第九為親征。而必以熊本府之兵相從焉。而欲親征，必先端正
各方皇師之形象，探得所謂清王一籌莫展之時，爾後渡海出
兵。先頭兵力，直衝江南地區，速取南京應天府，以此為臨時
皇居。徵用支那人有文才者，作大誥，周示天下，痛陳清主如
何崇信邪魔左道，蔑視天地神意，拒絕皇國法教，不恤民情，
得罪皇天，不示天罰無以救度蒼生，雲。對歸順之支那人，則
人盡其材，選用加官，封明室子孫朱子為「上公」，使其祭祀
先祖，大施恩德，以撫育支那人民。若能啟用此策，十數年
間，支那全國悉可平定矣。（頁 61-65）

　　這樣，一份完整的「支那經略」即征服中國的方案就制定出來
了。佐藤信淵甚至還對日本入主大陸後的方針政策作了闡述，認為
「韃靼、支那既已統一，更應宣示產靈法教，除萬民疾苦，多建神
社，祭祀皇族諸位大神；興校辦學，啟十科人才，日夜用功，不敢怠
惰，子孫永續，光宗耀祖，奉行天意，堅持不懈。如此，全世界各國
皆為皇國郡縣，萬國君長悉為我之臣僕，則不言而喻也。」也就是以
神道教來教化中國人，將中國人皇國化。

　　佐藤信淵一介平民書生，竟然能在十九世紀二〇年代就亮出了征
服中國的系統而又遠大的「秘策」，其狂妄的野心和構想的周密，都
令人觸目驚心。聰明如佐藤者，深知自己的這一秘策和構想不會很快
被採納，更不會很快實施。但他一開始就視自己為先知先覺者，相信
自己的所作所為是「闡明古道」的大業，即宣示日本人的神聖使命。

自命「當今之世，可以闡明古道者，舍我其誰也？」然而又感到當時「舉世皆濁，無人知我，所殫精竭力，誰能解我心者！只待明君出世，而後見用也。」只有把實施希望寄於未來，希望「將來之英主，有鞭撻宇內之志向者，先讀此書」。果然，《宇內混同秘策》在問世之後，不斷再版，逐漸成為日本對外侵略、特別是對華侵略的思想淵源之一。二十世紀四〇年代初，當日本全面入侵中國，並向整個亞洲推進、企圖建立「亞細亞共榮圈」的時候，佐藤信淵的「宇內混同」論被一些人視為經典。一九三七年七月，東京大同館書店重新出版了單行本的《宇內混同秘策》的校注序本，鵜田惠吉在該版本的序中寫道：「也許有學者以為佐藤此書及其言論是癡人說夢，豈不知佐藤在本書中所說的一切，都確確實實得以實現了。如今皇威越來越得以發揮，國運越來越昌盛，江戶改稱為東京並成為帝都，現在已發展為擁有七百萬人口的世界第二大城市，另外，臺灣、朝鮮及樺太的一部分已經納入我國版圖，使國土成倍增加，南洋諸島更成為我國的海上生命線，滿洲也成為我國的大陸上的生命線，這些都是信淵在明治維新約半個世紀前提出來的，隨著時代的變遷和世相的更新，信淵所說，在非常時期的今天，在國策的推行、準戰時體制的整備方面，都有非常吻合的地方。想到此，就對他那透澈的、具有先見之明的觀察、千古卓絕的識見，不禁油然而生敬意和讚歎。」

三　幕末維新志士吉田松陰等人的禍華之心

　　幕府末期因反對幕府而被殺害，後來被尊為「維新志士」的橋本左內（號景岳，1834-1859）在一八五七年就在一封信中，主張將滿洲、朝鮮「併入」日本，說日本應該「將美國作（日本的）一個東藩，變西洋為我所屬，使俄國為我小兄弟」。日本幕府末期的另一位所謂「志士」真木保臣（真木和泉，1813-1864）一八六一年三月在

一篇〈上奏案文〉中寫道:「我國居大地之元首,以地理之利,向四方伸展甚為方便。若一世不能成就,則自今日起制定其規模,向東向西伸展至何處為宜,應早定奪,以遂天祖、列聖之御志,唯此,始可謂天子之孝也。」

明治維新的先驅吉田松陰(1830-1859)是幕府末期日本侵華理論構想的代表人物。吉田松陰在幕府末期反對德川幕府統治,開辦私塾,著書立說,鼓吹天皇中心主義,宣揚日本國體的優越性在於天皇的存在,倡導忠君愛國。他因如此「勤王」而遭幕府嫉恨,終被投入監獄,並在二十九歲時被殺害,死後被維新派人士封為維新志士和民族英雄,他的著作言論也成為日本明治維新重要的理論基礎和思想淵源之一。他在監獄中寫了一本書,名為《幽囚錄》。在這本書中,他指出日本處在世界強國的包圍圈內了,面對這樣的形勢,「夫水之流也,自流也;樹之立也,自立也;國之存也,自存也;豈有待於外哉!無待於外,豈有制於外哉!無制於外,故能制外。」為了日本帝國的自存自立,必須首先「修武備」,造艦炮,然後對外擴張:

> 日不升則昃,月不盈則虧,國不隆則替。故善保國者,不徒無失其所有,又有增其所無。今急修武備,艦略具,炮略足,則宜開墾蝦夷,封建諸侯。乘間奪多加摸察加、奧都加,諭琉球,朝覲會同,比內諸侯,責朝鮮,納質奉貢,如古盛時。北割滿洲之地,南收臺灣、呂宋群島,漸示進取之勢。然後愛民養士,慎守邊圍,則可謂善保國矣。不然,坐於群夷爭聚之中,無能舉足搖手,而國不替者,其幾歟?

在此前的《幽室文庫》中,他還說過這樣的話:

> 凡英雄豪傑之立事於天下,貽謀於萬世,必先大其志,雄其

略，察時勢，審時機，先後緩急，先定之於內，操所張弛，徐
應之於外。……為今之計，不若謹疆域，嚴條約，以霸靡二虜
（「二虜」似指英美兩國——引者注）。乘間墾蝦夷，收琉球，
取朝鮮，拉滿洲，壓支那，臨印度，以張進取之勢，以固退守
之基。遂神功之所未遂，果豐國之所未果也。

收滿洲逼俄國，併朝鮮窺清國，取南洲襲印度。宜擇三者之中
易為者而先為之。此乃天下萬世、代代相承之大業矣。

凡皇國臣民，不問公私之人，不拘貧富貴賤，均應推薦拔擢，
為軍師舶司，打造大艦，操練船軍。東北，則蝦夷、唐太；西
南，則琉球、對島。往來之間日夜留心，以通漕捕鯨，練習操
舟之法，熟悉海勢。然後，叩問朝鮮、滿洲及清國，然後於廣
東、咬留吧、喜望峰、豪斯朵拉理，皆設館，留置將士，以探
聽四方之事……如此不過三年，可知大略。

用現在的話說，就是先進行間諜活動，摸清各地底細，做好充分
準備。

吉田所謂「墾蝦夷，收琉球，取朝鮮，拉滿洲，壓支那，臨印
度」，所謂「收滿洲逼俄國，並朝鮮窺清國，取南洲襲印度」，這真不
愧是「英雄豪傑」的大膽「雄略」。此外他還說過：「以余之志，朝鮮
支那自不待言，滿洲、蝦夷及豪斯朵拉理（即澳大利亞——引者注）
亦應予以戡定」。其狂妄野心之大實在令人吃驚。但吉田並不只是一
個大膽的理想主義者，他還有他的現實的算計，是一個「謀略家」。
在他的擴張序列中，「墾蝦夷，收琉球」可以手到擒來，而「取朝
鮮，拉滿洲」則是當務之急。他說過，日本在與西方列強交涉時的損
失，將應在「鮮滿（即朝鮮和滿洲）得以補償」。他還提出，日本對
外擴張的第一步，應是「割取朝鮮、滿洲與支那」，因為這三地容易
割取。可見，吉田松陰在侵華主張上繼承了佐藤信淵的衣缽，但與佐

藤的不同之處，在於佐藤還是把滿洲視為「支那」的一部分，而吉田
松陰言辭之間卻將滿洲與「支那」並提，顯然是有意將滿洲作為「支
那」本土之外的實體來看待的。這對近代日本「滿洲」觀的形成，有
著不可忽視的巨大影響。吉田松陰關於「朝鮮、滿洲和支那」的「割
取」的先後順序，更為後來的日本軍國主義者所尊奉照辦。

作為軍國主義侵華理論家的福澤諭吉[1]

一

　　在日本，最早系統提出侵略中國設想的是幕府末期的佐藤信淵、吉田松陰等人，但他們的侵華主張基本上屬於個人的言論，對當時的社會、尤其是對政府的決策影響非常有限。而福澤諭吉（1834-1901）則不同，他的侵華言論主要是在他主辦的發行量很大的報紙《時事新報》上刊登出來，因而對社會輿論、對一般國民的思想、對政府的決策，都產生很大的影響。《時事新報》以福澤諭吉創辦的「慶應義塾」為依託，雖為民辦報紙，但政治參與性極強。福澤諭吉在為該報所寫的〈本報發兌趣旨〉一文中稱，本報「以專記近時文明狀況，議論文明進展之方略事項，追蹤日新月異之風潮，並報導於世人為宗旨」，其內容廣泛涉及政治、經濟、軍事、國際關係、社會文化等方面。福澤諭吉本人在從報刊創立的一八八二年三月到他去世之前的一九○二年十一月，在長達二十年的時間裡，除特殊情況外，幾乎每天——有時是間隔一兩天——都為該報寫文章，包括社論、評論、隨筆等近千篇，議論國內外大事，提出自己的意見和建議。這些文章占福澤諭吉一生著述的一半以上，在岩波書店一九六一年版全十六卷《福澤諭吉全集》中占了九卷，其中涉及到侵略中國的文章就有四十多篇。

1　本文原載《洛陽外國語學院學報》（洛陽），2006年第3期。

福澤諭吉思想的出發點是所謂「脫亞」，意即日本要脫離亞洲。一八八五年，福澤發表〈脫亞論〉一文，這是一篇極有影響的文章。福澤在該文中對他早已形成的思想加以集中概括，他寫道：

> 我日本國土雖位居亞細亞的東邊，但其國民的精神已脫去亞細亞的痼陋而移向西洋文明。然而不幸的是近鄰有兩個國家，一個叫支那，一個叫朝鮮。這兩國的人民為亞細亞流的政教風俗所培育，與我日本雖無大異，但或許是因為人種的由來有所不同，處於同樣的政教風俗中，其遺傳教育之旨卻有不同。日支韓三國相對而言，支韓更為相似，此兩國的共同之處就是不知國家改進之道，在交通便利的現世中對文明事物也並非沒有見聞，但卻視而不見，不為心動，戀戀於古風舊習，與千百年前的古代無異。……如今支那朝鮮對我日本沒有絲毫的助益，而且在西洋文明人看來，三國地理相接，有時甚至將三國同樣看待，以評價支韓的標準來評價日本也並非不可能。例如支那朝鮮的政府仍在實行古老的專制，西洋人就認為日本也是一個無法律的國家；支那朝鮮的士人惑溺很深不知科學為何物，西洋的學者就認為日本也是一個信奉陰陽五行的國家；支那人卑恭屈膝寡廉鮮恥，日本人的俠義就可能為之遮蔽；朝鮮人行刑場面殘酷，日本人也被懷疑為無情等等，這些事例不勝枚舉……間接地會成為我外交上的障礙，是我日本國一大不幸。故今日我國之上策，與其坐等鄰國開明而共興亞洲，毋寧不與它們為伍，而與西洋文明共進退；與支那朝鮮接觸時，也不必因為他們是鄰國就特別客氣，而以西洋人的方式處理即可。與惡人交友就難免惡名，我們要從內心裡謝絕亞細亞東方的惡友。[2]

2　福澤諭吉：〈脫亞論〉，《福澤諭吉全集》（東京：岩波書店，1961年），第10卷，頁238-240。

　　作為幕府末期明治初期的文化人，福澤諭吉和那個時代的大部分文人一樣，對漢學都有一定的修養，能寫一手不錯的書法，也能作像樣的漢詩，對中國問題很關注並有相當程度的了解。但這種關注和了解並非出於此前的日本文化人對中國文化的那種崇敬，他完全用近代西洋文明的價值觀、以「大日本帝國」的優越感來觀察中國、看待中國，認為到了現代，中國人由於一味保守傳統文化而不加改變，已變成了頑固、落後和野蠻的國家。他在〈支那人民的前途甚多事〉（1883）一文中把中國社會比作「一潭死水」，「沒有新水注入，也沒有水流出，有風吹來的時候，整個的池水被吹得渾濁，風止的時候池水又復歸平靜」。他斷定中國人不能接受西洋的新文明，因為「支那人民怯懦卑屈實在是無有其類」，在清朝的政治統治下，什麼事情都做不成。根據這樣的看法，福澤諭吉從內心裡充滿對中國及中國人的鄙視，甚至認為與中國這樣的冥頑不靈的國家為鄰，是日本人的「大不幸」。在一八八四年九月發表的〈有支那色彩的東西應該摒棄〉一文中，甚至極端地主張凡是「有支那色彩的東西都應該摒棄」，他說：

　　　支那人和日本同屬東洋國家，但其心情風俗不同，這是世界上眾所周知的事實。要說最顯著的不同，就是支那開國已經百餘年，日本開國只有三十年，儘管有前後七十年的差別，但由於支那的遲鈍，對文明為何物一無所知。據說近年來採納了西洋的一些東西，但卻止於器的層面，沒有人關心文明的主義如何。不究其主義而單採用其器，認識只限於表面，就沒有進步的希望。而我日本人一旦開國，人心為之一新，脫掉數百年的舊套，而追求新文明。從無形之心，採有形之事物，三十年雖日月尚淺，倘若日此進步下去，（與支那相比）可以說定形成冰炭之差。日支兩國之所以呈現這樣顯著的差異，有立國根源的不同、數千百年的教育的不同等，原因不一而足。但從學習

西洋文明一個從內心革新變化，一個止於外形，以我鄙見，可
以說原因在於進入兩個國家時的途徑不同。有什麼不同呢？在
日本，文明由國民的上層進入；在支那，文明由國民的下層進
入。支那國民與西洋人接觸已有百年，其交接的方式只有商業
貿易，外來者為利而來，內應者為利而應。交往的動機，除了
利以外一無所有。……在支那群民中，雖然也有通曉外語的
人，但只限於日常生活用語，而不能成為知識傳達的媒介，其
證據就是百年來能說洋話的人不少，但在進口品中，西洋書籍
卻很少，特別是有關事物的真理原則的科學書籍幾乎沒有。因
為從事商業貿易的支那人不讀這類的書。[3]

在這裡，儘管有意無意地歪曲和忽略了一些史實，如中國人介紹
西洋的東西僅限於商業目的，而對西洋的「主義」不感興趣，殊不知
中國的嚴復等人，更早的如明末的徐光啟等人，對西洋的社會科學和
人文科學的翻譯並不比福澤諭吉等日本人晚，更不比他們少。儘管如
此，福澤諭吉對中國與日本接受西洋文明途徑的不同的分析，不能說
沒有一點道理，甚至有些話頗中要害。但問題是，他要得出的是這樣
的結論：

以上的理論如果沒有錯誤的話，可以說終究不能指望今天的支
那人能夠開化。人民不開化，作為敵手就不足懼怕，作為朋友
就不足利用。既知沒有好處，那就對它避而遠之，以防同流合
污。雙方的交往只限於商業，知識上的交往應一律斷絕，其國
的政教不採納，其風俗不效法，以至衣服器玩之類的東西，不

3　福澤諭吉：〈支那風俗摒斥す可し〉，《福澤諭吉全集》（東京：岩波書店，1961年），
　　第10卷，頁49-50。

管其使用價值如何，只要有可替代的，支那品就要摒棄。我國
現在是日新之國，必須防止鄰國的弊風污染我文明。[4]

　　這種斷絕交流的主張實際上就是對中國實施「鎖國」，因為中國
已經很不合他所提倡的「近代文明」了。但是另一方面，福澤又清楚
地知道，中國是一個大國，在許多方面是日本這樣的蕞爾島國不可比
擬的，並時時在文章中流露出對中國的複雜心情，鄙夷之後，則是嫉
妒。一八八四年，福澤諭吉在〈日本不能被支那所遮蔽〉一文中，強
烈地表現了與中國的競爭意識。他認為，由於中國面積廣大，物產豐
富，人口眾多，與西洋人的利害關係大，所以在東亞國家中，西洋人
更重視中國，中國的名聲在西洋很響，西洋人對日本相對不夠重視。
對此，福澤認為，日本要不被中國所遮蔽，「就要進一步不斷地採用
西洋文明的利器，擴大貿易，伸張國權」。而在嫉妒之後，就是豔
羨、垂涎中國的地大物博的富足，所以儘管福澤盡情地表達了對中國
的不屑和厭惡，另一方面卻又主張日本人應多多到中國去，他在〈到
支那去應受獎勵〉（1883）一文中，認為日本人到中國去的太少，鼓
動日本的「有為之士」多多到中國去闖蕩。為什麼呢？因為「支那是
天興的富國，大河直達四境，有舟楫之便，金銀銅鐵，礦脈歷然，沃
野千里，可謂東方田園」，因此他鼓動日本人要大膽西渡，將「支那
的四百餘州」，作為經營事業的地方，這樣一來，「大至國權擴張，小
到一身榮華，都有好處」。這就是他提出的為什麼要獎勵日本人「到
支那去」的理由。事實上，此後的許多日本人或成群結隊，或隻身闖
蕩，懷著各種目的，紛紛來到中國，其中許多人成為日本對華侵略的
先行者。可見福澤諭吉的「脫亞論」、對華鎖國論是思想層面上的，

4　福澤諭吉：〈支那風俗摒斥す可し〉，《福澤諭吉全集》（東京：岩波書店，1961年），
　第10卷，頁51-52。

而在軍事經濟層面上，他是主張對中國「積極進取」的，而以經商等
和平的方式到中國從事「國權擴張」，畢竟不能盡速，也不能盡興。
所以，福澤諭吉最推崇、最力主的，還是武力侵華。

二

　　福澤諭吉是一個典型的窮兵黷武主義者，也是日本近代第一位軍
國主義理論家。他在〈通俗國權論〉一文中說過：「百卷外國公法不
敵數門大炮，幾冊和親條約不如一筐彈藥」，表明了他對武力的崇
尚。他在不少文章中無所顧忌地大談戰爭的好處、打仗的好處。他在
〈和外國的戰爭未必是凶事危事〉（1887）一文中開門見山地說：「兵
為凶事，戰為不祥，古今皆以為如此。沒有人不希望國家無事太平。
然而，在某些時間和某些地點，打仗未必是凶事，打仗未必是不祥之
事。」究竟在什麼時間和什麼地點和「外國」打仗是好事呢？統觀福
澤諭吉的全集，答案十分明顯，就是在那個時候、在朝鮮或中國土地
上跟中國打仗。和中國打仗之所以是好事，就是因為日本可以從中
「擴張國權」。
　　當年的福澤諭吉密切關注著世界及亞洲的局勢和動態，從不放過
一切可以從中國得到好處的機會。如一八九一年當他聽說英法等國因
中國國內焚燒教堂、殺傷外國傳教士事件而正與中國交涉，若中國不
答應，便組成聯合艦隊占領上海吳淞口，他便寫了一篇題為〈支那的
交涉事件是我國的好機會〉的文章，指出：「今我日本在東洋立國，
與支那有極大的利害關係，必須高度予以注意。以我所見，目前的
（列強）與支那的交涉，是我國國權擴張的一大機會。從我國的國家
利益來看，求諸支那的很多，不一而足。」他接著舉出的有：希望修
改以前的條約（指《天津條約》——引者注），使日本商人直接進入
中國內地，還有朝鮮問題、臺灣問題等等。眾所周知，一九〇〇年日

本果真加入了主要由西洋人組成的八國聯軍，侵入中國大撈一把，從而又一次在中國伸張了日本的「國權」。福澤諭吉早先提出的這一「莫失良機、趁火打劫」的「建議」，自然是產生了一定作用的。

　　一八八四年十月，福澤諭吉在〈東洋的波蘭〉一文中，對當時正在進行的中法戰爭進行了分析，認為中國和法國的戰爭——福澤稱為「法清戰爭」——「是支那滅亡的伏線，即使一時得以和解，今後不可挽救的頑症，必由此事件引發出來」。在他看來，現在的中國就像此前歐洲的波蘭，免不了被列強瓜分的命運。應該說，在這個問題上，福澤的看法基本沒有錯。然而，福澤強調「支那必被分割」，並非同情中國的命運，而是為了鼓動日本人參與「支那分割」。他在文中附了一張〈支那帝國分割之圖〉，稱是一位「在外國的友人寄來的一本〈支那帝國未來記〉中抄下來的」。這張圖把中國的各省分都標上了外國的主人，例如東北各省是為俄羅斯所分割，山東、河南為德國分割，湖南江西等為法國分割，福建和臺灣為日本人所分割。福澤附的這張圖上的文字全是漢字，並無洋文，而且日本分割福建、臺灣，和福澤此前此後的的主張都非常一致，所以有理由懷疑這張圖實際上並非外國某書所繪，而是假託洋人，實則出自福澤自己之手。他在解釋這張圖、談到日本為什麼可以分割到臺灣和福建時，這樣寫道：

　　日本在地理上與支那相近，歐洲列強能有今天的幸運，十幾年來日本不僅與之有共同方向，給予大力協助，作為東道主人也給了他們不少便利，所以今天占領臺灣全島和福建省的一半，實在是理所當然的事情。特別是福建浙江沿海地區，在支那的上一個朝代大明的末葉，一時為日本兵侵略（原文如此，福澤並不忌諱使用「侵略」一詞——引者注）之地，這是歷史上鮮明的事實，這次在故地插上日本的國旗使之飄揚，可使日本國

人得以滿足。⁵

在中國的土地上「插上日本的國旗使之飄揚，使日本國人得以滿
足」可以說是福澤諭吉的夙願。福澤明白，要實現這種夙願，單靠坐
等「分割」不行，而是要對中國發動戰爭。一八九四年十二月，當日
本在中日甲午海戰中已占上風時，福澤諭吉就迫不及待地寫了一篇文
章，題為〈強令割讓臺灣的理由〉，提出日本接受中國投降的條件是
同意「朝鮮獨立」、賠款、割讓土地。關於割讓土地，福澤說，有人
也許認為日本一打勝了馬上就讓中國割讓土地，似乎是「非君子所
為」，所以在割地這個問題上可能有所猶豫。對此，福澤認為，「這畢
竟是忘掉了軍國大事的迂腐之論」，「以我所見，分割（中國的）土地
不但有理由，而且在國防上是不得已的必要。」因為中國東北的土地
從地理上說是對朝鮮的一種掩護，而分割臺灣也是為了日本南部沖繩
縣的安全。所以首先必須割讓臺灣。他接著在〈眼中無清國〉（1894
年 12 月）一文中又稱，讓清朝割地賠款，不要怕它來日報復，因為
它腐敗透頂，完全不足畏懼；現在割讓臺灣只是一個開頭，「待他日
分割四百餘州的時機一到，就必須向它的中原地區大力挺進，選擇立
足之地」，並認為這是「今後的大勢所趨」。

懷著對中國的領土及財富的貪婪的欲望，本著這種「打仗是好
事」的想法，福澤諭吉一直密切關注中國動勢，一直在尋找與中國
「打仗」的機會。當清政府應朝鮮政府的請求，派兵赴朝平定朝鮮動
亂時，福澤諭吉認為時機到來了。作為一個民間人士，福澤諭吉一直
以強硬的霸道的態度，煽動輿論，慫恿日本政府把朝鮮國內的動亂與
中國的干預作為一個良機，趁機把朝鮮從中國的藩屬中拉出，並納入

5　福澤諭吉：〈東洋の波蘭〉，《福澤諭吉全集》（東京：岩波書店，1961年），第10卷，
　　頁78。

日本的勢力範圍中，聲稱如果中國干預朝鮮事務，即與中國開戰。他在〈日支韓三國的關係〉（1882）一文中說：

> 如果虛妄自大的滿清不知自己的空虛而以強大自居，以此次事變為藉口干預朝鮮的內政外交，如果它說什麼朝鮮國是我屬國，朝鮮政府是北京政府的別府，屬國別府發生的事本國本府加以處分是理所當然的事，而朝鮮亦敢甘於從屬地位，支朝串通一氣敵視我日本……如果支那傲慢無理，使我日本人在世界上喪失體面，那我日本就應該勇敢應對，開啟戰端，將東洋的老大朽木一舉摧毀。[6]

　　在此後的幾年時間裡，福澤諭吉密切地關注著中國和朝鮮的動向，並不斷寫文章煽風點火。當時的清政府應朝鮮政府的合法要求，以兩國既定的關係為依據，派兵前往朝鮮幫助平定國內叛亂，日本卻蓄意趁火打劫，也派兵侵入朝鮮，遭到中朝兩國的抵制。消息傳來，福澤諭吉惱羞成怒，反咬一口，說什麼：「在今次的朝鮮事件中，我日本國的名譽、權力、利益蒙受了大侮辱、大損害。其主謀是支那人，其教唆者是支那人，其實際行動者，又是支那人……支那人的罪行不遑枚舉。」他還宣揚中國兵虐殺日本婦女兒童，肆意煽動日本國內民眾的反華情緒（〈支那士兵罪責難逃〉，1884 年 12 月）；還說什麼在這次事件中，「日本是被害者，支那和朝鮮是加害者」，日本應當向這兩個國家興師問罪，尤其是對中國，光讓他「謝罪」遠遠不夠，「事已至此，必須拋棄以口舌論是非，而必須斷然訴諸兵力，盡快了結局面，雖然這對兩國人民都是一個不幸，但國恥難消，此事必須斷

6　福澤諭吉：〈日支韓三國の關係〉，《福澤諭吉全集》（東京：岩波書店，1961年），第8卷，頁304-305。

然實行。」接著，福澤在〈一旦開戰，勝券在握〉一文中還提出了更
狂妄的作戰計畫：

> 我國一旦向支那朝鮮兩國興師問罪，朝鮮固不足論，我們的對
> 手就是支那，首先應派一支軍隊赴朝鮮京城與支那兵鏖戰，讓
> 朝鮮政府答應我正當的要求；同時，我軍從陸海大舉進入支
> 那，直搗北京城，皇帝若退到熱河，那就跟著進攻熱河。這樣
> 一來，無論怎樣剛愎自用的支那人也不得不答應我正當要求，
> 低頭謝罪。[7]

　　他認為，日本直搗北京的行動是有勝利把握的。原因是，「支那
軍隊腐敗，八旗、綠旗、勇兵、蒙古兵，合在一起號稱百萬，其實能
夠使用西式武器的不過五、六萬人。又號稱軍艦百餘艘，有相當於我
海軍四倍的兵力，其實不過是紙糊的炮銃船艦，實在不過是太平的虛
飾物。就是說，船艦炮銃是鐵製的，而使用它的人不過是木偶一
般。」在一八九四年九月發表的題為〈支那龐大，但不足懼〉一文
中，福澤認為日本有些人擔心要使中國那樣的大國屈服並非那麼容
易，他表示反對這種看法。他說：「以我的看法，以上的說法只是皮
相之見。支那雖號稱大國，但其政治組織已從根本上腐敗，國民的團
結不鞏固，表面上屬於大清帝國皇帝治下的大部分版圖，其實是半獨
立狀態，政治法律因地而異，幾乎到了肆無忌憚的程度……從一般的
地理書上看，那個國家地廣人多，但由此判斷他們擁有幾倍於日本的
兵源，那就大錯特錯了。支那軍隊號稱百萬，實不足信。支那人的毛
病是喜歡虛張聲勢，不過是出動一兩萬的兵力就聲稱幾十萬，古來筆

7　福澤諭吉：〈戰爭となれば必勝の算あり〉，《福澤諭吉全集》（東京：岩波書店，
　　1961年），第10卷，頁159-160。

法即如此。」他還分析了中國兵訓練不足，不過是由乞丐流民組成的烏合之眾，因而，「大國之大，在彼不足賴，在我不足懼，總之，我希望對支那加以損害，要迅速、要廣泛、要大。」

　　福澤諭吉還分析了日本所具有的優勢，強調日本具有精兵強將，一定可以打勝。「如支那的戰爭若不能取勝，我日本人自今後不但永遠受支那淩辱，也會被世界各國所輕侮欺淩，最終不能保持國家的獨立；如果打勝的話，則我日本的國威不僅可以炫耀於東方，也會令遠方的歐美各國所敬畏。取消制外法權不必說，作為萬事（與西洋）平等的文明富強國，會永遠被東方奉為盟主。」他還鼓動說：「為了實現這一希望，我們的身家性命不足貴，願直接進軍北京決一死戰；我們的財產也不足愛，願全部充作軍費。舉日本全國之力即可達到目的。此次朝鮮事變若果真引發日支兩國的戰爭，則我輩可以斷言：日本必然勝利。」（〈戰爭一旦發動就應有必勝之信念〉，1884 年 12 月）。他在〈御親征準備如何？〉（1885 年 1 月）一文中進一步煽動對中國開戰，認為「比起談判的準備來，更應該做開戰的準備」。他鼓動天皇親自率兵征討中國，即所謂「御親征」，強調「我輩所希望的就是準備御親征，僅此而已」，並在這句話旁邊加上了著重號，以示懇切鄭重之至。

　　一八九四年中日甲午海戰爆發前夕，福澤諭吉寫了一系列文章，更起勁兒地鼓吹立刻對中國開戰。七月，他在題為〈應該直接對支那朝鮮兩國開戰〉一文中，稱李鴻章給朝鮮政府的電文所說的「內修德政，勿負皇恩，倭寇放肆，敢恃狡毒，第視天兵一舉，無異以石壓卵也」這些話，「是對日本無禮萬千的語言」，並指出由此可見是中國「挑撥朝鮮政府拒絕我要求的事實確鑿無疑」，因而提出「一刻也不要猶豫，要與支那為敵人，斷然開戰」，而且在向中國開戰的同時，也不要放過朝鮮，因為朝鮮與中國是「同一個洞裡的狐狸」。他說朝鮮是小國弱國，攻打它別人看來好像有點可憐，但「為了打破它多年

來腦海深處崇拜支那的迷夢，必須付諸彈丸火藥」。一八九四年十一月下旬，日軍攻入旅順大肆屠殺中國人民，美國的《世界日報》（WORLD）、《時報週刊》等媒體報導日軍從十一月二十一日占領旅順以後，四、五天中屠殺非戰鬥人員、包括婦女兒童六萬人，稱日本人為「披著文明外衣的野蠻怪獸」，而一貫標榜「文明」的福澤諭吉卻為日軍屠殺辯護，稱中國軍人偽裝成市民，殺死他們理所應當，說中國人沒有信義，「不能把他們當普通的人看待」。[8]

三

　　除了這樣赤裸裸地鼓吹與煽動戰爭、為侵略戰爭及屠殺行為辯護外，福澤諭吉更以一個學者文人特有的方式，打著「文明」的幌子，為對華戰爭尋找理論根據，這集中體現為「文明戰勝野蠻」的「文明進化論」。他把西方列強依靠武力向世界擴張作為「文明」的楷模，認為那就是「文明開化」，日本應該、並且已經這樣「文明開化」了。他早在《文明論概略》（1875）等一系列著作中，認為日本的文明已經高於支那（中國），經過明治維新，日本正在或已經「脫亞入歐」，成為西洋各國那樣的「文明開化」的國家，而中國、朝鮮等亞洲國家則尚在「未開化」之列，不屬於文明國家。在這種前提下，日本對朝鮮和中國採取的任何侵略行動，都被他歸為促使中國和朝鮮「文明開化」，為了這個名義，縱使侵略，也是正義的行為。信奉「弱肉強食」生存法則的福澤諭吉，就這樣振振有詞地把最醜惡可恥的侵略主張與行徑包裝起來，加以美化。在中日甲午戰爭期間，福澤諭吉寫了一篇題為〈日清戰爭是文明與野蠻的戰爭〉的文章，其中說到：

8　石河幹明：《福澤諭吉傳》（東京：岩波書店，1932年），第3卷，頁756。

在朝鮮海豐島附近，日清兩國之間展開海戰，我軍取得了偉大
勝利……我聽到這一消息真是欣喜若狂。由於我軍的開戰而博
得了勝利的大榮譽確實可喜可賀。我軍的勇武再加上文明精銳
的武器，打他的腐敗國的腐敗軍隊，勝敗的結果本是明明白白
的。恰似揮日本刀斬草無異，所向披靡，無可阻擋，原不足為
怪，與預想的完全相同。最可喜的是日本軍人果真勇武，文明
的利器果真好用，絕非出於僥倖。日清戰爭就這樣在世界面前
展開，文明世界的公眾到底如何看待？戰爭雖然發生在日清兩
國之間，而如果要問其根源，實在是努力於文明開化之進步的
一方，與妨礙其進步的一方的戰爭，而絕不是兩國之爭。本來
日本國人對支那人並無私怨，沒有敵意，而欲作為世界上一國
民在人類社會中進行普通的交往。但是，他們卻冥頑不靈，不
懂普通的道理，見到文明開化的進步不但不心悅誠服，反而妨
礙進步，竟敢無法無天，對我表示反抗之意，所以不得已才發
生了此戰。也就是說，在日本的眼中，沒有支那人也沒有支那
國，只以世界文明的進步為目的，凡是妨礙和反對這一目的的
都要打倒。所以這不是人與人，國與國之間的事，可以看作一
種宗教（信仰）之爭……幾千清兵無論如何都是無辜的人民，
殺了他們是有點可憐，但他們不幸生在清國那樣的腐敗政府之
下，對其悲慘命運也應有所覺悟。倘若支那人鑒於此次失敗，
領悟到文明的力量多麼可畏，從而將四百餘州的腐雲敗霧蕩滌
一空，而迎來文明日新的曙光，付出一些代價也值，而且應當
向文明的引導者日本國三叩九拜，感謝其恩。我希望支那人早
早覺悟，痛改前非。[9]

9　福澤諭吉：〈日清の戰爭は文野の戰爭なり〉，《福澤諭吉全集》（東京：岩波書店，
　　1961年），第14卷，頁491-492。

　　在福澤諭吉的邏輯中，他的所謂「文明」──實為弱肉強食的法則──具有絕對的價值，「文明」是衡量一切的標準，而日本是「文明」的代表，不服從日本就是不服從「文明」，因此日本發動的戰爭是「文明」的戰爭，而「文明」的戰爭是絕對正確的和必要的。他在不久之後寫的一篇題為〈直衝北京可也〉（1894 年 8 月）一文中再次重彈「文明」老調：

　　　　蓋此次開戰，是日本促朝鮮朝文明的方向改革，並讓它自身真
　　　　正自立。但那支那人卻反對文明的主義，試圖施以種種的妨
　　　　害，終於以兵力表示對我的抗拒。與其由他們首開戰端，不如
　　　　我們斷然宣戰。支那人千百年來在周公孔子的夢中沉睡不醒，
　　　　自尊自大，蔑視他人，以堂堂中華聖人國自誇，只有讓它看到
　　　　自身的無知蒙昧，事事才不至礙手礙腳；若對自身蒙昧無知毫
　　　　無認識，那就要將自家的臭氣傳到鄰國，反對改革，以至妨礙
　　　　文明開化的事業，此罪重不可恕。倘若對其任意胡為坐視不
　　　　管，任憑他以無知蒙昧之力壓制文明革新運動，那就會使它越
　　　　發傲慢，不知最終會做出何等事情來。也就是說，今天的戰爭
　　　　雖是日清兩國之爭，實際上卻是文明與野蠻、光明與黑暗之
　　　　戰，其勝敗如何關係到文明革新的命運。應該意識到我國是東
　　　　亞先進文明的代表，非國與國之戰，而是為著世界文明而戰。
　　　　給它頂門一針，乃至當頭棒喝，啟蒙昧國家之蒙，促其真正悔
　　　　悟，甘心俯首於文明的腳下，以求上進，此為要緊。[10]

　　根據這樣的邏輯，福澤諭吉並不滿足於在黃海上與中國海軍的戰

10　福澤諭吉：〈直に北京を沖く可し〉，《福澤諭吉全集》（東京：岩波書店，1961年），
　　第14卷，頁500。

鬥，他再次提出日本軍隊僅僅在海上打敗中國還遠遠不夠，還難以使中國「幡然悔悟」，日本軍隊還要「直衝北京」——

> 要以文明之勢力席捲四百餘州，讓四億人民沐浴革新的陽光雨露，就必須做出決斷，直衝首都北京，扼其咽喉，一不做二不休，使其俯伏於文明之師面前。此非好戰，乃是世界文明大勢流賦予日本的天職，是不得不為之也。日本的太陽旗儘早在北京城迎著晨風飄揚，四百餘州的全圖盡在文明的陽光普照之下，此等快事，我輩翹首以盼。[11]

接著，一八九四年八月十一日，福澤又發表〈趕快攻略滿洲三省〉，提出「趕快攻略滿洲三省」，作為占領北京的前奏，又在八月十六日發表〈曠日持久會上支那人的當〉一文，認為日本和中國打仗不可曠日持久，「一定要以迅雷不及掩耳的勇斷，直衝其大本營，蹂躪（「蹂躪」一詞是福澤在原文中直接使用的漢字詞彙——引者注）四百餘州，加快其亡國的機會。此外別無選擇。」

福澤諭吉就是這樣，一邊口口聲聲「文明」，一邊煽動日本政府和軍隊將侵略戰爭推上中國大陸，盡快蹂躪和吞併整個中國，將日本國旗插在中國上空。這就是福澤諭吉所提倡的傳播「文明」的途徑和手段，也清楚地表明了他所謂的「文明」究竟是何種東西。正如現代日本學者竹內好在〈日本的亞細亞主義〉（1963）一文中所指出的：福澤諭吉所信奉的文明「並不是當時所流行的歐化，當然也不是鹿鳴館中舉辦的化妝舞會。對他而言，文明就是冷酷無情地擴張自己，如果否定這一點那就在國際競爭中生存不下去」。換言之，福澤諭吉的

---

11 福澤諭吉：〈直に北京を沖く可し〉，《福澤諭吉全集》（東京：岩波書店，1961年），第14卷，頁501。

「文明」就是以進化論和社會生物主義為思想基礎的窮兵黷武、弱肉強食的軍國主義。這種軍國主義所信奉的不是國際間的道義、友誼與合作，而是依靠赤裸裸的武力來擴張日本的「國權」。在福澤諭吉的有關思想言論中，有著軍國主義的全部基本的特徵——對天皇制專制集權的推崇，對「御親征」的熱望，鼓吹國家體制的軍事化，動員國民踴躍參軍，鼓動國民為戰爭捐款等等，他還在不少文章中動輒自稱日本為「軍國」。特別是，福澤的思想言論中有著軍國主義者的非理性、瘋狂性和冒險性的特徵。甲午中日戰爭中他極力主張日本軍隊攻略中國「四百餘州」，在當時來看就是一個極大膽和冒險的想法，剛剛維新改革三十年的日本當時顯然尚沒有足夠的國力做到這一點，但向來以理性分析見長的福澤，卻異想天開地認真地向日本政府提出了這樣的建議，這從一個方面暴露了以傳統日本武士道精神為內核、以近代「文明」相標榜的近代軍國主義的非理性和冒險性。

　　福澤諭吉雖然終生在野不仕，但他不是一個普通人物，他一直以民間學者文化人的身分開辦學校、編輯報紙，著書立說，其實際影響要遠遠大於任何一個政治家或其他方面的人士。一百年來日本主流輿論奉福澤諭吉為「日本近代最重要的啟蒙思想家」，給予他極高的評價，他的肖像一直印在日本面額最大的紙幣——即一萬元紙幣上。統觀明治以降直到一九四五年日本戰敗的八十多年間日本所走過的歷程，就會發現福澤諭吉的影子無處不在。日本所走的道路基本上就是福澤諭吉所設計的脫亞入歐、以歐洲列強的方式侵略中國等亞洲國家，並在此基礎上建立所謂「近代文明國家」的道路。福澤提出的侵占朝鮮、吞併臺灣、在中國大陸領土中首先占領東北三省，並最終將日本國旗插在北京城頭的一系列侵略構想，他的後輩全都照樣做了。然而，福澤為日本所設計的以對外侵略來擴張國權的道路，曾給日本帶來了一時的「雄飛」，更給中國等亞洲國家帶來了長期深重的災難，卻也最終使日本走向失敗的深淵。對於近代日本來說，真所謂

「成也福澤，敗也福澤」！如何對待和使用福澤給日本人留下的思想遺產，足令後代人三思。

從「合邦」、「一體」到「大亞細亞主義」

——近代日本侵華理論的一種形態[1]

　　與福澤諭吉的「脫亞論」、德富蘇峰的「大日本膨脹論」等赤裸裸的武力犯華論相對應，明治初年，又有學者文人從另外的角度提出了「亞細亞主義」的理論，他們不是主張「脫亞」，而是提出「興亞」或「振亞」。前者主張「出」，後者主張「入」，表面看去很不相同，但這只是途徑的不同，目的卻是一致的，那就是日本取代中國成為亞洲的中心，並最終使中國成為日本的屬國。

　　「大亞細亞主義」理論的淵源，最早可以追溯到十九世紀九〇年代樽井藤吉的《大東合邦論》。樽井藤吉（1850-1922），號丹芳，出身於奈良縣的一個木材商家庭，但年輕時即因參與政治活動不得志，轉而專心琢磨日本如何對外開拓，曾多次欲乘一小船登上朝鮮半島未遂，後又參與組織「東洋社會黨」，因違反政府集會條例被監禁一年，出獄後積極參與「玄洋社」等右翼團體的政治活動。一八八四年中法戰爭爆發後來華，在上海、福州一代活動，為了培養在中國活動的人才，樽井和平岡浩太郎、中江篤介等人策劃在上海成立「東亞學館」，回國後繼續從事政治活動。樽井早在組織「東洋社會黨」時，就有了「大東合邦」的思想，據樽井在《大東合邦論》的〈凡例〉中稱，他在入獄前的明治十八年就寫好了《大東合邦論》的草稿，入獄

1　本文原載《華僑大學學報》（泉州），2005年2期。

時丟失。又經過十多年的思考，到一八九○年再起草，一八九三年以
《大東合邦論》為題出版，初版本署名「森本藤吉」，是當時他為參
加眾議院選舉而臨時改的姓名。該書全部以日本式的、不無生硬的漢
語文言寫成，樽井自稱這是為了使「朝鮮人、支那人皆讀之」，聲稱
即使「大東合邦不成，亦必有裨補學理者矣」。一九一○年該書再
版，再版本與初版本有所添削，但內容基本相同。

　　《大東合邦論》十六章，包括〈序言〉、〈國號釋義〉、〈人世大
勢〉（上、下）、〈世態變遷〉（上、下）、〈萬國情況〉、〈俄國情況〉、
〈漢土情況〉、〈朝鮮情況〉、〈日本情況〉、〈日韓古今之交涉〉、〈國政
本元〉、〈合邦利害〉、〈聯合方法〉、〈論清國宜與東國合縱〉等。《大
東合邦論》的基本主張是，面對歐洲列強對亞洲的滲透和侵略，日本
應當與支那（中國）「合縱」，與朝鮮「合邦」，建成一個新的國家，
名為「大東」，以實現以日本為盟主的三國一體化。樽井藤吉認為，
當今國際關係中存在著「競爭」和「親和」兩種不同的形態。在歐洲
那樣的「異種族混合」的社會中，優勝劣汰的競爭是自然的，「競
爭」也帶來了西洋文明的發達。但是，在東洋這樣的統一的「單一種
族繁殖」的「黃人」社會中，「競爭」是有害無益的，而應該奉行與
「競爭」相對立的「親和」原則。樽井把中國、日本、朝鮮等東亞民
族都看成是「單一種族」。當然他所謂的「單一種族」，絕不是科學的
民族學的概念，而只是一個國際政治的概念。眾所周知，單一民族的
標誌不僅僅是膚色，還有語言、歷史文化、宗教信仰、地理區域等多
種複雜因素。樽井把歐洲說成是「異族混合的社會」時，沒有考慮歐
洲是「白人」的社會，而在把東亞說成是「單一種族」的時候，卻僅
僅以「黃人」的膚色為根據。他堅持這一雙重標準，目的顯然就是要
說明東亞是「一種族」的，因而有著「親和」的基礎。他在《世態變
遷》（上）中寫道：「凡社會由一種族成者，親愛之情為厚；親愛之情
厚，則倫理自存。倫理存，則和順之習成性，和順成性，則尊父老；

尊父老則裁制者起；裁制者起，則協力分勞；協力分勞社會因以創焉。故社會以一種族成者，其秩序自成族制；族制即定，則人民自治。而自治所重在教化，不在法律也。故漢土上古，以無為治天下。」既然是「單一種族」，就需要「親和」，而「親和」的結果，就是要「大東合邦」。就在這一理論基礎上，樽井藤吉提出了「大東合邦」的構想。他提出了「大東合邦」的兩個步驟。第一就是與朝鮮「合邦」，第二是與中國「合縱」。

　　關於與朝鮮「合邦」，樽井藤吉認為，為了使朝鮮免遭西方列強的侵略和中國的控制，必須把朝鮮置於日本的保護之下，使其與日本合成一個統一的國家。他在序言中指出：「日韓合併之事，假令不成於當日，而他日豈無合同之機哉！就宇內大勢而察之，二國各自獨立者，非千歲之長計也。」關於與中國（樽井有時稱「清國」，有時稱「支那」）的「合縱」，樽井在〈論清國宜與東國合縱〉一章中說：其實大東合邦，應該包含清國，但清國太大，並非僅僅依靠協議就可以合邦，何況境內之韃靼、蒙古、西藏等，恐不服從。所以現在只能指望與清國「合縱」。即使日本與清國難以「合邦」，也可以先實現「合縱」。這種「合縱」是「大東合邦」的基礎，而「合縱」則對清國極有必要。他認為「清國今日之憂，實在西南及北方，倘失策於東方，則四面皆敵也」，清國面臨被西洋列強分割的危險，而清國只有與日本聯合起來，才有能力抵抗西方的侵略。而且「今清國與我東方合縱，而根本鞏固，則（漢人）雖有叛心不能起，是不勞兵，而制漢族之心也」。樽井認為，「合縱」應該以日本為主導，因為日本已經「文明開化」，成了先進國家。而清國則不然，樽井在〈漢土情況〉一章中，列舉了「支那」的九條壞處，其中包括：支那人首先與西方人簽訂不平等條約，甘受西方白人的侮辱，開了一個「惡例」；而「我國欲除此惡例，使我同種人一新面目者有年矣，顧清廷漠然不介意」；清廷割讓香港，使英國人有了進一步侵略東方的根據地，必殃及東方

各國;清廷屈服俄國壓力,使俄國勢力侵入黑龍江以南,使日本和朝鮮增添了北方的憂患;清廷將藩屬國越南拱手讓給法國,使法國人得以利用越南與東方同種各國為敵;清廷沒有對緬甸採取應有的懷柔措施,致使緬甸為英國人所據;清國盜賊橫行,人民萎靡,男人喜食鴉片,女人願裹小腳,思想拘束,學問不長進⋯⋯如此等等,總之,他認為清國惰弱頑鈍已成積習,一旦為白人所據,而又奈之若何。所以「清國長計,在使其不足恃者為足恃⋯⋯大東合邦,清國有益無害⋯⋯日韓致盛大,則是為清國之強援也」。在他看來,通過同一種族「親和」的方式,以日本為盟主,建立「大東國」,對清國和朝鮮都有好處。樽井強調「大東合邦」的目的是為了應對西方的入侵,在《世態變遷》(上)中,他說:「今日白人所以呈毒爪銳牙者,欲為宇內之贏秦也,我黃人甘為六國乎?余復何言哉!不甘為六國乎?征秦之策不可不講也。」他強調,現在是世界劇烈競爭、優勝劣敗的時代,「且競爭劇,則優勝劣敗亦甚速。猶春秋之列國,遂為七雄,七雄亦不久,遂為秦。嗚呼!東亞諸國不講使彼不得為秦之策,則彼遂為秦矣」。

樽井藤吉的「大東合邦」論,不同於維新前上述佐藤信淵和吉田松陰的赤裸裸的武力侵略論,相反,卻是以儒家的教化、德治加以包裝的、建立在近代種族主義基礎上的具有「懷柔形態」的日本侵華理論。它與佐藤信淵的武力犯華論相反相成,形成了日本侵略中國的軟硬兩種理論形態。但它比起佐藤信淵的理論,更具有欺騙性和虛偽性。他的建立東亞強盛國家以與西方相抗衡的觀點,對後來日本的侵華理論影響甚大。樽井之後,「單一種族」論就被進一步發展為「同文同種」論,成為「大亞細亞主義」的理論淵源之一。而後來的所謂「興亞論」、「大亞細亞主義」、「大東亞共榮圈」之類的理論主張,都與「大東合邦論」有著密切的關係。

《大東合邦論》初版本出版約十年後,日本近代著名美術理論家

岡倉天心（1862-1913）先後用英文寫作並出版了《東亞的覺醒》（1902）、《東洋的理想》（1903）兩書。岡倉天心曾廣泛遊歷中國、西洋和印度，精通英文，他對西洋近代文明的特性有著較為深刻的認識，認為西洋白人早晚要獨霸世界，而亞洲人必須連為一體，方能保證亞洲的獨立。因此他在《東洋的理想》一書中開首第一句話就是「亞洲是一個」（意即「亞洲是一個整體」）。認為亞洲的統一是「東洋的理想」，而在亞洲，只有日本才能擔當起統一亞洲的責任，中國（他亦稱為支那）、印度等其他各國都不行。為什麼呢？在他看來，能夠把東洋文明的優良傳統保留下來的只有日本。而在支那，由於外族入侵、由於暴民起義、由於不斷改朝換代，已經把東洋文明丟光了，而在這種情況下，「日本成了亞細亞文明的博物館」，並能將東洋文化發揚光大。因此，日本天然地應該成為統一後的亞洲的指導者。岡倉天心的這些主張與藤井的「大東合邦」在基本精神上一脈相承，都是近代日本「大亞細亞理論」中的不同階段的不同表述形態。[2]

　　進入日本大正年間、也就是中國的民國時代之後，由於世界形勢的變化，以及中國政局的急劇動盪，日本的「大亞細亞主義」理論的侵華性質更為露骨地表現出來。在這一點上，小寺謙吉的《大亞細亞主義論》堪稱大亞細亞主義及侵華理論的代表作和集大成。小寺謙吉（1877-1949），一九〇八年起六次任眾議員，他的《大亞細亞主義論》（東京：寶文館，1916年）可謂亞細亞主義的集大成。

　　《大亞細亞主義論》一書長達一二七二頁。作者在該書的序言中，一開始就寫道：「奇哉！在統馭或壓倒亞細亞的歐羅巴，卻叫囂『黃禍論』，而受白色人種政府威脅的有色人種，卻少有叫喊『白禍』者。黃禍早已成為夢魘，而白禍卻是事實。」就明白地表示出，

2　關於岡倉天心的論述，可詳見王向遠著《「筆部隊」和侵華戰爭──對日本侵華文學的研究與批判》（北京市：北京師範大學出版社，1999年），頁7-11。

小寺謙吉的「大亞細亞主義論」是以黃色人種與白色人種對立這一種族主義立場來進行其理論建構的。在「緒論」中，小寺將所謂「支那」問題提高到了十分重要的位置，他認為這關係到日本與美國在太平洋地區的爭奪，「太平洋是日本的肝臟，同時也是美國的胃腑，其制海權的解決，已經使深謀遠慮的兩國政治家倍感憂心，最後的勝利者，當然屬於在政治、經濟上占據優勢的國家，此乃自然之理。日本在人種、地理、歷史、文學藝術等諸方面在對支那關係上有特殊優勢。相反，美國與日本競爭的唯一的東西就在資本，在於它利用豐厚的資本一步步地實現其目的，這一點不難預料。因而支那問題就有了太平洋問題的性質，在這一點上可以說，所謂對華政策具有越來越重要的意義。」小寺的這番話又表明，他所謂「大亞細亞主義論」的核心問題，就是日本與美國在太平洋地區的爭奪，而爭奪的對象實際就是中國。因此，他的《大亞細亞主義論》反覆強調日本如何在「人種、地理、歷史、文學藝術等方面」在對華關係上占有優勢，正如他在序言中所說：「作為亞細亞舊文明發源地的支那與新文明先覺者的日本要事業協同。倘若日本依託支那，利用其經濟資源，支那依靠日本在政治上受益，那就可以達到目的。這是亞細亞主義的第一步。」

　　《大亞細亞主義論》共有五章。其中，第一章〈歐洲大戰的教訓〉，總結了第一次世界大戰的「教訓」，認為大戰將國際公法和國際道德破壞殆盡，不存在也不可依賴所謂國際法和國際道德。在現在的情況下，「和平主義是現代的空想」，「絕對和平不可能」；戰爭是實力的較量，國家的生存依靠的就是實力，依靠的是奉行「良兵良民主義」；實力包含著人的因素和物的因素，而日本要自給自足，增加實力，首先就是要繁殖人口，因而日本在「滿鮮」（即滿洲和朝鮮）的「開拓」對於日本人口的繁衍和國民素質的改善十分重要；同時，物質上的自足是當務之急，必須增加衣食等生活必需品的生產，現在需要進口的麵粉、肥料、棉花、羊毛及毛紡織品，都要實現自足；還要

擁有獨立的武器生產能力，但日本的制鐵業缺乏鐵礦資源，作為能源的石油也依靠進口。因此，在這些方面日本都需要強化與支那的關係。這是「亞細亞主義的基礎」。在這一章對國際國內局勢的分析中，明顯地流露出小寺對日本在人口、能源方面的憂慮，也就再次顯示出了他在序言中所強調的「日本依託支那、利用其經濟資源」的良苦用心。

　　第二章是〈列國對於支那的政策〉，分析了俄國、英國、法國、德國和美國對「支那」（中國）的政策，認為這些國家的總體政策是瓜分支那。在這種情況下，日本要確立「指導支那、並保全其領土的斷然的外交政策」。他聲稱：「日本是亞細亞文明的傳承者」，「支那與日本是一個民族的雙生兒」，所以「有保護支那的充分理由」，並說：「日本在大陸建立立腳之地，並不是侵略支那領土，而是在鞏固本國防衛的同時，有助於支那的保全，為的是保障東亞永久的和平。」為什麼日本有權力在中國建立「立腳之地」呢？小寺謙吉寫道：

> 日本冒著極大的危險，作出了極大的犧牲，在滿洲的原野上與俄國開戰。當時，俄國以銳不可擋之勢南下，使支那本土陷於虎口之中，東亞的和平遭到威脅。日本雖然在自衛上有很大壓力，但鑒於支那沒有實力遏止（俄國），日本只有代支那來對抗俄國南下的勢力。而戰後日本之所以繼承了俄國的權力，把滿洲置於自己的勢力範圍內，理由不外是：(1)對於將來列強的勢力入侵，支那的勢力不足以防遏；(2)既然日本承擔了維持東亞和平的責任，就有必要在大陸建立立腳地，以保持與其他強國的均勢；(3)要保護作為戰勝國的所獲得的鐵路、港口的經營及其他權利。當年與朝鮮合併，其目的也是因朝鮮沒有自立能力，而且朝鮮反覆無常、幼稚的對外思想一直是東亞和平的危險因素，就只有從根本上加以解決，以永遠斷絕紛爭。

也就是說，現在日本在滿鮮的政治地位，不是目的之表現，而
是由其他的目的所產生的結果。[3]

　　對於日本占領臺灣，小寺也以同樣的邏輯辯解說：在列強覬覦中
國沿海的情況下，「一旦臺灣為這些強國所據，那麼黃海、渤海、日
本海一下子就成為他們的勢力範圍了，太平洋的海權就勢必為列強所
支配。而日本領有臺灣，就除去了這種危險，保住了太平洋的均勢。
這一切都出於保衛東亞和平的目的，哪裡是乘支那衰弱而侵奪其領土
呢？」他強調，日本要「保全支那」，是認識到「支那的滅亡與全體
黃色人種休戚相關，支那的瓜分，事關遠東政局，進而影響日本的隆
盛，事關亞細亞文明的消長」，保全支那，是「基於兩千年間兩國的
歷史、感情和友愛」。

　　第三章是〈大亞細亞主義的基礎〉。在這一章裡，小寺謙吉一方
面痛斥西方白人的人種偏見，一方面又鼓吹「黃種人」與「白種人」
的「人種戰」。他回顧了歷史上歐亞對抗的歷史事件，包括古代的波
斯人與希臘人的戰爭，匈奴人攻進歐洲、阿拉伯人席捲歐洲、歐洲十
字軍東侵、蒙古人遠征歐洲，土耳其人對歐洲的入侵等，從而提出
「人種競爭是黃白兩種人種之間的對抗戰」。小寺還分析了歐洲各國
及澳洲的「黃禍論」，認為這些「黃禍論」多是針對日本和中國的。
小寺針對西方白人宣揚的「黃禍論」，針鋒相對地提出了「白禍論」。
他認為，「所謂大亞細亞主義，其目的就是為了以亞細亞的勢力對抗
歐羅巴的勢力。黃色人種中的獨立民族要相互協同，通過不斷的建設
提高各自的生存力，以自己的努力實現新的文明，以對人類文明歷史
有所裨益。蓋此主義就是永遠防止同一人種之間的爭鬥，並且依靠人
種與人種之間的均勢，防止不同人種之間發生戰爭。從這一點上說，

3　小寺謙吉：《大亞細亞主義論》（東京：寶文館，1916年），頁240-241，版本下同。

大亞細亞主義不失為和平的一大福音。」他還把大亞細亞主義的實現
分為四個階段（四期）。「第一個時期，黃色人種即蒙古人種中的最強
國日本和最大國支那，在此主義下的統一；第二期是把同族（黃色種
族）中的獨立國民包括進去；第三期是把異人種統治下的黃色民族在
此主義下統合起來；第四期是逐漸涉及整個亞細亞所有民族。在這四
期中，「當務之急是第一期的事業」，即日本和「支那」的「統一」。
他認為妨礙這種統一的是中國人對日本的「猜忌」，就是中國人的
「恐日病」。至於這種「猜忌」和「恐日病」是如何產生的呢？小寺
認為其原因不在日本方面，而在中國方面。在於中國人的誤會，在於
中國人還不能充分理解「大亞細亞主義」，同時也是歐美列強從中挑
撥離間的結果。他指出，建立在「大亞細亞主義」基礎上的日本與
「支那」統一是雙方互補互利的——

> 日本向支那供給知識，支那向日本供給物資，日本對支那提供
> 軍事援助，支那向日本提供經濟利益。支那是農業國，日本是
> 工業國，支那位於大陸，日本位於海洋。以我之長，補彼之
> 短，以彼有餘，補我不足，兩相得利而不相失。支那可在日本
> 的指導下成為大陸軍國，成為亞細亞的陸上守護使；日本作為
> 海軍國，以其權威成為太平洋的提督國。只有如此，才能談黃
> 白兩種人種的對立，才能實現人類的平等、世界的和平，才能
> 使亞細亞文明調和融化歐羅巴文明而形成偉大的新生命，使世
> 界各方大放光輝。大亞細亞主義的使命就在於此。[4]

　　在第四章〈支那的現狀〉中，小寺對中國的歷史現狀進行了分
析。他認為，中國在政治上疾患重重，在軍事上疲弱無力，兵力上比

4　《大亞細亞主義論》，頁474-475。

從前反而退步，海軍有名無實。歷史上的「易姓革命」，造成一次次的內亂，已成為歷史上的通患，難以根除，而辛亥革命建立起來的共和制對現在的中國也不適當，現在所謂共和制完全是「贗品」。在政治上，中國一直沒有形成適宜的政治制度，因而，「最後還是需要日本的指導」。中國在財政方面困難重重，依靠借款維持，導致軍備萎縮，行政渙散，而且財政權不統一，幣制也不統一。在社會方面問題成堆，整個社會風氣保守停滯，局勢動盪不安。在外交方面，歷史上的「遠交近攻」思想遺害無窮，而且具有「事大主義」。以為美國為「大」，殊不知實際上美國不足恃……。小寺謙吉對中國現狀的這些分析是要說明，中國在一切方面都不行，所以必須由日本來「指導」才能解決問題。

《大亞細亞主義論》的第五章是〈大亞細亞主義和支那的保全改造〉，是全書的核心部分，占全書的一大半的篇幅。在這一章裡，小寺對日本如何處置中國，做了全面細緻的闡述。小寺謙吉說，日本在和支那提攜方面負有重大的責任，「要把積貧積弱的今日支那從垂死的狀態中解救出來，並要確立富強之策。而這一問題又分為兩個方面，一是保全支那的領土，免去被列強瓜分的命運；二是要幫助、指導支那的改造事業，使其具備富國強兵的名與實。如果這兩個問題不能解決，所謂日支親善就沒有意義」。一句話：就是「保全」和「改造」兩端。

那麼，小寺所謂的「保全」是什麼意思呢？他解釋說，「所謂支那領土保全，顧名思義，就是避免支那的解體和分裂。就此來說，有了分割論，才有了保全論。」他指出：「起初支那過於自負，挑起了甲午大戰，結果暴露出自己的腐敗衰弱，同時也埋下了領土被瓜分的禍根。直接的原因有二。一是陷於不得不向日本請和的敗地，卻不肯拋棄圖謀日本之念，越發重視遠交近攻之策，依靠其他三國的干涉，在所謂租借的名義下，開啟了事實上割讓領土的端緒。二是實行了錯

誤的戰後經營的方法和順序，大舉募集外債，企圖改革，卻給外人找到了獲得其資源的最佳機會和口實。這樣做的結果是，支那的命運很快陷入悲慘的境地。」總之在小寺看來，「支那」領土被分割是「支那」自招其辱。而日本在此後卻為「保全支那」做出了重大犧牲。他把日本和俄國爭奪中國東北的戰爭說稱成是日本為「保全支那」而進行的戰爭，說日俄戰爭遏止了俄國的南下：「日本付出了死傷二十二萬人的鮮血的代價，直到今天還背負著不少的外債，其結果是，日本保全了支那，而自己損失亦大。」他認為，日本在日俄戰爭中的勝利，使俄國等列強認識到了日本的「真價」，使得他們不能在無視日本的情況下隨意行動，日本才有可能以日本為中心和他們締結一系列有關東亞和平的國際條約。小寺認為那些和約能夠「成為支那獨立和保障其領土保全的支柱，都是因為日本可以作締約國的對手。而反觀支那自身，卻沒有一個國家能夠與其簽訂保全其領土的條約。歸根到柢，支那是靠日本的外交政策才確保獨立的。這樣說絕非過言」。在小寺看來，現在「支那」處在了被西方列強「分割」的危險中，「瓜分支那的形勢已經成熟，換言之，準備已經停當。如今只待時機實行了。所謂瓜分是什麼？無他，就是列強在支那領土上設定的勢力範圍」。「嚴格地說，支那的分割不是未來的問題，而是如今的現實」，而「支那的分割只對其他強國有利，而對我日本帝國卻是不能不憂慮的危險。日本在支那建立立腳點，是自然的理數，有著和歐美諸國全然不同的性質。」小寺極力要把日本「在支那建立立腳點」與歐美列強的「支那分割」區別開來，為此，他進一步闡述了日本必須在「支那」「立腳」的政治的、經濟的理由。

關於政治上的理由，小寺認為，如果「支那分割」成為現實，那就使歐美列強得隴望蜀，加劇日本和他們在亞洲的軍事競賽，而使日本四周布滿白人，必令日本不堪。「對於歐美列強來說，支那的分割，就是將其國旗插到領土之外，而相反，站在日本的位置上而言，

就是讓競爭的列國勢力引到自己腳下。」關於經濟上的理由。小寺
說，「支那是世界上的大市場，更是一個農業國，其人口的三分之二
是農民，所以不是工業國，而是原料的供應國，商品的需要國」。而
日本卻不同，「它可謂得天獨厚，晚近我國的工商業顯著進步發達，
以最近的態勢與歐美的先進國相比也不遑相讓」，只有「保全支那」，
才能維持日本廣大的市場和原料供應地，使兩國的經濟「自給自
足」，即支那的資源供給日本，而日本的商品供給支那。「支那的領土
保全，保持其廣闊市場的開放，因而對於日本經濟極其重要」。他甚
至說「這間接關係到日本的死活問題」──

> 　更可怕的是，如果支那被分割，歐美列強把豐富的資本注入其
> 新領土，在開發富饒資源的同時，使用本地的原料，以低廉的
> 工資雇用本地的工人，以經營各種工業……不僅滿足了支那全
> 部的需用，而且還傾銷到日本、印度、阿富汗斯坦、波斯以及
> 南洋諸島，更進一步向歐美方面逆向出口。假如出現這種態
> 勢，支那全土面目將大變，遠東就會形成令人吃驚的繁榮局
> 面。然而日本的命運卻又如何？對白色人種分割支那、實現其
> 白人統一世界的理想並開闢新的紀元，絕不能坐視不管。[5]

　　此外，小寺還從「太平洋問題」的角度，強調日本只有「保全支
那」，才能確保能夠與美英等國等在太平洋地區的抗衡。
　　總之，從政治、經濟等各方面考量，為了日本的安全和擴張、為
了日本的經濟利益、為了防止由西方的投資所可能導致的「繁榮」局
面的出現，日本就要阻止西方列強對支那的「分割」，這就是小寺謙
吉的核心意思。乍看上去，「保全」似乎總比被「分割」好，也比

5　《大亞細亞主義論》，頁1075。

「分立」好。然而問題的實質是，小寺謙吉的，實際上也是日本人的所謂「保全」，究竟是什麼意思呢？

　　實際上，所謂的「保全」或「領土保全」，既不是「保」，也不是「全」。小寺謙吉竟「創造性地」把完整的中國領土劃分為兩個部分，一部分是內地，另一部分是「外藩」，他寫道：

> 曾作為大支那的一部分而形成的外蒙古、西藏，事實上已經脫離了支那的政治的羈絆，成為自治國。前者在俄國的保護之下，後者歸為英國的勢力範圍。支那的主權已經達不到這些藩部，只是名義上的……支那只擁有宗主權的空名，而不是蒙古和西藏的統治者……事實上這些外藩部已經失去了保全之實，要保全它們，不合事實。[6]

　　在小寺看來，外蒙古、西藏由於已經處在了俄國和英國的勢力範圍，就成了「外藩部」，到此，他才把其「領土保全」的獨特含義挑明——

> 所謂領土保全的意思，就是依靠自力不能保全領土的國家，依靠外力遏止行將滅亡的頹勢，而並非恢復已經喪失的東西，或者解除已經接受了的主權限制。因而，所謂領土保全，當然必須把這些外藩部除外，像滿洲、內蒙古按照這一基準都應該除外，這是自然的運命。[7]

　　按照他的界定，「支那」可以「保全」的「只是本部十八省，而外藩部不能包括在內」。到這裡，我們完全明白了，小寺在前頭所講

6　《大亞細亞主義論》，頁1099-1100。

7　《大亞細亞主義論》，頁1100-1101。

的日本幫助「支那」免於西方列強「分割」云云，不過是一塊侵略中
國的遮羞布，不過是日本和列強一起瓜分中國，確立自己在中國的勢
力範圍的一種冠冕堂皇的說詞罷了。所以，一方面他痛斥西方對中國
的侵略，而另一方面卻欣然承認西方列強在中國已得到的一切──

> 現在，支那對於滿洲來說，只是一個地圖上的主人公罷了。這
> 是自然之勢。並且滿洲成為日本的勢力範圍，也是列國一致承
> 認的。[8]

　　這種前後的相互矛盾，不過是為了日本自己的「勢力範圍」──
例如在滿洲的勢力範圍──也能得到列強的「承認」。他還進一步無
恥地羅列日本侵占滿洲的理由，認為「支那」太大，而滿洲土地蠻
荒，民族不合，土匪盛行，是個是非災禍之地；「支那的統治在外藩
部不受歡迎」，而把滿洲給日本，則對「支那」卻是一個好事，「從支
那內政上說，卸去了一個負擔，免除了統治上的一個禍根，對外則可
避免與比鄰強國的衝突，避免外患，不必動用『冗兵』，也能節省不
少的不必要的財政費用，從而得以把精力集中於自國本土的改革振
興」，因此對「支那」有益無害；還說這樣一來，「就好像一個人體，
不切除患部，就會加重病情，禍及全身，最終失掉性命，故名醫勇於
對患部做切除手術。同樣，割掉生了疾患的地方，以集中精力統一、
改善本部十八省，以避免國家危亡，是支那聰明的政治家應該採取的
手段」。他反覆強調說：

> ……支那斷然放棄滿洲，徹底清理造成日支兩國隔閡的一切問
> 題，使兩國真正唇齒輔車相倚，理想的事情莫過於此。蓋以支

8　《大亞細亞主義論》，頁1101。

那衰弱到今日地步，若勉強支撐全土，甚至連一個省都保不
住。相反，要使支那恢復實力，恢復元氣，就得放棄外藩，則
恢復絕非難事……滿、蒙、回、藏等外藩，姑且聽其自然，放
任自流，先把十八省加以統一和鞏固，以屈求伸，是時機也。
這實在是大亞細亞主義實行的第一步。[9]

　　到此，小寺謙吉已經論述得十分到位了，原來，這就是所謂「大
亞細亞主義」！也就是所謂「支那改造」的關鍵。在他看來，只有放
棄滿蒙，讓於日本，「支那」才能「改造」，「支那的改造，應去其
虛，取其實，致力內部統一，消除外部禍患，揣摩實力，順應時事，
改革鄙陋現狀，開拓新局面，忍眼前小辱，立百年遠謀」。

　　那麼，日本到底有什麼資格來指導「支那的改造」呢？小寺聲稱
這是因為日本在各方面的實力近年來都突飛猛進，具體表現為六個方
面，其中包括：由於歐洲大戰，交戰國兩敗俱傷，日本的國力進步卻
反比例地挺進；由於歐洲大戰，日本的海運業及其貿易（包括軍需
品）的出口顯著發達，資本增值；德國在中國的勢力被驅逐，山東成
為日本的勢力範圍；由於日俄新協約的締結，在遠東的均勢向日本傾
斜，等等。所以小寺聲稱：「對於日本來說，作為亞細亞的指導者，
亞細亞的盟主是當之無愧的」，「日本已經成為遠東和平的支柱」。在
他看來，在「支那的改造」中，離開日本也絕對不行。他強調：

要而言之，最近的新的趨勢是，列強們對於日本在支那的特殊
地位，已顯出越來越認同的傾向。而日本所具有的集大成的、
綜合的、映發的文明，對於支那的改造是必要的處方。而日本
人的經驗、天才智慧也是指導支那改造的最適當的東西。這是

9　《大亞細亞主義論》，頁1111-1112。

不爭的事實。因此，支那要拯救本國，其唯一可採取的手段，
唯一可選擇的，就是和日本結成最鞏固的提攜，在其改造方
面，應該真心真意信賴日本。[10]

　　如何信賴和依靠日本來進行「支那改造」呢？小寺認為應該分為
政治與軍事改造、經濟改造、社會改造這三個方面。關於政治軍事改
造，日本應派遣政治顧問和軍事顧問到「支那」去，具體加以指導。
在軍事上，他認為有日本的保護，中國所以要裁軍。關於經濟改造，
小寺說在財政的統一和幣制的改革方面，應該相信日本，要利用日本
人的能力，在中國建立採礦業、修建和經營鐵路；「支那」要放棄
「極端的產業保護」，許多產業應該實行「日支合辦」。在社會改造方
面，小寺說中國的「語言不統一」，各地發音不同，要加以統一就必
須依靠日本人的指導，他說，現在有人提出使用西方的羅馬字來統一
語音，但那畢竟是西洋的東西；如果採用日本的ィロハ假名文字，
「和漢字相輔相成，其效果會更好，會更加鞏固兩國輻車相依的關
係」。但是，中國如果也採用日本的假名，實行漢字與假名的混合，
那漢語豈不就變成日語了嗎？小寺對此沒有細說，但他的用意顯然就
在於此。按照小寺謙吉這樣的設想，在日本指導下通過在政治、軍
事、經濟、社會、文化各方面實施全面的「支那改造」，中國實際上
就完全被改造成了日本的附屬國。

　　到此，小寺謙吉的「大亞細亞主義論」的面目已經十分清晰了，
他的「大亞細亞主義」的實質，就是使中國承認日本對亞洲、對中國
的領導地位，拱手把所謂「外藩」滿蒙讓給日本，另外十八省的「改
造」，也要在日本的指導下實施，必須接受日本在政治、經濟、軍
事、文化、語言等方面的全面「提攜」，最終完成「支那與日本的統

10　《大亞細亞主義論》，頁1144。

一」。由此，「大亞細亞主義」第一階段的目標就實現了。顯而易見，
這種「大亞細亞主義」，實際上就是赤裸裸的侵略中國的強盜「主
義」，是日本強加於亞細亞、強加於中國的軍國主義。隨著日本天皇
制法西斯政治體制的逐步形成和確立，小寺謙吉的「大亞細亞主義」
最終成為日本軍國主義的主流意識形態和指導思想之一，在侵華戰爭
及太平洋戰爭中，「大亞細亞主義」在理論和實踐上被進一步繼承、
發揮並付諸實施，造成了極為惡劣的後果。

近代日本「東洋史」、「支那史」研究中的侵華圖謀

——以內藤湖南的《支那論》、《新支那論》為中心[1]

一　內藤湖南的《支那論》和《新支那論》

十九世紀後期以降，在日本的史學研究中，所謂「東洋史」、「支那史」的研究相當活躍。由於江戶時期延續下來的漢學教育傳統仍在發揮作用，明治時期出現了不少通曉中國語言文化的專家，為「支那史」、「東洋史」的研究奠定了基礎。在這些學者當中，內藤湖南作為日本「支那史」研究的奠基者，名聲最響，影響最大，也最有代表性，我們對近代日本「支那史」研究的剖析，不妨從他開始。

內藤湖南（1866-1934），本名虎次郎，字炳卿，號湖南，日本的中國歷史及中國問題研究家，前期從事新聞工作，擔任編輯和記者，並多次來中國收集有關中國歷史和現狀的資料，陸續發表有關中國問題的文章，逐漸成為知名的「支那通」。一九〇七年後，擔任京都帝國大學講師、教授，講授中國歷史課程。期間又多次來華，並陸續出版了若干有關中國研究的專門著作。他的著作在日本學術文化界影響很大，被稱為「內藤史學」。他的全部著作後來被編入《內藤湖南全集》十四卷，由岩波書店一九六九至一九七六年出版。內藤湖南對中國歷史與中國問題的研究，具有鮮明的時代特徵和自覺地為日本侵略

1　本文原載《華僑大學學報》（泉州），2006年第4期。

中國的「國策」服務的性質。這一點集中體現在他的兩本書——《支那論》和《新支那論》中。

《支那論》發表於一九一四年，全書分為緒論和〈君主制乎共和制乎〉、〈領土問題〉、〈內治問題之一〉、〈內治問題之二〉、〈內治問題之三〉等五章。這是一部以中國歷史為依託、縱論中國現實問題的時論性質的書。

其中，最值得我們注意的首先是第二章〈領土問題〉。他認為，現在的中國「事實上漸漸地喪失了對境內五大民族的統轄力」，「對支那的國力而言，支那的領土從來都是過於龐大了」。他分析了中國歷史上各個朝代的民族關係，認為在以漢族為中心的國家政權中，即使五大民族都被統轄起來了，那麼漢族能否真正與他們平等相處，其他民族是否真正服從漢族，也還是個疑問——

　　　　其結果，其他各民族自然就對他們（漢族——引者注）起了反抗之心，各自打起了獨立的主意，這也是迫不得已的事情。如滿洲，既然大多數都是支那內地人擁進來的，滿洲人自己原來的根據地，反被支那的移民奪去了。這樣的民族迫不得已就同化於支那人，為的是圖自己的生存。但是，要說蒙古、西藏，還有土耳其種族，他們本來是在清朝的時候服從支那的，隨著自己的勢力增強，而生起獨立之心，是理所當然的事。不管是蒙古人還是西藏人，他們服從支那，本來服從的是滿洲的天子，只有滿洲的天子統一了他們，他們才服從之，所以壓根兒就沒有服從漢人所建立的國家的意思。在滿洲朝廷倒臺的同時，所擁有的各異種族的領土隨之解體，是當然之事。蒙古人要鬧獨立，西藏人要依附英國，這都是可能的。或者像內蒙古那樣的靠近支那本國的部族，或者一直在北京等地生活的人，從感情上說他們一下子難以分離，但隨著支那政府日益具有民

主的傾向，也就越來越失去對異種族的統轄力。今日所謂五族
共和，事實上已經沒有什麼意義。袁世凱等出於一時的策略，
而討好蒙古王和西藏的喇嘛，也許能扯上個人的關係，但解體
乃是大勢所趨。……
以上是從異民族之間的感情問題著眼得出的看法。另一方面，
以支那為中心建立的國家，從政治實力上，即兵力和財力上看
問題的話，可以明白對支那而言，現在要實行異種族的統轄，
是不可能的。[2]

　　接下去，內藤湖南分析了從漢唐，到元明清各朝代的情況，他認
為，支那歷代擁有那麼大的版圖，在經濟上是不划算的。由於領土版
圖過於龐大，周邊民族叛亂的不斷發生，而在國防上花錢太多，導致
國家財政困難，國力疲弊，反過來卻削弱了對異民族的統轄力，最終
造成異民族鬧著要獨立。

　　內藤湖南之所以做這些分析和論證，其現實著眼點顯然是在滿
洲。他強調說，從財政上看，滿洲的財政收入並不是當地創造的，而
是靠從內地撥付來維持的。日俄、日清戰爭後，日本和俄羅斯的資本
融入滿洲，由於修了鐵路，當地的土特產可以向海外輸出，滿洲的財
力有所增加，但如果將日俄的資本撤回，則滿洲仍然是一片貧窮的土
地。他由此得出結論：

所以即單從財政上看，把滿洲分離出去，是有益的。因為（支
那）現在的財政沒有繼續占有滿洲的實力。……
現在將國力，即兵力和財力所不能維持的土地分離出去，單就
將來的經濟發展上看，都是非常適當的。

2　內藤湖南：《支那論，附新支那論》（東京：創元社，1938年），頁74-78。

從這一觀察點來看支那的領土問題，從政治上的實力來考慮，
現在應該予以縮小，不再為五族共和這樣的空想的議論所支
配，而是考慮實際的實力，毋寧一時失掉一些領土，而致力於
內部的統一。[3]

講到這裡他仍感到不夠，又通過對中國歷代內政問題的分析研
究，提出了「國防不必要論」——

清朝這樣一個朝廷，過去為勉強維持一個強大國家的體面，而
不得不保有不必要的領土。但像李鴻章那樣的知道國家實力的
政治家，主張即使作出縮小領土的犧牲，也要和外國保持和
平。而對其中深意，連張之洞、曾紀澤那樣的年輕人都不理
解，何況袁世凱那樣的猿猴智慧、不通大局、不知大計的機會
主義政治家更不足為之道。他們也許沒有覺悟到，如今清朝的
滅亡，其一大原因就在利權回收論。
然而今日有遠見卓識的政治家，應該首先明白，未來二十年，
支那絕對沒有國防的必要。現在雖然俄羅斯和英國等侵略了蒙
古和西藏，但可以說（支那）絕沒有與之對抗的兵力。即便支
那完全放棄國防，被人侵略的土地還是有限的，絕不至於完全
危及國家的獨立，這是由列強的均勢所決定的。即使擁有四十
或五十個師團的兵力，其素質也可想而知，假如日本或俄羅斯
等，有斷然使之滅亡的決心，則無論如何也抵禦不得。……倘
若支那以內治為本位，在各省的兩三處要害地區各部署一個連
隊的兵力，加以充分訓練，若有大宗匪賊之患……也絕無危
險。[4]

3　內藤湖南：《支那論，附新支那論》（東京：創元社，1938年），頁93-95。

4　內藤湖南：《支那論，附新支那論》（東京：創元社，1938年），頁161-162。

　　這就是內藤湖南對中國歷史的「科學的學術研究」所得出的結論。內藤把中國歷史上所發生的政治、經濟上的困難、問題和危機，都歸結為「領土過大」。即使是對中國歷史沒有研究的人，都會看出這種結論是荒唐可笑的。然而內藤這一結論的荒唐可笑，並不全是由他的不學所造成的。相反，他知道自己研究的根本宗旨是什麼，因而在這幼稚可笑的荒唐結論中，卻透著他的「學術智慧」，即通過對「支那」歷史的研究，為日本對華侵略尋找理論根據。他極力要說明的是：中國領土過大，累贅就大，那就割讓出去更好；外國來瓜分中國，對中國而言不是壞事，反是好事，因為這可以為中國減輕負擔。外國要來取中國的土地，以中國的實力無法抵抗，抵抗也無用，那就別抵抗；既然不抵抗，那國防就沒有必要——這就是內藤湖南在《支那論》中的全部理論！但誰都知道，一個獨立國家的主權的根本標誌，就是擁有自己的國防；沒有國防，國何以為國？要中國放棄國防，就是要將中國的國家主權拱手相讓於外國列強。顯而易見，內藤湖南的「領土過大論」和「國防不必要論」是赤裸裸的瓜分中國的「理論」，是為日本侵占滿洲、乃至整個中國製造根據的「理論」。《支那論》寫作時，日本政府正勾結俄國等其他列強、策劃「滿蒙獨立運動」，擴大在中國的勢力範圍。《支那論》的出籠，顯然是自覺地服務於日本的國策時局。該書出版一年後的一九一五年，日本悍然向袁世凱提出了侵略中國的「二十一條要求」，日本政府的這些侵華步驟與《支那論》的深層聯繫，是耐人尋味的。

　　在《支那論》出版十年後，即一九二四年，內藤湖南又出版了《新支那論》一書。當時由於日本進一步加強了在中國東北地區的侵略和擴張活動，引起了中國人的抗日浪潮。對此，內藤在《新支那論》的一開頭就寫道：「去年支那的排日問題頗為激烈，一時使我國國民感到憂慮。其中事情的變化不知何時是終了。無疑，排日問題並非出自中國的愛國心，也不是起於公憤，和袁世凱的排日問題一樣，

完全是煽動的結果。」自《支那論》出版到《新支那論》問世，內藤
曾多次往返中國考察，對於中國人民為什麼「排日」，卻得出了「完
全是煽動的結果」這樣一個荒謬的結論，足可見他的侵略主義立場對
他的中國觀察和中國研究帶來了多大的偏見。在《新支那論》中，
內藤通過對中國歷史的「研究」和中國現實的分析，進一步論證了日
本侵略中國的可能性。在第二章〈支那的政治及社會組織〉中，他
寫道：

> 如果日本和支那衝突，不幸而兵戎相見，為此使支那陷於土崩
> 瓦解、不可收拾的境地，日本不是要負全部責任嗎？……日本
> 每每會有這樣的杞憂。然而這種憂慮實在是因為對支那國家的
> 成立、支那的社會組織的全然無知所造成的。打個極簡單的比
> 方：支那人有句俗話，叫「常山之蛇，打頭而尾來掃，打尾而
> 頭來咬」，日本國民就是這樣具有非常敏銳的感覺。例如小笠
> 原島假若被外國占領了，日本國民肯定全體激憤。然而支那的
> 情況卻與日本不同，支那恰似蚯蚓這種低級動物，把一段身子
> 給切斷了，其他部分能沒有感覺，仍然能夠繼續活著。例如去
> 年在排日騷動的時候，漢口是排日的中心地，假定日本派兵把
> 漢口給壓下去，那麼為此絕不必擔心會造成整個湖北的騷亂。
>
> ……在支那，政治這種東西和社會組織，兩者互無關係，這種
> 情況由來已久。所以，如果今天支那人真的興起了民眾運動，
> 那也不可能是由國民的公憤引起來的。如果看上去具有國民公
> 憤的形式，就完全可以判斷，那是由於虛假的煽動所致。[5]

5　內藤湖南：《支那論，附新支那論》（東京：創元社，1938年），頁245-246；頁255。

　　這就是作為「支那通」的內藤湖南對中國國民性的總體判斷，斷言中國人缺乏國家意識，整個國家「只是一條蚯蚓」，首尾不能相顧。內藤做出這樣的結論，其用心十分的露骨：既然「支那」人是這樣一條蚯蚓，那麼由日本人來斬幾段，又有何妨？一則不會遭到支那全體人民的抵抗，一則也不會擔待使支那「土崩瓦解、不可收拾」的責任。

　　不僅如此，內藤接下來還努力說明，支那要「革新」，必須有日本的介入才行。為此，他在《新支那論》中專列〈支那的革新與日本〉一章，進一步闡發了他在其他著述中早已提出的所謂「文明中心移動」論，來證明「東洋文明的中心」是怎樣一步步地移向日本的，而由於日本已經成為「東洋文化的中心」，日本又怎樣有資格「領導」支那。為了說明這一點，內藤首先就要說明「東洋文化」的統一性，這種統一性是超越民族界限的。他論述說，「東洋文化」發展中的一大特點就是東洋各民族之間沒有「無視國民的差別」，而支那歷史上本來就沒有一個獨立的民族，至少由兩三個民族構成──

　　　　從文化發展看，他們泯滅了民族的差別，朝著東洋文化的路徑
　　　　不斷發展。其文化的發展和移動，在支那上古時代就發生了，
　　　　從開闢到戰國時代就開始了這樣的歷史進程。秦漢以後支那統
　　　　一，此後文化中心漸次移動，原有的文化中心漸漸衰微，文化
　　　　的未開地漸次開發，有的地方成為文化的中心。漢代之前黃河
　　　　流域是文化的中心，三國後漸漸向南方移動，由於地理上的關
　　　　係，由於人工對於地理的改造，例如大運河那樣的工程，對文
　　　　化中心的移動產生了影響，不斷地向東移動，又向南方靠近，
　　　　南宋以後文化逐漸向東南傾斜，大體上沿著大運河形成中心。
　　　　然後，隨著這些地方的文化達到爛熟的程度，以前從未開發的
　　　　地方被開發，文化也波及雲南和貴州之類的地區。文化中心地

帶，唐代為止是河南陝西地區，宋元間是移向直隸和河南東部，此後到了明代，江蘇浙江地區進入全盛，最近隨著與外國的交通頻繁，文化中心又移向廣東。……[6]

內藤湖南之所以不厭其煩地描述中國歷史上「文化中心移動」的現象，為的是要得出這樣的結論：

> ……就接受支那文化而言絕不比廣東遲緩的日本，今日要成為東洋文化的中心，對支那文化來說成為一種勢力，這絕不是什麼不可思議的事。現在的日本已經成為超越支那的先進國家，儘管對於日本的隆盛，支那人投以猜忌的眼光，但倘若通過某種機緣，使日本與支那形成一個政治上統一的國家的話，文化中心移入日本，那時即使日本人在支那的政治上社會上很活躍，支那人也不會把這視為特別不可思議的現象。這可以從過去漢代的廣東人及安南人對當時的支那人的感情態度中推測出來。[7]

接下來的問題是，既然內藤認定日本已經成為「東洋文化的中心」，那麼這種「中心」應該如何向支那本土「移動」呢？在中國人「排日」、不接受日本的情況下，日本的「中心」作用如何發揮呢？為了解答這個問題，內藤又一次發揮了一個「支那史學家」的特長，首先從中國歷史中尋找答案。內藤認為，在歷史上，支那文化之所以能夠延續下來，就在於周圍的夷狄向支那的「混入」，例如漢代的匈奴，五胡十六國、遼、金、元時代的北方種族，他們的「混入」給衰

6　內藤湖南：《支那論，附新支那論》（東京：創元社，1938年），頁265。
7　內藤湖南：《支那論，附新支那論》（東京：創元社，1938年），頁265-266。

老的支那民族注入了新的活力，云云。在這裡，內藤湖南對周邊少數民族侵入內地所帶來的作用的分析和見解，顯然是十分片面的和錯誤的。事實上，恰恰是外族的入侵和周邊的叛亂，幾次毀滅了強大的中華帝國王朝，對政治經濟等都造成了極大的破壞。在中外歷史上，外族入侵對入侵者是享受掠奪的盛宴，對被入侵者從來都是災難。如果外來入侵對文化發展是好事，那麼為什麼不少日本史學家們對日本國從來都沒有遭受外來侵略而津津樂道？為什麼日本人要對元代蒙古人征伐日本未成功而彈冠相慶了幾百年？既然外族侵略有這麼大的好處，為什麼日本在明治維新時提出「攘夷」的口號？內藤湖南有意歪曲歷史，把日本「己所不欲」的「外族侵略」施加於中國，鼓吹外族入侵對中國文化發展的「好處」，顯然是有著鮮明的現實目的的，那就是為了證明日本入侵中國的合理性和合法性。他寫道：

> 支那的有的論者特別是近來的論者，認為外族的入侵無論如何都是支那的不幸，但實際上，支那之所以能夠長期維持民族生活，全都是因為外族屢屢進行的入侵。……應該說對於支那民族的煥發青春，是一種非常的幸福。……
>
> 從這種使命來說，日本對於支那的侵略主義、軍國主義之類的議論，全都是無意義的。尤其是單以侵略主義、軍國主義之類的說法來看待日本與支那的關係，是極不恰當的。[8]

在內藤看來，日本作為「東洋文化的中心」，擔負著一種「大使命」，就是將日本的先進文化「移動」到中國，促進已經處在衰老垂死狀態的、產生自身「中毒」徵兆的「支那」實行「革新」。如果是為了達到這樣的神聖的目的，而採用「軍事」的、「武力」的手段，

8　內藤湖南：《支那論，附新支那論》（東京：創元社，1938年），頁273-274。

那也是無可厚非的。為此，內藤打了一個比方：「為了開墾一大片土地，就要挖掘灌溉用的溝渠，在溝渠中間有大岩石突起，對此可以用斧鑿，也可以用炸藥爆破。然而能夠忘記其目的是在田地中開渠，而斷定其目的是在土地上實施爆炸破壞，行嗎？今日的日本的國是論者，忘掉了本國的歷史和將來的發展道路，而只把作為一時應急手段的武力說成是侵略主義啦軍國主義啦，這完全是自我貶損。」

在這種邏輯下，內藤湖南更進一步赤裸裸地鼓吹對中國的軍事入侵。他指出：「日本的力量介入支那促使其革新，還算是支那自發的革新，而最快的捷徑是從軍事上加以統一。」也就是由日本來實行軍事上的統一。在他看來，「支那在政治軍事上，完全沒有自發革新的素質」，沒有日本的介入是不行的。

總之，內藤湖南作為一個頗有影響的「支那史」研究者，在某些著作中對中國歷史文化做出了自己的分析，作為一個終生在野的知識份子，他的「支那研究」卻是自覺地為日本的現實政治、為日本侵略中國的國策服務的。這就使得他的研究充滿了大量反科學的、非學術的、自相矛盾的東西，對中國歷史文化的描述和解說充滿著謬誤與偏見。儘管在某些細節問題上，內藤對中國文化給予了肯定，但從總體而言，他的「領土過大論」、「文明移動論」、「國防不必要論」等主要論點，是對中國不懷好意的謬論，其實質是鼓吹分裂中國和滅掉中國，而他的全部的「支那研究」，是建立在宣布「支那死亡」、「支那文化衰落」、「中毒」這些基本判斷基礎上的。他在一九一九年發表的題為〈山東問題與排日論之根據〉中早就斷言：「確切地說，支那於何日滅亡一事，早就不是個問題。現在的支那，其實已經滅亡，不過其殘骸還在蠢動而已。」在當時的內藤看來，「支那國家」已經滅亡了，但「支那文化」還在，「即使支那國家滅亡，竊以為也沒有必要過分悲哀……國家之滅亡實無足輕重，而其文化卻能大放光輝於世界，支那民族之名譽，定與天地共存，傳之無窮」。然而幾年後在

《新支那論》中，他又宣布連「支那文化」也已經「衰老」、「中毒」了。也就是說，實際上內藤已經宣布了「支那國家」和「支那文化」的雙重死亡。而能夠使中國起死回生的，只有日本及日本文化。這就是內藤的「支那研究」中最根本的邏輯。

可以說，這樣的「內藤史學」在二十世紀上半期日本侵略中國的歷史過程中，起到了製造輿論、獻計獻策、推波助瀾的惡劣作用，並在一定程度上影響和誤導了一般日本讀者對形勢的判斷和對中國的了解。一九三八年，也就是日本全面發動對華侵略的第二年，他的兩個兒子在《支那論》（含《新支那論》）創元社新版序言中，在談到乃父的書所起作用時這樣寫道：

> 著者在《新支那論》中所預言的日支關係不可避免的破裂，在十幾年後的今天，不管幸還是不幸，都被言中了；著者所闡述的老大帝國支那要靠日本國民的蓬勃的朝氣來獲得更生，此乃東亞歷史發展的必然，這一問題也已成為現在及將來我們面對的最切實的問題。如今對支政策如何是關乎日本國民命運的重大問題，對此恐怕誰都會有所認識。在這個重大的時期卻未見關於支那問題的權威的大手筆的出現，不免寂寥，好在現在支那問題不只是少數幾個專門家的東西。負有東亞指導者之使命的日本國民必須具備對於支那的理解和見識，我們希望亡父的這本書能在這方面起些作用。

歷史也已經證明，這種「作用」確實是起到了。遺憾的是，直到如今，中國的一些「日本學」學者，對上述「內藤史學」的實質尚沒有清醒認識，一些人撰文對內藤史學給予高度評價，而對其禍華之心卻輕描淡寫。這樣是不可能揭示內藤史學之本質特徵的。

二　「支那史學」、「東洋史學」成為侵華的史學

內藤湖南之後，隨著日本侵華步驟的步步升級，更多的日本「支那史學」、「東洋史學」學者們自覺地為侵華服務，充當了對華侵略的工具。他們挖空心思地改造傳統的史學模式，以符合侵華現實的需要。

首先，「大東亞史」鼓吹日本是東洋史的核心，而不應再把中國作為東洋史的核心，要重新書寫以日本為中心的新的「大東亞史」。

東洋史專家矢野仁一（1899-）在一九三八年出版的《東洋史大綱》一書中宣稱：「在支那，文化早在周漢的古代就已大成、定型，此後經過唐宋元明清，幾乎沒有顯著進展。」「中國的文化，不過是模仿自己，即模仿自己古代的文化，因襲前代的文化。隨著時代推移，則模仿之模仿，因襲之因襲，日益退化。如今，中國的文化……不過是古代文化的遺留物，前代文化的僵屍而已。」矢野仁一通過講述東洋史，極力說明支那文化是停滯的，而日本文化卻是不斷發展的，東洋文化的中心已由支那轉向日本。認為在這種情況下，「我國在東洋所占的地位更加重大……以前以支那為中心的東洋史，如今進入了以我國為中心的階段，迎來了對以前的東洋史進行再檢討的時期」。那就是建立以日本為中心的大東亞史的體系。

另一位東洋史專家有高岩在和山崎宏合著的日本高等學校（高中）的歷史教科書《概說東洋史》（東京：同文書院，1938年）中，也開門見山地說：日本「作為名副其實的亞細亞的盟主，已為東洋民族的解放和發展作出了切實的業績」，因此，東洋史的重要性在國家的大局中顯得越來越重要了。他在一九四三年出版的《大東亞現代史》（郡山市：開成館，1943年）一書中，進一步提出了所謂「大東亞史的理念」，他主張，「應廢除『東洋史』、『西洋史』之名稱，將外國史之教材，分為以國史（即日本史——引者注）為中心的東亞史與

世界史，三者（指國史、東亞史、世界史——引者注）是同心圓，國史周圍有東亞史，東亞史周圍有世界史」。按照這樣的設計，日本處在東亞史的中心，而東亞史又處在世界史的中心，實際上也就將日本說成了東亞史和世界史的共同中心。有高岩在《大東亞現代史》中，還大大拓展了「大東亞」的範圍，認為大東亞「包括亞細亞大陸的幾乎全部、日本及南洋群島，而且還包括澳大利亞、紐西蘭與夏威夷等太平洋、印度洋諸島嶼」。他甚至說，「大東亞應該考慮到它是以南北兩大美洲和埃及作為外廓的」。在這裡，有高岩劃定的「大東亞」的範圍幾乎占了世界地圖上的一大半的土地，這顯然與四〇年代日本鼓吹的「大東亞共榮圈」的擴張野心相一致，與上述的日本是大東亞的中心、也是全世界的中心這樣的思路也是一致。顯然，這種理論主張不過是日本的「大東亞共榮圈」論和「日本盟主」論在史學研究上的翻版罷了。

第二，「大東亞史」學者們極力貶低、輕蔑中國歷史文化，宣揚中國文化「停滯」論，進而宣稱日本侵華是為了打破「支那」的停滯性、推動「支那」社會的進步。

日本人關於中國文化停滯的觀點，較早見於福澤諭吉的著作，後來成為許多日本的中國歷史研究者通行的看法。例如，著名的「支那史」學者白鳥庫吉（1865-1943）在其代表作《支那上古史》等著作中，提出了「堯舜否定論」，即認為作為中華文明源頭之一的堯舜是後人編造出來的神話，而不是歷史的存在。他從社會生物主義的觀點出發，把人類文化的發展看作人的一生，分為三個階段。第一個階段，是知情意的階段，第二個階段是觀察外在事物，並概括其普遍屬性的階段，第三個階段是使外部的經驗和內部的，即內心的經驗統合一致、不相矛盾的階段。白鳥庫吉認為中國文化屬於第一階段，中國人沒有哲學思辨的能力，思想不具有深刻性，也缺乏藝術的感覺，故不能創造出美麗雄渾的詩歌和傑出的建築作品。他認為中國文化對人

類文化的貢獻，只表現在倫理道德方面，而正是這種倫理道德觀念，成為中國文化停滯和僵化的原因。這種中國文化停滯、落後論，在稍後的日本史學家中，成為普遍的議論。連「馬克思主義史學家」秋澤修二，也援引馬克思的「亞細亞生產方式」的理論，把中國歷史社會說成是「亞細亞型的停滯性」的典型，而日本則是亞細亞各國中不斷進步的典型，日本「皇軍的武力」侵入，是為了打破中國的「亞細亞式的停滯性」——這樣一來，日本對中國的侵略，就有了神聖且堂皇的理由。由此可見，所謂「支那特有的停滯性」的理論，完全是為日本侵略中國服務的強盜理論。

第三，「大東亞史」極力渲染「英美侵略論」和日本對英美殖民地的「解放論」。

在形形色色的《大東亞史》、《支那史》之類的書籍中，幾乎都有「英美侵略」的專章專節，而且都以相當的篇幅大講特講英美、西洋各國如何侵略亞洲國家。此外，專門講述英美侵略中國及亞洲之歷史的書也接二連三地出版。如大川周明的《美英東亞侵略史》、高橋勇的《亞細亞侵略史》等。在這些人看來，歐美對亞洲的侵略是「侵略」，而日本對亞洲的侵略是為了趕走歐美侵略者，「拯救」亞洲，「懲戒」中了歐美「毒氣」的支那人，因而就不是「侵略」，而是「聖戰」。這些日本史學學者之所以熱衷於撰寫「歐美侵略史」，用意就在於此。

第四，「大東亞史」極力為「滿洲獨立」和日本占領滿洲尋找歷史依據。

中國東北地區（舊時稱滿洲，日本當時又稱「滿蒙」）一直使日本帝國主義垂涎欲滴，將滿洲據為己有，多年來令許多日本人朝思暮想。日本的歷史學家、「大東亞史」專家們更不例外。例如，「支那史」研究的著名人物白鳥庫吉就十分熱衷於滿洲的研究，早在日俄戰爭剛剛結束的時候，他就向當時日本的「南滿洲鐵道株式會社」總裁

後藤新平提出建議，希望有組織地對滿洲的歷史地理等各方面進行調查研究，他本人也直接參與其中。他在一九一二年發表的〈滿洲問題和支那的將來〉（載岩波書店《白鳥庫吉全集》第10卷）一文中說：「滿洲這塊地方與日本的命運交關，其重要性絕不亞於朝鮮。我國在朝鮮的勢力能不能保持，取決於我國在滿洲的策劃是否得當。說得遠一點，東洋的和平能否維持，是由滿洲問題來決定的。對於這樣有著重大干係的滿洲，我國人民的知之甚少，這是很令人憂慮的。」因此他認為：「研究滿洲的過去和現在，爾後才能定奪（日本的）百年大計。」他指出，「現在的滿洲是處於一種奇妙狀態的地域，其主權當然在支那，然而支那並沒有在那裡充分地行使權力。北邊有俄羅斯在建鐵路，南邊有日本在建鐵路，假如日俄不擁有這些特別的利權的話，那麼這個地域就會淪為馬賊的巢窟。而支那、日本和俄國之間，在滿洲有一種奇妙的關係，即三國在該地域的勢力成為衝突點，這是需要深入研究的問題。」白鳥在這裡已經說得很清楚了，他研究滿洲問題，就是為日本在滿洲的擴張服務的。他接著從秦漢時代說起，一直說到清代，意思是中國從來都沒有真正控制過滿洲，滿洲是一塊「間空地」，日本應該積極介入。出於對滿洲的覬覦之心，在白鳥庫吉這樣的著名學者的提倡和帶動下，關於「滿洲」──或稱「滿蒙」的研究──在二十世紀二〇至四〇年代成為日本史學界及漢學界的一個研究熱點。這方面的書籍文章大量湧現，以至形成了一個相對獨立而又頗成規模的所謂「滿洲學」。

　　為了給日本侵占滿洲製造理論根據，史學家們要做的第一件事情，就是證明滿洲原本就不屬於中國，例如，早在明治維新之前，佐藤信淵、吉田松陰等人就把「滿洲」與「支那」並提，提出了日本要「拉滿洲、壓支那」的國策。明治維新後，日本政府公然提出把朝鮮、滿洲及臺灣作為日本的「生命線」。特別是日俄戰爭後，隨著日本在滿洲「權益」的展開，關於滿洲的研究也迅速展開。許多研究者

紛紛到滿洲考察、調查和研究，在日本史學領域中逐漸形成了「滿洲學」這樣一個相對獨立的學科，並且在日本政府侵華的國策激勵下很快成為一個熱門的學科。那些研究主要是為日本長期占領滿洲服務的。為此，他們在研究中預先設定了一些基本觀念，首先是把「滿洲」與「支那」分割開來，把它們說成是兩個民族國家，如內藤湖南在他的《清朝衰亡論》（1911）、《清朝史通論》（1915）等一系列著作和文章中，認為滿洲對「支那」而言是外國，「滿人」對「支那人」而言是外國人，在內藤史學中，所謂「支那」只是漢民族的「支那」，支那不是一個多民族的統一的國家，滿洲及蒙古、西藏一樣是獨立的民族國家。後來的日本史學家，大都承襲了內藤湖南的這一看法，並試圖在歷史研究中做進一步的論證。在這樣的「研究」中，「滿洲學」儼然與「支那學」並列起來，「滿洲史」就成為「大東亞史」的一個獨立的組成部分，並最終匯到了日本史學家們構造的所謂「大東亞史學」的框架之中。在三〇至四〇年代的宣揚「東亞協同體」、「大東亞共榮圈」之類的「東亞史」書籍中，普遍將「日、滿、華」這所謂的「三國」並提，作為「共榮圈」的三個基本成員。

　　「大東亞史」研究者的要做的另一件事情，就是為日本侵略和侵占滿洲辯解。例如，「九‧一八」事變不久，川武治在一本題為《滿洲事變的世界史意義》的書中，就試圖從「世界史」的角度，闡述「滿洲事變」的所謂「世界史意義」。他認為日清戰爭（甲午戰爭）是日本對歐美的第一次反擊，日俄戰爭是日本對歐美的第二次反擊，日德戰爭和日本對華二十一條要求，是日本對歐美的第三次反擊，而「滿洲事變」──即日本占領滿洲的「九‧一八」事變──是日本對歐美的第四次反擊。似這樣把日本對中國的侵略說成是對歐美的「反擊」，把日本對中國領土的占領和蹂躪說成是幫助中國驅除歐美的入侵，正是日本「大東亞史」論者和所有侵華論客慣用的伎倆。川武治聲稱，「『滿洲事變』是將歐美侵略主義誘引到東亞的支那政治家的愚

昧引發的」，在他看來，俄國人在滿洲的存在，屬於「白人的侵略」，「國際聯盟」阻止日本的入侵，也是「白人侵略」；「支那政治家」不能把白人趕走，就是「誘引侵略」，而日本冒天下之大不韙悍然發動「滿洲事變」，「武力斷行」占領滿洲，卻不是侵略，而是「有色人種的勃興和上進」，是「人類主義文明的強化」！以這樣的強盜邏輯來書寫歷史和解釋歷史，川武治之流只能得出這樣的結論。

日本對華侵略與所謂「支那國民性研究」[1]

一　對中國人的歧視與偏見

關於「國民性」或「民族性」的研究，是明治維新以後日本學術界在西方學術的影響下興起的一個學術研究領域，當時研究日本人的國民性的著作較多，如三宅雪嶺的《真善美日本人》和《假惡醜日本人》（1891）、芳賀矢一的《國民性十論》（1909）、野田義夫的《日本國民性的研究》（1914）等；同時也有人熱衷於研究外國的國民性或民族性，特別是在當時日本意欲侵華的背景下，研究所謂「支那國民性」、「支那民族性」幾乎成為一種時尚和潮流，出現了大批文章與著作。

這其中有三種基本情況。

第一種情況是，對中國國民性的研究基本是學術性的客觀的研究，其中雖然含有偏見和不當，但也不乏一些有參考價值的見解，如著名中國歷史研究專家白鳥庫吉在一九〇八年發表的〈關於清韓人的國民性〉一文中，通過對史料的概括提煉，總結了中國的五條國民性特徵。認為中國人是「民主的」而不是「貴族的和階級的」，是保守的而不是進步的，是和平的而不是侵略的，是實際的而不是空想的，是自尊的、唯我獨尊主義的。雖然白鳥庫吉在他的《支那古代史批

1　本文原載《江海學刊》（南京），2006年第3期，《中國人民大學複印資料・中國現代史》2006年12期轉載。

判》中對中國文化給予嚴厲批判，在許多文章中也鼓吹侵華，但這篇
闡述中國國民性的文章基本還算是學術性的。又如川合貞吉在《支那
的民族性與社會》（1937）一書中，對中國民族、社會和歷史做了較
認真的考察，他認識到了「支那民族性的複雜性」，並試圖尋求內在
的答案，具有一定的學術價值。此外渡邊秀方的《支那國民性論》雖
然對中國及中國人沒有什麼好感，但對中國國民性中的正面負面、優
點缺點的認識基本上還是客觀的。

　　第二種情況是，有的研究者雖力圖顯出其學術性，但由於受蔑視
中國的軍國主義思想影響，在「支那國民性」研究中想方設法地貶低
中國，有意無意地放大中國國民性中的負面。如安岡秀夫的《從小說
所見支那國民性》[2]一書，從中國古典小說如《金瓶梅》、《水滸傳》、
《聊齋志異》等作品的人物描寫中來發現和歸納「支那國民性」，這
也還算是學術研究的一種途徑。但作者卻專從中國小說中發掘那些能
夠說明中國人負面、缺點乃至醜陋一面的例子。我們只要看一看該書
的目錄就清楚了。該書共有十篇，除第一篇是〈總說〉外，以下各篇
標題依次為：〈過度重視體面儀容〉、〈安於命運，遇事容易喪氣斷
念〉、〈有耐性，善於忍耐〉、〈缺乏同情心，富於殘忍性〉、〈個人主
義、事大主義〉、〈過度的節儉和不正當的金錢欲〉、〈拘泥於虛禮，流
於虛文〉、〈迷信很重〉、〈耽於享樂，淫風熾盛〉。光看這些標題，就
完全可以看出安岡秀夫眼中的「支那國民性」實在是糟糕，九條中只
有「有耐性、善於忍耐」勉強不算是缺點，其他不是野蠻愚昧，就是
虛偽好色，中國人在他的筆下顯然是醜陋的。

　　還有的人熱衷於研究中國人中的野蠻習俗，如著名中國問題和中
國歷史研究專家桑原騭藏寫了〈支那人髮辮的歷史〉（1913）、〈支那
人的吃人肉風習〉（1919）、〈支那人的文弱與保守〉（1917）、〈支那
人

2　安岡秀夫：《從小說所見支那國民性》（東京：聚芳閣，1926年）。

的妥協性和猜忌心〉（1921）、〈支那的宦官〉（1924）等一系列文章。其中在〈支那人的吃人肉風習〉一文中，列舉歷代文獻中的有關資料，說明中國人「從上古時代就有吃人肉的風習」，而且還「決不是稀有偶然的事件，在歷代的正史中，隨處都有記載」，並提醒日本「為了很好地領會支那人，一定要從表裡兩面進行觀察」，不能光看到他們的詩文中表現出的優點，還要看到相反的一面，云云。

二　醜陋的中國人的描畫

第三種情況，就是赤裸裸地為日本侵華張目、尋求理論根據的所謂「支那國民性」、「支那民族性」的「研究」。這類書大都出籠於二十世紀三〇至四〇年代，較為典型的有原惣兵衛的《支那民族性的解剖》、加藤虎之亮的《支那的民族性》、山崎百治的《這就是支那——對支那民族性的科學的解析》、大谷孝次郎的《支那國民性與經濟精神》等。

原惣兵衛的《支那民族性的解剖》[3] 發表於一九三二年，即在偽滿洲國剛剛成立時出版的。作者在序言中稱：「漢民族是滿洲國三千萬民眾的一大部分，他們究竟是些什麼東西，當此緊要關頭，對於這一問題加以說明，我相信絕不是一件無意義的事情。」說他寫此書的目的就是「能夠為關心對支問題的人提供一點參考」。實際上此書絕不是嚴肅的學術研究所得，而是為侵華服務的應時之作。全書充滿了對中國人的厭惡之情，作者首先指出日本人所謂的支那與日本「同文同種」論，是「錯誤的對支觀念」。在他看來，日本人與支那人既不同文，也不同種，因此也就沒有「親善」的基礎，「不研究支那人的

3　該書的中文譯本見《三隻眼睛看中國——日本人的評說》（北京市：中國社會出版社，1997年）。

民族性而與之講什麼親善，就像和手裡拿著針的人握手一樣，是自討苦吃」。接著，他分章全面地論述了他眼裡的「支那民族性」。只要看看各章節的標題就知道他要說什麼了，如「天命觀」、「沒法子」、「服大性」、「利己主義」、「僥倖心理」、「和平主義」、「非科學性」、「法律意識的缺乏」、「殘虐性」、「猜疑性」、「變態心理」、「國家觀念的缺乏」、「形式主義」、「保守性」、「面子」、「排外性」等等。他還無視中國人的「排日」、抗日是日本侵華的必然結果的史實，卻說中國人排日是由於「服大」的心理所致。在他看來，日本侵略中國不是中國人「排日」的原因，原因是在中國人眼裡日本還不夠「大」，而辦法只有日本對中國顯得更強更「大」，中國才能「服」，排日自然停止。作者在談到中國人的「和平主義」時，認為「支那民族在本質上是愛好和平的，他們的自然的生活只要有保障，就不會過問誰來統治」，然而他卻在另一章中大談中國人的「殘虐性」，他舉出的例子有：中國人從小願意看宰殺家畜，愛看殺人的場面，刑場上往往圍滿了觀眾；說中國人對日本兵的殺戮如何慘不忍睹，說「饑食倭奴肉，渴飲倭奴血」的詩句，就隱藏著中國人的殘虐性。然而讀者不禁要問：中國人既「愛好和平」，為什麼又要殺人？為什麼對日本兵實施所謂「殘虐」？原惣兵衛不從日本侵華這一本質角度看問題，卻用他心目中的所謂「支那民族性」強作解釋。他說中國人「愛好和平」，是為了要說中國人懦弱，不喜歡打仗，沒有國家觀念，誰來統治都無所謂，日本人來統治當然也無所謂；又說中國人「殘虐」，是為了說明日本軍人在中國被殺，是出於中國人「對殘虐本身抱著一種快感的」的「動物性」，卻不提日本軍人如何在中國燒殺搶掠，又如何引起中國人的必然反抗。這樣的「支那民族性」的「解剖」，實際上已經與「支那民族性」的「解剖」沒有多大關係了，他拿出來「解剖」的，不過是他那軍國日本的強盜心理罷了。

　　加藤虎之亮在他的《支那的民族性》[4]一書的序言中則明確說明，之所以研究「支那民族性」，目的就在於服務日本侵華的現實。他寫道：「如今皇軍勇猛果敢地活躍於陸海空中，對傲慢不講信義的支那給以膺懲。此次事變的原因，就在於南京政府為了營一己之私，以巧妙的手段投合支那的民族性，使十年來培養起來的侮日、排日、抗日結出惡果。支那的國民性究竟是怎樣的？……正如『知彼知己，百戰不殆』是兵法秘訣一樣，彼我之間互相了解，是互相敬愛和親的要諦。所以我相信現在我們來思考支那的國民性，並不是徒勞無益的事情。」他接著聲稱：「自己對蔣政權的不法非道的行為所懷有的敵愾心，並不在別人之下，但又恐怕出於義憤而〔對支那民族性〕過於貶斥，故努力平心靜氣，慎阿諛，戒遷怒，盡力把支那民族性正確地傳達給青年諸君。」統觀全書，不難看出加藤虎之亮在這裡玩的不過是「此地無銀」的把戲，是為自己的「支那民族性」論披上客觀的外衣罷了。全書所論述的「支那民族性」，包括「自尊排他」、「樂生怕死」、「缺乏國家觀念」、「尊文卑武」、「興奮性」等，無不滲透了對中國人的偏見。

　　例如，關於「缺乏國家觀念」，這是日本研究中國民族性問題的通行看法。加藤虎之亮認為「支那人是利己的」。他說在中國，統治階級和下層民眾的關係很淡薄，作為國家組織的朝廷，實際是君主和群臣百官結為一體，休戚與共，而他們的「國家」卻與下層的民眾沒有關係。「就好比海水，君與臣是表面的波瀾，雖然波浪起伏，但底層卻是什麼動靜也沒有。這就是『民』，這就是支那的歷史，也是現在支那人的思想。此點與皇國（日本）實在是天壤之別，因此需要極大的注意」。他還將中國與日本做了進一步對比，說：「皇國的臣與民沒有差別，一生下來就是臣也就是民，在朝廷做官是臣，在野就是民

4　加藤虎之亮：《支那の民族性》（東京：國民精神文化研究所，1937年）。

這樣的差別更是沒有。臣就是民，民就是臣，這就是我們的國體。而支那卻不同，臣與民有著截然的區別。我國是一君萬民，他們是二君一民。民從來都是固定不變的，而君臨他們的君是誰，都沒有關係，民眾只需要安穩的生活。」加藤的這些結論顯然是皮相之見。他把日本天皇「萬世一系」、「一君萬民」的固定不變看成是「國家觀念」的體現，而不知中國的民眾為了改朝換代的起義與革命，更是一種「國家觀念」，日本人有日本人的「國家觀念」，中國人有中國人的「國家觀念」。在該書的〈自尊排他〉一章中，加藤又說：「漢族在黃河流域立國的時候，四周的諸民族在文化上遠遠劣於他，於是漢族就生起了非常的優越感，自稱中華、中國、華夏，把四方的民族稱為東夷、西戎、南蠻、北狄，呼為夷狄禽獸。所謂『中』，是指位於世界的中央，考慮到適合於諸蠻來朝貢；所謂『華』，就是文華的意思，就是自負其文化卓絕於世界；所謂『夏』，可以訓為『大』，解釋為國土廣大……就是大國、強國，以文化優越自任的名稱。」加藤的這些說法沒錯，但卻暴露了他在邏輯上的先後矛盾，因為這些恰恰可以反過來證明，中國人是不「缺乏國家觀念」的。加藤極力強調中國人「缺乏國家觀念」這一命題，無非是為了用這一命題來解釋當時的現實。以當時中國人的所謂「侮日、排日、抗日」，當然無法說明這是中國人「缺乏國家觀念」的表現，但加藤卻極力把這個歸結為中國政府的煽動。在他看來，中國民眾的抗日並非自發自覺的抗日，而是因為中國政府「將侮日、排日作為國策的基調」，是政府「實行抗日政策」的結果。而舉出「自尊排他」，又是為了說明「自尊心伴隨著卑他心，特別來源於他們在歷史上與其他民族的競爭，阻止北方戎狄的南進，而自己卻自由進出南方沃野。這種競爭的結果，不單單是自尊卑他，更是排外之心膨脹。由此可以看出，國家觀念缺乏的他們，民族的結合心卻很強。允許外國人設租界，是不屑與禽獸般的外國人共同生活，而把他們圈在一定的區域中棲息，這可以說是他們的主要意

思。」然而誰都知道「租界」是外國列強入侵中國的一種方式，加藤對租界的設立作如此解釋，不是無知便是偏見。重要的是，這些看法又與他所提出的中國人「缺乏國家觀念」自相矛盾──面對外國勢力的侵入，「自尊排他」豈不是「國家觀念」的一種表現嗎？所謂「民族的結合心」，難道不是「國家觀念」的基礎嗎？加藤在這裡之所以表現出這樣的矛盾和混亂，都是因為他要說明：中國人的「排日」和「抗日」是由「民族性」所決定的，「支那民族性」中天生地就「排外」，因而「排日」、「抗日」不是日本侵略的結果，而是由「支那民族性」所決定、所造成的！

　　加藤虎之亮的《支那的民族性》以客觀公正自詡，而山崎百治在《這就是支那──支那民族性的科學的解析》[5] 一書中又進一步打出了「科學」的幌子。實際上，此書卻充滿了對中國人的歧視、敵視與偏見，可以說是山崎百治所描繪的「醜陋的支那人」之大全。作為一個研究農業科學的農學博士，山崎百治在《這就是支那人》的寫作上，別具一格地採用了自然科學著作的那種形式，即每一章先分條羅列能夠體現有關「支那人」某方面「民族性」的「事例」，然後是「摘要・考察・概括」，並在其中做出自己的結論。全書分兩編，第一編是〈現實中的支那民族性〉，第二編是〈支那民族性的史的考察〉，共分十六章，從現實而及歷史，羅列出了他眼中的「支那民族性」的方方面面，亦即「支那人」的醜惡形象。包括「現實・現世・實利主義・商人根性」；「詭辯・謊言・強辯・矛盾・婉曲」的語言方式；「掠奪・盜竊・搶劫・走私進口・欺騙・共產」的行為習慣；「偽和・偽造・模造」的以假亂真的才能；人人都想做「官憲・官僚・統治階級」的官本位思想；「兵・兵匪・軍閥」橫行、兵與匪不分的黑

5　山崎百治：《これが支那だ──支那民族性の科學的解析》（奈良：栗田書店，1941年）。

暗現狀；善於鼓吹和「宣傳」，言論與實踐、形式與實際相分離的言
行不一；對與自我無關的事物概不顧及的冷漠；追求性欲刺激的、常
常處於饑渴狀態的強烈性欲；鴉片氾濫、吸煙成癮、賭博成風、吃喝
玩樂成風；為了生存與享樂而不擇手段的忍耐與執著；沒有國家觀
念、只有幫派意識的拉幫結夥；只顧眼前利害得失的鼠目寸光的「機
會主義」等等，在十六章中用了十五章歷數「支那民族性」的惡劣。
山崎百治認為，要改正中國人的這些民族性，除了由日本人「來領導
他們以外，別無辦法」。在「總結」中，山崎百治稱：「沒有絕對的善
人，也沒有絕對的惡人。活著的人總有善惡兩面，不過是善的素質多
的被稱為『善人』，惡的素質多的，被稱為『惡人』罷了。」或許他
自己也覺得把「支那民族性」說得一無是處，有損於他的「科學的解
析」之「科學」，所以他把上述的「支那民族性」分為「支那惡」和
「支那善」兩類。其中，「支那惡」共占十五條，「支那善」只占七
條，而且在這七條中，有些「善」在山崎筆下實際上已經不是
「善」，如「宣傳」、「直觀」、「中華思想」之類，他本來已基本上做
了否定。看來所謂「支那善」，不過是山崎標榜「科學解析」「支那
惡」的幾條陪襯罷了。

　　山崎百治對「支那國民性」的所謂「科學的解析」，在今天幾乎
沒有再予以「解析」的價值，因為全書基本上是道聽塗說加惡語中
傷。作者抱著對中國人民的偏見乃至敵意，露骨地醜化中國及中國
人，簡直把中國及中國人描繪成了墮落的泥潭和罪惡的淵藪。他有意
識地將舊中國社會中的醜惡現象加以集中放大，進而將人類社會──
也包括日本社會──中普遍存在的負面文化說成是「支那人」特有的
「民族性」。例如，「實利主義、商人根性」，稍懂日本歷史文化的
人，都可以輕而易舉地從日本的歷史文獻乃至現實中，找出大量的事
例；「掠奪、盜竊、欺詐、兵匪、軍閥」等在日本歷代橫行的例子更
是舉不勝舉，荒淫無恥的「性欲」在日本從古到今的所謂「好色」文

學中更是俯拾皆是。山崎如此「解析」「支那民族性」，不但使他喪失
了一個常人應有的理性，也喪失了作為一個「博士」的起碼文德和良
知。究其根源，則顯然出於他對堅持抗日的中國人民的仇視心理，於
是就以所謂「國民性解析」的方式在日本讀者中煽動反華和侵華的狂
熱。他還在該書「結語」中，把「抗日」的中國人民說成是「支那
惡」的代表，把投降的漢奸說成是「支那善」的化身，把侵入中國的
日本軍隊說成是「日本善」。

　　在該書的「後記」中，山崎又說：

> 現在的支那事變，是日本民族對於支那民族的直接的報恩的
> 行動。
> 一，「日本善」徹底打倒「支那惡」的元凶、巨魁，把被統治
> 　　者從數千年的塗炭之苦中解救出來。
> 二，以「日本善」，援助遠見卓識之士，使其發揮「支那善」。
> 三，讓支那民族實現數千年來憧憬的孔（子）、孟（子）、老
> 　　（子）的願望。
> 自有史以來，如此大規模的國際的報恩行動絕對沒有。我把它
> 叫作「聖戰」，意味就在這裡。[6]

　　山崎百治的這些畫龍點睛的「點題」之語，明確地說明了他的
「支那民族性」的「解析」及他羅列、凸現所謂「支那惡」的最終目
的，是為了以「日本善」來打倒「支那惡」，為了服務於對中國的所
謂「聖戰」，為此，他把「科學的解析」變成了所謂「文武兩戰」中
的「文戰」，亦即文化侵略的工具，並且還無恥地把日本的侵華稱為
對中國的「報恩」行動。由此，強盜加無賴的醜惡嘴臉躍然紙上。

6　山崎百治：《これが支那だ──支那民族性の科學的解析》（奈良：栗田書店，1941
　年），頁476。

三　直接為侵華戰爭服務的「支那國民性研究」

將所謂「支那國民性」研究與侵略中國密切結合起來的典型案例，是大谷孝次郎的《支那國民性與經濟精神》[7]一書。大谷孝次郎曾在東亞同文書院做過教授，也是一個專門「研究」中國問題的教授，此前著有《現代支那人精神構造研究》、《最近支那經濟要論》等書。經濟學的背景使他的「支那國民性」研究與現實問題、與日本侵華的需要更加貼近。該書由緒論〈支那國民性的實體性〉和前後兩編構成。前編是〈支那人的性格與世界觀〉，後編是〈支那人經濟生活及其經濟精神〉。其中「前編」觀點較為集中，因篇幅所限，這裡只分析其前編。

大谷孝次郎認為：「典型的支那人的精神是群的保身的散文的構造。構造形式是散文的，基本的內容是群的保身。」在這裡他用了「散文的」、「群的保身」兩個概念。他解釋說：「支那人的生活的根本形式是散文的。支那人從來不試圖把人生世界整體地統一起來，不把人生世界的各個部分結合起來達到全體的統一。……支那人的世界複雜而散亂，各個部分可以發出美妙的音樂，而整體卻沒有和諧的旋律。這就是我用『散文的』這個詞來比喻的原因。從支那人根本生活形式的散文性中，可以看出尊大、虛無、無自信和過分自信，冷漠和激情，安分、合理、矛盾、樂天等諸種屬性。」什麼是「群的保身」？大谷孝次郎說：「在這散文式的狀態中，支那人最為追求的是群的保身。支那人的生活是以群的保身為基礎發出旋律並運轉著的。」「支那人最追求的是群的保身，是在群體中安居樂業，是把安居樂業置於群之中，而不是為了安居樂業而群。群居、經濟與生命維

7　大谷孝次郎：《支那國民性と経済精神》（東京：嚴松堂書店，1948年）；大谷孝次郎：《支那國民性と経濟精神》（東京：嚴松堂書店，1943年）。

持是渾然的複合。」他還將「支那國民性」與日本作了比較，說：
「我們日本人生活在對國體的信仰中，具有自信力，具有感動的精神
的生產力，帶有英雄的狂醉的要素，缺乏安分性，雖有點沉不住氣，
但絕不歇斯底里；具有人性而不殘忍，也有因不太矛盾的矛盾而發生
的煩惱，比較起來〔與支那人〕頗有不同。」大谷孝次郎認為，這種
「支那國民性」在「支那事變」（即七·七事變）的發端時期和經過
時期都有表現。

　　關於「支那國民性」在「支那事變」發端期的表現，大谷孝次郎
歸納為六條。第一，「支那人本來就有民族結合的基礎，加上近來熾
烈的民族意識的爆發，其民族意識是激情式的，所以民族運動也從內
部建設而轉向對外」，使「準備並不充分的民族主義者和與之同床異
夢的共產黨人一起，驅使族人走向對日戰爭」；第二，「由於支那人自
身並不能產生民族自信力，所以一旦從外部獲得了自信，就具有了超
過其實力的極端的自信，因此，依靠時代思潮和列國對支那的媚態而
獲得自信力，自己不顧自身的實力而自信力膨脹，熱衷於對外反撥，
瘋狂抗日侮日，反反覆覆，終於釀成了事變」；第三，「支那人一旦遇
上強大對手……出於憎惡而發生歇斯底里症，破罐子破摔，甚至不惜
『飲鴆解渴』，敢於『吃了砒霜毒死老虎』」；第四，「支那人長於局部
富有合理性的算計，但過猶不及，卻導致非合理的、撿了芝麻丟了西
瓜的後果，從全域看採取的是歇斯底里發作時的行動」；第五，「支那
人只注意局部的合理性卻墮入非合理性，從而陷於矛盾境地，越陷越
深，終於成為不可自拔的喜劇人物」；第六，「支那人是一種無感動的
合理主義者，缺乏英雄狂醉的要素，因而支那人中難以出現真正的英
雄。蔣介石被封為『民族英雄』，但他沒有創造精神，不是個真正的
英雄，如上所說，毋寧說他是蹩腳的喜劇演員」。

　　關於「事變經過中表現出的支那人的世界觀」及「支那國民性」
的表現，大谷又歸納了十二條，他斷言中國人民的頑強抗日是出於一

種「歇斯底里」的心理，認為「支那人性極尊大……稍有得意的事情
便得意洋洋，是矛盾的樂天派，因而，即使一朝被攻下了一城，一夕
被拔掉了一堡，節節敗退，一般也沒有失敗感。失敗時也以善戰相安
慰，無論遭遇多大的倒楣事也不氣餒，看上去就是高高興興地失
敗。」在他看來，中國人都是些妄自尊大、顧此失彼、歇斯底里、性
格矛盾、自暴自棄的人，而這些「支那國民性」對於「日、滿、支新
秩序」或「大東亞新秩序」的建設是「一個制約因素」，是一個「障
礙」。所以他建議日本應該想方設法地完成「現代支那人性格的超
克」。可見，大谷孝次郎是站在侵略者立場上對中國人民抗戰、對所
謂「支那國民性」的加以觀察和總結的，他所指出的中國人民在抗日
戰爭中煥發的強烈的民族意識，不妥協的戰鬥精神，對最後勝利的樂
觀信念等，都是不得不正視的事實，但他以一個侵略者的角度和眼
光，對這些事實做了歪曲的、荒唐的解釋，斷言這是中國人尊大、非
理性、自暴自棄、盲目樂觀的「國民性」的表現。大谷孝次郎把中國
人的國民精神看成是「群的保身的、散文的構造」，試圖以此來解釋
抗戰期間中國人民的抗戰行為，但他最終也不會理解、當然也不能解
釋為什麼作為「群的保身」的中國人，那麼希望「安居樂業」的中國
人，面對日本的侵略又會奮不顧身，卻有著「與汝偕亡」、「吃了砒霜
毒死老虎」的鬥志，和日本進行所謂殊死的「徹底戰」！？大谷只能
把這些他不能理解的東西，歸結為「散文的構造」，即認為中國人的
性格不具備所謂「性格性」，即矛盾、混亂、不統一、非理性、歇斯
底里等等。滿腦子日本軍國主義侵略思想的大谷孝次郎面對中國人民
的決死抗戰，在驚詫、困惑之中，只能做出如此皮相、荒謬的解釋，
這並不奇怪。

　　大谷進一步運用他的這種「支那國民性理論」來解釋侵華──抗
日戰爭。在該書的第三章〈在大陸上的徹底戰〉中，他驚詫於中國人
民抗戰的英勇卓絕，寫道：「我國軍人在談到自己體驗的時候，認為

在我們的敵人中，支那兵最強，蘇聯兵次之，英國兵再次，澳洲兵又次，最後是印度兵，這是值得三思的。」大谷把戰爭分為「不徹底戰」和「徹底戰」兩種類型，而把中日這場戰爭稱為「徹底戰」。並把「徹底戰」作為「蔣共支那在支那大陸和日本展開的一種特異的戰爭類型」，認為此種「徹底戰」是「發自於支那人的世界觀，支那人獨特的世界觀才是『徹底戰』的基礎」。即「尊大」的心理和「信義」觀念。為了自尊、為了信義，生命財產在所不惜；對不講「信義」者，「支那人」厭惡至極，一旦對手逼上來，就會「歇斯底里、破罐子破摔的症狀大發作」，鑒於這種國民性格，「支那人突入對日戰爭，以非人性的、物性的『徹底戰』應敵，是完全不可避免的」。面對這種「徹底戰」，大谷認為要改變這種「支那國民性」極不容易，而要「超克」這種「徹底戰」，「所能夠想出的辦法有兩條，第一，就是面對蔣共的『徹底戰』，我方亦揮淚以『徹底戰』應對之。要攻入重慶和昆明，『徹底』地把蔣共殲滅。可以考慮的第二種辦法，就是要把支那人認為日本沒有信義道義的誤解清除乾淨、予以根絕，以此把他們拉到信義道義的共同地盤上來，由『徹底戰』變為『不徹底戰』。」他強調不論使用哪種方法，都必須增強日本在中國大陸的實力。

　　大谷孝次郎的「支那國民性」理論是在日本侵華戰爭正明顯走向失敗的一九四三年出籠的，因而書中處處流露出了對中國人民抗日鬥志的恐懼和無可奈何的心態。他從戰爭現實中總結出的這些「支那國民性」，當然毫無學術價值可言，而且，與其說他總結的是「支那國民性」，倒不如說他很好地總結了日本的國民性。要問在侵華戰場上「歇斯底里、破罐子破摔、自暴自棄、妄自尊大」的究竟是誰？歷史早已經做出了回答。在日本敗相畢露時，卻揚言「攻入重慶和昆明，徹底地把蔣共殲滅」──豈不正是暴露了大谷孝次郎們的「歇斯底里」、「妄自尊大」嗎？！

　　最後，還有一位名叫杉山平助的文學評論家所寫的《支那、支那

人與日本》[8]一書也值得一提。杉山平助在「七‧七事變」後作為「筆部隊」的成員被派往中國前線採訪，這本書是杉山平助在華北各地觀察採訪而寫成的隨筆文集。其中，有一組文章題為〈論支那人〉，對中國人及其國民性問題的議論，對中國及中國人的辱罵，集中代表了當時一些日本文人在目睹了中國人民的頑強抗戰後而產生的一種氣急敗壞的心態。他提出了這樣一個口號：「軍人用刀劍來刺支那人，我們文化人就是要用筆把他們的靈魂挖出來。」在這種心態下，他「挖支那人的靈魂」的辦法其實就是辱罵。他認為中國的古典和文化雖然偉大，但幾經亡國，早已沒落，體面和自豪喪失殆盡，「他們在性格中的某些地方含有高貴的東西，但另一方面，卻是怪癖的、變態的、陰暗的、受虐的」；「從總體上看，他們不過是一個老廢的民族而已。我們所敬畏的古代支那人，和今天的支那人毫無相似之處。」杉山平助尤其對中國人的「自尊」感到難以忍受。他說：「支那人開口閉口輕蔑地說日本沒有固有的文化，一切都是模仿的，是從自己的祖先這裡傳去的。然而，他們所引為驕傲的文化，不過是幾千年前的人留下來的糟粕。」他寫道：「像支那人那樣，具有那麼強烈的自尊心，除了驚歎之外沒有辦法。假如我們這樣想：此次日本軍隊大振武威，打擊他們，會使他們覺醒來，尊敬日本吧？可是這樣想的話就大錯特錯了。」「在被打得七零八落的今天，他們從心底裡仍然頑固得很，深信自己和日本之類的國家比起來要優秀得多，所以從老媽子到下人僕從，儘管表面上恭順，內心裡是瞧不起日本人的。」「即使等到黃河水變清的時候，指望支那人從內心裡向日本人屈服，那是絕對不可能的。早一點看透這一點非常重要。」他還把中國人與日本的性格做了一番對比，說：「正直、性急、喜怒形於色的陽性的日本人，面對富有耐性、口是心非的陰性的支那人，在搞陰謀方面絕

8　杉山平助：《支那、支那人と日本》（東京：改造社，1938年）。

對會敗給他們。在支那人眼裡，日本人簡直就是黃口孺兒」；「古典支那人的優秀的頭腦，到了現代支那人就變成了可怕的罪惡」。杉山平助一方面認為日本人在智謀方面不是中國人的對手，提醒日本人小心，一方面又認為這沒有什麼可怕，他說：「最初我錯把他們的性格看得堅硬，而後來我才明白事實上支那民族的動脈已經硬化了，是交織著老年的狡黠和冥頑的那種硬化。看起來是強硬處，實際上是不能適應新時代的妨礙生命的癌變。」為此他提出，針對中國人的這種性格，日本在戰術上應避實就虛，既然「玩陰謀」玩不過中國人，那就在軍事上狠狠打擊他們；既然中國人不會從內心屈服，那就只有徹底戰勝他們。他在該書前言中叫嚷：「拋棄優柔寡斷的態度，轉為積極的進攻。」

　　杉山平助並不是中國問題及「支那國民性」的研究者，而只是一個肆意放言的文學評論家。他在中國轉了一圈後，被我中國人民的英勇頑強的抗戰所激怒，於是就有了上述的氣急敗壞的詈罵。但杉山在「支那國民性」的評論中頗有代表性，他的言論表明，站在侵略者立場上對「支那國民性」的「研究」，與站在侵略者立場上對「支那人」及其性格的詈罵，本質上沒有多大區別。

　　由以上評述和分析可以看出，日本近現代、特別是二十世紀三〇至四〇年代的所謂「支那國民性研究」，不同程度地充滿了對中國及中國人民的傲慢、偏見、歧視、蔑視和仇視，具有明顯的日本軍國主義思想背景，其中有不少「研究」為日本侵略中國尋求理論根據，成為日本侵華的輿論工具、成為對華文化侵略的一種方式和手段。這些所謂的「支那國民性研究」也是今天的日本右翼學者、文人的反華、蔑華的思想淵源之一。

日本在華奴化教育與日語教學的強制推行¹

一　「日語要作為亞洲通用語言」

　　語言問題是文化的核心問題，也是教育的核心問題。而將自己的民族語言有意識地向外民族滲透與推行，則是帝國主義殖民主義文化的核心問題。對於這一點，侵華戰爭時期日本的學者和文化人有著一定的認識。如「國策研究會」的平野晃等人在《大東亞共榮圈文化體制論》²一書中，對日本國內教育問題特別是日語在「大東亞共榮圈」的推行問題，提出了一系列建議。他認為在「大東亞共榮圈」的建設中，日本的教育理念應該轉換。他提出了六條轉換，其中最重要的是：第一，要對以普遍的一般教養為構想的人文主義教育理念予以清算，從而確立切實地服從國家需要的教育理念。他認為為了實現大東亞共榮圈這一皇國的使命，必須使教育服從國家的需要；第二，「要實行以東亞為中心的立於自主的價值判斷之上的教育」，也就是要「站在以日本為盟主的大東亞的立場來認識世界、改造世界。在任何事情中都必須貫徹東亞中心的自主的價值判斷」。在《大東亞共榮圈文化體制論》一書中，平野晃等還專列題為《大東亞共榮圈中的語言問題及其對策》，指出：「日本在大東亞所應採取的語言政策，有兩個

1　本文原載《教育史研究》（北京），2005年第3期。
2　平野晃：《大東亞共榮圈文化體制論》（東京：日本評論社，1944年）。

方面：一個是加，一個是減，亦即日本語的普及和歐美語的排斥。」
他建議根據不同國家、地區與日本的關係情況來推行不同的語言政
策。根據與日本不同程度的關係，他把亞洲國家和地區分為四類：

一、將來應該劃歸日本版圖的地區，如香港；

二、獨立的國家，如滿洲國、支那、泰國等；

三、菲律賓、緬甸等獨立國；

四、感屬於他國領土的地區，如印度支那。

他認為，對於香港等第一類地區，絕不能認可除日本語以外的其
他語言；對於滿洲國、支那、泰國等第二類國家，日語應該作為第一
外語、教育用語、文化用語來使用，應該成為「國家語」；對於第三
類國家，日語應該成為第一外語、教育用語、文化用語、政治用語、
經濟用語，使其對民族語言具有指導性；對於第四類地區，日語應該
作為教育用語和文化用語，並作為民族語言、政治語言予以認可。

按照這樣的設想，日本語幾乎在亞洲不同類型的國家和地區，都
成了通用的語言，起碼也是「教育用語」和「文化用語」。他提出：
「大東亞語言政策的理想，就是把日本作為大東亞的標準語，而各民
族、各地方的語言要置於方言的地位。」

這真是一個狂妄的異想天開的「理想」。以中國而論，漢語有五
千多年的悠久歷史，對周邊國家的語言產生了決定性的影響，日語就
是在學習和借鑒漢語的基礎上創制和發展起來的。而如今，「國策研
究會」的學者先生們竟要中國人放棄自己的語言，讓日本語在中國成
為「國家語」！

別認為日本人只是紙上談兵，事實是他們將這些想法在中國占領
區切切實實地付諸了實施。在侵華戰爭暫時取得一系列「勝利」之
後，許多日本人對日本語的對外推廣也躊躇滿志。如日本語專家大久

保正太郎在《大東亞建設和國語問題》[3] 一書中認為：「日本語作為
東亞的共通語加以普及，主要是由日本的政治力、文化力所決定的，
而並不是由日本語自身所決定的。事實上，可以說國語是伴隨著國力
而消長的。英語能在世界上普及，是由以前的英國的國力所決定的，
而英語自身與其他的歐洲語言比較起來，絕不能說優秀。可是另一方
面，語言本身的優秀也會有助於它的普及，法語作為文化語、外交語
普及的原因，與從前法國文化的優秀性和法語自身的優秀性有關。總
之，政治之力，文化之力、語言的優秀性三者齊備的時候，其語言的
普及力也就大。」在他看來，日本具備了這三個條件，即日本有強大
的政治力、文化力，而日語自身「發音簡潔而優美，語法整然，尤其
是在時態的精緻與微妙方面，在表現的從容方面，都可以說日語很優
秀」。同時，日本人也意識到，學習語言也不僅僅是解決一個交際工
具的問題，而是一個更為深刻的文化問題、思想意識問題、心理歸屬
問題，因此，他們賦予了日本語以更大的使命。一九三九年，日本
「興亞院文化部」起草的《（秘）日本語普及方策》，對這一點表述得
十分清楚：

> 興亞工作的根本，就在於以皇道精神為內核的生命歸一的教
> 育，內涵是指導大陸民族使之煉成純正日本人，外延是青少年
> 的教育和一般民眾的教化。其武器就是日本語。

這裡明確地把日本語作為「武器」，賦予了日語教育以如此重大
的使命。可見，日本在中國占領區強制推行的日語教育，其根本目的
是要中國人——特別是語言和心理尚待成熟的中小學生——通過學習
日本語，從思想上認可並接受日本人的統治，從而養成日本所希望的
那種「良民」。

3　大久保正太郎：《大東亞建設和國語問題》（東京：同盟通信社，1942年）。

二　在臺灣和東北的奴化教育與日語教育

在日本強制推行日語教育中，臺灣首當其衝。換言之，在日本本土之外推行日語教育，最早開始於臺灣。日本早在一八九五年就占領了臺灣，一直到一九四五年日本戰敗撤退，在臺灣的殖民統治長達半個世紀。在這半個世紀中，日本統治者把日語教育作為奴化教育的最主要途徑。日本近代教育家伊澤修二（1851-1917）在日本即將占領臺灣前夕，發表過一篇題為〈明治二十八年的教育社會〉的文章，提出了如何通過「國家主義教育」來「征服臺灣人的精神」的問題，他說：

> 駐軍鎮壓叛亂，只是在表面上使民心屈服，對於維護新領土的秩序十分必要。但只是威壓而不採取懷柔之道是不行的。所以既要以威力征服表面，同時還必須征服其精神，使其抹去舊國之夢而發揮新國民之精神，這就必然要求他們日本化。必須改造他們的思想，與日本人的思想同化，成為和日本人完全一樣的國民。而征服他們的精神就是普通教育的任務。倘若我們真能獲得新領土，就一定要實施普通教育，同時政治家必須對此要有高度認識。精神上的征服比起威力征服更加複雜，其設施和方案都有必要仔細謀劃，絕不是一般的教育官員所能勝任。一方面要觀察他們的歷史，研究他們的遺傳傾向，以引導他們走向新的道路；另一方面，要從心理學、生理學上加以觀察，從而制定出培育新的精神境界的方案。必須以最廣闊的觀察力和學識來確立方案，並以最堅強的意志和最嫻熟的政略加以實行。[4]

4　伊澤修二：〈明治二十八年的教育社會〉，《國家雜誌》第33號（1895年1月）。

　　一八九六年伊澤修二再次明確表明讓臺灣人學習日語的目的就是使臺灣人「從內心深處認可臺灣的日本化」,「真正認識到臺灣是日本的一部分」。到一九〇五年（明治38年）六月,日本人在臺北芝山岩設立「學務部」,伊澤修二出任日本「臺灣總督府」第一任「學務部長」,徵集日語學習者共十人左右,到七月正式開班。這是日本在臺灣的日語教育的開始。

　　從那時起,歷屆日本總督府都堅持以日語教育為主要途徑的對華奴化教育方針。對此,當年的大學教師洪炎秋曾在〈日本帝國主義下的臺灣教育〉[5]一文中一針見血地指出:「臺灣總督對於臺灣人所施的教育,是以日本語為手段,且以日本語做主要的內容,其他學科極不注重。他們要的是奴隸。奴隸不能太愚,也不能太智;太愚則驅使不靈,太智則操縱不易。所以他們對臺灣人所施的教育就是以造成不智不愚、似智又愚的人才為方針。」而這一方針根本目的是使中國人「皇民化」,為此,日本殖民統治者將明治天皇的《教育敕語》拿來作為臺灣教育的指導思想,修改或廢除原有的教科書,由日本人來編寫新的教科書。特別是一九三七年日本發動全面侵華戰爭後,日本在臺灣大規模推行所謂「皇民化運動」,日語教育被進一步強化。今人林景明先生在《日本統治下臺灣的「皇民化教育」》[6]一書中,以自己的親身經歷和體驗,說明了日本在臺灣推行的日語教育,根本目的在於「皇民化」,他說:在臺灣,日本人要臺灣民眾將日語稱為「國語」,而漢語則被稱為「方言」;既是「國語」,那每個人都要學,不學不行,為此日本人採取了種種獎罰措施來推進所謂「國語」的普及強化。例如評比所謂「國語家庭」並加以表彰,對於評上「國語家庭」的家庭,日本人就將寫著「國語家庭」四個字的小木牌子掛在大

5　洪炎秋:〈日本帝國主義下的臺灣教育〉,《教育雜誌》第23卷第9號（1931年）。
6　林景明:《日本統治下臺灣的「皇民化教育」》（東京:高文研,1997年）。

門口。在學校裡，要求小學生們日常不說漢語，而只能說「國語」日語；在中學入學考試的口試中，日本老師要問：「為什麼而學習？」那學生就必須回答：「為了天皇陛下，為了國家。」如果像從前那樣回答「我努力學習是想成為一個有出息的人」，則會不合格而落榜。

更為聳人聽聞的是，為了使臺灣人徹底忘掉自己是臺灣人和中國人，一九四○年二月以後，日本實行日語教育的基礎上，又在臺灣實施了大規模的「改姓名」運動，要求臺灣人將中國式的姓名全部改成日本式的姓名。從歷史上看，「姓名」在中國人和中國文化中卻有著極為重要和特殊的意義，不像日本一般百姓長期都沒有「姓名」，後來因戶籍管理的需要才臨時起姓起名。中國俗諺云：「大丈夫行不改名，坐不改姓」，日本統治者當然知道「姓名」對中國人的族群認同所起的重要作用，所以才處心積慮地推行「改姓名」運動。如果不肯改姓名，孩子在入學時就不能受到「優待」。為此，許多人為了孩子能上學，而含羞忍辱，將自己的名字改成日本式的。而一九四五年日本戰敗以後，那些改了姓名的臺灣民眾，都立刻廢除日本式姓名，恢復了自己的中國式本名。這充分表明日本的「改姓名」這一奴化措施是多麼不得人心。

但是另一方面也應看到，日本在臺灣半個世紀的「皇民化」奴化教育，確實也取得了相當的成效。大久保正太郎在《大東亞建設與國語問題》中推斷，日本占領臺灣「不到五十年，國語的普及就達到了全部人口的一半，昭和十四年（即1939年──引者注）的數字統計，五百三十九萬本島人中，有二百四十九萬。也就是說，約四成半的人懂國語。」通過日語教育及奴化意識的滲透，一些人從思想深處被日本的教育所同化和征服，以至在臺灣形成了一大批「皇民」。他們不再承認自己是中國人，而以自己是「日本人」為自豪。這種情形表現在政界，就是出現了像李登輝先生的多次聲稱自己是「半個日本人」、賣命鼓吹日本武士道的無恥政客；在文學界，就是出現了名為

「皇民文學」的附逆文學或漢奸文學，而多年來跟著日本右翼鞍前馬後倡狂反華的當代跳樑文丑黃文雄之類，就是典型的「皇民化」教育的「成功」的標本。

有了在臺灣實施語言奴化教育的經驗，當日本人占領中國東三省後，很快將日語教育、奴化教育全面推開。上述的大久保正太郎在《大東亞建設與國語問題》的第二章〈在東亞的日本語普及〉，一開頭就寫道：

> 以滿洲事變及隨後的滿洲建國為契機，日本語的普及已達到了一個新的階段。和在外地（日本人將臺灣視為自己領土，故稱臺灣為「外地」——引者注）的國語普及比較而言，這是在外國的日本語普及，而且和以前的在外國的日本語普及比較而言，其目的和規模都不可同日而語。也就是說，在滿洲事變以後的東亞各地的日本語普及，是為了適應東亞新秩序的確立、東亞共榮圈的建設這一我國逐漸明確的世界史的使命，在其實踐中是不可缺少的對外政策的一環，意義重大。[7]

日本在外交辭令上，一直詐稱「滿洲國」是一個「獨立國家」，所以處於宣傳上的需要，不便像在臺灣那樣將日語稱為「國語」。但實際上，日本人要將日語作為「滿洲」的「最重要的國語」，這一點和臺灣的情況沒有什麼兩樣。大久保正太郎明確地說過：「滿洲國和我國是一體，是一心一德的關係。日本人自然要成為滿洲國的公吏，以指導其政治行政。基於這樣一種精神、這樣一種國情，日本語要成為滿洲的公用語，應置於最重要的國語的位置。」這就點明了日本人在滿洲推行日語的前提和目的，也從一個方面表明日本人所宣傳的

7　大久保正太郎：《大東亞建設與國語問題》（東京：同盟通信社，1942年），頁13。

「滿洲國是一個獨立國家」云云全是謊話。獨立國家的重要條件是有其自主的國語，而日本人卻要把日語置於滿洲的「最重要的國語的位置」，將日語的普及看成是「國民精神確立的不可缺少的條件」，由此，日語普及的文化侵略的實質就昭然若揭了。

為了在滿洲推行日語教育，日本人採取了種種措施和手段。首先是努力在思想意識上淡化學生的中國人意識，推行所謂「王道主義教育」。一九三二年五月二十一日，日本關東軍擬定的《滿洲國的指導要綱》中提出：「必須徹底普及王道主義。」一九三四年刊行的《第一次滿洲國文教年鑒》中說：「我滿洲建國，既以王道為極則，則教育方針，亦應是為鵠的。」所謂「王道主義」，其實質就是塗上了儒家思想釉彩的日本的「皇道主義」或「神道主義」而已。到了一九四〇年，當偽滿「皇帝」溥儀第二次訪日歸來後，在發布的「詔書」中則將原來的「王道」，改口為「惟神之道」，承認日本的天照大神也是偽滿洲國的創始者。為了灌輸這種意識，日本人及傀儡政府大肆宣揚「日滿一體」，將日本稱為「親邦日本」。按照當時日本人的解釋，所謂「親邦就是父母之國的意思。日滿兩國的關係，就是父子關係」。這也就是當年日偽大肆提倡的所謂「建國精神」的實質。

日本人更將以日語教育為中心的奴化教育貫徹到日常教育教學活動中去。當時偽滿學校按規定每天都要舉行「朝會」，即全校學生在操場列隊，在老師的日語口令下一齊「向日本遙拜」，即向日本皇宮的方向遙拜天皇，一齊背誦《國民訓》等等。在教學活動中，日語是第一語言，而「滿語」（漢語）則降低到地方語言的位置。教授日語的大多是日本人，不管學生聽懂聽不懂，這些教師都一律用日語講課，逼迫學生為了弄懂老師的意思而不得不拚命學習日語。同樣，在學校的教職員工會議上，日本人都用日語講話，很少作翻譯，這又逼得中國人老師不得不好好學習日語。許多學校更規定：入學考試時日語不及格者不能錄取，學年考試日語不及格的不能升級。日偽當局還

利用獎罰和升官作為誘惑，來刺激人們學習日語。學校的學生日語鑒定合格者，給予津貼，不合格者則取消津貼；欲在偽政權謀職做官謀職者，日語不好的絕無可能。

　　日本人在中國東北地區完成了對中小學的奴化改造之後，又開始興辦大學教育。一九三八年五月，日本在長春建立所謂「建國大學」，規定以「滿洲建國精神」為立校的根本精神，提出培養的目標是「造就深刻體會建國精神，徹底實現日滿一德一心的骨幹力量」，此外還成立了「大同學院」、「吉林師道大學」等大學。這些學校在入學考試和學習科目中，都以日語為第一語言，在教學過程中通過種種途徑——包括組織學生「勤勞奉仕」、到日本旅行參觀等等——進行奴化改造，目的都在於為日本的殖民統治培養所需要的高級人才。

三　對中國內地教育的毀滅性破壞與奴化教育的實施

　　七‧七事變後，隨著日本的鐵蹄踏進中國內地廣大地區，中國內地的教育事業也遭到了空前的浩劫。由於日本人認定中國的各類學校、特別是大學是「排日抗日」的中心，故對中國的學校及其師生懷有強烈的仇視心理，所以在大舉侵入中國內地的過程中，有意識地對中國的學校實施毀滅性破壞，絕大多數大學校園都受到了日軍不同程度的空襲轟炸，損失慘重。例如：一九三二年淞滬戰爭時，上海的各大學多遭劫難。據當時上海各大學聯合會主席、交通大學校長黎照寰在當年四月致國民政府教育部的報告中稱：「自日軍犯境，淞滬淪為戰區，所有各大學或遭炮火攻擊而毀壞無餘，或為日軍所占領，雖房屋僅存，而書籍木器供其炊薪。」[8] 七‧七事變後，北京的各大學

8　國民政府教育部：〈日寇侵略上海各校呈報戰事損失情形的有關文件〉，《國民政府教育部檔案》，卷號5-5282。

（一些外國教會辦的大學，如輔仁、燕京除外）被迫南遷。日本占領者先是對目為「排日大學」的北京大學、清華大學等，以搜查或參觀為名進行掃蕩破壞，許多教學設備被破壞，許多珍貴文物被劫奪，損失慘重。一些大學的校園被日本強行徵用為傷兵住房，弄得烏煙瘴氣。如後來清華大學曾做了一個統計，該大學在日本占領下各建築物破壞程度高達百分之四十至一百，設備損失達百分之百，未及南遷的圖書損失達百分之七十。[9]一九三七年七月二十九日，日本戰機連續轟炸天津，而南開大學則是重要目標之一，該校秀山堂和圖書館化為灰燼，十萬冊中文圖書和四萬五千冊外文圖書及大量成套期刊被毀。之後又把洗劫一空的南開大學校園作為日軍醫院和軍馬牧場。一九三七年八月中旬，日軍出動一百多架飛機對上海狂轟亂炸，有九十二所學校及文教機構被毀。在廣州，中山大學等二十三所大學先後被炸。一九三八年一月，日軍縱火燒毀了浙江大學，後來又對杭州其他大學進行轟炸。一九三八年四月，長沙的湖南大學被轟炸，圖書館及第五學生宿舍全部被毀……

　　在盡情破壞和搗毀了中國原有的教育設施後，日本人為了達到長期占領中國、奴役中國人民的目的，便採取種種措施，開始實施殖民奴化教育。一些研究機構及學者、文化人著書對中國教育的歷史及淪陷區的教育現狀進行研究，並就在華教育的政策、理念及具體實踐等問題提出了種種建議，如國民精神研究所編寫的《大東亞教育政策》、由良哲次的《興亞的理念與民族教育》、小曾根盛彥的《興亞教育的本意與實踐‧大陸教育的現地教育》、興亞院華北聯絡部的《北支的文教的現狀》、大日本學術協會編的《興亞的大陸教育》等。教育作為日本對華文化侵略的重要途徑和手段，被日本人充分利用起來。

9　朱育和、陳兆玲主編：《日軍鐵蹄下的清華園》（北京市：清華大學出版社，1995年）。

　　首先是高等教育。日本人利用中國各大學校舍資產，除從日本大量「招聘」大學教師外，還在物色「知日」、「親日」的大學教授、校長等各種人選，並使用已流亡的各大學的原有名稱，如「北京大學」、「清華大學」、「中國大學」等名稱，繼續開辦。他們頒布了所謂《國立北京大學組織大綱》、《國立北京師範學院組織大綱》等一系列檔，對大學的建制和管理作出了詳細規定。一九三八年一月，日本人在其炮製的傀儡政權「新民會」的名義下，在原北平大學法學院故址創辦了一所大學，名為「新民學院」，其後又將一部分遷入原清華大學內，大漢奸王克敏為院長，教務長為佐藤三郎，教師大都為日本人，附逆者錢稻孫等為本校日語講師，學生中的相當一部分為漢奸子弟。一九三八年四月，日本人又設立「北京師範學院」，物色了王漢為院長，又從東京派遣中學或專門學校教師九人來充任教員。

　　在基礎教育方面，日本對中國內地八年的侵略，打斷了中國剛剛起步的義務普及教育，給中國教育事業帶來了巨大和慘重的損失。它使淪陷區的教育資源、教育體系毀壞殆盡，許多孩子跟隨家人逃難戰火，流離失所，無法上學，而且大後方的義務教育則因戰時經費困難而難以為繼，無數青少年因此而喪失了就學條件，剝奪了一代人受教育的權利，也極大地延誤了中國現代教育的正常進程。日軍對中國基礎教育的深層破壞，還主要表現為通過基礎教育對中國青少年進行奴化。他們占領中國某地區後，立即徹底推翻中國原有的教育教學體系，通過漢奸傀儡政府發布所謂「新教育方針」，如日軍在華北通過「華北臨時政府」教育部總長湯爾和，公布了九條所謂「教育部訓令」，其中第一條就是：「過去國民政府所聲明的教育，是以黨化為方針、以排日為手段，以至惹起了今日的事變。今後，對於黨化排日教育要嚴加取締。」於是，在日軍的操控下，淪陷區的教育體制逐步日本化，其關鍵措施在中小學推行和實施以日語教育為核心的奴化教育。原有的教科書為新的奴化教育教科書所取代，原有的漢語課程的

核心地位逐漸讓位於日本語。除了在一般中小學強制推行日語教育外，還大量開辦各類日語學校。七・七事變前，在東三省以外的大陸淪陷區，日本開辦的日語學校數量很有限，根據《支那在留邦人人名錄》及《日本在支文化事業》兩書的統計，約有十五所，集中在北京、天津、濟南、青島、上海等幾個大城市。七・七事變後不久，日本在華北、華中、東南等地淪陷區完成軍事占領之後，迅速實施以奴化為宗旨的日本語教育。日本人每占領一個學校，首先查封中國的「排日教科書」，並由「文部省國語科」、「興亞院」、「日本語教育振興會」等組織編寫《日本語讀本》、《初等日本語教本》、《成人速成日本語教本》之類的教科書，強制使用，並由「興亞院」負責培訓和派遣日語教師任教。在華北地區，日本人規定淪陷區從小學三年級開始將日語作為必修課，中學、「國立」的專門學校和大學也都須將日語作為必修科目。除學校外，日本人及傀儡漢奸政權還開辦了許多「青年訓練所」之類的組織，實施校外的日語教育，將日語教育社會化，日本在中國的有關大公司，如「華北交通會社」的鐵道員工及所屬子弟學校，也從事日語的普及教育。

　　據當時日本人編輯出版的《中國文化情報》第十一號（1938年10月）中題為〈中支的日語教育設施概況〉一文披露，在所謂「中支」，即長江沿岸特別是長江三角洲地區，到一九三八年底，日本人已切實地推行了日語教育。該文的開頭寫道：

　　　　漢口的陷落如今已在眉睫之間。中支一帶的民心也日益安定。被扭曲的日本觀或日本人觀，由於現實的正視而逐漸得到改正。和日本人的日常接觸逐漸對日本的好處有了了解，這種好處對他們來說完全是出乎意外的。國民政府堵塞善良民眾的耳目，一味對他們進行惡意的宣傳，不給友邦接觸的機會，那不過是立黨營私、禍國殃民的奸計而已，如此折磨民眾必招致毀

減。現今在占領區的日語教育的實行明確地以去除此弊、端正
對日本的認識、疏通意志為目的。而且中國民眾對學習日語極
為熱情，誠為可喜。對於他們來說學習日語的目的並非單一
的，但他們明白學習了日語可以了解日本，這是共同的。[10]

　　這裡已相當明確地指出了日語教育的目的，就是糾正中國的抗日
宣傳，端正對日本的認識。這篇文章對上海、南京、常州、杭州等地
教授日語的小學做了清單統計，內容包括學校名、每週日語課授課時
間、學生數、教師姓名及簡歷等。根據這一統計，上海有十五所小學
開設日語課，每週授課一個半小時到六個小時不等，上課人數兩千七
百多人；另有十五所私立的日語補習學校，每週授課時間五小時到十
小時不等，上課人數五百多人。南京有一所小學和一所中學開設日語
課，上課人數二百多人，還有四所「日語研究班」，上課人數一百七
十多人。杭州有六所市立小學和二十一所私立小學開設日語課，共計
上課人數一千二百多人。另外，蘇州、常州、松江、青浦、嘉定、昆
山、無錫、吳江、丹徒等，也做了同樣的統計。最後的統計結果是：
這些地方開設日語課程的各類學校總計一百二十多所，就學人數九千
多人。如果考慮到日本占領這些地區只有約一年半的時間，日語教學
即有如此的規模，是令人吃驚的。

　　對於七・七事變後日本人在華開辦的日語學校數量及有關情況，
「東亞研究會」編寫的《日本在支文化事業》（1940）一書，列出了
專門的表格，記錄了這方面的資料。可以看出，自一九三七年下半年
到一九四〇年，日本在中國內地廣大淪陷區開設的日語學校達一百八
十多所，學校規模大小不一，學生人數由幾名到上千名不等。

---

10 日本・上海自然科學研究所：〈中支的日語教育設施概況〉，《中國文化情報》第11
　號（1938年10月）。

　　儘管日本人在日語教育方面挖空心思，但效果不佳。由於抗日鬥
爭的全面深入，日語學校遭到了理所當然的消極或積極的抵制，學生
數量很有限，學習動力欠缺。可以說，在內地廣大淪陷區強制推行日
語教育及通過日語教育實施奴化教育，總體來說並沒有達到日本人所
期望的效果。但是，日本的入侵及其所推行的奴化教育，對中國各級
各類教育的正常發展，對中國青少年健康自由的成長所造成的破壞，
對中國人民精神與心靈所造成的傷害，是巨大的和無可估量的。

從日本文壇與日本軍國主義思想及侵華「國策」的形成[1]

一　福澤諭吉:「文明戰勝野蠻」

　　明治維新以後,最早關注中國問題,並對中國的歷史文化和現狀做出自己的獨特分析的,是日本啟蒙主義思想家、文學家福澤諭吉（1834-1901）。作為文學家,福澤諭吉為創造日本近代的平易暢達、富於宣傳效果的評論、政論和隨筆散文等諸種文體,做出了開創性的貢獻。他以這樣的文體,寫出了大量的作品。他對中國文明的歷史和現狀所做的分析,他那帶有強烈的軍國主義侵略意識的中國觀,極大地影響了日本人的中國觀,對於日本歷屆政府對華侵略政策的制定,起了非常重要的作用。他對中國的看法標誌著日本傳統的中國觀的終結,並為日本近代的中國觀奠定了基調。

　　福澤諭吉在他的《文明論概略》（1875）一書中,以西方的進化論為思想基礎,把世界文明分為「文明」、「半開化」、「野蠻」三個檔次。他說:「現代世界的文明情況,要以歐洲各國和美國為最文明的國家,土耳其、中國、日本等亞洲國家為半開化的國家,而非洲和澳洲的國家算是最野蠻的國家。」在這裡,福澤諭吉還把中國和日本放在了同一個檔次上,稱之為「半開化國家」。但是,要知道,在古代,除了極個別的人（如江戶時期的戲劇家近松門左衛門）,文學家

1　本文原載《抗日戰爭研究》（北京）,1998年第4期。

們對中國充滿著友好、景仰之情。直到鴉片戰爭結束之前，日本的近代啟蒙還是以中國為榜樣的。福澤諭吉之前，日本的主流看法是：中國是文明國。福澤諭吉則明確地從文明理論上把中國的「文明」檔次降了下來，為他的文明理論的進一步展開做了鋪墊。那就是，首先，日本必須擺脫以中國的儒家文化為中心的亞洲文化，學習西洋並謀求加入西方帝國主義列強的行列，從而成為和西方國家一樣的「文明」國家，這也就是他後來提出的「脫亞入歐」；其次，日本現在有了「文明開化」的覺悟和條件，而中國沒有，所以，雖然日本和中國一樣屬於「半開化」的文明，但日本的文明在這關鍵的一點上還是要高於中國的文明。「中國人的思想是貧困的，日本人思想是豐富的」。他的根據是：日本是一個崇尚武力的國家，是一個天皇的「至尊」與武士幕府政權的「至強」相配合的國家，「中國是一個把專制神權政府傳之於萬世的國家，日本則是在神權政府的基礎上配合以武力的國家。中國是一個因素，日本則包括兩個因素。如果從這個問題來討論文明的先後，那麼，中國如果不經過一番變革就達不到日本這樣的程度。在汲取西洋文明方面，日本比中國容易的。」（《文明論概略》）而到了後來，福澤諭吉就乾脆把日本看成是「文明」的化身，把中國說成是「野蠻」國家的代表了。

就這樣，福澤諭吉把中國幾千年來在東亞文化中的中心地位否定了。那麼，現在應由誰來做東亞乃至整個亞洲的中心呢，在福澤諭吉看來，日本正在成為西洋各國那樣的「文明國家」，因此自然應該是當仁不讓地成為亞洲的「盟主」。他明確提出，在「亞洲東方，任此首魁盟主者，乃我日本也。」（《論與朝鮮的交往》）於是，他主張用武力向中國、朝鮮等國家輸出日本的所謂「文明」，干預朝鮮事務，並使朝鮮成為日本的附屬國；主張和西方列強一起瓜分中國，割取中國的臺灣和福建省的一半。在〈東洋的波蘭〉一文中，他甚至畫好了一張「支那帝國分割圖」。他積極鼓動對中國清政府開戰。當日本在

「日清戰爭」（甲午中日戰爭）中勝利之後，福澤諭吉欣喜若狂。他
在《福翁自傳》中寫道：「日清戰爭，是官民一致取得的勝利，
啊，……多麼高興，多麼感謝，我簡直不知怎麼說才好。我活到今
天，才能看到如此光榮的事情。以前死去的同志朋友真是不幸。啊，
我多麼想讓他們看到今天的勝利，每念及此我都要掉淚。」他把日清
戰爭說成是「文明對野蠻的戰爭」，認為日本是在「文明」的大義下
同中國作戰的，因此，在他看來，使中國屈服乃是「世界文明之洪流
賦予日本的天職」。

　　福澤諭吉關於「文明」、「進化」的理論，關於武力侵略中國的主
張，成為日本法西斯主義思想的重要源頭。被稱為「日本法西斯主義
的象徵」的北一輝，在其臭名昭著的法西斯主義綱領《日本改造法案
大綱》（1919）中，明確寫著：「中國、印度七億同胞，若無我日本之
扶持與幫助，實無自立之途。」認為，為了把歐美「非法獨占的大量
領土」奪取過來，日本「有發動戰爭的權利」。其思想主張與福澤諭
吉具有明顯的聯繫。

二　中江兆民：「三醉人」的醉翁之意

　　明治時代另一位啟蒙主義思想家、文學家中江兆民（篤介，
1847-1901）以另一種更具有文學色彩的形式表達了和福澤完全相同
的帝國主義的強盜邏輯。中江兆民在他那著名的《三醉人經綸問答》
（1886）中，設計了一種戲劇性的情節結構。「性酷好飲酒，又酷好
談論政事」的南海先生，有一天「把酒獨酌，已入陶然步虛」之境，
而就在此時，兩位客人帶著洋酒登門拜訪。其中一人是「西裝革履，
眉清目秀，身軀頎長，舉止瀟灑，能言善辯」的「紳士君」；另一人
是「身材高大，手臂粗壯，面目黝黑，目光炯炯」的「豪傑君」。三
人禮畢坐定，交杯換盞，縱論天下大事。

　　「三醉人」當中，「紳士君」是主張以文興邦，認為「民主平等」制度是最完善的社會制度，世界各國遲早都要建立這種制度。而劣弱的國家，實現富國強兵之策沒有指望，所以，還不如乾脆放棄不及強國萬分之一的兵力，撤去水陸軍備，而致力於無形的「理義」、「學術」、「美術」，使強國尊而敬之，不忍侵犯。

　　與「紳士君」相對，「豪傑君」則慷慨激昂地讚美戰爭，他說：「爭源於人怒，戰源於國怒，不能爭者為懦夫，不能戰者為弱國」，「文明國必是強國」，「徵諸古今史籍，昔日的文明國均為昔日的善戰國，今日的文明國均為今日的善戰國。」接著，「豪傑君」切入了主題：

　　　　在亞細亞，抑或在阿非利加，我時常健忘，只知有一大國，國
　　　　名不記。其幅員甚為博大，甚為富饒，而又甚為劣弱。我聽說
　　　　此國有兵百餘萬眾，但渙散不整，緩急均不能用；我聽說此國
　　　　雖有法度，但形同虛設。那是一頭極為肥碩的牲牛。為天下眾
　　　　小邦所垂涎，待其充饑果腹也。何不速割其半，或割其三分之
　　　　一耶？（中略）若割取彼邦一半，或三分之一歸於我邦，則我
　　　　邦必成大國。物產豐饒，人多勢眾，乃施以政教，可築城池，
　　　　可築防禦，陸可出百萬精銳，海可泛百千戰艦。我蕞爾小邦，
　　　　一躍可成俄羅斯，可成英吉利也。

　　「豪傑君」還進一步從日本的內政方面說明對外出兵侵略的必要性。他認為，人們身上均有「戀舊元素」，而「戀舊元素」好像癌腫，承平既久，癌腫就要擴散，因此，「國家若一聲令下，挑開戰端，二三十萬之眾，可立即集於麾下。……割掉癌腫之處，莫若我忘記其名的阿非利加或亞細亞一大國也。所以我等二三十萬癌腫患者，開往那一大國，事成則占地雄霸，且可打開那一種癌腫社會；事不成則橫屍原野，名留異邦。為國割除癌腫，成效必得。此可謂一舉兩得。」

　　那麼,「豪傑君」所說的「那一大國」是何指呢?不言而喻,指的就是中國。關於這一點,居於前兩人之間、取中庸態度的「南海先生」在後來已明確地指出了。「南海先生」說:

> 豪傑君所說阿非利加或亞細亞那一大國。我不知其所指。但倘若那一大國在亞細亞,則應與之結為兄弟國家,緩急相救,互相幫援。若妄動干戈,輕挑鄰敵,使無辜人民死於彈丸,尤非計也。若夫支那(當時日本對中國的蔑稱──引者注),從其風俗習尚、文物品式、地理地勢而言,亞細亞小國當與之修好,鞏固邦交,勿以怨恨相加為妙。我國產品日益增加,及至貨物豐盈,那支那國土廣大,人民蓄庶,實為我國一大販路,滾滾不盡之財源也。

　　可見,《三醉人經綸問答》與其說是討論天下大事,不如說主要談論的是中國。更明確地說,就是如何對付、掠奪和瓜分中國。「三醉人」的三種看法,表面看來互有不同,但實質是相通的。「豪傑君」殺氣騰騰,說得最為露骨,對中國的侵略企圖絲毫不加掩飾,直截了當地表達了日本對中國的野心。「紳士君」和「南海先生」表面上似乎不贊同他的看法,但其主張的實質與「豪傑君」並無多大差別。在「紳士君」看來,像中國那樣的弱國乾脆不必有自己的軍備。那麼國防怎麼辦呢?他沒有明說,其實也不言自明,那就是後來日本人提出的由日本人來「保全」中國;「南海先生」不主張對中國動干戈,但這有一個前提,就是中國應成為日本的資源基地和商品市場,成為日本的「滾滾不盡之財源」。

　　在《三醉人經綸問答》裡的「三醉人」當中,中江兆民處在什麼位置呢?我認為,「三醉人」是中江兆民三個不同角度的發言,代表了他對華思想的三個不同的側面。換言之,「三醉人」加在一起就是

中江兆民。總之，在這部作品裡，中江兆民是把中國作為日本獨立富
強的手段來看待的。

三　岡倉天心：「日本的偉大特權」

　　如果說福澤諭吉和中江兆民主要是從政治經濟的角度表達了針對
中國的軍國主義意識，那麼，岡倉天心則是從文化的角度表現了同樣
的軍國主義思想。岡倉天心（1862-1913）是明治時代最早系統研究
東方藝術（包括中國、印度和日本的藝術）的美學家和文藝評論家。
但是，他對東方藝術的研究，並不是學院式的純學術性的研究，而是
帶有強烈的日本帝國主義的色彩和傾向。他曾到中國作過藝術方面的
考察和旅行。寫了《支那遊記》、《支那的美術》、《東洋的理想》、《東
洋的覺醒》等與中國有關的著作和作品。

　　在《支那遊記》中，岡倉天心得出的最主要的結論就是，「在支
那沒有支那」。他寫道：「關於支那，本人最突出的感覺是什麼呢？不
是別的，而是『在支那沒有支那』。單純說『沒有支那』，聽者也許會
嗤笑，換句話說就是，『支那沒有支那的共通性』。」岡倉天心舉了不
少例子，來說明江南和江北完全是兩個不同的世界。他力圖證明的
是，無論在歷史上還是在現實上，無論在政治上還是在文化上，本來
就不存在一個統一的中國。誰都知道，中國的南北方在風俗文化上是
有一定差異的，正如日本北部的北海道的風俗文化和東京的有所不
同，是同樣的道理。以此為依據來否定中國文化的同一性，無論如何
不能不叫人「嗤笑」。實質上，這裡暗含著一個不可告人的邏輯：既
然無論在政治上還是在文化上本來就不存在一個統一的中國，那由日
本來分而割之，又有何不可呢？

　　另一方面，他又在《東洋的理想》中，一開頭就提出了一句提綱
挈領的話：「亞細亞是一個」（或譯為「亞細亞是一體」），極力提倡亞

洲的一體化。既然在他看來連中國都不是一體的，那又遑論整個亞洲
的一體性呢？原來，岡倉天心是要匯出一個根本性的結論：亞洲應該
是一體的，但是現在還沒有實現這個理想。那麼，由誰來實現這個所
謂「東洋的理想」，使亞洲成為一體的呢？在岡倉天心看來，當然非
日本莫屬了。

　　以研究東洋問題而自負的岡倉天心不會不知道，日本在歷史上是
中國和印度的學生，那麼，日本有什麼資格自告奮勇地來擔當統一亞
洲的使命呢？他認為：

> 在這複雜當中明確地實現這種統一，是日本的偉大特權。我們
> 這個民族身上流貫著印度、韃靼的血，我們從這兩方面汲取源
> 泉。我們能夠把亞洲的意識完整地體現出來，這是我們的與這
> 種使命相適應的一種遺傳。我們擁有萬世一系的天皇的無與倫
> 比的祝福，有著未曾被征服過的民族所具有的自豪，我們有著
> 在膨脹發展中做出犧牲而堅守祖先留傳下的觀念和本能這樣一
> 種島國的獨立性，我們就能夠使日本成為保存亞洲思想和文化
> 的真正的儲藏庫。而在中國，王朝的覆滅，韃靼騎兵的侵入，
> 瘋狂的暴民的殺戮蹂躪。──這一切不知有多少次席捲了全
> 土。在中國，除了文獻和廢墟之外，能夠使人回想起唐代帝王
> 的榮華，宋代社會的典雅的一切標記，都不復存在了。
> （中略）
> 就這樣，日本成了亞細亞文明的博物館。不，她遠遠高於博物
> 館。因為這個民族有一種不可思議的天性，這個民族小心翼翼
> 地保護著古老的東西，同時又歡迎新的東西。憑著這種具有活
> 力的不二元論的精神，我們把過去一切理想的所有方面都保留
> 下來了。……

顯而易見，岡倉天心的這一套理論的核心，就是以日本為核心，來統一亞洲文化。他打著弘揚亞洲文化的旗號，強調亞洲各國文化上的連帶性，同時又把亞洲文化與歐洲文化對立起來，提出「歐洲的光榮，亞洲的恥辱」（《東洋的覺醒》）。正是這一套理論主張，成為日本現代法西斯主義的理論基礎之一。表面上看，岡倉本人並沒有明確鼓吹對華侵略，但是，他又為對華侵略提供了理論「根據」。所以，在後來日本帝國主義全面侵華戰爭時期，他的「亞細亞是一個」成為被軍國主義當局利用來進行侵略宣傳的一個著名口號，他們甚至把這句話刻在石碑上。在這句口號的掩護之下，對中國的蹂躪和占領成了「建立大東亞共榮圈」的義舉，對中國的「三光政策」成了「宏揚亞洲文化」的聖戰，侵華戰爭也被說成是把中國從英美的殖民統治下解放出來的「大東亞戰爭」。半個多世紀以後，日本的法西斯主義理論家大川周明在《建設大東亞秩序》（1943）一書中，把岡倉天心的話做了進一步的發揮。他說：「亞細亞的復興，並不只是意味著從歐洲的統治下取得政治上的獨立。它同時也是在亞細亞諸民族的精神生活中復活古代的光榮。而日本實際上正在為這一莊嚴的使命而戰。因為，東洋的好的東西，寶貴的東西，縱使在其故國最終也已經成為一去不復返的偉大的影子，但在日本，今天卻以生機勃勃的生命躍動著。（中略）今天支那和印度從我們的生命中所攝取的正是這種作為東洋精神的日本精神。」

四　保田與重郎：戰爭「是日本人惟一的精神文化」

三〇年代以後，日本的法西斯主義的國家體制全面形成，侵華「國策」也逐漸全面實施。與此相適應，日本文學界也全面軍國主義化。大部分文學家加入了侵華戰爭——「大東亞戰爭」的宣傳鼓噪中。其中，在理論上為日本的侵華「國策」鼓吹辯護最賣力、影響也

比較大的，是保田與重郎和武者小路實篤。

保田與重郎（1910-1981）是日本的法西斯主義文學流派——
「日本浪漫派」的居於指導地位的理論家。他的大量言論與著作，極
力煽動日本人的非理性的狂熱，故意使用彆扭費解的語言，曖昧混亂
的話語方式，來構建日本人對天皇制法西斯主義「國體」的非理性的
膜拜。作為日本古典文學的研究家，他試圖從日本古典文學的研究中
尋找日本文學的血統。他認為，「現代文藝批評家的當務之急，就
是……為了偉大的日本，而把『日本』的血統在文藝史上列出譜系
來。」（《一個戴冠詩人》）極力把日本的文學史說成是天皇「萬世一
系」的文學，證明日本文學的根本精神就是所謂「皇國文學」，宣揚
「日本主義」和「日本精神」。作為法西斯主義文學家，保田與重郎
主要不是從政治經濟的角度看待日本的侵華戰爭，而是從他「浪漫主
義」的「美學理念」出發，把日本的侵華戰爭視為他所理想的「日本
浪漫精神」的實現，極力把日本的侵華戰爭加以「文學化」和「美學
化」，鼓吹所謂「作為藝術的戰爭」，把侵華戰爭本身看成是日本人的
根本的「精神文化」。因此他認為日本出兵中國大陸是日本人在二十
世紀中採取的最「壯麗」、最「浪漫」的行動。

一九三八年，保田與重郎作為《新日本》雜誌社的特派員，到朝
鮮及中國東北、華北和北京、天津等地旅行，並寫下了遊記隨筆評論
相雜糅的文集——《蒙疆》。這本書集中地表現了保田與重郎的中國
觀及法西斯主義戰爭觀。他在北平看了故宮、萬壽山，認為中國已經
喪失了唐宋文化的輝煌，斷言北平是一個「頹廢」的「廢滅」的城
市，而日本軍的到來，卻給中國帶來了美麗的生機。他極力讚美日本
對中國的侵略和占領，把盧溝橋看成是日本的「大陸發現時代的端
緒」；在八達嶺等處看到了飄揚的日本的太陽旗，則驚歎為「壯麗的
浪漫的風景」。一路上，他貪婪地環視著美麗富饒的大陸，同時又不
斷構築著日本吞併大陸的「浪漫」的藍圖。他寫道：「我等如今要去

北方旅行。在那裡，日本毅然決然書寫世界歷史，從事著改變我們民族歷史的偉大事業。況且我所走過的路線，將成為新的世界文化的最初的交通線路。我所走的，是大和民族對世界上的異國異族展示我們浪漫的日本而開拓的路線。現在是軍隊的進軍路線，不久就將成為世界性的交通幹線，成為世界文化的一大變革的據點。」「今日日本的國家、民族和國民的理想，是通過征戰的形式來實現的。什麼時候我們可以越過寧夏，到達黃河的源頭，到蘭州去破壞赤色的線路呢？那個時候世界的交通線路就會發生偉大的變革。而這種行動本身就是日本的惟一的精神文化。」在這裡，保田與重郎著重鼓吹的，就是使侵華戰爭成為日本人的精神文化。他寫道：

> 大陸征戰的結果，是（日本）國民的空想力和構想力增大了。這個時代創造力的衰退，莫過於毫無詩的天分的告白。如今日本的行動，比十九世紀法蘭西帝國的行動規模遠為宏大。（中略）這是世界歷史上未曾有過的宏大。世界歷史上的文化饗宴中的最大的地盤，正由日本人來開拓。我國現在進行的戰爭，可以說是前所未有的壯觀的宿命。兩洋文化的交流是二十世紀的理念。而這個理念的惟一的實現者，就是東方的日本。因為，日本是亞洲歷史的惟一的防衛者。同時，作為反抗歐洲侵略的亞洲的防衛者，用鮮血譜寫開國文化的精神史的，也只有日本及日本人了。在這種世界文化的意義上，從日本的自豪感出發，國民支持這場戰爭。更有士兵們遵照大君（即天皇——引者注）的敕令，以英勇無畏的歷史的忠勇的諦觀，從容赴死。這種雄偉壯麗的精神的風景，絕不比明治的戰爭稍有遜色。

保田與重郎正是以這種狂熱心態，構築起了他稱之為「浪漫主義」，實為法西斯主義的「戰爭美學」。那就是把侵華戰爭精神化，把

精神戰爭化。在他看來，最浪漫的東西，或者說最美的東西，就是戰爭，戰爭本身就是日本的精神文化，就是他的美學。在《蒙疆》的最後，他總結說：「嚴格地說來，所謂大陸，既不是地形也不是風土（不是地理學的現象），今天的大陸作為皇軍的大陸，是嚴整的一體，因此它是象徵的浪漫主義，它是新的面向未來的混沌的母胎。」

五　武者小路實篤：「大東亞戰爭」是「日本人的使命」

侵華期間另一個戰爭吹鼓手是武者小路實篤（1885-1976）。此人原本是日本近代文學中的重要流派——「白樺派」的代表人物。二十世紀初，武者小路實篤從人道主義和「世界主義」出發，曾一度採取了反戰的立場，並寫了反對日本軍人屠殺臺灣人的《圍繞八百人的死刑》和反戰劇本《一個青年的夢》（均在1915）。但是，到了後來，他逐漸地變成了一個狂熱的軍國主義分子。一九四二年，武者小路實篤寫了一本小冊子——《大東亞戰爭私感》。這是一本赤裸裸地進行侵華戰爭宣傳叫囂的言論集。全書分為若干章，均冠以標題，如〈日本的使命〉、〈日本為什麼強大〉、〈日本人的慈祥〉、〈大東亞戰爭〉、〈克服死亡〉、〈未來東京的夢〉、〈大東亞共榮圈〉、〈日本人戰無不勝〉、〈大東亞戰爭及以後的事情〉等。在這部臭名昭著的書中，武者小路實篤對「大東亞戰爭」的所謂「合理性」，做了荒謬的論證。

在〈日本的使命〉一章中，他極力把日本說成是中國乃至亞洲的恩人和救星。他聲稱這本書是寫給那些「對日本不抱好意的一部分亞洲人」看的。他要告訴這些人：「如果亞洲沒有日本這個國家，那亞洲會怎樣呢？」結論是：「毫無疑問，如果沒有日俄戰爭，滿洲肯定成了俄國的地盤。不光是滿洲。如果沒有日本，那麼朝鮮不用說，中華民國的北部就成了俄國的，南部就成了美英的了。」「如果沒有日本，他們（指中國、朝鮮等——引者注），無論怎麼折騰，都將成為

美英國家的盤中肉。或遲或早都會如此，不會有別的結果。只有日本
國的存在，才能毅然站出來制止這種情況的發生。」從這種觀點出
發，武者小路實篤極力為日本的戰爭行徑評功擺好。在他看來，日本
為了和俄國爭奪在中國的殖民霸權而進行的那場「日俄戰爭」，完全
是為了東亞和中國；當時歐美人自視比亞洲人優秀，又倚仗先進的物
質文明和精良的武器，欲把亞洲人當作是奴隸，而敢於對此提出抗議
的，惟有日本。「他們之所以不能無憂無慮地從事邪惡的勾當了，就
是因為有了日本國這樣一個國家的存在。」日本國看去雖小，但卻不
接受美英的蔑視。而且「值得大書特書的是」，在亞洲，只有日本是
一個從來沒有受到侵略的國家，因此他被人類賦予了特殊的使命。那
就是「解放亞洲」。他希望亞洲人明白一個事實：「日本拒絕美英隨心
所欲地壓榨亞洲，惟有日本一個國家能夠使他們把亞洲的財富還給亞
洲，使亞洲人不再作奴隸」；「這次的大東亞戰爭，就可以視為日本為
完成使命而進行的戰爭。」「所以日本人絕不是只顧自己的國家，誰
擾亂了東亞的秩序，就必須受到制裁。」「對那些不得不向美英屈服
的弱國，不能再讓他們弱下去了。日本即使付出犧牲，也必須幫助他
們。」所以他認為，亞洲「都得感謝」日本；「亞洲人要深刻地意識
到，日本的存在，對於亞洲來說實在太幸運了。」「倘若日本失敗
了，那對於亞洲來說，對於東亞來說，都將是無比悲慘的。因此，亞
洲人民愛日本，盼望日本取勝，是理所應當的。」

　　在〈日本為什麼強大〉一章中，武者小路實篤把日本法西斯主義
理論家大川周明等人的理論拾掇起來，大肆宣揚「日本主義」，宣揚
日本人和日本國家的優越性。他認為日本之所以強大，首先是由於日
本的「國體」的優越。那就是：「日本國民全部都是天皇陛下的臣
民，衷心奉仕天皇，萬眾一心」；人民為了天皇獻身感到無上的光
榮，所以在戰爭中湧現出了「特別攻擊隊」那樣的為了完成任務而從
容赴死的人。其次，日本之所以強大，還因為「日本恐怕是世界上擁

有實幹家最多的國家」，這一點使日本人「在世界上出類拔萃」。日本人從不懶惰懈怠，「都是勤勉的國民」。在〈日本人的慈祥〉一章中，武者小路實篤認為日本人是「慈祥」的，而且「越是慈祥越是強大，越是強大也越是慈祥」。在〈克服死亡〉中，武者小路實篤和保田與重郎一樣，宣揚「死的美學」，他說：「人間有超越死亡的東西。我讚美為了超越死亡的東西而從容赴死。這是最美的死，也是超越生的死。」

　　武者小路關於日本強大的結論是：

> 日本人強大是天生的。日本人名譽心強，性格要強，吃苦耐勞。關鍵時刻敢於犧牲。我認為，絕不苟且偷生的性格，在戰爭中發揮了很大的作用。
> 突擊、肉彈（意即以肉體為槍彈，同歸於盡的自殺──引者注），這些都是日本軍隊奪取最後勝利的原因。俗話說：斷然前行，鬼神退避。日本人的這種斷然前行是日本人的得意中的得意。敵人聞風而逃，空戰時日本使用這種戰法常常取勝。捨身的戰法，這是日本從古代就有的戰法，這種戰法直到現在依然有效。
> 有個詞叫如虎添翼。日本人的強大，就像老虎添了翅膀。武器齊備，精神昂揚，舉國一致，擁有兩億人的巨人站了起來，所以強大。

　　作為一個狂熱的軍國主義分子，武者小路實篤顯然堅信日本必定取得「大東亞戰爭」的勝利。為此，他在〈未來東京之夢〉一章中還設想了勝利後的美妙情景。他寫道：「東京是日本帝國的首都。這個帝都理所當然地應成為亞洲第一文化中心地。」「東京是亞洲的軍備的中心，學術文化的中心。東亞人如果不來一次東京，那就不能開口

說話。」「在大東亞戰爭完成的同時，天皇陛下居住的帝都，必然成為亞細亞全體精神的中心。所以東京一定是亞洲第一的完全的城市。」

　　然而，事實證明，武者小路實篤盼望的這一切，只不過是一場黃粱美「夢」罷了。

　　以上，筆者論到了明治維新後到戰敗前的約半個世紀中，日本文壇有代表性的五個人物的軍國主義思想主張，從中可以看出日本文學家在軍國主義思想及侵華「國策」的形成和實施中，所扮演的角色和所起的作用。日本文壇上的這些人的言論在日本軍國主義及侵華「國策」的形成與發展中所起的作用，可以概括為以下三點。第一，從「文明論」、「文化研究」的角度，為軍國主義的形成製造了理論根據；第二，站在「民間」和「在野」的立場上，和天皇制政府的侵華「國策」上下呼應，一唱一和，強化了「官民一致」、「一億同心」的軍國主義體制；第三，利用文學家的影響，將軍國主義思想加以闡發，在軍國主義思想的宣傳普及中起了重要作用。弄清日本文壇與軍國主義思想及侵華「國策」的這些密切聯繫，可以使我們更深入地認識日本軍國主義形成和發展的歷史，更全面地了解日本近現代文學的某些重要特徵。

七・七事變前日本的對華侵略與日本文學[1]
──以幾篇代表性作品為中心

　　從十七世紀到十八世紀上半期，中日兩國都處在閉關自守的狀態中，兩國的文化和文學的直接交流也不多。明治維新後，特別是甲午中日戰爭以後，日本積極推行侵略中國的「國策」，一步步地對中國進行滲透和擴張。在這種情況下，日本的許多文學家也關注中國的情況。但是，這種關注和古代文學家不同。在古代，日本文學家大都對中國充滿著景仰之情。但是，進入近代以後，日本文學家對中國由景仰變成了輕蔑。在有關以中國為題材、為背景的作品中，他們雖然仍保持著對中國古典傳統的美好憧憬，但對現實的中國卻充滿著鄙視。典型的如著名小說家芥川龍之介，他在《支那遊記》的「上海城內」一節中，這樣寫道：

　　……從那巷子轉彎，就是久聞其名的湖心亭。聽起來是個好地方，實際上只是個破爛頹敗的茶館。亭外的池中，漂浮著綠色的污垢，幾乎看不見水的顏色。池子的周圍用石頭壘著奇怪的欄杆。我們剛走近這裡，就見一個穿著淺蔥色布衣，拖著長辮子的高大的中國人，正在悠然地往水池中撒尿，……近處豎立著的中國風格的亭子，泛著病態的綠色的水池，以及嘩嘩地朝

1　本文原載《日本學刊》（北京），1998年第6期。

這水池傾洩的小便，──這不只是一幅可愛的憂鬱的風景畫，同時又是我們面前這個老大帝國的可怕的象徵。

……

……《金瓶梅》中的陳敬濟、《品花寶鑒》中的奚十一，──在這人群當中，這號人物似乎不少。但是，什麼杜甫，什麼岳飛，什麼王陽明，什麼諸葛亮，卻似乎一個都找不出來。換句話說，現在的所謂中國，已不是從前詩文中的中國，而是在猥褻、殘忍、貪婪的小說中所表現的中國了。

誠然，這樣的議論和描寫多少反映了當時中國的實際情形。但是，日本人諸如此類的對中國野蠻落後的描繪，本身卻常常暗含著日本人的一種優越感，一種傲慢與偏見，甚至是一種「弱肉可食」的潛臺詞。

隨著時間的推移，「潛臺詞」變成了「前臺詞」。從二〇年代後期開始，日本文壇上出現了一些鼓吹對華侵略的作品，還有一些作品在對中國及中國人形象加以扭曲描寫的同時，某種程度地顯露出了對華侵略的信號。

一　「濟南慘案」與《武裝的街道》

在七‧七事變爆發之前，日本帝國主義就對中國進行了多次武裝侵略和挑釁活動。其中，一九二八年的「濟南慘案」就是一起重大的侵華事件。

以濟南慘案為題材的作品，有日本「無產階級作家」黑島傳治的《武裝的街道》。

在中國的北伐戰爭時期，日本為了保證自己在中國北方、特別是在山東的既得利益，極力阻撓國民革命軍北伐。一九二八年初，蔣介

石率軍北伐，日本則以「就地保護僑民」為由，出兵山東，並與北伐軍在濟南遭遇。日軍蓄意挑釁，製造了駭人聽聞的「濟南慘案」。在慘案中，日軍占領了濟南，屠殺中國軍民六一二三名，殺傷一七○○名，造成財產損失二九五七萬元。黑島傳治的《武裝的街道》從慘案發生前寫起，以日本在濟南開辦的一家火柴公司為中心，描寫了日本在濟南對中國人民的經濟掠奪和殘酷剝削。在「排斥日貨」的運動中，這家火柴廠採取偷樑換柱的手法，在日貨上貼上中國產品的商標，充當中國的「國貨」，千方百計在中國傾銷產品。他們視中國的苦力為牛馬，給他們吃的是黑窩頭、高粱渣，卻逼他們一天做十五個小時的活。他們的理論是，「支那人都是惡劣的人種。千萬不要誇獎他們」；「他們不知廉恥。我們無論怎樣善待他們，他們也不知足。給他十塊錢，他們發牢騷，給他一塊錢，也一樣是發牢騷。……所以，要是給他們很大的恩惠就太愚蠢透頂了。」而且他們還振振有詞地宣稱：「我們來到支那，的確是僱用苦力工作了。但是，難道不是我們給了那些傢伙一份工作嗎？沒有我們在這裡開辦的工廠，他們到哪裡去賺錢呢？」他們不僅要中國工人給他們賣命工作，還要求中國人都俯首貼耳地做他們的奴隸。他們認為，「在朝鮮，在滿洲，支那人都對我們敬而畏之，戰戰兢兢」，而「這裡（指山東——引者注）的人還敢擺譜，就是因為這裡沒有日本的軍隊。」

　　而向山東進軍，早就是日本蓄意已久的事情了——

　　（濟南）對日本究竟意味著什麼？山崎（小說中的日本記者——引者注）是很清楚的。

　　　「濟南，實在是天下之要衝。陸為南北中間，海上遏制渤海南半。站在濟南一動，則可影響天津北京之形勢。若把灤河上游的北京看作脊背，濟南則可看作腹部。而且，在去青島的沿線，坊子、博山、淄川、章丘等地，埋藏著約十八億噸的煤

炭。在往西二百數十里的地方，就有山西的大煤田，那裡蘊藏
著相當於全亞洲煤炭儲量八成的六千八百億噸煤，還有無盡的
鐵礦。日本今後要在資源需求上獨立，就不能無視山東煤炭的
價值，而且也不能無視山東煤炭的世界的價值。」（《日本和山
東的特殊關係》，頁 19）

山崎當然知道這些。

「為了在滿蒙的特殊利益，日本付出了巨大的犧牲，投入了巨
額的資金進行開拓。應該始終維護這一利益。在某種情況下，
即使放棄山東，在滿蒙的特殊利益也必須保證。滿蒙是先，山
東是後。有人認為，為了滿蒙我們以國力相賭是無庸置疑的，
而在山東，某種程度的忍耐也是不得已的。當然，滿蒙的天地
廣闊，利害關係重大，對全域的得失關係甚大。但是，從廣東
興起的中國的民族革命，共產主義者的悄然興起，如今眼看已
經完全滲透到了中國中部。北部及滿洲，也處於魔手可及的狀
態。山東作為滿蒙的屏障，有著重大的價值。有了山東，滿蒙
才有安全。況且山東在地理位置優越方面，在軍需的價值方
面，在作為黃河流域無限財富的後方地帶方面，使得它在我國
的國防上、國民生活上，都永遠不能脫離我國的勢力範圍。像
美國的資本家，早已看到黃河氾濫區適合棉花的種植，已派人
進行調查研究。如果那裡能夠生產棉花，那麼，就可以結束日
本從美國進口棉花的歷史。對於日本來說，如果喪失了山東的
主人公的地位，那麼，將來，日本在鋼鐵、煤炭方面的獨立性
就要喪失掉。不僅如此，日本如果從中國北部退卻，在保守退
縮的政策之下，如何可以避免日本國的淪落和衰退？中國大陸
雖廣，但我國在經濟上絕對支配的地域，除了滿蒙，就只有山

東了。日本在過去十餘年間，投入了巨額的資本，付出了巨大的犧牲。為了開發山東的資源，現在國人的投資已達一億五千萬元。確保我們的同胞辛苦開拓的經濟基礎，並加以發展，是理所應當的。」（同上書，頁31）

也許沒有比黑島傳治在小說中引用的這段資料更能說明日本對山東的野心及製造「濟南慘案」的原因的了。所謂「保護日本僑民」云云，不過就是保護日本在山東的「特殊利益」罷了。

於是日本軍隊來了。他們在濟南大逞淫威，燒殺搶掠，於是濟南的街道就成了「武裝的街道」。

黑島傳治作為日本的「無產階級」作家，對濟南慘案的看法及其描寫是不同於當時的日本軍國主義和右翼文人的。儘管鑒於當時日本國內的形勢，他對日軍在「濟南慘案」中的駭人聽聞的罪行，——如洗劫中國的商店，濫殺平民，甚至違反國際法準則，殘殺前去交涉的中國外交官等等，——都未能加以表現。但是，他能夠尖銳地指出日本製造「濟南慘案」的真正原因在於維護日本在山東的「特殊利益」。他還寫到了日本士兵的反戰行為，並且正面描寫了對中國工人抱有同情心的日本職員。大體上說，《武裝的街道》對「濟南慘案」的描寫是公正的，立場是「反戰」的。例如，作者指出了「濟南慘案」發生時日本宣傳媒介向日本國民所做的歪曲報導：

那一天，被殺害的日本人，連同兩天後在土中發現的九人，一共十四人。
但內地（指日本——引者注）的資產階級的報紙卻報導為二百八十名。報紙上寫道：（日本）婦女被強姦後遭殺害，赤裸著身子，慘不忍睹；姑娘的陰部被插上了木棍，胳膊被木棍打斷，眼睛被剜出。

在特派員的面前，（日本人的）頭蓋骨被敲開，腦漿迸裂，流
在路上。關於搶劫，也有同樣的報導。

報上登的遭難者的敘述：貴重的衣物不用說，連床板、鋪席、
天花板都被卸了下來，小學生的課本都被偷走了。金鎖、金
錶、二百四十塊大洋、三百八十塊紙幣都被搶走了。

讀了這樣的報導，有誰不恨南軍（即北伐軍——引者注）呢？
有誰不氣憤地要把這些暴軍全部消滅呢？

這種誇張的報導，具有強大的力量。

　　黑島傳治敢於指出日本報紙的欺騙和煽動的宣傳，是難能可貴
的。為此，黑島傳治在戰後也一直被日本和中國的學者們稱為反戰的
作家。甚至中國有人評價《武裝的街道》「是黑島傳治馬克思主義戰
爭觀的最高表現，是他的優秀論文《反戰文學論》在創作上的出色實
踐」（見〈革命作家黑島傳治〉，載中文版《黑島傳治短篇小說選》，
上海市：上海譯文出版社，1981年）但是，我們也要看到作者及其作
品的侷限性。《武裝的街道》對日本製造的濟南慘案是揭露了的。但
是同時，作者本人受到、也不可能不受當時日本國內主流輿論的一些
影響。這一點，突出地表現在他對中國的北伐軍，即所謂「南軍」的
看法上。

　　在「濟南慘案」中，日軍的敵人是蔣介石率領的國民革命軍北伐
軍。因此，日本當時極力宣傳北伐軍如何野蠻無禮，以便為他們出兵
濟南製造藉口。在《武裝的街道》中，黑島傳治同樣對北伐軍抱有偏
見，他把蔣介石率領的北伐軍和中國的張宗昌、孫傳芳等軍閥相提並
論，把國民革命軍旨在剷除軍閥勢力的北伐革命說成是「南軍的侵
入、掠奪和破壞」。當然，黑島傳治對蔣介石及北伐軍的這種看法，
與日本軍國主義者的立足點有所不同。自從一九二七年蔣介石發動反
對共產黨的「四·一二政變」以後，日本共產黨及左翼作家便不斷地

對蔣介石進行攻擊和批判，如小牧近江、里村欣三合寫的《前往青天白日之國》（1927 年 6 月）、前田河廣一郎的劇本《蔣介石》（1929 年 7 月）等都是如此。在《武裝的街道》中，黑島傳治虛構了「在莫斯科的兒子蔣經國」給蔣介石的一封信，藉以抨擊蔣介石。信中說：「……現在你已經成了中國人民的敵人。父親，你是反革命的英雄，是新軍閥的首領。你在上海對勞動者的屠殺，全世界的資產階級都拍手稱快吧，帝國主義者，賞給你不少禮物吧。可是，無產階級卻永遠不會忘記！」在這裡，黑島傳治沒有弄清中國國內的內戰同日本侵華戰爭的本質區別，也就是混淆了階級矛盾和民族鬥爭的本質區別。蔣介石當時畢竟對外還代表著中國的合法政府。即便蔣介石是軍閥，也絕不能成為日本出兵濟南、入侵中國、屠殺中國軍民的理由。對蔣介石及北伐軍的醜化，對「中國兵的亂暴」的渲染，妨害了作品反戰主題的表達。

最後需要說明的是《武裝的街道》本身的命運。這部長篇小說與一九三〇年十一月由日本評論社出版，出版時許多段落和字句被刪除。但是儘管這樣，出版後仍被政府勒令禁止發行。日本現代文學史上幾乎可以說是惟一的一部反對侵華戰爭的長篇小說，就這樣未見天日就被扼殺了。因此它實際上並沒有發生什麼社會影響。直到戰後的一九五三年才得以公開出版發行。

二　《萬寶山》和《日本的戰慄》：歪曲的描寫和侵略的叫囂

在《武裝的街道》同時或之後出版、並得以公開發行的以日本侵華事件為題材的作品，再也難見反戰的傾向了。例如，伊藤永之介有名的短篇小說《萬寶山》（1931）對「萬寶山事件」的描寫，不但失去了客觀公正性，而且是有意地歪曲描寫了。

　　眾所周知，「九·一八」事變之前，日本為了加快侵占中國東北
地區，千方百計進行所謂「滿蒙危機」的宣傳，以便為武力侵占東北
製造藉口。「萬寶山事件」就是日本利用朝鮮人在長春附近的萬寶山
開墾水田而故意挑起的事端。一九三一年，李升薰等一百八十多名朝
鮮人，在未經中國地方政府部門允許的情況下，私自從一位漢奸地痞
手中承租大片土地，並打算將旱田改為水田，引伊通河水灌溉。因開
挖水渠而損壞了中國農民的農田，並可能造成汛期淹沒水渠兩側數萬
畝農田的隱患。中國農民向長春縣政府請願，要求制止。長春縣政府
依法命令李等朝鮮人停止不法施工。日本以朝鮮人是「日本國民」為
由，蓄意干涉。日本駐長春領事奉日本政府的「堅決保護」朝鮮人，
以「顯示我方威力」的指示，向吉林省政府提出抗議，聲稱「日本國
臣民有權在中國租地，無需中國方面許可」，並派日本軍警武裝護衛
朝鮮人繼續施工。七月二日，四百多名憤怒的中國農民擁到現場填
渠，中國方面也派了三百多名員警以穩定事態。日本軍警先是強行制
止中國農民填渠，並將多名中國農民打傷，然後又首先悍然開槍三十
八響。中國農民被迫撤出現場。七月三日，日本又派五百多名員警攜
帶大量輕重武器前往萬寶山，並占領萬寶山鄉的馬家哨口，在那裡強
占中國農舍，懸掛日本國旗，並令朝鮮農民繼續挖溝修渠，修復水
壩。水壩在七月五日修成。同時，日本方面蓄意製造謊言，稱朝鮮人
在萬寶山「被害數百名」，以此煽動朝鮮境內的朝鮮人瘋狂排華，致
使華僑被殺一百一十九人。

　　「萬寶山事件」的真相，現在已經大白於天下。但是，日本人在
當時和以後，一直通過各種形式對事件真相進行歪曲。伊藤永之介的
《萬寶山》，就是以文學形式歪曲「萬寶山事件」的典型例子。

　　《萬寶山》以流浪中國東北的朝鮮農民趙判世及其妻子裴貞花一
家為中心，描寫了「萬寶山」事件的前前後後。小說從趙判世等朝鮮
農民在萬寶山挖渠開地被中國「長秋」（即長春）政府下令禁止寫

起，到朝鮮農民離開萬寶山結尾。小說極力表現趙等朝鮮農民的悲慘
生活。他們在朝鮮被地主壓迫剝削，被迫背井離鄉，來到滿洲。但
是，來到滿洲後，他們又不斷遭到中國官民的迫害。小說一開頭，就
寫在開渠被中國當局強令制止後，趙一家以編製「滿洲式的柳斗子」
作為副業。但中國巡警突然闖入，說未經許可，不得隨便編東西賣，
於是，「狡點的中國人，像貓一樣快速伸手，奪過了兩個柳斗子」。趙
怒而欲奪，被中國巡警一鐵棍打倒在地。當朝鮮農民不顧中國方面的
禁令，繼續施工挖渠的時候，中國的騎兵隊便氣勢洶洶，大打出手，
並且把趙抓走。中國農民在中國官方的慫恿支援下，不斷地向挖渠工
地開槍威脅。小說寫道：

> 從昨天晚上就聽說，由於水渠的開挖多少受點損失的上游的
> （中國）農民，非常惱火，要來襲擊。中國官方誇大其辭地說
> 雨季來臨的話，水渠上游就要遭洪水襲擊。還說閘門一修完沿
> 岸的農田就進水了。而實際上，僅僅是一小塊田地進水罷了。
> ……
> 水渠貫通以後，在三荷屯有二百名（中國的）馬隊和步兵駐紮
> 在那裡。原野上隨時都能看到成排的馬隊。搖著青旗在土丘那
> 面橫衝直撞。
> 他們每天都照例在平原上到處巡察，威脅著朝鮮人村落。
> 手拿長槍、手槍和鐵鍬的中國農民，像野鼠群一般襲擊平原。
> 開槍的主要是他們。
> 平原上的中國農民似乎從官方那裡得到了武器，然而，在長秋
> 擁有相當多的軍隊和警官的（日本）領事館，卻不知為何，連
> 一名警官也沒派來。
> 「俺們就是死了，有誰會哭俺們呢？」他們（朝鮮人）都這
> 麼說。

他們的目的就是把朝鮮農民們從這裡趕走，使等待播種的五百
坰水田，完全收歸中國人支配。

……

蔣介石政府下達了驅逐滿蒙的朝鮮農民的命令，這好像是事
實。驅逐朝鮮農民並不自今日始，但由於受到利權回收的煽
動，現在是愈演愈烈了。

　　小說最後寫道，正當這些朝鮮農民挖渠的時候，荷槍實彈的中國
保安局的馬隊和帶武器的中國農民，忽然包圍了他們，並向他們猛烈
地開槍射擊。而在場的日本人只有五個擔任警戒的警官。中國人打傷
許多名朝鮮農民，燒掉了用來築渠的柳樹條。被驅逐的朝鮮農民們，
包括丈夫被中國人扣押而生死不明的裴貞花，都扶老攜幼，「在無邊
無際的曠野上無目的地流浪」。
　　顯而易見，伊藤永之介在這裡完全顛倒、歪曲了歷史事實，把非
法入侵者寫成了受害者，把受害者寫成了蠻橫霸道的暴徒，把日本五
百多名軍警的武裝干預寫成只有「五個擔任警戒的警官」。至於日本
軍隊對中國農民首先開槍，更是隻字不提，卻寫成了中國農民對朝鮮
農民的開槍射擊。《萬寶山》發表於「萬寶山事件」剛剛發生不久，
據說在當時的讀者中產生了較大的反響。小說中不顧事實的歪曲描
寫，為所謂「滿蒙危機」火上澆油，產生了惡劣的影響。直到戰後，
日本還有學者認為它「尖銳地揭露了萬寶山事件的實質」（竹內實：
《昭和時期的中國像》，中國研究所，1957年）。這篇小說是作者伊藤
永之介的成名作，伊藤永之介在日本被稱為「無產階級作家」和「農
民文學家」。然而，遺憾的是，作為「無產階級作家」，在《萬寶山》
中，他的「無產階級」的階級意識只表現在對所謂「日本國民」的朝
鮮農民的同情上，卻絲毫沒有對中國的無產階級、中國的貧苦農民的
應有的階級的同情，甚至連一點理解都沒有。而他的日本國家主義的
立場倒是非常明確的。

　　像《萬寶山》這樣的作品對日本蓄意侵華的事件做了歪曲描寫，但畢竟還沒有達到公然地進行戰爭叫囂的程度。而就在《萬寶山》發表一年後，這樣的作品就出現了。那就是直木三十五的長篇小說《日本的戰慄》（中央公論社，1932年）。

　　直木三十五的《日本的戰慄》是以一九三二年的「一‧二八」事變（亦稱上海事變、淞滬戰爭）為題材的。一九三二年日本為了轉移歐美列強對他們炮製偽滿洲國的注意力，並對上海的排斥日貨的救國活動予以打擊，由關東軍高級參謀板垣征四郎和日本公使館駐上海武官助理田中隆吉秘密策劃，決定在上海挑起戰端。一月十八日，他們僱用打手襲擊了三名日本僧侶，然後嫁禍於中方。一月二十八日，日軍悍然向上海發動大規模進攻，在上海屠殺了數以萬計的中國平民。中國的第十九路軍和第五軍愛國官兵進行了英勇抵抗。五月在蔣介石政府的妥協退讓下，中日雙方簽訂了《淞滬停戰協定》。而在此期間，偽滿洲國終於袍笏登場了。日本發動淞滬戰爭的目的也達到了。

　　還在淞滬戰場硝煙未散之際，作為當時著名的「大眾文學」作家的直木三十五來到了上海採訪。就在此前不久，即這一年的一月，直木三十五在《讀賣新聞》上發表〈法西斯主義宣言〉，公然宣告：「我對全世界宣言：我是法西斯主義者。」二月，直木三十五和吉川英治等五位作家在軍部的直接參與和支持下，成立了法西斯主義文學團體「五日會」。這樣一個法西斯主義文學的急先鋒，來到淞滬戰場後，狂熱之情難以按捺，在回國的船上，他就迫不及待地寫起了《日本的戰慄》。他在該小說的〈序〉中稱：戰爭何時到來？來了又怎麼辦？「我想到這個，就感到戰慄。這是日本的戰慄，同時也是我的戰慄」。他交代說：《日本的戰慄》「是我的戰爭觀的一部分，是對於日本人作戰的特異性及日本的士氣的新解釋」。

　　這部小說主要以新聞記者江南的見聞為視角，以事變發生前後為背景，以鳥見澤老人一家及周圍的人物為描寫的中心。鳥見澤在日俄

戰爭中負傷致殘。這次他的兒子烈又將去上海戰場，女兒吉子在酒館
當服務員，鄰居夏井是工人。依夏井的看法：戰爭「對誰有好處呢？
對資產階級」。而「俺們是無產階級」。鎮上的其他人也認為「夏井說
的也有道理」。吉子接觸的一些新聞記者也議論說：「現在這種社會，
不左傾的人，就是沒有正義感和良心的傢伙。」還有人說：「日本還
是打輸一次為好。」當江南作為從軍記者啟程前往上海的時候，送行
的人中還發出了猴子般的叫聲，以示嘲弄。人們都罵日本，毫不顧忌
地說軍隊的壞話。他們認為，在中國，「戰爭都是日本人挑起的」。
「現在的戰爭，就是禍害」。烈被徵兵並將被派往上海前線的時候也
不想認真地打仗，他說：「我反正是跟在坦克後邊走，跟在人家的屁
股後頭走。」然而，當這些日本人來到上海戰場後，以前的觀點完全
改變了。烈所屬的部隊擔負進攻江灣鎮的任務。在這支部隊中，無論
是軍官還是士兵，「為了完成使命和任務，隨時準備犧牲」。烈也覺
得，「軍隊這種形式，平時都是挨罵的。但是在這裡卻是作為人的最
高的精神之所在」。於是，他並沒有消極地「跟在坦克後邊走」，而是
冒著槍林彈雨，勇敢向前。烈的靈魂終於在戰場上得到淨化，他對以
前自己參加罷工感到羞愧。中隊長指著士兵對前來採訪的江南說：
「他們都是『爆彈三勇士』，不同的只是有沒有那樣的機會罷了。」
面對此情此景，江南感動了。他想：「戰爭真是太好了。因為戰爭沒
有生，也沒有死。──在這裡，只有人性之美，只有勇氣。」在上海
的戰場上，日本的官兵們簡直都不想回日本了。……

　　在這篇小說中，與其說直木三十五寫出了「日本的戰慄」，不如
說它寫了「日本的瘋狂」，是日本的瘋狂的戰慄！這是一篇赤裸裸地
鼓吹對華侵略，美化法西斯主義侵略戰爭的作品。在直木三十五看
來，戰爭既可防止日本人赤化、又可煥發日本人的民族精神，還能夠
「淨化」一個人的靈魂，結論是：「戰爭真是太好了」。直木三十五在
這裡表現的所謂「戰爭觀」，是道道地地的法西斯主義戰爭觀。直木

三十五顯然是試圖通過這樣的小說，將「自己的戰爭觀」變成所有日本人的戰爭觀。

三　《上海》與《北京》：山雨欲來風滿樓

在七‧七事變前的日本文學中，較早透露出全面侵華戰爭信號的，是橫光利一的《上海》和阿部知二的《北京》。

橫光利一（1898-1947）是日本的現代主義流派「新感覺派」的核心作家。這個流派的作家，特別是橫光利一本人，擅長描寫現代都市的喧嘩與騷動。一九二八年四月，橫光利一曾到上海旅遊了一個月，同年底開始在《改造》雜誌上連載，一九三二年出版單行本。這部長篇小說被認為是「新感覺派」的集大成的作品。《上海》以中國的五卅運動為背景，描寫了幾個幽靈般在上海灘上徘徊的日本人的形象。這裡有背負著愛情的創傷、對生活感到絕望的上海銀行的職員參木，有販賣木材的商人甲谷，有自稱「國粹主義者」的甲谷的哥哥甲谷高重，有收購醫用死屍以供出口的「亞細亞主義」（軍國主義）者山口，有山口的情婦、俄羅斯人奧爾迦，還有中國女共產黨員芳秋蘭。參木衷情於土耳其浴室的女招待阿杉，但遭到夫人的忌恨。後來阿杉被甲谷強姦而淪為妓女。參木也被銀行解僱，到了一家日本人開的紡織廠工作。在那裡他被潛入工廠的美貌的女共產黨員芳秋蘭所吸引。在上海工人暴動的混亂和危險中，參木兩次救出了芳秋蘭，於是兩人相愛，擁抱接吻。後來參木聽說芳秋蘭因被同夥懷疑為奸細，生死不明。參木來到貧民窟尋找阿杉，他似乎在阿杉身上看到了秋蘭的影子。……

這部作品以令人眼花繚亂的、跳動的、閃閃爍爍、浮光掠影的新感覺派的寫法，表現了五卅運動前後上海的混亂情形。橫光利一似乎想表現各種勢力、各色人物在上海的糾葛與沉浮，但他對中國、對上

海的了解和理解顯然是皮毛的和膚淺的。他把中國人民反對帝國主義的鬥爭，寫成了一場烏合之眾的暴力活動。在對中國共產黨員的描寫上，尤其反映了橫光利一的偏見、可笑和幼稚。在他的筆下，甚至策劃工人暴動的共產黨員芳秋蘭，在暴動中陷入危險時，竟需要日本人來救她。更值得注意的是，《上海》還明顯地表現了橫光利一的日本國家主義的傾向。關於這一點，他在序言中已經談得很清楚了。他說：「那一年蔣介石掌握了政權，以那次事件為契機，他在東方的政治舞臺上變得引人注目，今天這已成了歷史的事實。當時在上海的日本人的生活還不太為人所知。（中略）現在，日本和中國的戰爭尚未平息，如果考察一下這個作品的主題和現在的戰爭的關聯的話，那就可以想像東洋的命運會有多少曲折。」原來，橫光利一著意要表現的，就是通過日中戰爭背景下在上海的日本人的活動，來表現日本在中國推行的「東洋主義」。從這一主題出發，橫光利一在《上海》中，不但對中國人的形象作了歪曲的描寫，而且通過書中人物之口，對中國做出了惡意的評論，如甲谷高重說：「謊言對於中國人來說，算不上謊言，這就是中國人的正義！如果不知道這種正義觀念的顛倒，就不能了解中國人。」更有甚者，橫光利一還正面描寫了日本軍國主義者山口的軍國主義言論：

　　——然而，只有日本的軍國主義，才是把東洋拯救出來的惟一的武器，難道不是嗎？捨此之外還有什麼辦法？看看中國吧，看看印度吧，看看暹羅吧，看看波斯吧！承認日本的軍國主義，這才是東洋的公理。——
　　山口在人行道上一邊走著，一邊想起前些天的亞細亞主義者的會合，並為此而興奮，那一天，中國的李英朴以日中簽訂的《二十一條》為靶子，破口大罵。對此，山口立刻回答說：「中國也好，印度也好，只有認可日本的軍國主義，亞細亞的

聯合才有可能。然而，日本要求把南滿的租借權延長到九十九
年，就對此憤憤不平，那我們豈不是一定要毀掉東洋嗎？我們
必須記住：日本由於租借南滿九十九年，就保證了九十九年的
生命。」

　　就在《上海》出版單行本的兩個月後，日本終於悍然發動了吞併
「滿洲」的「九‧一八」事變。可見橫光利一筆下的山口的這些露骨
的軍國主義言論，絕不是個別人的高談闊論，而是有著深刻的時代背
景的。再說阿部知二的《北京》。阿部知二（1903-1973）在一九三五
年夏末到北京旅行，在北京逗留了一年多。在一九五二年東京河出書
房出版的《阿部知二作品集》（全五卷）第一卷的「解說」中，阿部
知二回憶說：「因為那是我初次到外國去旅行，所以對風物的印象特
別新鮮。古都的魅力，很快把我吸引住了。然而，當時日本軍國主義
已經著手侵略活動了，不安的空氣籠罩著那裡。即便是迂腐的我也感
覺到了。那憂鬱的美的幻影，直到回國後還久久地留在腦海中。」他
還聲明，《北京》「不過是我的幻想的產物，我絕不是抱著觀察和研究
中國的意圖來寫作的。……它只是從我過去的感傷的旅行中產生的幻
影。」誠然，阿部知二也許並不是著意描寫日本全面發動侵華戰爭前
夕北京城的氣氛，但是，《北京》從頭到尾卻透露出「山雨欲來風滿
樓」的壓抑緊張的空氣。作者通過主人公大門勇和他的中國房東王世
金一家人的接觸，特別是他與王世金的兒子、北京某大學哲學系的教
師王子明和王家的女家庭教師楊素清，以及和在京的日本人的交往，
反映了一九三五年前後處於日本威脅之下的北京城的情景，──日本
的飛機在北京低空盤旋，北京周圍的緊張局勢，北京學生的抗日活
動，對日本在北京的傀儡政權的「彈劾」運動等等。作品的第四章，
寫到了大門勇和日本的一個名叫加茂的青年在王府井一家茶館裡交
談，加茂極力勸說大門勇到長城看看，因為──

「……只有長城，才是如今日本民族的一條新的、具有積極意義的生命線，您對這條生命線看都不看就要回國，真是太遺憾了！」加茂站了起來，用演說的語氣大聲說道，不時地用拳頭敲擊著桌子，使周圍桌上的中國人都為之驚愕。

……加茂露出了得意洋洋的神情，繼續說下去。內蒙方面的形勢，還有以河北為中心發生的事態，——于學忠的辭職，第五十一軍、第二師、第二十五師和保安隊的撤退，國民黨委員會的阻止，對於日本的進出，以蘇聯為背景的共產勢力的拚命抗爭，紅軍由南方經四川迂迴到達陝西方面，因而對北方增加了壓力，等等。加茂眉飛色舞，滔滔不絕地講著。

「總而言之，先生，現在，一場猛烈的暴風雨正在孕育中啊！」

　　從以上幾種有代表性的作品中可以看出，在二〇年代後期，到「七‧七事變」未發生、日本尚未全面發動侵華戰爭之前，日本的侵華活動就已經對日本文學產生了一定的影響。以侵華戰爭為題材、為背景的作品，不可避免地或多或少染上了法西斯主義文學的色彩。像直木三十五那樣的明火執仗地以法西斯主義標榜的右翼作家不必說，即使像黑島傳治那樣的左翼作家，儘管作品中具有明顯的反戰傾向，也仍然未能擺脫日本軍國主義戰爭觀的影響，而作為左翼作家的伊藤永之介則完全站在軍國主義立場上了。「冰凍三尺，非一日之寒。」「七‧七事變」爆發後，日本文壇能夠迅速地實施了戰爭動員，作家都以不同的方式「協力」侵華戰爭，更有一批批的作家前往中國「從軍」，炮製大量的侵華作品，這都是日本軍國主義長期對日本進行滲透和統治的必然結果。

「大陸開拓文學」簡論[1]

一　「大陸開拓文學」的背景

　　「大陸開拓文學」，簡稱「開拓文學」，是以日本在「滿洲」（中國東北地區）的移民侵略活動為背景並為之服務的文學。它是日本侵華文學的一個重要組成部分。早在日俄戰爭結束後不久，日本就在「滿洲」開始了移民侵略活動。特別是在「九・一八事變」以後，日本連續幾屆政府都把向「滿洲」移民看作是一項重要的基本「國策」，把它作為長期侵占東北、並以東北為基地侵略整個中國大陸的重要途徑。「滿洲」移民方案的始作俑者，是東宮鐵男和加藤完治。早在一九二六年任奉天（即瀋陽）獨立守備隊中隊長的時候，東宮鐵男就提出了向滿洲移民的初步設想。「九・一八事變」以後，他任吉林鐵道守備司令部顧問來到長春，再次向關東軍作戰科長石原莞爾提出了移民方案。其要點是：讓武裝的農民（在鄉軍人，即復員軍人）來「滿洲」定居，在從事農業的同時，主要是為日本關東軍提供後援，維持當地治安，抵擋蘇聯的南進。和東宮鐵男的「武裝移民」方案相補充的，是所謂「農本主義」者加藤完治為代表的「農業移民」方案。其要點是通過向廣闊的「滿洲」地區大量移民，擺脫當時日本農村嚴重的經濟蕭條，解決日本國內的土地矛盾，把滿洲建成日本的糧倉。他說：「我確信，把勤勞的日本農民移居到滿蒙的天地，讓他們開墾荒地，把匪賊橫行的滿蒙變成世界上的和平之鄉，這是我們大

1　本文原載《日本學刊》（北京），1999年第6期。

和民族的使命。」「滿蒙的原野，才是我們神州人民敢於進出的天賜
的土地」。一九三二年，加藤完治通過石原莞爾的介紹和東宮鐵男見
面，兩人向議會提出「滿洲移民案」，並得到了日本政府的大力支
持。這一年，日本內閣負責移民的「拓務省」提出的「第一次試驗移
民案」被臨時議會通過，從九月一日開始，以日本東北地區的十一個
縣為主，招募在鄉軍人，經過短期訓練後來到佳木斯。次年四月完成
了向永豐鎮的「入殖」（殖民定居）。這是日本第一次向「滿洲」實施
有組織的「武裝移民」。殖民者把「永豐鎮」的移民村稱為「彌榮
村」。這個「彌榮村」，作為日本在滿洲的第一個移民村，成為稍後
「大陸開拓文學」的重要描寫對象。

　　此後數年，日本每年都向「滿洲」輸送成批的「武裝移民」。一
九三三年的第二次移民在離「彌榮村」四十公里外的七虎力（千振
鄉），一九三四年的第三次移民在「北安省」王榮廟地區的北大溝
（瑞穗村），一九三五年成立了移民事務的實施機關──「滿洲拓殖
株式會社」，並向「東安省」的城子河及哈達河進行了第四次移民。
一九三六年的第五次移民在「東安省」的黑台等另外三個地方。一九
三六年岡田內閣倒臺以後，廣田宏毅內閣上臺，加緊實施對東北的移
民侵略。這一年成立了所謂「滿洲移住協會」，向「滿洲」的移民由
「試驗」階段而走向大規模實施階段，並把移民重點由「武裝移民」
轉向所謂「農業移民」上，移民對象由以前的在鄉軍人，轉到了一般
農民。他們制定了一個龐大的計畫，決定在二十年內分四個五年，以
逐年遞增的方式，分別向東北移民十萬戶、二十萬戶、三十萬戶、四
十萬戶，以便二十年後，使日本的移民占那時的五千萬人口的十分之
一，即五百萬。在頭一個五年中，由加藤完治主持，編成了所謂「滿
蒙開拓青少年義勇軍」，並在日本內原設立了訓練所。加藤自任所
長，培養訓練了一大批移民侵略的急先鋒。為了實施移民侵略計畫，
一九三五年成立了「滿洲拓殖株式會社」，一九三六年成立了「滿洲

移住協會」，一九三七年前後又在日本實行了所謂「分村」運動。所謂「分村」，是指將有關的村或鄉分出一部分人，以家庭為單位，除繼承家產的長子以外，都在移民範圍之內。當時的日本軍國主義政府為「分村」運動做了一系列的動員，組織成立了「街村青年團」，制定了《街村青年團滿蒙開拓活動綱要》。一九三九年，又制定了《移民根本國策基本綱要》，進一步規定了移民侵略的目標，要求移民除了以「北滿」為主要入侵地外，要迅速入住整個滿洲的其他重要地區。接著，在此《綱要》的基礎上，修訂頒布了《滿洲開拓政策基本綱要》（1939）。這個文件是日本帝國主義對中國東北進行移民侵略的總方針。至此，日本對滿洲的移民侵略完全制度化了。

　　到一九四五年八月日本投降時為止，日本在「滿洲」的移民已達十萬六千戶，共三十一萬八千多人。這些移民，按照日本軍國主義的侵略需要，入住在「滿洲」的不同地區。他們都服從著一個共同的、也是最高的目標，那就是使「滿洲」日本化，使日本「開拓民」成為五族（即日、鮮、滿、漢、蒙）中的領導者，把「滿洲」建成日本人統治下的「五族協和」的「王道樂土」。

　　日本移民侵入中國東北地區後，首要的是對那裡的人民進行土地掠奪。在偽滿傀儡政權的協助下，先是以「處理」舊有官地為名占據了大量好地及林區。一九三六年又設立「地籍整理局」，頒布《土地審定法》以重新制定地籍、審核地權、確立土地制度等方式，大量侵占土地。還通過低價強行收買，強行「開墾」及商租的方法，大肆掠奪中國農民早已耕種過的熟地。也理所當然地受到了東北人民的抵抗。自從日本移民踏上東北的第一天起，就不斷遭到襲擊。日本移民侵略者提心吊膽，但同時也更瘋狂地對中國抗日軍民進行報復和屠殺。他們把反抗的中國抗日軍民統稱為「土匪」，「馬賊」。其次，由於日本移民不習慣「滿洲」的高寒氣候，尤其是「試驗移民」階段物資缺乏，條件惡劣，以至發生了移民的動搖和抵制事件。為此，東宮

鐵男處心積慮地推行了所謂「大陸的新娘」的方策，動員日本女青年
遠嫁滿洲大陸，稱作「大陸的新娘」。「大陸的新娘」在「女子拓務訓
練所」學習烹飪、裁縫、插花及農業技術，並以集體結婚的方式與男
性「開拓民」結婚。東宮鐵男還親自作了一首題為《大陸的新娘》的
歌曲，命人廣為傳唱。

　　上述滿洲移民侵略活動的種種情況，構成了日本的「大陸開拓文
學」的背景，並且在日本的「大陸開拓文學」中都有直接或間接的反
映。其中，「大陸開拓」的主要策劃者東宮鐵男，第一個移民村「彌
榮村」，「分村運動」，「滿洲開拓青少年義勇軍」，乃至「大陸的新
娘」等等，都是「大陸開拓文學」的重要題材。

二　「大陸開拓文學」的團體組織與文學「理念」

　　對於日本在「滿洲」地區的「大陸開拓移民」的侵略活動，文學
界表現出了積極配合的姿態。早在日本向滿洲移民開始的時候，不少
作家就對此表現出了極大的興趣，自發地到滿洲旅行和採訪。一九三
九年一月，作家荒木巍、福田清人、近藤春雄三人，在「拓務省」和
「滿鐵」的支持下，成立了「大陸開拓文藝懇話會」，推老作家岸田
國士為會長，委員除了上述三人外，還有田村次太郎、春山行夫、湯
淺克衛，會員有伊藤整、高見順、豐田三郎、新田潤、井上友一郎等
人。據福田清人在《昭和文壇私史》中的回憶，福田通過好友荒木巍
和荒木中學時代的同學近藤春雄相識，想請近藤春雄的叔父、拓務大
臣八田嘉明幫忙，為他們去「滿洲」旅行提供方便。為了帶動更多的
人參加，就發起了「大陸開拓文藝懇話會」。據一九四〇年出版的
《文藝年鑑》記載，「懇話會」的目的是，「把關心大陸開拓的文學家
集合起來，在有關當局的密切的聯繫提攜下，對國家事業的完成提供
協助，以文章報效國家」。「大陸開拓文藝懇話會」設立了「大陸開拓

文藝懇話會獎」，對「有關大陸開拓的優秀文藝作品的推薦和授獎」提供資金。同時，「懇話會」還決定對「大陸開拓事業的視察和參觀提供方便」，也就是對作家們去「滿洲」提供方便，對有關大陸開拓的文藝研究會、座談會、演講會的召開等也提供支援。除了作家個人的作品外，「懇話會」還決定出版創作集《開拓地帶》，創辦《開拓文藝叢書》等。

　　和日本的「大陸開拓」活動密切相關的，還有一個文學團體，那就是「農民文學懇話會」，這個「懇話會」幾乎和「大陸開拓文藝懇話會」同時成立。和「大陸開拓文藝懇話會」一樣有著官方的背景，一樣有著強烈的「國策」色彩。一九三七年，幾部以農民問題為題材的作品，——主要是島木健作的《生活的探求》、和田傳的《沃土》、久保榮的《火山灰地》等，——在社會上引起了一定的反響。近衛內閣的農相有馬賴寧對這些「農民文學」也給以了關注，企圖利用「農民文學」，推進他的農業政策。一九三八年十月，有馬賴寧召集當時比較著名的「農民文學」作家「懇談」。參加「懇談」的多是當時的所謂「鄉土文學」（也稱「農民文學」、「鄉土藝術」）流派的作家，他們是和田傳、鑓田研一、和田勝一、丸山義二、島木健作、打木村治、鍵山博史、楠木寬等人。他們決定成立「農民文學懇話會」。十一月，「懇話會」舉行成立儀式。「懇話會」決定有馬賴寧為顧問，主要成員除上述者外，還有伊藤永之介、橋本英吉、本莊陸男、德永直、森山啟等四、五十人。會議決定創辦會報，編纂作品集，設立「有馬賴寧獎」。其中更引人注目的舉動是決定向「大陸」，主要是「滿洲」派遣作家。有馬賴寧希望農民文學也適應當時的侵華戰爭的要求，把農民文學納入侵華戰爭的「國策」體制之內。他在「懇話會」成立時的講話中指出：「讀了火野葦平的《麥與士兵》和《土與士兵》，我想才能夠了解前線的戰鬥及官兵們的真實情況。松田甚次郎君的《土地上的吶喊》，編成戲劇，在新國劇上演了一個月，和農

村沒有關係的人也許從中更多地了解了農村的實際情況。我希望在農民文學領域也有《麥與士兵》那樣的作品出現，從而使國民加深對農村的理解。願農民文學家協力。」為了使《麥與士兵》那樣的作品在農民文學領域出現，當然也就需要把作家派到中國來。事實上，「農民文學懇話會」在成立後，向「滿洲」派遣了多位作家去了解「大陸開拓」情況，其中包括和田傳、島木健作等。

　　「大陸開拓文藝懇話會」和「農民文學懇話會」這兩個文學團體，集中了日本「大陸開拓文學」的大多數作家，成了日本「大陸開拓文學」的兩個基本的核心和陣地。「大陸開拓文學」所有重要的作品，大都是由這兩個「懇話會」的成員炮製出來的。

　　日本的「大陸開拓文學」不僅有著這樣的團體組織，而且有著它的「文學理念」。屬於「鄉土文學」和「農民文學懇話會」系統的作家們，和德國法西斯主義的「鄉土文學」作家一樣，從極端民族主義、國粹主義立場出發，強調鄉村和農民是民族文化的「根」，是傳統文化的體現。他們把傳統的農民文化與現代西方文化對立起來，並以此為前提排斥現代外來的西方文化，認為日本的近代文學過分西方化了，只重視城市，忽視了鄉村和農民，以致給日本帶來了馬克思主義、自由主義、個人主義等有害的思想；認為「大陸開拓」有助於糾正現代日本文化的弊端，並能夠為日本的農民文學的發展創造一個很好的機會。有些熱衷於「大陸開拓」的文學家，不但從政治經濟軍事角度看問題，更從文學角度看問題，認為日本在「滿洲」的「開拓」，能夠改變日本文學的狹小的格局，並期望在滿洲的日本作家創作出一種能夠體現「征服者」之驕傲的「大陸文學」。如到滿洲旅行視察過的評論家淺見淵在〈關於大陸文學〉（《文藝情報》，1940年9月）中認為，日本文學、日本作家寫的「大陸小說」缺乏的是大陸文學那樣的「縹緲感」和「悠久感」，場面比較狹小，缺乏大自然的「野性味」，他寫道：「我想說的是一句話：大陸文學，不限於移民文

學的真正的大陸文學，歸根到柢，不在大陸扎下生活的根，是不可能一朝一夕產生出來的。」大陸文學就是「開闢從前的日本文學中從未有過的征服者的文學之路，也就是以大陸為背景的體現民族之驕傲的文學。同時我想，只有這一點才是新產生的大陸文學的當然的性格。這難道不是命中註定的嗎？這種意見不單是我個人的想法，也是在滿洲的嚴肅地從事作家修煉的多數作家的意見。」還有人認為，日本對滿洲大陸的「開拓」，將有助於帶來日本文學風格的變化，如評論家保田與重郎在〈大陸與文學〉一文中說：「我認為，日本要在大陸把日本的精神樹立起來，在它的光榮貢獻給世界歷史的時候，與此相適應，需要有大的營造。這話的意思是，將來需要有大藝術。需要偉大的舞臺、偉大的設計、偉大的臺詞，需要這樣的綜合的樣式。」他最後得出結論說：「大陸──它不在地圖上的滿蒙支之外──的出現，會最先引起文學鑒別法、批評的分類學的變革。更慎重地說，所謂的大陸，既不是地形，也不是風土（即不是地理學的現象），今天的大陸作為皇軍的大陸，是嚴整的一個整體，因此是象徵的浪漫主義。這是展望新的未來的理想主義的混沌的母胎。也就是說，作為文學母胎的大陸就是這種混沌。」

　　集中表達這種「大陸開拓文學」之「理念」的是福田清人。在《大陸開拓與文學》一書中，福田清人不但全面地論述了日本「大陸開拓文學」的形成和發展，評論了數十位有關的作家作品，而且還極力為「大陸開拓文學」尋求文學理論上的依據。他指出：以「大陸開拓」為主題的文學，絕不是應時的「時流文學」或「旁流文學」，而是《古事記》、《日本書紀》和《風土記》等日本的古典文學所蘊含的「創造開拓精神」在當今的表現。他說：「在開拓文學的理念中，日本古典中的根本的精神，應該在今天得到表現。」他認為，「大陸開拓文學」對於日本文學「大陸性」的缺乏有重要的彌補作用。他批判日本近現代文學是「輸入性」、「城市性」、「文化人性」、「個人性」

的，說它忽視了「傳統性」、「開拓性」、「地方性」、「農民性」。他列舉了明治時期那些在他看來關心「大陸」的作家，如二葉亭四迷、田山花袋、國木田獨步、森鷗外、夏目漱石，還有後來的芥川龍之介、橫光利一、前田河廣一郎等，推崇他們以「大陸」為題材的作品。福田清人的結論是：「日本已經在大陸的圈子裡頭了。在這個意義上，大陸文學這種樣式不是派生的，而是從古到今的日本文學流動的真正的河床。」大陸開拓文學「築起了一條新文化的康莊大道。它不侷限於滿洲文學一個地盤，而是包括日滿在內的『興亞文學』的萌芽。」

三　「大陸開拓文學」的炮製

　　日本的「大陸開拓文學」的大規模的出籠，大都開始於一九三七年以後，到一九四五年日本戰敗，移民撤回國內的八年間，「大陸開拓文學」數量龐大。其中以一九三八至一九四二年這五年中數量最多，小說、報告文學、詩集、評論、遊記、隨筆、傳記等各種體裁都有。福田清人在《大陸開拓與文學》中，光單行本就列舉了八十多部。一般認為比較重要的有：

　　　　湯淺克衛：《先驅移民》，一九三七年。
　　　　　　　　　《遙遠的地平線》，一九四〇年。
　　　　德永直：《先遣隊》，一九三八年。
　　　　菅野正男：《與土戰鬥》，一九三九年。
　　　　打木村治：《製造光的人們》，一九三九年。
　　　　　　　　　《遲緩的歷史》，一九四〇年。
　　　　林房雄：《大陸的新娘》
　　　　島木健作：《滿洲紀行》，一九四〇年。
　　　　　　　　　《一個作家的手記》，一九四〇年。

丸山義二：《莊內平原》，一九四〇年。

和田傳：《風土》，一九三八年。

　　　　《生活之杯》，一九三八年。

　　　　《大日向村》，一九三九年。

　　　　《殉難》，一九三九年。

福田清人：《日輪兵舍》，一九三九年。

　　　　　《大陸開拓與文學》，一九四二年。

　　　　　《東宮大佐》，一九四二年。

竹田敏彥：《開墾部隊》，一九三八年。

鑓田研一：《奉天城——滿洲建國記‧一》，一九四二年。

　　　　　《王道之門——滿洲建國記‧二》，一九四二年。

　　　　　《新京——滿洲建國記‧三》，一九四三年。

淺見淵：《文學和大陸》，一九四二年。

　　　　《滿洲文化記》，一九四三年。

大陸開拓文藝懇話會編：《大陸開拓小說集（一）》，一九三九
　　　　　　　　　　　　年。

農民文學懇話會編：《農民文學十人集》，一九三九年。

滿洲移住協會：《潮流‧大陸歸農小說集》，一九四二年。

滿洲移住協會：《開拓文苑》，一九四二年。

　　在這些作家作品中，描寫日本對滿洲的初期移民活動的重要作家有福田清人、德永直、湯淺克衛、打木村治等。福田清人的「大陸開拓文學」的特點是以人物傳記為主要形式，表彰日本「大陸開拓」的先驅者。他的《日輪兵舍》以宮城縣遠田郡南鄉村的「高等國民學校」的校長杉山為中心，展現了初期移民活動的各個方面。作品寫到了日本農村人口多耕地少的矛盾。杉山在時常來視察工作的加藤完治的指導下，在第一次武裝移民團員來信的感召下，決心動員學生向

「滿洲」移民。他選擇了一些畢業生加以訓練，把他們派遣到「滿洲」。杉山本人也隻身去滿洲考察，回國後辭去教職，成立了「南鄉村滿蒙移民後援會」，專門從事移民事務。福田的另一部作品《東宮大佐》是以「大陸開拓武裝移民」的策劃者東宮鐵男為主人公的作品，意在為東宮鐵男樹碑立傳。德永直本來是日本「普羅文學」作家，被捕「轉向」後積極參與法西斯主義文學及侵華文學活動。他的《先遣隊》以第六次「武裝移民」村湯原東海村為中心，從「分村」運動，一直寫到移民開赴「滿洲」以後的生活，幾乎包含了初期移民「開拓」活動的一切方面，描寫了「滿洲」大地的荒涼，移民的水土不服症，強烈的思鄉情緒，與「土匪」作戰以及「大陸的新娘」的選定等等。打木村治是最早描寫日本移民在滿洲的所謂「建設」活動的人，他的《製造光的人們》以第一個「武裝移民」村──「彌榮村」為題材，描寫了一批來到了松花江畔、作為最初的「開拓者」的武裝移民如何同「土匪」、嚴寒、窮困及思鄉情緒作鬥爭，最後迎來了「大陸的新娘」。作者強調了「開拓」活動如何艱苦卓絕，把日本移民侵略者譽為「製造光的人們」。

　　以「滿洲開拓青少年義勇軍」為題材的主要作品是湯淺克衛的《遙遠的地平線》，特別是菅野正男的《與土戰鬥》。《遙遠的地平線》描寫了「大陸開拓」如何艱難。滿洲的大平原，展現在主人公面前的是「遙遠的地平線」，象徵著「大陸開拓」事業的任重道遠。《與土戰鬥》的作者菅野正男本身就是「青少年義勇軍」中的一員。作品以手記的形式記錄了「義勇軍」在日本茨城縣內原進行了兩個月的基本訓練以及到達「滿洲」嫩江縣之後的一年多的生活經歷。描寫了食物如何粗劣得難以下嚥，如何因為水土不服或生活不習慣患上「屯墾病」、流行病，還有那猛烈的沙暴，徹骨的嚴寒、橫行的「匪賊」等等。但作者為適合「大陸開拓」的宣傳需要，並沒有表現出悲觀和不滿。只是或多或少地流露出了一些比較真實的感受。如寫到作者的一

個夥伴這樣說：「義勇軍在三年的時間內，接受和軍隊同樣的軍事教育。可是並沒有參軍，而是直接來到了移民地。以前聽說只要提出志願，就可以參軍，來這裡一看，才知道全是假話。而且，說是根據志願和能力，可以從事農業以外的工作，這倒不假。可是從事農業以外工作的，淨是特殊的人。」不過儘管如此，作者還是極力表現他們如何義無反顧，在險惡的環境中，頑強地「與土戰鬥」。所以，即使作品的文學性很有限，還是得到了評論界的較高的稱讚，並獲得了一九四〇年度的「大陸文學懇話會獎」。福田清人在《大陸開拓與文學》一書中認為《與土戰鬥》「是產生於新的開拓地的文學的經典」。

在「大陸開拓文學」中，當時影響最大、最受歡迎的作家是和田傳。農民出身、畢業於早稻田大學法文系的和田，曾以農民文學名作《沃土》而出名。一九三八年以後，他寫作了一系列的「大陸開拓」小說。中短篇小說集《風土》、長篇小說《生活之杯》描寫了「七·七事變」之後日本農村的形勢。在《生活之杯》中，主人公柏木繁市說：「事變的真正的意味，大家都有切身感受。……當我們還以為大陸在遠隔大海的遙遠的地方的時候，農村還不會感受到戰爭。大陸就在這裡，每個村莊和耕地都在大陸上。」這實際上就是作者自己的看法。在代表作《大日向村》的「後記」中，他寫道：自從參觀了加藤完治的「滿蒙開拓青少年義勇軍訓練所」以後，「對於農村的各種各樣的問題，我就不能不和大陸聯繫起來考慮了。我的眼界一下子開闊起來，從此就開始思考大陸的事情了。覺得日本海已經被填平，已經和滿洲大陸連了起來。」

《大日向村》是和田傳的集中描寫日本農民向大陸移民的長篇小說。作品取材於日本中部信濃地方的一個叫作「大日向村」的窮山村，在「分村」後向「滿洲」移民的真實經過。大日向村雖云「日向」，卻是地處深山溝、連太陽也不能全曬到的「半日村」。村裡四百多戶人家，只有六反（一反等於992平方米）多一點的「貓臉」似的

土地，在種地不能維生的情況下，農民們又砍林燒炭賣。但木炭價錢低，樹木砍伐殆盡，農民因為借錢買木頭，陷入了「借債地獄」。在昭和初期的「農村恐慌」中，農民更加貧困，村長因無可奈何，相繼辭職。在這種情況下繼任村長的淺川武麿，在政府的支持下，決定向「滿洲」移民，把村子一分為二，將其中的一百五十戶移至滿洲。於是他們浩浩蕩蕩，來到吉林省舒蘭縣的四家房，在那裡建立起了「新大日向村」。移民們唱著自己的「村歌」——「希望燃燒在大陸上，大和島國先驅者，分了村的大日向。此地是滿洲四家房，移住而來千人強，男女老少喜洋洋。嚴寒零下三十度，嚴寒酷暑何足懼，挽起鐵腕揮起鋤，從南嶺山到水曲柳，開拓廣漠十萬里」。然而，這些「開拓民」在中國的土地上是如何「開拓」的呢？有一封寫給「母村」的介紹「新村」情況的信，便洩漏了天機：

> 新村的區域，水田約一千四百町步（一「町步」約合99.2公畝——引者注），旱田二千六百町步，另外還有山林四千零八十町步。聽說在其他的移住地，移民後再開始開墾的比較多。但是在這裡，淨是很好的耕地。而且水田中已經有了兩條長達六里和四里半的水渠，雖說是熟地，但充其量耕種了不過三、四年。所以，看來，今後至少十年間，不施肥也能有一石到一石五鬥的收成。

這段話非常清晰地表明：日本移民不僅侵占到了中國的領土，而且還從中國農民手裡掠奪了大量的熟地，包括水利設施。可見，他們的「開拓」其實就是掠奪。以「大日向村」為代表的日本移民對貧困和危機的擺脫，是建立在中國東北人民的巨大犧牲之上的。

一九三九年，和田傳出版作品集《殉難》。其中的中篇小說《殉難》，以大陸移民村為舞臺，可以看作是《大日向村》的續篇。關於

《殉難》，作者交代說：「大陸的新村過去是沒有的。年輕人們都從新村中找到了出路，都為了嶄新的生活而奔忙。這些人的行動的美好、壯烈，深深地打動了我的心。這篇小說所描寫的行動的世界，都是以北滿的開拓地發生的真實的故事敷衍成篇的。」然而，《殉難》中所描寫的是什麼樣的「真實的故事」呢？他寫了中國的農民在受到「匪賊」襲擊，生命財產受到威脅的時候，日本的移民如何捨生忘死，全力相救；名叫趙海山相當於村裡長老的中國農民，和日本移民村的「部落長」樋口清三郎如何超越了民族的界限，而建立了友誼和信賴；日本移民團夜間巡警隊如何保護著中國村民。在小說的最後，被「匪團」抓住的清三郎面對著槍口——

　　冷靜地，然而又是用申斥的語調說：開槍吧！再說一遍，本人是但馬的窮苦百姓，在日本的時候沒有人敢回頭瞧我。現在本人要作大陸開拓的柱石，把骨頭埋在這裡，正合本人的心願！開槍吧！清三郎再次叫道。就在這個時候，「乒」的一聲，手槍響了。

　　於是，清三郎做了「大陸開拓」和「五族協和」、「日滿一體」的「殉難」者。不難看出，這裡所描寫的根本就不是日本對中國東北進行野蠻移民入侵的真實，反而把入侵者美化成了中國農民的保護者！

　　日本「大陸開拓」的作家作品，就是這樣自覺地做了日本軍國主義「大陸開拓」的「國策」的宣傳品。在眾多的作家作品中，似乎只有島木健作的創作是一個例外。島木健作（1903-1945）原屬於無產階級作家，「轉向」後加入了「農民文學懇話會」。一九三八年十一月他被「懇話會」派到滿洲視察，歷時三個多月。回國後以在滿洲的見聞為題材，發表《滿洲紀行》和《一個作家的手記》。《滿洲紀行》收錄了作者十幾篇紀行文章。在這裡，島木健作一定程度地擺脫了「國

策」宣傳的需要，用冷靜的、客觀的觀察分析，披露了「大陸開拓」
的實相。他指出，迄今為止日本人所寫的絕大多數有關大陸開拓的文
字，都是憑空杜撰的東西。在他看來，日本移民在滿洲獲得了土地，
但並不等於他們的問題解決了。條件的惡劣、土地的荒蕪、勞動力的
缺乏、不適當的耕作法，使得「大陸開拓」問題成堆。他還第一次大
膽指出：日本移民在滿洲的農業活動，實際上靠僱用「滿人」作勞動
力來支撐的。他寫道：

> 現在，日本開拓民依靠驅使滿人勞動力，才獲得生存的基礎。
> 這個事實凡有眼睛的人都能看見。兩者的關係是主人與僱用者
> 之間的關係。兩者間的親睦伴著感傷。在被僱用的人中，有的
> 在日本人入殖之前，是自耕農，是土地的主人。他們有沒有交
> 換來的土地呢？他們賣地的錢總是能留在手上嗎？日本開拓民
> 的能力還小，現在還需要他們，把他們留在這裡，他們也覺得
> 這種聯合還好。但是，這種聯合到底能持續到什麼時候呢？

像這樣明確地指出日本移民的入侵使「滿人」由土地的主人淪為
被僱用者，就等於戳破了「大陸開拓」的實質：原來「大陸開拓」就
是變「滿人」為奴隸！從這一點上看，《滿洲紀行》雖然不是純文學
作品，但它的直面真實的勇氣，冷靜的現實主義態度，在「大陸開拓
文學」中是一個特殊的存在。

總之，日本的「大陸開拓文學」，為日本在中國東北地區的移民
侵略，煽風點火，興風作浪，完全是日本軍國主義的移民侵略的宣傳
工具。當時就有評論家指出了它們存在的只顧宣傳實用的「素材主
義」和缺乏藝術性的傾向。在今天，它們除了讓我們從中了解日本的
移民侵略活動，看到日本文學在侵華戰爭期間的可恥的墮落，此外已
沒有別的用處。實際上，「大陸開拓文學」已經隨著日本在滿洲「大
陸開拓」移民活動的徹底失敗，而宣告了自己的破產。

日本殖民作家的所謂「滿洲文學」[1]

一　「滿洲文學」的來龍去脈

　　日本殖民者的「滿洲文學」,是指移民於中國東北地區的日本殖民者的文學。日本學者在談到「滿洲文學」的時候,一般把「滿洲文學」分為中國人的「滿系文學」和日本殖民者的「日系文學」兩大部分。這裡所說的日本殖民者的「滿洲文學」,也就是「滿洲文學」中的「日系文學」。

　　日本殖民者的「滿洲文學」,是與日本在滿洲的殖民侵略活動相始終的。從發展線索上看,以一九三二年偽「滿洲國」的成立為界,可以把日本殖民者的「滿洲文學」分為前後兩個時期。前期,從日俄戰爭結束到偽「滿洲國」的「建國」(1905-1931)。這一時期日本對「滿洲」的移民侵略活動,主要以總部設在大連的「南滿洲鐵道株式會社」(簡稱「滿鐵」)為中心,日本移民也大都是「滿鐵」的有關人員,所以文學的中心也在大連。長春、撫順、遼陽等地也有日本人的一些文學活動。從事文學活動的人大多數也是「滿鐵」的職員。隨著移民人數的逐漸增加,殖民者的「滿洲」意識也逐漸增強。他們不但希望「滿洲」成為日本的經濟基地,也希望在文化文學上使「滿洲」日本化。於是,進入二〇年代以後,在大連、長春等地出現了許多沙龍式的文學小團體。並且有人還提出了建立「滿洲文學」的初步主張。如一九二五年出版的刻印版小型雜誌《我們的文學》的二月號

1　本文原載《名作欣賞》(太原),2015年第8期(總第510期)。

上，刊登了題為「滿洲與文學雜誌」的文章，文中表示，「希望有代表滿洲的一種文學雜誌」，「我們所希望的雜誌出現的時候，作為地方特色，會帶有殖民地的氣氛和氣質，也有表現鄉愁的美麗詩句。但時代要超越這一切，而要求表現世界主義的實現、民族和民族之間的融合。」在此前後，文學雜誌不斷湧現，如一九二〇年俳句雜誌《黑煉瓦》出刊，一九二四年綜合性文藝刊物《黎明》出刊，一九二七年詩刊《亞》出刊，一九二八年短歌雜誌《合萌》出刊，一九二九年《滿洲短歌》出刊，一九三〇年文學雜誌《街》出刊，一九三一年，詩與短歌雜誌《胡同》出刊，等等。此外，《讀書會雜誌》（後改稱《協和》）、《大連新聞》、《新天地》、《大陸》、《大陸生活》、《滿蒙之文化》（後改稱《滿蒙》）、《月刊撫順》等日文報刊也闢有文藝專欄或發表文學作品。有的報刊還舉行文學作品的徵集活動。如《長春實業新聞》分別在一九二四年和一九二五年舉行了短篇小說的徵集活動；《滿洲日日新聞》舉行了兩次長篇小說徵集活動。《滿洲日日新聞》明確提出徵集的對象是「以滿洲為背景的富有地方特色的清新的作品」。總之，日本殖民者的「滿洲文學」，已經在這一時期形成了一定的格局和初步的規模。

在創作上，此時期已經出現了集中反映日本殖民者在「滿洲」生活的作品。在小說方面的代表作是清島蘇水的《三個世界》，詩歌方面的代表作是詩歌集《塞外詩集》、《三人集》等。清島蘇水（本名清島貢）是「滿鐵」的職員，是在「滿洲」的日本殖民者中最早出版小說集的人。一九二四年，日本國內的岩崎書店出版了他的《三個世界》。《三個世界》收入了十九篇短篇小說，全部以滿洲為背景，其中不少小說描寫了日本殖民者在「滿洲」的生活和見聞。如《鹹魚》描寫了一個放蕩的日本殖民者的妻子，在「滿洲」的窮鄉僻壤過著忍辱負重的生活；《三個世界》表現了「滿鐵」職員的過失；《飯》描寫了主人公如何惡作劇地捉弄饑餓的中國小孩兒。這些小說雖不免幼稚，

但比較全面地反映了當時日本殖民者的生活和心態，所以被認為是「滿洲文學」的先驅性的作品。由本家勇（城小碓）編輯，一九三〇年出版的《塞外詩集》，收入了安西冬衛、稻葉亨二、加藤郁哉、小杉茂樹、島崎恭爾、城小碓、龍口武士、市川賢一郎等人的以描寫「滿洲」風物及中國大陸為主要內容的詩歌。其中寫到了黃河、黃土高原、敦煌、遼河、哈爾濱、旅順等。《三人集》是移居於奉天（瀋陽）的三位詩人——土龍之介、高橋順次郎、落合郁朗的詩歌合集，一九三一年由奉天的「胡同社」刊行。表現了滿蒙的荒涼、遼闊以及滿蒙中國百姓的原始混沌的生活。市川賢一郎在跋文中認為，雖然這三個人的作品還沒有擺脫日本人的「潔癖」，但是，「我並不失望。在迄今為止滿洲出版的詩集中，還沒有發現像這樣態度真摯的作品」。他希望詩人們「今後要喝著滿洲的泥水，吸著蒙古的黃沙生長起來」。

「九‧一八事變」以後，特別是一九三二年偽「滿洲國」成立以後，日本殖民者的「滿洲文學」進入了一個新的階段。從這時開始一直到一九四五年日本投降的十幾年的時間裡，殖民者的「滿洲文學」有了不同於前一時期的顯著特點。

第一，從以前的文學家和文學愛好者的自發的活動，變為自覺地有意識地進行「滿洲文學」的建設。敵偽當局也從文化殖民主義出發，積極支援和扶植「滿洲文學」的發展。光文學獎就設立了「滿洲文話會獎」、「建國紀念文藝獎」、「滿洲國民生部大臣獎」等好幾項。還通過制定《文藝指導綱要》（1941）等官方文件，對文學活動加以引導和控制。其核心思想是宣傳以日本殖民主義為基礎的所謂「建國精神」，並用日本「內地」的文學來指導「滿洲文學」，確立日本文學對「滿系文學」的指導地位。如《文藝指導綱要》在第二條「我國文藝的特質」中明確寫道：「我國文藝以建國精神為基調，致力於八紘一宇的大精神的顯現，以移植於我國的日本文藝為經，以原住各民族固有的文藝為緯，取世界文藝之精華，而形成渾然獨體的文藝。」此

前，在「滿洲」的日本殖民文學家也提出了「在滿洲建立滿洲的文藝」的口號。如高田悟朗在《高粱》的創刊號上撰文指出：「日本人（作家）好不容易從內地（指日本本土——引者注）來到『滿洲』，幾年以後又回到了內地。日本人為什麼不能在『滿洲』常住下去呢？原因是多方面的。我想一個原因，是不是因為滿洲還沒有形成具有地方特色的繪畫、文學之類的優秀的作品呢？通過以滿洲為背景的優秀的文藝作品，一定能使滿洲的印象立刻浮現在人們面前。滿鐵率先把中意的作家，從內地請到滿洲，保證他們五年、六年的生活，為他們寫出好的作品創造條件。這種作法被證明是必要的。筆者雖然不能無條件地全部贊成，但目的和他們是一致的。我們不一定要借助內地作家的力量。難道我們的條件不是得天獨厚的嗎？我們生活在這真實的滿洲，為了我們的目的而竭盡全力，這難道不是我們的重大使命嗎？」《作文》雜誌也認為，所謂「滿洲文學」必須和它的國土相照應，必須寫出滿洲的獨特性來，為此，滿洲文學絕不可以指望來滿洲旅行的日本作家，「只有誓死在這片土地上生活下去的、並對之抱有感情的作家，才能叩開滿洲文學之門」。

　　第二，和前期文學刊物的小型分散的狀況不同，後期文學刊物開始發展為大型化、核心化。一九三二年九月，《高粱》在新京（長春）創刊，同年十月，住在大連的小說家、詩人青木實、吉野治夫、竹內正一、町原幸二、城小碓、落合郁朗、島崎恭爾、日向伸夫、富田壽等人創辦了《作文》雜誌，一時形成了所謂「北有《高粱》，南有《作文》」的格局。一九三五年，《新京》雜誌易名為《摩登滿洲》，成為又一家重要的文藝刊物。一九三八年，日本文壇在侵華戰爭期間的一個重要的文學流派——「日本浪漫派」的主要成員之一北村謙次郎在「新京」發起創辦《滿洲浪曼》，其同人有木崎龍、綠川貢、逸見猶吉、橫田文子、大內隆雄、長谷川濬等。北村謙次郎說：「《滿洲浪曼》不是日本浪漫派的分派，但卻是日本浪漫派的『延

伸』和『實踐』。」《滿洲浪曼》創刊後，便形成了「北有《滿洲浪
曼》，南有《作文》」的新的格局。《滿洲浪曼》和《作文》兩家刊物
從創刊到一九四二年先後停刊，一直是日本殖民者的「滿洲文學」的
兩大陣地。當時的評論家淺見淵在〈滿洲的文學、文化運動〉一文中
說過：「說起來，現在看到的滿洲文學，是由原在奉天刊行的名叫
《作文》的同人雜誌開其先河的。……後來在新京出版的《滿洲浪
曼》的同人們築起了今日的滿洲文學。」

　　第三，與文學刊物的核心化相適應，出現了比較集中的文學團體
組織。先是有「滿洲筆俱樂部」、「新興詩社」、「一家」等三個較大的
文藝團體，到了一九三七年，又在大連成立了「滿洲文話會」（後移
往新京）。這不是單純的文學團體，它網羅了「滿洲」的幾乎所有的
文化人，不但是日本人，也包括「滿人」，會員有四百三十三名。「文
話會」設有會刊《滿洲文話會通信》，並決定設立「滿洲文話會獎」，
編纂發行滿洲文藝作品選集。「文話會」在一九三七至一九三九年的
三年中，分別編修了三部《滿洲文藝年鑒》。在此前後，大連、奉
天、新京、哈爾濱等地還有二十多個大大小小的文藝團體，如滿洲歌
友協會、撫順文學研究會、刺槐短歌會、滿洲鄉土藝術協會、滿洲短
歌會、北滿歌人社、平原俳句會、大連俳句會、川柳大陸社等等。到
了一九三九年，由日本殖民當局在滿洲的文化權力機構「弘報處」召
集成立了全滿洲的文學家（包括「滿系作家」）組織「滿洲文藝家協
會」。該「協會」的會長是山田清三郎，會員有近八十名。和「滿洲
文話會」不同的是，這是一個專門的文學團體。關於「滿洲文藝家協
會」成立的原委，該「協會」出版的「指南」寫道：「我滿洲國的文
藝政策，今年三月已由政府發表。為了確保《文藝指導綱要》的實
施，今後要在《文藝指導綱要》的基礎上，在與政府的緊密的聯絡
下，準備結成文藝界同仁的團體……。」

　　總體來看，日本殖民者的「滿洲文學」，無論是前期，還是後

期，雖然有時比較熱鬧，都始終是「業餘愛好者」的文學。說它是
「業餘愛好者」的文學，有兩個主要原因，一是沒有職業作家，除了
《滿洲浪曼》的北村謙次郎在「滿映」（株式會社滿洲映畫協會）掛
了個虛職，專門從事寫作以外，作者們都有自己的職業；二是文學寫
作的水平還處於「愛好者」的檔次上。當時的日本政府曾試圖改變這
種局面。淺見淵在一九四一年的一篇文章中曾說：「在滿的日本作家
全都是業餘作家。不過，我前些日子在東京參加了一個滿洲新聞的座
談會。會上，聽說最近政府要根據創作的實績在滿洲認定一些專家，
政府將為這些專門家的創作活動作後援。」（〈在滿的作家們〉，《現代
文學》1941 年 7 月）日本軍部和政府的確為「滿洲文學」費了不少
心機，除了不斷派「內地」作家到「滿洲」視察督促之外，為了促使
「內地」的日本讀者關注「滿洲文學」，權威的「芥川龍之介文學
獎」也向「滿洲文學」加以傾斜。如日本在滿殖民作家日向伸夫的
《第八號道岔》獲第十三屆芥川龍之介獎的「候補」作品，第十四屆
芥川獎的候補作品仍然是在滿日本殖民作家野川龍的《狗寶》，第十
七屆芥川獎的獲獎作品是石塚喜久二的《纏足的時候》，第十九屆的
獲獎者是八木義德的《劉廣福》。這些作品無一例外地都切合了日本
的殖民主義的意圖。儘管日本殖民者的「滿洲文學」從內容上看五花
八門，但引起注意，或得到當時的好評的卻都是宣揚日本在「滿洲」
的殖民主義思想的作品。因此，今天我們有必要站在客觀的歷史的角
度，對這些作品加以剖析。

二　所謂「建國精神」與「建國文學」

　　日本殖民者的「滿洲文學」，是以所謂「建國精神」為中心思想
的。什麼是「建國精神」？就是在「滿洲」建立日本殖民國家所需要
提倡的精神，也就是在「滿洲」推行日本的殖民主義。其要點，第一

是極力宣揚「滿洲獨立」的思想，意在使「滿洲」從中國版圖上分割
出來；第二是用日本殖民主義文化對「滿洲」的中國人民進行文化同
化，即實行所謂「文治」，或明或暗地宣揚日本文化的優越和先進，
中國的野蠻和落後，以此消滅中國人民的民族自豪感，磨滅中國人民
的民族意識，使之甘願服從日本文化的「指導」；第三，在偽滿洲國
成立之後，把偽滿說成是「五族（即日、滿、漢、蒙、鮮──引者
注）協和」的「獨立的新國家」，是什麼「王道樂土」。在「建國精
神」的基礎上，他們還進一步提出了「建國文學」的主張。有的人認
為，「滿洲文學」就是體現「滿洲建國」的文學，如《滿洲浪曼》的
重要人物長谷川濬在〈建國文學私論〉一文中說：建國思想就是思考
在滿洲如何建立新國家，如何建立新生活，「以在這個過程中實際存
在的精神為母胎而產生的文學，我稱為建國文學。這是滿洲文學精神
的基礎的理念。」他還說：「以前我主張滿洲文學就是世界文學，這
個主張始終沒有變。就是說，滿洲建國就是世界的建設，……這兩者
是相互貫通的大道。滿洲文學和滿洲建國必須同時存在，必須是同呼
吸的亞細亞的世界精神。天心（即岡倉天心──引者注）所謂亞細亞
是一個，──這句話就是新興滿洲國文學發展方向的預言。」有的認
為「滿洲文學」是在日本的指導下實現「滿洲」的民族融合的文學，
如青木實在〈義不容辭的使命〉一文中說：「滿洲既然是民族融合的
國家，那麼，日本人就不能獨善其身。……要以文學表現民族融合之
實。」有的人則強調「滿洲文學」的獨自性，如吉野治夫在〈滿洲文
學的現狀〉一文中認為「滿洲文學」的特色應該是：「一、在滿洲發
現獨特的主題；二、擺脫對日本文壇的依存心理；三、發現滿洲文學
的獨特的文學形式。」這些主張都從不同角度提出了建立在「建國精
神」之上的「滿洲文學」的理念。在創作上，日本殖民者的「滿洲文
學」，儘管形式不同，但或多或少地都貫徹著這種「建國精神」。

　　最早用文學的形式表現「建國精神」的，是詩歌雜誌《亞》的創

辦者安西冬衛。安西冬衛在《亞》中發表了不少以大連為背景的詩，後結集為《軍艦茉莉》（1929）出版。他的短詩《春》這樣寫道：

　　一隻蝴蝶，向韃靼海峽那邊飛去。

　　這首乍看上去平淡無奇的詩，在當時卻引起了強烈的反響，因為它用詩的形象的語言，說出了當時一些日本人朝思暮想的願望。在「滿洲」完全變成日本的殖民地的一九三八年，作家長與善郎在《少年滿洲讀本》中，進一步發揮了安西冬衛這首詩的意思。書中一開頭寫一個少年請父親帶他去滿洲，於是找出了《世界地圖》和《最近遠東地圖》。當父親給他指出地圖上的「滿洲國」的時候，少年驚喜地說道：「真大呀！滿洲！真像是蝴蝶的形狀。」父親說道：「啊，是啊，蝴蝶正朝著日本的方向飛呢！」作者接著寫道：

　　　的確，從東方的帶著濃顏色的長白山脈，到東側的國境都是蝴蝶的身子；烏蘇里江和黑龍江交匯處的西伯利亞的哈巴羅夫斯克那地方，是蝴蝶的眼睛；南邊關東洲的大連旅順一帶是蝴蝶的尾巴。看上去就好像在西部的國境向熱河省方向展開著翅膀。「哈哈哈，真的呀！一隻漂亮的大蝴蝶從亞細亞大陸方向朝著日本，展翅飛來，真是太好啦！」

　　為什麼這隻「蝴蝶」要向日本飛，為什麼日本必須抓住這隻「蝴蝶」呢？在他們看來，首先是這裡的民族及其歷史文化的衰落和退化。一九三六年，滿洲「建國」前夕，詩人石川善助在題為〈移北〉的詩中這樣寫道：

　　向北方移住的吉爾亞克

那空空的草舍中的秋氣
那散落著的鯨魚的白骨
令人想起民族的退化。

用貝殼和羽毛裝飾的神
就是一種可悲的暗示
——向北，向那極光的方向
建立我們新的國家吧！

「吉爾亞克」（黑龍江河口地區以漁獵為生的蒙古族）民族「退化」了，漢民族又怎麼樣呢？一個名叫稻葉亨二的人在題為《夜航船》（1932）的詩中寫道：

中華，患上了神經喪失的
不治之症，昏睡不醒
黑暗中，「永利」號悄悄地在龍口解開了纜繩
滿載著山東的雜草
在渤海的夜空下高唱民歌
邦傑船長忽然感到一陣戰慄
抱著元寶跳進海中
失去了船長的輪船
在黑暗中盲目漂流
除了等待鍋爐的死滅，別無辦法
不安的船員們
得知了漂流的真相
拆掉了甲板
當成新的燃料來燒

　　　　野花在黑夜中開了

　　　　中華，就像在動脈上扎了一根針

　　在這位「詩人」看來，「中華」民族就是失去舵手、盲目漂流的「夜航船」，如果沒有人來拯救，那麼等待他們的必然是滅頂之災了。於是，在日本殖民者的「滿洲文學」中，就出現了為「拯救」「滿洲」各族人民而「犧牲」、「奉獻」的日本人。如長谷川濬在短篇小說〈烏爾順河〉（1941）中，就描寫了一位為「滿洲建國」而獻出了生命的人，用浪漫的手法表現了他所主張的「滿洲文學」的「建國精神」。這篇小說以一個三角戀愛故事為線索。兩個生活在滿洲、並熱情地致力於滿洲建國的日本青年——「我」和竹村——都愛著名叫若子的姑娘，因而成為情敵。竹村從事危險的「治安」工作，在一次討伐「匪賊」的戰鬥中，「壯烈」地戰死了。若子姑娘在竹村死後也自殺身亡，用自己的死對愛情作出了選擇。為「滿洲建國」而殉身，成全了他們的愛。小說中，特別反覆描寫了竹村自己作的題為《烏爾順河》的歌——「蒙古的沙漠啊，烏爾順河呀，可愛的亞細亞的人民」。每當聽到這首歌，「就會感到自己融匯到了那在日本無法感覺到的廣袤的天地之中」。

　　表現相同主題的最著名的作品是北村謙次郎的長篇小說《春聯》（1942）。這部小說有三個主要人物：把妻子留在東京、隻身一人在「滿洲」的「新京」一家照相館工作的作，作的弟弟貞造，還有和這兄弟倆作鄰居的小野。其中的核心人物是小野。剛剛擔任國境警備隊分遣隊長的小野，遇上了滿洲地方司令蘇炳文的「叛亂」，小野在和叛軍作戰時被包圍，險些喪命。逃出後被一個在俄羅斯牧場作工的俄羅斯姑娘娜塔莎藏了起來，後來平安返回。聽了小野的故事以後，在「新京」因失業而意氣消沉的貞造，決定和小野一起到北滿的日本人的「開拓地」去。在小野的感召下，已經厭倦了單調乏味的生活的作

決心重新認識自己的生活⋯⋯這部小說是應著名作家川端康成的要求
寫的。川端康成希望作者「通過建國當初的蘇炳文的叛亂，國境警備
的警官的遭難，救助他們的白系俄羅斯人，還有作和貞造兄弟的不同
的性格及所走的不同道路，來體現滿洲國的希望和新生。」小說寫出
後，川端康成在〈序言〉中給予了高度的評價。他認為：「建國十年
間的滿洲文學的最高的收穫，恐怕就是北村君的《春聯》了，這絕不
是偶然的。」他稱北村是「滿洲國惟一的『專門作家』」。《春聯》所
表現的正是勇於獻身、敢於開拓的「滿洲建國」的精神，小野被描寫
為「建國時代」的英雄人物，他的歷險故事，象徵的正是「肇國」的
艱難。

三　「民族協和」的現實與神話

　　日本殖民者在「滿洲」所遇到的最大問題之一，就是民族問題。
他們知道，要加強日本人「滿洲」的統治，首要的是要「滿洲人」在
日本的支配下實現「五族協和」。首先，日本人既要意識到自己是日
本人，也要意識到自己是「滿洲國」人，即「滿洲日本人」。這對日
本殖民者來說，不但是當時的一個現實問題，更是一個心理問題。一
個名叫秋原勝二的作者，一九三七年發表了隨筆《故鄉喪失》。《故鄉
喪失》寫道：像自己這樣的從小就在滿洲生活過來的人，完全缺乏日
本是自己的故鄉這樣一種實感。同時，滿洲也並沒有成為自己的「精
神的地盤」，於是就產生了一種「漂泊感」，感到自己喪失了故鄉。這
篇隨筆在當時曾引起了較大的反響，特別是和秋原有同樣經歷的日本
人更是深有同感。《故鄉喪失》表明了日不如人所鼓吹的「民族協
和」，和現實狀況相差甚遠。
　　日本殖民作家顯然意識到了「民族協和」的困難。一九三八年，
「月刊滿洲社」出版了小川菊枝的長篇小說《滿洲人少女》。小說以

「我」家僱用的滿洲人——十四歲的小保姆桂玉為主人公，描寫了「我」對她的觀察，與她的交流。「我」在和她共同生活當中，不斷試圖用日本人的思想方式對她進行影響和教育，但事實證明非常困難。請看下面一段描寫：

> 有一次，我說到了「思想匪」（赤化思想）的問題，她卻嚴肅地打斷了我的話。我問：「不是匪又是什麼呢？」她回答：「他們是愛國軍。」
>
> 　我嚇了一跳。她有點害羞，用來作交談的筆在手裡顫抖著。……我與桂玉這種交談大概是在她來我家一個月左右的時候。我真有點害怕，甚至想把她辭退。

這實際上反映了中國人和日本人在根本問題上的根本衝突。一個十四歲的少女對於「匪」的看法如此堅定，和日本人如此針鋒相對，「民族協和」、「日滿協和」又談何容易呢？

這種在日本殖民統治下民族糾葛，不僅發生在生活的表層，也發生在殖民地人的內心世界裡。有的日本殖民作家站在民族文化衝突的角度，表現了日本人入主「滿洲」之後，「滿洲人」的內心世界的震盪。在這方面，日向伸夫的《第八號道岔》（1935）較有代表性。日向伸夫在奉天鐵路營業局旅客科工作，他的同事中有六分之五是中國人。這種工作環境使得日向伸夫有機會觀察和描寫中國人，特別是中國的鐵路從業人員。《第八號道岔》的主人公是扳道岔的老工人張德有。他年輕時代在俄國人統治下的北滿鐵路（「北鐵」）工作。他的妻子是俄國人，他在家說俄語，遵從俄國式的生活習慣。現在俄國人走了，他在日本人統治的「滿鐵」工作，原來學會的俄語沒有用了，從頭學習日語又很吃力。他們習慣了俄國式的工作方式，對日本式的講究效率、嚴守時間感到不習慣，又聽說「滿鐵」要裁減老「北鐵」的

工人。在這種情況下，張德有處於苦悶彷徨之中，他甚至打算離開他做了多年的「第八號道岔」。他的老同事李連福已經不想做鐵路了，用退休金開個麵包店，他勸張德有也這麼做。小說最後，寫到李連福開的麵包店毀於一場火災，而「滿鐵」裁員只不過是個謠傳。這篇小說以「第八號道岔」為喻體，表現了處在殖民地易主、人生處於轉折時期的滿洲中國工人的不安的內心世界。作者設身處地地觀察和描寫滿洲人是可取的，但它最終要說明的是，儘管要滿洲中國人適應日本的統治並不容易，但滿洲中國人本身並不執著於中國人所特有的民族習慣和生活、工作方式，既然他們能和俄國人合作，也就能和日本人合作。作者顯然在肯定張德有繼續為鐵路工作，而否定了李連福式的對「滿鐵」的失望。

但是，在日本殖民者的「滿洲文學」中，更多的作家不是從現實，而是從殖民統治的需要出發，熱衷於製造日本統治下的「民族協和」的神話。

表現「民族協和」的「典範」作品，恐怕首先就是八木義德的《劉廣福》（1943）了。這個短篇小說中的主人公劉廣福，是由故事講述者「我」作「保證人」、由乙炔氣體工廠僱用的漢人勤雜工。劉廣福拿很少一點工錢，做的是又髒又累的工作，但他卻任勞任怨，沒有一句牢騷，沒有一點不滿，只知拚命地工作。他有渾身使不完的力氣、吃苦耐勞的品格、勤懇誠實的態度，是「滿人」工人的帶頭人。可是，有一天，工廠倉庫裡的電石罐被盜，從現場留下的腳印來看，是劉廣福所為，於是，劉被員警署逮捕關押起來。但「我」不相信劉廣福會做那種事，就去員警署和劉廣福見了面，並從劉那裡得知了盜竊犯的線索。通過對全體工人搜身檢查，果然從一個工頭身上搜出了和他的收入不相符的治療花柳病的巨額單據。員警逮捕他後，他供認不諱，於是劉廣福還了清白。又有一次，工廠發生了火災，劉廣福奮不顧身救火，使工廠避免了重大損失。但是他的手和臉卻被嚴重燒

傷，雖沒有生命危險，但看起來要留下後遺症了。劉廣福的未婚妻、
在奉天一家飯店打工的姑娘那娜，無微不至地在醫院照料他。劉廣福
終於出院了。「我」看見出院後的劉廣福，竟恢復得和以前一模一
樣，對他的驚人的生命力和恢復能力，讚歎不已。小說的情節大概就
是這樣。

　　在這篇小說中，「我」對劉廣福的信賴和友情，劉廣福對工作和
職務的勤勞和奉獻，特別是劉廣福在火災事故中為了工廠而勇於犧牲
的精神，還有劉廣福和那娜的童話般的愛情故事，完全是日本殖民政
權「勤勞奉仕」、「五族協和」、「王道樂土」等殖民主義宣傳口號的一
種詮釋；「我」和劉廣福的友情，是「日滿親善」的象徵。我們還不
難看出：日本所謂的「五族協和」、「日滿親善」，就是需要像劉廣福
那樣的人，──沒有民族意識，沒有做亡國奴的悲哀，沒有自我意
識，只是為日本統治者當賣命的「苦力」。這才是「日滿協和」、「五
族協和」的前提。「日滿協和」、「五族協和」絕不是在民族平等下的
「協和」，而是以服從日本人殖民統治為條件的「協和」。

　　牛島春子的短篇小說〈一個姓祝的人〉（1941）中的主人公祝廉
天，則是日本統治下的「滿洲人」的另一種形象。如果說，八木義德
筆下的劉廣福是殖民地中的「順民」的典型。那麼，牛島春子筆下的
祝廉天則是日本殖民者的鷹犬的典型。祝廉天是縣長辦公處的翻譯
官，他在「日系」職員中評價很壞。因為他具有一般「滿系」職員所
沒有的傲慢和精明，以至周圍的人都忙他三分。而新上任的日本人副
縣長風間真吉卻欣賞他的才能，贊同祝廉天所奉行的日本式的行為方
式。祝廉天作為中國人，運用的是「日本的原理」和「現代社會的法
則」，是日本的「職業道德」和官僚制度的忠實和嚴格的貫徹者。他
對於訴訟和告狀，總是作認真的調查，公平行事；對於「滿系」員警
的不公正行為，也絕不姑息通融，有錢有勢的人家的孩子，從不能在
他的手下逃避兵役。這些作法，與依靠金錢和人情驅動的「滿人」社

會的法則截然不同。而正是因為這樣，中國人恨他，恨他竟然比日本人更「日本人」。〈一個姓祝的人〉中的祝廉天就是這樣一個被日本殖民主義同化了、扭曲了的「滿人」的典型，他已經失去了民族意識、失去了自我，而變成了日本殖民主義統治機器上的一個零件，他是滿洲殖民地造就的一個畸形兒。據一九三六年「滿洲事情案內所」編寫的一本書《滿洲的傳說和民謠》（日文）中記載，當時的滿洲中國人就對祝廉天這樣的人深惡痛絕，還給他們編了民謠加以諷刺。有一首民謠曰：「禮帽戴在腦袋上，金絲眼鏡架在鼻樑，一口好牙也要把金牙鑲，手裡提著小拐杖，手指夾著朝日菸，用日本的火柴來點上。開口就說日本話，惡言穢語把人傷。把吃飯說成『米西』，最後啪地煽你一巴掌」。但是，儘管在這篇小說裡，作者描寫了人們對祝廉天的反感，可是，作者顯然並不是要否定這樣的人物，而是要從日本殖民主義的角度來觀察和理解「滿人」，並以此表現日本殖民主義對「滿人」的成功滲透。當時的日本文壇的評論家們也正是從這個角度來看這篇小說的。如第十二屆「芥川獎」的評委小島政二郎說：「看了〈一個姓祝的人〉，祝這個人的奇特的性格歷歷如在眼前，由此了解了外族人種。從這一點上說，這篇小說是一個很好的收穫。」宇野浩二認為，小說通過祝這個人的獨特的性格描寫，「一定程度地表現了滿洲國的內面或一面」。

綜觀二十多年間日本殖民者的「滿洲文學」，我們可以看到，日本人的「滿洲文學」基本上是日本殖民主義政治文化的產物，其中許多作品，是自覺地為日本的殖民統治服務的，充當了日本向滿洲進行思想和文化滲透的工具。有的煽動日本人吞併滿洲的狂熱，有的鼓吹「滿洲建國」，有的為「滿洲國」塗脂抹粉，有的杜撰「五族協和」、「日滿協和」的神話。即使有些不是自覺地服務於殖民統治的作家作品，也或多或少地帶有日本殖民主義及軍國主義的文化的、種族的成見和偏見。他們筆下的人物，無論是日本人，還是「滿洲中國人」，

也在殖民主義的有色眼鏡下不同程度地變形和扭曲了。因此，日本殖民者的「滿洲文學」缺乏真正的寫實主義精神，倒是不乏狂想、偏執的「浪漫主義」色彩。這是日本人的「滿洲文學」與生俱來的絕症。隨著「滿洲國」在一九四五年的土崩瓦解，日本殖民者的「滿洲文學」也灰飛煙滅了。戰後，還有不少從滿洲回國、有著滿洲生活體驗的作家，寫出了不少以殖民地時代為背景的作品。但是，那些戰後的「滿洲文學」已不再是狂熱的「浪漫主義」，而大多是回首那不堪回首的往日，為那失去的一切唱輓歌了。

「筆部隊」及其侵華文學[1]

一　初期派往中國前線的特派作家

　　一九三七年的七‧七事變之後，日本加緊了侵略中國的步驟，中日戰爭全面爆發。在大舉進行軍事侵略的同時，日本政府強化了國內的軍國主義體制，要求舉國一致進行侵略中國的戰爭。事變爆發幾天後的七月十一日，日本發表出兵華北的聲明的當天，近衛首相召集各新聞通訊社的代表「懇談」，要求他們「協力」戰爭；十三日又召集日本幾家著名的雜誌社——《中央公論》、《改造》、《日本評論》、《文藝春秋》——的代表，向他們提出了同樣的要求。八月二十四日，日本政府發布《國民精神總動員實施綱要》；九月二十五日負責戰爭宣傳的「陸軍情報委員會」升格為「內閣情報部」。在這種情況下，日本國內的報刊、廣播等輿論工具也開足馬力，向國民展開了規模巨大的侵華戰爭的宣傳。許多綜合性雜誌和文藝雜誌，開始採用戰時編輯，開闢專門刊登戰爭報導和戰場特寫的欄目。起初，報紙一般並不刊登文學性的報導。文學性的報導，或者說是類似「報告文學」的東西主要是由雜誌來發表的。但是到了後來，連報紙也刊登所謂「戰爭小說」、報告文學、戰爭詩歌、作家的戰場通訊之類，在讀者中大有市場，報刊雜誌對此類稿件的需求也越來越大，這就使得報社和雜誌社除了他們的「社員」之外，又把一些文學家派往中國戰場。八月三日，當時有影響的報紙《東京日日新聞》刊登了一條引人注目的消

1　本文原載《北京社會科學》（北京），1998年第2期。

息：「本社為事變報導添異彩／大眾文學巨匠吉川英治氏特派／昨日乘飛機到達天津」；八月五日，吉川英治的《在天津》很快寫出，並在該報頭條刊出。接著，該報又派出了小說家木村毅到了上海。木村二十一日到達上海，二十四日便開始發表有關上海的戰事通訊。

　　到了八月底，雜誌社開始向中國戰場派出了作家，如《主婦之友》雜誌派出女作家吉屋信子，她作為「《主婦之友》皇軍慰問特派員」於八月二十五日飛往天津，九月三日回到東京，旋即又從長崎飛往上海。吉屋信子在《主婦之友》十月號上發表〈戰禍的北支現地行〉；又在十一月號上發表〈戰火的上海決死行〉。同時，《中央公論》雜誌把林房雄和尾崎士郎分別派往中國北方和上海。林房雄八月二十九日進入上海，尾崎士郎八月三十一日出發前往華北。九月初，《日本評論》雜誌派出了作家榊山潤。他們在中國戰區採訪了三週左右，然後回國。十月，《中央公論》開闢「現地報告文學」專欄，發表了尾崎士郎的《悲風千里》和林房雄的《上海戰線》；《日本評論》雜誌則發表了榊山潤的《前往炮火中的上海》。這些作品是七·七事變以後日本最早的一批有關侵華戰爭的報告文學。接著，十一月初，《文藝春秋》社又派作家岸田國士去華北，《改造》雜誌社派三好達治去上海。不久，岸田國士在《文藝春秋》上發表〈北支日本色〉，三好達治在《改造》上發表〈上海雜感〉。幾乎同時，《中央公論》社派出了小說家石川達三，《改造》社派出了作家立野信之。此外，杉山平助、大宅壯一、高田保、林芙美子、金子光晴等作家、評論家紛紛進入中國採訪。一九三八年二月和三月，詩人草野心平、評論家小林秀雄又被派往中國大陸。其中，小林受《文藝春秋》社的委派，特地來到杭州，給正在侵華部隊中當兵、此前默默無聞的青年作家火野葦平現場頒發「芥川龍之介文學獎」，以示對戰場作家的特殊鼓勵。小林在中國的杭州、南京、蘇州逗留一個月，回國後在《文藝春秋》上發表〈杭州〉、〈蘇州〉等作品。他回國前後，又有淺原六郎、豐田

三郎、芹澤光治良、保田與重郎、佐藤春夫等作家作為各雜誌社及文化文學團體的特派作家，陸續來到中國。

　　總之，在七‧七事變爆發後的一年時間裡，就有這麼多的文學家來到硝煙瀰漫的中國大陸「從軍」，他們寫的「從軍記」和「現地報告」之類的文字一時充斥雜誌報端，對日本國民的戰爭狂熱推波助瀾。這時，日本軍國政府還沒有直接插手組織所謂「筆部隊」。這些初期的「從軍作家」，都是由非官方的民間機構派出的，當時還沒有被宣傳媒體稱為「筆部隊」，但其性質和後來的所謂「筆部隊」並無不同。可以說他們是初期的「筆部隊」。這些作家都是帶著協力戰爭、進行侵華宣傳的目的來到中國戰場的，是自覺地為日本軍國主義的侵略戰爭服務的。對戰爭性質的顛倒、對戰爭狂熱的煽動、對中國抗日軍民的醜化和汙衊、對中國現狀的歪曲描寫，是這些作家的大部分作品的共同點。但同時也或多或少地描寫了戰場上的一些真實情況。茲舉榊山潤的《上海戰線》中的一段文字為例：

　　　　我看見了各種各樣的死屍。

　　　　在第一郵船碼頭，有死馬一樣漂浮的黑色的屍體，看起來就像便衣隊。據說，黃浦江的赤土色的水，有三層水在流動：表面上的水在漲潮時向上游流動，它下面的卻反著向揚子江流動，最底下的水則和表面的水一樣向上游流動。
　　　　此話是「上海丸」上的船員們說的，也許不假。因為這個緣故，浮屍才不容易沖到揚子江。黃浦江鰻魚多。支那人似乎不吃鰻魚，那些鰻魚正在吃著浮屍。不，不只是鰻魚。到了秋天，黃浦江中的蟹是一大名產，留在這裡的（日本）移民諸君對我說，這裡秋天的蟹十分肥美。其中好像真有人品嚐過這種美味。

　　　　有點兒冷。

在前線看到的支那兵的屍體，就是這個樣子。半裸著，仰面朝天，火辣辣的太陽曬著，連肚子都成了古銅色。人都死了，還曝屍於烈日之下。在炎熱的天氣中腐爛的屍體的惡臭味，非常難聞。不知不覺中，我覺得連草叢中的熱氣都聞不得了。（中略）

在舟山路附近看到的巷戰之後留下的燒焦的屍體，最為可怕。只剩下了上半身，倒在路上。胳膊只剩上半截，耷拉下的腦殼，泛著奇妙的冰冷的白色。真令人不堪詳寫。

那些屍體的可怕情景，深深地刻在了我的腦海中。就像孩子們的膽怯一樣，我回到了宿舍之後，那可怕的情景依然糾纏著我。即便喝醉了威士卡，也是拂之不去。晚上去廁所，就著搖曳的蠟燭光，在朦朧的鏡子中看到自己的臉的時候，就彷彿看到了白天那些被燒死的死屍的遊魂。的確，人的臉在深夜映照在鏡子中，是可怕的。那好像不是自己的臉。嚴格的燈火管制，倒使人生起這多餘的恐怖。

然而死屍倒算是好的，在街頭散落著的土袋子上，沾著鮮紅的血。正因為它沒有實體，所以容易讓人生起種種想像。我心裡一陣難受，在土袋前面呆呆地站著。

這就是日本侵略者踏上中國領土製造的人間恐怖！

在初期特派作家的作品中，尾崎士郎的長篇從軍記《悲風千里》一直獲得日本讀者和學者的較高的評價。《悲風千里》描寫了日軍侵占下的華北地區的情形。但他筆下卻很少那種人間的恐怖，而是帶著一種溫情的「和平」的情景。它恰好代表了日本侵華文學的另一種類型。在其中的〈支那的孩子〉一節中，有這樣一段描寫：

支那的孩子，聽人說日本兵都是「鬼子」。鬼一樣的外貌，鬼

一樣殘忍，甚至肚子一餓就要吃人。

東洋鬼——這個詞有表示著一種非常現實的含義。據說只要一說「日本兵來啦」，所有正哭鬧的孩子都不敢再哭，嚇得縮起身子來。然而，日軍攻占華北，支那的孩子們才算真正弄清了「鬼子」的真面目。

孩子們肯定都躲在隱蔽處，扭著脖子偷偷地觀察追擊支那軍隊的威嚴的日本兵——

沒見頭上有角，帽子下面也就那樣啊，既沒有齙牙，也沒有裂嘴。和支那人一模一樣，也是人的臉。要說這就是東洋鬼子，真有點奇怪呀！無論看多少次，看了哪一個，都不是聽說的那種東洋鬼。

於是孩子們從隱蔽處爬出來，怯生生地出現在東洋鬼的前面，遠遠地靠在一起，朝這邊張望。

可是，不僅看不出他們有吃人的意思，而且不都笑咪咪的，朝這邊看嗎？還有的招招手，用半生不熟的中國話喊道：

「小孩！小孩！來！來！」

孩子們起初不敢接近，隨著逐漸熟悉，慢慢地靠了過來。於是東洋鬼子給他們牛奶糖，撫摸他們的頭。撫摸頭的時候，嚇了他們一跳。當然他們沒有被咬，那牛奶糖裡也絕沒有放毒。

孩子們已經知道了，原來東洋鬼不是鬼。於是跑回家中，從家裡拿來了梨、柿子等，獻給「東洋鬼」。

「東洋鬼」樂得笑顏逐開。他們接受了水果，同時付了錢。

孩子們再次跑回家裡，然後把他們的父母兄弟帶來了。

「東洋鬼」不是鬼，農民和城鎮居民們由自己的孩子證明了這一點。他們也小心翼翼地走出來，殷勤得有些滑稽。一邊打著手勢一邊表示敬意。隨著進一步熟悉，他們打心眼裡表示歡迎。或者敬茶，或者送菜，或者幫忙出力，全心全意，沒有貳心。

　　日本軍每攻克並占領一個地點的時候，就在被炮火打得如同墓地的空曠無人的街上出現一兩個孩子。不久他們從各處走出來，並成為日本和支那握手的契機。

　　……

　　眾所周知，在日本發動的侵華戰爭中，有多少中國的孩子們死在了「東洋鬼子」的刺刀和槍炮之下，又有多少孩子被掩埋在「被炮火打得如同墓地」的廢墟瓦礫中！而尾崎士郎卻在這裡刻意描繪頗有「人情味」的場面，這絕不是有的日本學者所說的是什麼「人道主義」，而是刺刀和槍口下的「和平」，也正是日本軍隊在中國搞的所謂的「宣撫」，所謂的「思想戰」、「宣傳戰」。

　　日本在全面發動侵華戰爭初期由報刊雜誌社派出的這些作家，其主觀動機是協力日本侵華戰爭的，事實上他們的作品也或多或少、或直接或間接地起到了這樣的作用。但另一方面，這些作家在觀察、表現戰爭的時候，其角度、方法有所不同，主觀意圖和客觀效果也不盡一致。例如，日本作家近代以來受歐洲自然主義的影響很大，注重「事實」和「真實」的描寫，而在初期特派作家中，就有一個人由於寫了一些「事實」和「真實」，而為軍國主義政府所不容，因此招致筆禍。那就是石川達三和他的中篇小說《活著的士兵》。作品描寫了一支進攻南京的部隊，如何在中國燒殺搶掠，無惡不做。石川達三意欲通過這篇紀實性很強的小說，「把戰爭的真實情況告訴社會」。不料作品在《中央公論》一九三八年三月號上發表後，石川達三即遭當局逮捕，法院判處他四個月徒刑，緩期三年執行。理由是：「描寫皇軍士兵殺害、掠奪平民，表現軍紀鬆懈狀況，擾亂安寧秩序。」這一事件在當時的作家和讀者中造成了強烈的震動，也促使軍部進一步採取措施，強化輿論管制，干預作家創作。與此同時，作為日本士兵之一員在侵華戰場作戰的青年作家火野葦平的小說《麥與士兵》在當時卻

發行了一百二十萬萬冊以上，成為最暢銷書，極大地煽動了國民的戰爭狂熱，也為軍部所激賞。《活著的士兵》和《麥與士兵》正反兩個事例，顯然給了日本軍部和政府以明確的啟發，並導致了他們對作家從軍及其創作活動的干預與管制，並成為由軍部和政府直接出面組織從軍作家的所謂「筆部隊」的一個契機。

二　軍部和政府直接組織派遣「筆部隊」

　　一九三八年八月二十日晚，在東京的許多作家收到了日本文藝家協會會長菊池寬的快遞明信片，上面寫著：「內閣情報部和文藝家們有事相商，請於明日即二十三日午後三時，前來首相官邸內閣情報部開會。」二十三日，在內閣情報部，以菊池寬為首的十二名作家前來赴會，他們是尾崎士郎、橫光利一、小島政二郎、佐藤春夫、北村小松、久米正雄、吉川英治、片岡鐵兵、丹羽文雄、吉屋信子、白井喬二等。據與會的作家白井喬二在《筆部隊組成的經緯》中的回憶，主持人是情報部的幾個人，此外還有陸軍省新聞班的松村中佐、海軍省軍事普及部的犬塚大佐、松島中佐等人。會議開始時，只是隨便地交談一些有關戰爭時局的問題，後來陸軍省的松村中佐站起來，指著牆上掛的大地圖，講解武漢攻堅戰的情況，最後提出：希望先派二十名左右的作家到中國前線看看；雖說是從軍，但並不對作家提出硬性的要求，完全是無條件的；現在時局重大，相信作家們會有正確的認識；看一看戰爭的現狀，未必馬上寫出戰爭文學作品，但十年後執筆也好，二十年以後再發表作品也好，悉聽尊便。云云。

　　尾崎士郎在題為《一支文學部隊》的紀實作品中寫到：當時，當軍部提出希望作家從軍的事情以後，有一位作家不安地提問道：從軍沒有危險嗎？——

大家一下子笑了起來。「沒問題」，中佐的嘴唇上浮著自信的微
笑。於是菊川信（即菊池寬——引者注）和一同召集這次會議
的作家久野高雄（即久米正雄——引者注），用鏗鏘有力的語
調說：恐怕文壇上所有的作家都希望從軍，要確定人選還需要
一兩天的時間，無論如何至少需要二十個人。中佐當場回答：
「可以。」並且說：「還有，在戰場上難免有個萬一，還是辦
個生命保險之類的為好。當然，各位都將受到軍屬的待遇，所
以會事先給你們在靖國神社那裡辦好安放遺骨的手續。」

白井喬二在《筆部隊組成的經緯》中也寫道：

我們都一齊大受感動。大家在心裡似乎都形成了一個相同的想
法，那就是作為國民之一員的滿腔熱血，還有文學家被當作嫩
芽一樣愛護而產生的那種自豪。我們立即對從軍的提議產生了
共鳴。與會的作家們幾乎全部抱著從軍的志向，實在應該說是
理所當然的事情。因此，八月二十三日這一天，將作為劃時期
的第一步永遠銘刻於文藝史上。

具體幫助軍部策劃「筆部隊」事宜的菊池寬，在事後不久發表的
隨筆〈話的屑籠〉（原載《文藝春秋》，1938 年 10 月號）中說：

作為文藝家協會會長的我，當初想派出四、五個人。因為是到
激戰的中心漢口，我擔心願去的可能不多，就打算去做一做自
己熟悉的幾個人的工作，召集容易拜託的人來情報部開會。不
料，十一、二個赴會的朋友都說願去。我自己最初沒打算去，
但是聽了情報部人的講話，就想無論如何要去，下定了從軍的
決心。情報部說，二十來個人可以，而且明天就得確定下來。

軍務緊急，不能個別聯繫。我想，如果和四、五十個人聯繫的
話，會有一半人願去，所以就發出了快遞。於是除兩三個人之
外，都說願去。

　　八月二十六日下午，內閣情報部在首相官邸公布了情報部確定派
遣的從軍作家的名單，他們是：吉川英治、岸田國士、瀧井孝作、深
田久彌、北村小松、杉山平助、林芙美子、久米正雄、白井喬二、淺
野晃、小島政二郎、佐藤惣之助、尾崎士郎、濱本浩、佐藤春夫、川
口松太郎、丹羽文雄、吉屋信子、片岡鐵兵、中谷孝雄、菊池寬、富
澤有為男，共二十二名。此後，日本新聞媒體對這批從軍作家大肆宣
傳，稱其為遠征中國大陸的「筆部隊」。入選「筆部隊」的作家們在
報刊上談感想，說抱負，表忠心，大出風頭，一時成為輿論的寵兒。
其中有些本來默默無聞的作家，一躍而成為知名人物。他們從軍部領
到了高額的津貼、軍服、軍刀、手槍、皮裹腿等，儼然是一批出征的
將軍。臨行前政府、軍部和媒體為他們舉行了隆重的歡送會，然後分
「海軍班」和「陸軍班」兩路乘飛機前往中國戰場。無怪乎當時有的
報刊把「筆部隊」的出征說成是「大名旅行」（諸侯巡視的意思）。未
被選中的作家，有的也怨天憂人，抱怨菊池寬等人做事不公；有的則
表示失望，如著名作家廣津和郎在《都新聞》上撰文說：「有人問
我，你想從軍參加武漢攻克戰嗎？我說真是朝思暮想，高興得心都跳
了起來，因為這是出乎預料的幸運的事情。──所以我希望快快得到
消息。可是，一看公布的名單裡頭沒有我的名字，真是空喜一場。抱
的希望越大，失望也就越厲害。」
　　在第一批「筆部隊」被派往中國的時候，正是規模空前的武漢會
戰的高潮時期。武漢會戰從六月十一日起，進入八、九月分，已經打
了兩三個月。日本為了最終攻下武漢，正在加緊進攻並占領武漢周邊
的戰略要地；中國軍隊也集中全力，保衛大武漢。日本赴武漢前線採

訪的海軍班的一行作家，包括菊池寬、吉川英治、佐藤春夫、濱本浩、小島政二郎、北村小松、吉屋信子、杉山平助等，先飛到上海，訪問了日本陸戰隊本部，次日又訪問了日本扶植的傀儡政權「中華民國維新政府」。然後從南京溯長江而上，到達九江，九月底十月初到達武漢會戰前線，正趕上了戰況激烈的田家鎮戰役。十月十一日，除杉山平助希望看到武漢陷落、而繼續留在前線之外，其餘七人回國。屬於陸軍班的「筆部隊」，有人先到南京，有人經杭州、蘇州到達南京，有的隨軍去大別山區。第一批「筆部隊」回國以後，軍部政府又組織了第二批「筆部隊」，他們是：長谷川伸、土師清二、中村武羅夫、甲賀三郎、湊邦三、野村愛正、小山寬二、關口次郎、菊田一夫、北條秀司等人。一九三八年十一月，他們作為海軍的從軍「筆部隊」被派往「南支」，即中國南方地區。

　　那麼，「筆部隊」的作家們當時的心態是什麼？他們在中國都做了些什麼呢？「筆部隊」的成員之一的尾崎士郎有一部特殊的作品──《一支從軍部隊》（1939 年 2 月），寫的就是「筆部隊」的活動本身，從「筆部隊」的組成，到赴前線之後的情況，都有具體的描寫。並且寫出了「筆部隊」作家的特有的心理狀態和出人預料的行徑：一心想參加「筆部隊」，又對「大名旅行」的批評心有顧忌；想到戰場建功立業，同時又意識到這是一種虛榮心；在漢口攻克之前就想回國，同時又擔心社會上的物議。更有一個「老作家」挪用一筆鉅款，把它借給同行的弟子使用；一位詩人來到戰場，還在追逐女人與酒，等等。這部作品發表後，當時極右的評論家中村武羅夫在《東京日日新聞》（1939 年 2 月 1 日）的「文藝時評」欄中發表文章質問道：「《一支從軍部隊》的作者究竟是什麼寫作意圖呢？描寫那種事情，──把那些行為抖落出來，究竟要告訴讀者什麼呢？用那麼長的篇幅，寫那種題材，如何表現人生的意義呢？或許作者覺得有什麼意義，才一味寫那種事情也未可知。但只從現象上看，它顯示了作者淺

薄的黑幕獵奇的趣味。這樣說不為過分吧？」他指責作者在描寫的時候缺乏應有的所謂「誠實」。現在看來，《一支從軍部隊》描寫的是事實也好，還是杜撰也好，都無關緊要。重要的是它寫出了作者的一種情緒，那就是對當時彷彿是「欽選」作家組成的「筆部隊」的神聖性的懷疑。它對我們認識「筆部隊」及其侵華文學是有一定價值的。

　　「筆部隊」的組成以及開往中國的過程，表明日本軍國主義政府開始已經通過國家權力，把日本文學拖入了侵華戰爭的軌道。是日本文學及日本作家自覺地全面協力侵略戰爭的象徵性事件，雖然參加「筆部隊」的人為數並不多，但它是一個惡劣的開端。自此之後，無論是否到中國前線，日本的絕大多數作家都以不同的方式，為支持和配合日本帝國主義的侵華戰爭，寫了大量侵華的所謂「戰爭文學」的文字。可以說，「筆部隊」誕生是日本文學大規模墮落的開始。日本當代一位有良心的學者說得好：「八月二十三日……這一天作為戰爭時期重要的時刻，現在有必要從相反的意義上明確地予以記載。以此為契機，到若干年後以英美為敵，把戰火擴大到太平洋地區，徵用更多的文學家派往南方，這個國家政權一開始就露出騙子的嘴臉，對文學家使用懷柔政策。文學家們不必說抵抗，連不合作也沒有，竟趨炎附勢，溜鬚拍馬。文學家們應該從這種可恥的墮落中，充分地汲取歷史的教訓。」（高崎隆治《戰時下文學的周邊》，頁 10）。

三　「筆部隊」炮製的侵華文學

　　一九三八年底，「筆部隊」的大部分作家都已回國，日本許多報刊雜誌紛紛召集「筆部隊」作家開座談會，爭先恐後地登載「筆部隊」作家的從軍記、報告文學、小說等，形成了侵華戰爭期間所謂「戰爭文學」的一次高潮。各報刊雜誌僅在十二月份發表的主要的作品就有：

富澤有為男：〈中支戰線〉，載《中央公論》。

尾崎士郎：〈揚子江之秋〉，同上。

　　　　　〈戰影日記〉，載《日本評論》。

　　　　　〈站在第一線〉，載《日出》。

　　　　　〈戰雲可測〉，載《雄辯》。

丹羽文雄：〈未歸的中隊〉，同上。

　　　　　〈上海的暴風雨〉，載《文藝》。

　　　　　〈變化的街〉，載《新女苑》。

片岡鐵兵：〈戰場就在眼前〉，載《改造》。

　　　　　〈從軍通信〉，載《婦人俱樂部》。

杉山平助：〈從軍備忘錄〉，同上。

　　　　　〈從戰場寄給兒子的信〉，載《婦人公論》。

　　　　　〈漢口溯江入城記〉，載《大陸》。

佐藤惣之助：〈戰火行〉（詩），同上。

　　　　　〈南京展望〉，載《大陸》。

　　　　　〈中支的自然〉，載《嫩草》

岸田國士：〈從軍五十日〉，載《文藝春秋》。

吉川英治：〈漢口攻堅戰從軍見聞〉，同上。

　　　　　〈從軍感激譜〉，載《婦人俱樂部》。

北村小松：〈戰場〉，載《ALL 讀物》。

　　　　　〈戰場風流談〉，載《大陸》。

濱本浩：〈溯江部隊〉，同上。

吉屋信子、浜本浩、佐藤惣之助：〈從軍作戰觀戰記〉，同上。

濱本浩：〈從軍作家和炮彈〉，同上。

佐藤春夫：〈戰場十日記〉，載《現地報告》。

　　　　　〈閘北三義裡戰跡〉，載《新潮》。

中谷孝雄：〈前線追憶記——漢口攻克戰〉，同上。

　　　　　〈南京和盧州〉，同上。

　　菊池寬:〈從軍的賜物〉,載《大王》。

　　吉屋信子:〈武穴登陸之日〉,載《新女苑》。

等等。「筆部隊」成員的這些作品,儘管所寫的內容、表現的方法有所不同,但是都不同程度地貫徹了軍部要求他們完成的使命。如上所說,軍部在勸誘作家從軍的時候,曾表示不對作家提出具體要求,只是讓他們去中國前線看看,「完全是無條件的」。然而,事實卻相反,他們一旦來到前線,就必須按軍部的要求去做。和「筆部隊」同時作為《都新聞》特派員被派往武漢的井上友一郎,在〈從軍作家的問題〉(《日本評論》,1939 年 1 月號)中,引用了「中支軍報導部」交給從軍作家的《從軍文藝家行動表》,這個「行動表」上明確寫著:

　　目的——主要向國民報導武漢攻克戰中陸軍部隊官兵的英勇奮戰以及勞苦的實相。同時,報導占領區內建設的狀況,以使國民奮起促進對華問題的根本解決。

　　按照這樣的要求來寫,「筆部隊」作家還有什麼創作的自由呢?況且,石川達三因自己對戰爭的理解和不加掩飾的真實描寫而剛剛惹下了「筆禍」。受軍部政府派遣的「筆部隊」作家們又如何敢越雷池呢?另一方面,「筆部隊」成員和火野葦平、上田廣、日比野士朗、棟田博、谷口勝等身為士兵的作家不同,他們在戰場上待的時間很有限,大多數人只是走馬觀花式地「觀戰」。因為這些緣故,他們所製作的「從軍記」,或是用概念化的、皮毛的描寫代替深刻的戰爭體驗,或是用淺薄的抒情、無聊的瑣事、道聽塗說的故事連綴成篇,或故意誇張戰場體驗,炫耀自己的「勇敢」,或赤裸裸地為軍國主義作侵華戰爭的叫囂和宣傳。這就是「筆部隊」作家的「從軍記」的基本特點。

　　在「筆部隊」中，林芙美子是一個特殊的人物。因為她是「筆部隊」中惟一的女作家。女作家從軍出征，這本身就具有特殊的宣傳價值，當時的報刊也對此大加鼓噪。如《東京朝日新聞》一九三八年十一月三十日的一篇文章說：

　　作為惟一的一位日本女性林芙美子女士參加了漢口的入城。（中略）跟隨快速部隊繼續進行決死的行軍。日本女性到戰場來啦！使全軍官兵大為吃驚，如在夢境。

　　林女士去了那荒涼的武漢平原，簡直是戰場上的一個奇蹟。她一下子成為戰場上的眾口皆碑的中心，她的勇敢和謙虛使全軍將士從心底裡尊敬和感動。她風塵僕僕，風餐露宿。汽車隨時都會碰上地雷，但林女士置生死於度外。（中略）林女士的漢口入城，是全日本女性的驕傲。

　　作為從軍的收穫，林芙美子回國後發表了書信體的從軍記《戰線》和日記體的《北岸部隊》。試看《戰線》中的一段描寫：

　　戰場上雖然有殘酷的情景，但也有著美好的場面和豐富的生活，令人難忘。我經過一個村落時，看見一支部隊捉住了抗戰的支那兵，聽到了這樣的對話。「我真想用火燒死他！」「混蛋！日本男人的作法是一刀砍了他！要不就一槍結果了他！」「不，俺一想起那些傢伙死在田家鎮的那模樣就噁心，就難受。」「也罷，一刀砍了他吧！」於是，被俘虜的中國兵就在堂堂的一刀之下，毫無痛苦地一下子結果了性命。我聽了他們的話，非常理解他們。我不覺得那種事情有什麼殘酷。

　　對於林芙美子的這些從軍記，有的日本評論家認為其問題是缺乏

戰爭報導應有的紀實精神，過多地記錄從軍中的身邊瑣事，而且缺乏知識品位。但我認為她製作的從軍記──無論是在《戰線》，還是《北岸部隊》──的癥結，就在於她極力把殘酷的戰爭加以詩化和美化，不僅對親眼目睹的侵華戰爭毫無反思，而且努力把自己或日本讀者的價值觀與日本侵華士兵的所做所為統一起來。「真想把武漢的長滿棉花的大平原據為日本所有！」（《戰線》）──這位女作家就是如此的淺薄和狂妄。

在「筆部隊」中，林芙美子被當時的宣傳媒體譽為陸軍班的「頭號功臣」，而杉山平助則被稱作海軍班的「頭號功臣」。杉山平助是「筆部隊」中在前線待的時間最長的人。他在加入「筆部隊」來中國之前，曾作為初期的報刊特派作家到過天津、蒙古、北京、上海、南京等地。後來以這次中國之旅為題材，出版了隨筆集《支那、支那人與日本》（改造社，1938 年 5 月）一書。參加「筆部隊」後，他隻身一人提前一週先行出發，而且又晚於其他「筆部隊」的作家，單獨一人回國。他跟隨海軍，溯揚子江而上，在日軍攻占武漢時，隨軍入城。杉山平助對自己在戰爭中的這些「勇敢」行為頗為自得。他曾說：「看看這次的從軍作家或從軍記者吧。他們（其中也包括我在內）回國以後極力強調自己是如何冒著危險。有的作家的確是到了第一線，司令官都給他們發了證明書。對自己所冒的危險盡可能地誇大，只是他們自以為是罷了。」（《從軍備忘錄》）在自得之外，也流露出「的確到了第一線」的杉山平助對其他作家的輕蔑。杉山平助以自己在武漢一帶的從軍經歷，撰文向《東京朝日新聞》投稿，成為日本最早的報導占領漢口的文字。回國後又加以整理充實，出版了《揚子江艦隊從軍記》。杉山平助在上述兩本書中，極力宣揚對華侵略，抨擊當時日本國內的一些人的所謂「和平主義」。他在《支那、支那人與日本》一書的〈前言〉中說：「現在，無論做怎樣的和平主義的念佛，無論愚蠢地念它一百萬遍，現實也不會有一步進展。而且企圖

搞垮日本的國際上的重壓，像無形的鋼刀，架在我們的頭上。我在
（中國）現場直接感受到了這一點。直面這一事態，就會使一切退卻
無為的消極態度變得失去意義。即使在精神的領域，我也從來主張拋
棄優柔寡斷的態度，轉為積極的進攻，此外別無選擇。這本書是我支
那旅行的報告，同時，在這個意義上也是我思想的一個側面。」在
《揚子江艦隊從軍記》中，他又以日軍在武漢的「勝利」，批判在中
日戰爭問題上的所謂「悲觀論」和「懷疑論」。他在該書的「前言」
裡寫道：「依照陳辭濫調的常識論，在沒有實際做起來之前，就散布
悲觀論調。對於這些愚蠢的人，這又是個何等好的教訓！近來日本一
部分所謂理智的知識份子當中，這種可悲的懷疑論者實在太多了。」
但與此同時，在武漢前線親眼看到的殘酷的戰爭現實，看到慘遭塗炭
的中國民眾，他又不禁流露出一絲人性的良知，甚至也有些「悲觀」
起來：「我在心裡暗暗歎息。我為自己還活著感到可悲，這是事實。
啊！自己今後仍必須在這痛苦的人世間活下去嗎？不知不覺地發出這
樣的歎息，也是事實。每當我看到支那民眾那慘痛的樣子，我就難
受，不禁生出一個念頭：自己也想在這場戰爭中死去。當然，如果死
神要捉住我的話，我又會拚命地逃脫和掙扎。」杉山平助當時就是這
樣（後來也如此），常常在軍國主義的侵略狂熱和人性的良知之間徘
徊，難怪有的日本的評論者認為他是個「機會主義者」。

　　而在「筆部隊」的另一個成員——白井喬二，除了侵華的狂熱叫
囂外，就什麼也沒有了。他在〈從軍作家致國民〉一文中有這樣一段
話：「我還想向日本國民再說一遍：這場戰爭就起因於支那的抗日教
育。你們為什麼對此置之不問呢？這不是一種怠慢嗎？我認為，中日
開戰的理由，除了誰先向誰開了炮、誰先殺了對方的一個軍人之外，
就因為（中國的）這種抗日教育，也必須向他們開戰！為了我們國家
的威嚴，應該向他們發出這樣的宣言：『撤回這樣的教育吧！否則就
兵戎相見！』如果我們國家沒有這樣的意志力，真正的國際秩序就不

能成立。」白井喬二所希望看到的,是什麼樣的「教育」呢?請看他的一段描寫吧:

> 途中,在硤石車站,支那一所小學的學生出來迎接我們,我很感動。在寫著「歡迎日本從軍作家一行!」的旗子上,落款是「硤石鎮全體師生開智小學」。每個支那小學生手裡都打著太陽旗,在車窗前面揮舞。我們很高興。抗日教育一變而成為東洋人和平相處為基調的教育。這種教育早就開始起步了。這在全世界教育界都是值得提倡的。毋寧說非提倡不可。」

這就是白井喬二樂於看到的使中國人成為亡國奴的教育,情願讓日本帝國主義在中國稱王稱霸的教育!

總之,「筆部隊」製作的侵華文學,完全是日本軍國主義「國策」的產物。一方面,侵華的「國策」造就了「筆部隊」,另一方面,「筆部隊」製作的有關作品又在相當程度上為日本的武力侵華推波助瀾,從而形成了「槍桿子」和「筆桿子」一哄而上、武力侵略和文化(文學)進攻雙管齊下的侵華戰爭格局。「筆部隊」有被動的受軍國主義驅使的一面,但不可否認,也有自覺地、主動地為侵華戰爭搖旗吶喊的一面。因此,他(她)們對侵華戰爭負有不可推卸的一份罪責。戰後被判為「文化戰犯」或受到處分的作家是這樣,沒有被判為「文化戰犯」的不少作家也是這樣,特別是「筆部隊」的作家更是難辭其咎。遺憾的是,在戰後日本,有關作家的這段不光彩的歷史在各種文學史和作家評論與研究的著作中,被有意地輕描淡寫,或有意抹殺了。更令人遺憾的是,在中國近年來的一些介紹和評論日本文學的文字中,有關作家在侵華戰爭中的所作所為,也被忽略不計了。如吉林人民出版社出版的《日本文學》雜誌一九八六年第一期上,開設了曾是「筆部隊」重要成員的林芙美子的「特輯」。該「特輯」中由

中國評論者撰寫的有關林芙美子的一篇文章，對這位作家的「筆部隊」生涯隻字不提，反而強調她在戰後的「反戰」。文章說：「儘管林芙美子在侵略戰爭時期被動員去過戰場，寫過『從軍記』一類文章，但在她的戰後作品中，反戰思想還是很明顯的。」誠然，在戰後「反戰」比起在戰後仍然戀戰要可取一些，但在戰後「反戰」，總像在沒有敵人的戰場上喊「殺」一樣，不免有些虛幻。況且林芙美子在戰後是否真的「反戰」了，尚且還是疑問；而她在侵華戰爭中的惡劣行徑，我們為什麼要為之隱諱呢？但這樣的情況反而說明了：在今天，把日本的侵華「筆部隊」及其有關作家的行徑加以審視和批判，仍然是十分必要的。

「軍隊作家」及其侵華文學[1]

一　「軍隊作家」及「軍隊文學」的產生

　　日本的侵華文學，主要有兩部分作者。一部分人是受報刊雜誌社派遣的職業作家，如所謂「筆部隊」的成員。他們沒有實際的作戰經歷，在戰場上，他們至多是「觀戰」，而不是「參戰」，因此，他們寫作的篇什，要嘛是「從軍記」之類的東西，要嘛是「觀戰記」之類的東西。另一部分人是侵華戰場上的軍人，即所謂「軍隊（日文作「兵隊」）作家」。他們當中，有的原來就是作家，或有一定的寫作的經驗，後來入伍從戎，如火野葦平、上田廣等。這一部分人為數不多。更多的是以前沒有什麼寫作經驗的戰場上的官兵。評論者也稱為「外行作家」。

　　由「軍隊作家」製作的所謂「軍隊文學」，其數量相當龐大。雖然作品談不上有什麼文學價值，但由於他們具有軍人和作者的雙重身分，在當時的讀者中，有著特別的影響。在世界現代文學史上，由軍人而成為作家的，不乏其例，但似乎沒有一個國家，在短短的幾年中出現了成百上千的軍人「作家」。日本國民的戰爭狂熱，強烈的戰爭參與意識，對「軍人文學」起了巨大的催生作用；戰爭宣傳的需要，也使日本文學自覺不自覺地降低了「文學」的藝術性要求，放寬了作為「作家」應有的水平，使得他們把那些「外行」也看成「作家」，並欣然予以接受。另一方面，有較高的知識層次的人，在日本侵華軍

1　本文原載《北京社會科學》（北京），1999年第1期。

人中占有較大的比重，也是產生軍人「戰爭文學」的重要條件。這種
情況，在一個名叫池田源治的從軍記者寫作的報告文學《知識份子部
隊》中，有具體的描述。所謂「知識份子部隊」，是指一九三八年參
加武漢作戰的以本間中將為師團長的第二十七師團。這支部隊「全部
的三分之二，是中等學校以上的學歷，這其中又有三分之二是大學或
專科學校出身」，因此被認為特別強大。為什麼特別強大呢？作者認
為原因有三。第一，「知識份子部隊的首長既是優秀的知德武將，又
是稀有的勇將」；第二，「第一線首長周圍人才濟濟」；第三，「士兵都
是最精銳的」，「這些勇士們，由於教養好，了解這次聖戰的意義，熟
知國防之大義，上下團結，遵紀守章，各安本分，珍惜名譽，深知廉
恥，是真正的勇者。」事實上，並非日本所有侵華部隊的士兵都有這
麼高的文化和學歷層次，但在日本士兵中，確有相當一部分人具有較
高的文化水平，同時也有一定的文字表達能力。這些人一旦接受了軍
國主義的教育，一旦有了戰爭體驗、一旦受到宣傳媒體的誘導，就會
操筆寫作所謂「軍隊文學」。在這些「軍隊文學」中，有不少在當時
產生了一定影響，甚至引起了轟動。所描寫的題材也很廣泛，前線、
後方都有涉及。在描寫前線的作品中，尤其以上海淞滬戰役、徐州會
戰、南京戰役、武漢會戰等幾次重大的戰役為題材的最多。其作者，
涉及到日本軍隊的各個級別層次，上至將軍，下至普通士兵。包括特
務兵、醫務兵、鐵道兵、甚至隨軍和尚都染指「軍隊文學」。

　　在侵華日軍將軍中出現的「軍隊作家」中，最著名的是陸軍少
將、當時的戰車（坦克）隊長藤田實彥（此人在戰後被判為戰犯，
1946年在中國通化畏罪自殺）。他的中篇報告文學《戰車戰記》描寫
了他所率領日軍的坦克部隊，通過華北地區向南京進發，參加攻克南
京的戰役的情形。他寫到了沿途的中國「良民」（實際上是日占區受
日偽軍蠱惑的一部分民眾）打著日本的太陽旗，或抬著開水，在路旁
歡迎和接待日本坦克兵的情景；他也寫到了中國軍隊的抵抗，寫到了

中國軍隊為了阻擊日軍進攻還有對橋樑等交通設施的破壞，在南京周邊修築的許多防禦工事。但《戰車戰記》著意表現的是日本戰車所向披靡的巨大威力。面對這先進的武器，中國軍隊無力抵抗之後只能撤退逃跑，以致修築的碉堡一次也沒能使用，留下了兩千多罐汽油來不及運走而落在日軍手中；在南京城，特別是在中華門，中國軍隊是如何的頑強，而日軍的坦克在進攻時又是如何發揮了作用。作品最後還寫到，中國兵在失敗後無法逃走，便換上便衣混在老百姓當中，裝作「良民」，但「每天都有數千人被檢舉出來」。今天看來，這一描寫在無意間帶出了一點南京大屠殺的真相，──「每天都有數千人被檢舉出來」，就按這個數字而論，日本軍隊在占領南京後，究竟「檢舉」並屠殺了多少手無寸鐵的中國人呢？

　　在普通日軍侵華士兵寫作的「軍隊文學」中，有代表性的作品有上等兵谷口勝的《征野千里》和松村益二的《一等兵戰死》。谷口勝是最早寫作「戰爭文學」的侵華日軍士兵之一。他的《征野千里》（1938）以「手記」的形式記述了他隨所屬的中野部隊，從華北經海路到杭州灣登陸，轉戰南京、蕪湖，挺進大別山地區，參加武漢會戰，在田家鎮戰役中負傷回國的經歷和見聞。和一般的侵華文學所慣常描寫的日軍如何勢如破竹、中國軍隊如何不堪一擊有所不同，《征野千里》表現了日軍行軍作戰的艱難困苦，──在中國軍隊的打擊下，他們和戰死者一起，浸泡在水溝裡三天，一步也前進不得；他們的坦克陷入火海，他們的士兵一個個地倒下……。儘管出於戰爭宣傳的需要，《征野千里》沒有描寫日本士兵對戰爭和生死的真實的內在想法，但其描寫還是能夠給人留下相當真實的印象。松村益二在戰記集《一等兵戰死》（1938）的序言中說：「自己是一等兵，只知道一等兵的事情。」他集中描寫了日本士兵，特別是一等兵戰死的情形。那些士兵的年齡、出身、性格各有不同，死的原因和情形也各不一樣。有的死在戰鬥中，有的死在作業中，有的死在休息時，有的死在醫院

裡，有的預感到自己會死，有的沒想到自己會死。有的死的時候來不
及說話，有的死時高呼「天皇萬歲」。大山上等兵在行軍途中的小憩
中，看到稻田時說：「看見這熟了的稻子，真想收割啊！」說著起
身，卻被一顆流彈擊中；年輕的和田一等兵在進攻時中彈，別人安慰
他說「傷不重」，他說了句「你可不要誆我啊」，便倒地而死。當
「我」第一次在上海的一家出版社的印刷廠宿營的時候，想到戰爭的
殘酷，極力思考「戰爭是什麼」。最後的結論是：「戰爭是什麼？不知
道」，於是便拋棄一切思考，「必須勝利，必須打！此外別無出路」。
面對殘酷的戰爭和不斷的死亡，反而放棄了理性的思索，更加激發了
侵略和屠殺的狂熱，這樣的表白和描寫是符合日本侵華士兵的實際情
況的。

　　除《征野千里》和《一等兵戰死》之外，由侵華士兵寫作的比較
重要的「戰爭文學」作品還有特務兵田村元劭的《馬和特務兵》，步
兵軍曹西田稔的《山與兵隊》，陸軍少尉田中榮次的《鬥魂》，陸軍伍
長赤石澤邦彥的《張鼓峰》，陸軍中尉並木龍男的《藜部隊》，陸軍中
尉鈴木泰的《失去雙眼》，陸軍軍曹玉井政雄的《泥與兵隊》，步兵中
尉岡田的《士兵及其家屬》，等等。

二　日比野士朗、棟田博及其描寫正面戰場的「軍隊文　　學」

　　日本侵華軍人的「戰爭文學」，從題材範圍上講，可以分為描寫
正面戰場的「戰場文學」和描寫占領區日軍活動的「槍後文學」兩
部分。

　　在「戰場文學」作者中，當時影響較大，學者們評價較高的，是
日比野士朗和棟田博。

　　日比野士朗（1903-1945），入伍前曾在農村中學當代課教師。

「七‧七事變」之後，加入侵華軍隊，來到上海前線參加吳淞渠渡河戰役並在戰鬥中負傷，回國後，以自己在吳淞渠渡河戰役的經歷為題材，發表了處女作中篇報告文學〈吳淞渠〉（《中央公論》，1939年2月），引起了較大反響。接著，又發表了描寫自己歸國養傷的體驗與見聞的《野戰病院》（1939年4月）、以自己應徵參軍前後的經歷為題材的《召集令狀》（1939年6月）等。因為這些作品，他獲得了一九三九年度的「池谷信三郎文學獎」，和當時的火野葦平、上田廣等一起，被視為有名的從戰場榮歸的所謂「歸還作家」。此後的日比野士朗還積極地從事日本法西斯主義文化宣傳活動，任當時的法西斯主義文化組織「大政翼贊會」的文化部副部長。

日比野士朗的〈吳淞渠〉發表後，當時權威的評論家小林秀雄在《東京朝日新聞》一九三九年十一月二十六日的「槍騎兵」欄目中撰文指出：〈吳淞渠〉所描寫的還不是戰爭的全部，但作者「把自己的精神充分地貫注於這一戰爭的場面中。因為這一點，我想這個短篇就成了最近文學中的一篇傑作。」日本戰爭文學的最早的整理研究者板垣直子在其名著《現代日本的戰爭文學》（1943）中，對日比野士朗的〈吳淞渠〉做了高度的估價，她寫道：「……〈吳淞渠〉不單單是著名的戰役的紀念，而且最充分地體現了日比野創作上的優秀的素質。」「首先要說的是他的藝術感情，這是他創作的最優秀的例證。因為有了藝術感情，他的作品的氛圍是沉著的、醇化的。比起描寫激戰的情形來，這是創作的更重要的基礎。在這個基礎的第一步上，日比野是成功的。他的成功，得益於他嚴肅地描寫了渡過吳淞渠這一世上罕見的激烈戰鬥，並表現了自己的刻骨銘心的體驗。」

吳淞渠是中國軍隊為了阻止日本軍隊的進攻而在上海郊外加以利用的防禦工事。日比野的〈吳淞渠〉表明，這些工事對日軍攻占上海起了很大的阻遏作用，使日軍付出了沉重的代價。〈吳淞渠〉從自己所屬的部隊接受渡河命令起筆，通過參加戰役的「我」的眼睛，細緻

地描述了日軍強渡吳淞渠的過程及其個人的體驗：

> 現在，我們宇野部隊已經向遙遙在望的南方的大場鎮推進。但是，問題就是擋住去路的吳淞渠。那是一條寬四十到六十米的大河，敵人依靠這惟一的屏障，在對岸修築了堅固的陣地，大有不讓日軍跨過一步的架勢。那是蔣介石的嫡系軍隊，也就是敵人的最精銳的軍隊。不用說我們也有著堅強的決心。正因為這樣，我們都靜靜地仰望著天空，耐心地看著天上飄浮的白雲。在這難以琢磨的大陸的大自然裡，我也感覺到了一種決定性的意志。

　　由於中國軍隊的頑強抵抗，日軍不得不一次次地撤回渡河的命令。但是，日軍靠挖交通壕的辦法，一步步地逼近吳淞渠岸邊，並在交通壕內伺機強渡——

> 在南王宅的壕溝裡迎來了第三天的早晨。那是十月五日的早晨。亂雲不斷地從秋日的青空上飄過。令人心煩。
> 打開日記一看，我寫了這樣的話——
> 敵前渡河今天還會連續嗎？這個疑問，像烏雲一般壓在每個士兵的心頭。既然大家都是人，就沒有人「想死」。可是，渡河不管有多大的危險，如果我們不決然而行，後方的大部隊就不能前進。所以，我們必須去死。
> 我們被「死」這個怪物糾纏著。這幾天，「死」這個詞，我在身邊到底聽到了幾百遍啊！……

　　日軍的數次渡河被中國軍隊所粉碎，於是他們組織了「敢死隊」，並且弄來了渡河用的船隻——

「船來啦！船來啦！」

不知誰叫了起來。我聽到從老遠的後面傳來了一陣聲浪。「船」、「船」的急促的叫聲在壕溝內迴蕩。在猛烈的彈雨中，唐橋中隊抬著十艘船，在一無遮攔的棉田裡前進。那越來越近的喊聲，使我們激動萬分，熱淚盈眶。「船！船來啦！」壕溝中沸騰起來，嘹亮的喊叫聲響徹壕溝。人們都充滿了殺氣。喊聲很快傳到後面，「來啦來啦來啦！」士兵們站了起來。……從左邊，從右邊，步兵們抬著的船，就像一種活物一樣，向吳淞渠前進。我緊緊地盯著它們，眼淚撲簌簌地流下來。

日比野士朗就是這樣，描述了日軍強渡吳淞渠的艱苦和「悲壯」。他們終於過了河，但也付出了應有的沉重代價，——「在我的周圍，到處布滿了渾身沾滿污泥、被鮮血染紅的負傷者。如其說他們是人，不如說他們更像被染成紅色的泥人。」「我」本人「受傷最輕」，但也中了四彈。顯然，〈吳淞渠〉的作者的意圖無疑是為了宣揚「皇軍」的英勇，而在今天的中國讀者看來，除了可以窺見當年日本侵華軍隊的瘋狂之外，也可以知道中國軍隊當年對日本侵略者做了多麼頑強的抵抗！

和日比野士朗比較而言，棟田博（1908-）是一個真正的「外行」作家。日比野士朗在入伍前曾在一家雜誌社任過職，甚至發表過小說，而棟田博在入伍並發表他的著名的《分隊長的手記》之前，完全和筆墨無緣。在七‧七事變爆發的一個月以後，棟田博就應徵入伍，其處女作《分隊長的手記》所附〈作者的戰歷〉載：「作為赤柴部隊的上等兵（分隊長），自塘沽登陸，經天津，由濁流鎮、靜海縣、馬場、滄州，進入山東，橫斷山東平原，南下津浦線，十二月二十三日進入濟南城。後南下進軍徐州，昭和十三年五月二日在臺兒莊戰線，強行突擊島隆橋東方突角時，被手榴彈炸傷，後由某地乘船回

國。」一九三九年三月，在長谷川伸主持的《大眾文藝》雜誌上連載
《分隊長的手記》，連載完畢後出版單行本，在短時間內印刷三十
版，成為當時的暢銷書。棟田博也被認為是和火野葦平、上田廣、日
比野士朗齊名的「軍隊作家」。一九四二年，發表以臺兒莊戰役為題
材的紀實小說《臺兒莊》，獲第二次「野間文藝獎」。後又多次赴中國
和東南亞前線進行從軍採訪，不斷寫作並發表以戰爭為題材的所謂
「軍隊小說」的寫作。一九六九年日本出版了九卷本的《棟田博兵隊
小說文庫》。

　　《分隊長的手記》是棟田博的代表作。由〈急赴前線〉、〈馬腰塢
的戰鬥〉、〈敢死隊出發〉、〈黃河敵前渡河〉、〈突入濟南城〉、〈城牆的
下士哨〉、〈出發前夜〉、〈夜襲〉等多章組成。整篇手記大都是當時激
戰的實錄，也寫到了軍隊的日常生活情景、士兵的心理狀態。它是日
本發動全面侵華戰爭以後出現的篇幅較大、影響較大的「軍隊文學」
作品之一。杉山平助最早發表評論文章，對《分隊長的手記》給予高
度評價，他寫道：「最近讀了一位以前從未聽說過的作家棟田博的新
著《分隊長的手記》，深感他又給日本的戰爭文學添了異彩。事變以
來作為從戰場上出現的作家，火野葦平、上田廣、日比野士朗最為有
名。而《分隊長的手記》和他們中任何一位的作品相比，都不遜色。
而且在許多方面，在我們以前渴望得到而沒有得到的方面，給了我們
以滿足。在這些方面棟田博高出了他們。我讀著讀著，好幾次流出了
眼淚。又好幾次禁不住欣慰地笑起來。（中略）『誰想了解日本人，誰
就得讀這本書啊！』我一邊讀，一邊在心裡喊著這話。」（《東京朝日
新聞》，1939 年 12 月 2 日「槍騎兵」欄）

　　中村武羅夫在《新潮》雜誌一九四〇年二月號上發表〈戰爭文學
的多樣性〉一文也寫道：

　　　　這裡有一個日本人。他是最前線的尖兵，冒著槍林彈雨、出生

入死地前進。他把這樣一個日本人的赤裸裸的靈魂和赤裸裸的行動，極為正直、坦率地記錄了下來。讀者在這裡可以看到沒有任何套子、沒有任何虛飾的、披肝瀝膽的棟田氏的樣子，──由棟田氏而得到表現的日本人的樣子。（中略）火野氏的軍隊作品及其他作品，令人感動的不是在士兵本身的描寫上，而是把描寫的重心放在「戰爭」方面。而棟田博的《分隊長的手記》，對於「戰爭」、「作戰」來龍去脈不作辨析，從士兵的立場上也不能從這樣的高度認識戰爭。作為一個日本士兵，在那生命輕於鴻毛、困苦無可言喻、實況無比悲慘中，士兵們只管戰鬥、只管勇往直前地行進。他只是貼近士兵，最充分地描寫了這些士兵的情緒和狀態。所以，可以說，從了解戰場上士兵的真實立場和情緒這一點上看，《分隊長的手記》比《麥與士兵》或《花與士兵》還要優秀，還要令人感動。

那麼，《分隊長的手記》究竟如何描寫士兵的呢？請看其中的一個段落：

剛進入一條小路，剛才那個士兵就驚慌地叫了起來：
「步兵兄弟，步兵兄弟！班長死啦！」
我雖吃了一驚，還是沉著地走到後面。那地方我曾經過了兩次，怎麼就沒看見呢？在倒下的死馬之間的血泊中，軍曹仰面朝天，攤著手腳。腰部被打得稀爛。他的大鬍子蓋在鋼盔裡頭看不見，但他那純棉的小褂上繡著的「忠君愛國」，和我前不久看到的完全一樣。不，不一樣。我站在那裡凝視著他。現在所看見的「忠君愛國」四個字，已經不是剛才還活著的軍曹背上的那四個字了。
「嗯，是那件小褂。這個軍曹叫什麼？」我問。那三個士兵似

乎和他不屬於同一個小隊，所以不知道。

「是嗎？也罷。我來背著他走。」我說道。他們吃了一驚。

「沾身上血可不好。我們一人一隻手腳抬著走吧。」

「不，那像什麼話！血又怎樣？不要小看人！混蛋！步兵哪能對這點事大驚小怪！血怕什麼？混蛋！」

我一下子生起氣來。不問青紅皂白地訓了他們一頓。好容易把軍曹扛在肩上，走了起來。軍曹那血淋淋的鬍鬚靠在我的脖子根上，涼颼颼的，鼻子裡又湧出了血。我拄著槍當拐杖，搖搖晃晃地走。

血順著我的右臂流下來。軍曹慢慢地變得沉重了。這使我更加吃力。走到小路上，我在他們三人看不到的地方停了下來，喘一口氣。大汗淋漓，胸口發悶。我蹲下去，使勁地用腰把癱軟了的軍曹放到我的脊背上。軍曹的臉一下子奔拉到我的眼前來了。血在流淌。只見他嘴巴微張，在被血染成黑色的鬍鬚中，白牙齒露了出來。當我開步走的時候，他的一顆金牙閃了一下，嚇了我一跳。

驀地，我的眼前彷彿閃過了和戰爭毫不相關的火盆、衣櫃、茶碗之類的東西。我感到了一種難以抑制的憤怒。對敵人強烈的仇恨，使我忍無可忍。我想，乾脆，就把軍曹放下，拿著地雷或什麼可怕的東西，衝到馬腰塢上，把那些傢伙殺個精光！

「唉，混蛋！唉，混蛋！」我咬著牙，嗚嗚地哭了起來。

「唉，混蛋！唉，混蛋！」我一邊罵著，一邊走。

我又想，不光是我，很多的戰友，每次戰鬥時，都氣得破口大罵。但是，士兵們又是多麼健忘的善良的人啊！戰鬥結束後，就把這種事忘到腦後，他們親近當地的老百姓，「快快的」、「慢慢的」、「您好」，用漢語去和他們搭訕。他們給茶喝，就一個勁兒地說「謝謝」；要是有孩子，就說「小孩，過來過

來」，老想給他們點東西。然而現在我真想再忘掉這些，還是那句話：「中國的老百姓，統統殺掉！」

這就是棟田博筆下的「我」，這就是日本士兵！踏上中國國土的侵略者，對「自己人」的「人情味」、對中國人民的仇恨和瘋狂！板垣直子在《現代日本的戰爭文學》中說：「棟田的才能在於，即使在寫到戰爭的時候，也沒有落入浮泛的武勇傳的窠臼。他寫得從容，找到了某種藝術感受。有的批評家說，假如棟田的作品比火野葦平發表得早的話，也許社會上會因為棟田的作品而對戰爭文學感興趣。這種說法似乎有點像為棟田的作品作『推銷』，顯出了無批判性和盲從。（中略）棟田作品的趣味，很難獲得文學教養比較高的讀者。但是，無論如何，即使是盲從也罷，有人公然這樣評價是值得注意的。至少，棟田作為大眾作家的文學才能是不能否定的。」在我們看來，日本當時的有些評論家之所以給《分隊長的手記》以過高的評價，真正的原因不在文學，而在於借此進行「戰爭」宣傳；當時日本的很多讀者之所以樂於讀它，也不是從中得到文學欣賞的樂趣，而是期望從中獲得對戰爭的了解和認識。棟田博的「優勢」正在於，他本來不是什麼作家，而是一個純粹的士兵。並且是一個在日本發動全面侵華戰爭後，立即奔赴戰場，並在侵華戰場上轉戰南北，經多見廣的士兵。《分隊長的手記》從「七‧七事變」的爆發一直寫到徐州會戰中的臺兒莊戰役，北線戰場的主要戰役的情況都寫到了。當時的日本還沒有一本書如此迅速、全面地描述了北線戰場的戰況。由於這些原因，處於戰爭狂熱時期的日本讀者青睞這本書，是自然而然的。

三　上田廣及其華北占領區為背景的「軍隊文學」

除了上述描寫正面戰場的作品之外，「軍隊作家」的「軍隊文

學」還有一種類型，那就是描寫日軍占領區的「軍隊文學」。「七・七
事變」以後，日本侵略者很快占領了中國華北的廣大地區，並駐紮軍
隊維持「治安」。日占區作為日軍的所謂「槍後」地區，沒有正面戰
場，沒有大規模的戰役，但中國軍隊，特別是八路軍和中國抗日民眾
組成的游擊隊，仍然不斷地給日軍以各種形式的打擊。在這個地區，
有一支日軍的鐵道部隊，在這支鐵道部隊中有一個日本士兵，名叫上
田廣。他炮製的以華北占領區鐵路沿線為背景的「軍隊小說」，在日
本侵華軍人的「軍隊文學」中，占有重要的位置。

　　上田廣（1905-1966），本名濱田升，小學畢業後，由於夢想當火
車司機，便進了鐵道部門做工。邊工作邊在「鐵道省教習所機械科」
學習，畢業後當了火車機車的司爐，又做了機車庫的助手。後又當了
兩年鐵道兵，任陸軍工兵伍長。那時的上田廣除了喜歡鐵道和火車之
外，還喜歡文學，並受到了左翼文學的影響，曾以「上田廣」為筆名
在左翼文學雜誌《文學建設者》上發表過作品。一九三七年，上田廣
應徵入伍，被編入鐵道部隊。在華北到山西太原一代的鐵路線上，修
復和保護被中國抗日軍民破壞的鐵路，鋪設新線路，保證軍事物資的
運輸和沿線的警備，並對沿線的中國居民作所謂「宣撫」工作。從
此，上田廣和「鐵路」與「文學」這兩種東西發生了更密切的關係。
他在緊張的鐵道戰之餘，以日軍占領的山西鐵路沿線的中國人為題
材，寫作了短篇小說〈鮑慶鄉〉、長篇小說《黃塵》等，並把稿件寄
往日本。一九三八年八月，《改造》雜誌發表了〈鮑慶鄉〉；三個月後
發表短篇小說〈歸順〉。《黃塵》也在一九三八年十月號的《大陸》雜
誌上連載，並在十一月出版了單行本。一九三九年回國後，又發表了
以鐵道戰為題材的《建設戰記》（1939）、《續建設戰記》、《本部日
記》、《指導物語》、《臨汾戰話集》（均 1940 年）等一系列作品，並被
時人視為「和火野葦平並列的兩大戰場作家」（見《新日本文學全
集》第 24 卷《上田廣、日比野士朗集・年譜》東京：改造社，1940

年）。對此，日本「戰爭文學」研究者板垣直子指出：「（上田廣）的
重要作品全都是以他服兵役時作業的鐵路為題材的鐵路文學。像這樣
反覆地執拗於同一題材，會有助於強化社會上對他作為一個作家的印
象。而且他的作風極為樸素。這使人想到，在普遍追求華麗作風的文
學時代，上田廣因為這兩點也許要成為了不起的作家。」（《現代日本
的戰爭文學》，頁 103）事實上，上田廣的作品沒有像火野葦平的作
品那樣引起那麼大的轟動，但在今天看來，他的獨特的鐵道題材，他
以中國人為主人公的作品，在日本侵華士兵的「軍隊文學」，乃至整
個日本侵華文學中，代表了一個重要的側面，是值得特別注意的。

　　上田廣的作品，大體可以分為兩類。一類是以日軍鐵道兵和破壞
鐵路的中國軍隊作戰、修復線路為題材的作品。這類作品主要是《建
設戰記》、《本部日記》、《續建設戰記》，此外還有小說集《指導物
語》等；一類是中國人為主人公的作品，包括《鮑慶鄉》、《歸順》、
《黃塵》、《燃燒的土地》等。

　　第一類作品中的代表作是《建設戰記》。其背景是山西北部地區
的正太線和同蒲線。日軍為了保障前線的戰爭物資的供應，極力確保
華北有關鐵道線路的暢通。而中國軍隊則不斷地破壞鐵路，常常炸毀
鐵道橋樑。所謂「建設戰」，指的就是日軍修復和建設鐵路的戰鬥。
作品寫了為保護鐵路和中國軍隊的幾次戰鬥，寫了日本的鐵道兵們如
何英勇頑強，官兵如何團結一致，在艱苦的條件下如何克服困難，犧
牲自我，保證任務的完成。關於是中國的什麼部隊在破壞日軍的鐵路
線，日軍主要在和誰作戰，作品中語焉不詳，但從中不難看出，日軍
的主要威脅來自八路軍。其中寫到了在山西的國民黨方面的閻錫山
時，有這樣一段話：

　　　　對於閻錫山，我們的感覺是，他雖然代表著敵人的一方，是當
　　　前的關鍵人物，但我們對他是很有好意的。我們都聽說，閻錫

山本人很有決心投降我軍，但由於中央方面的牽制，他沒有辦
法。我們對他抱有同情。

　　這當然是日軍在山西、在鐵道「建設戰」中對閻錫山所作所為的
親身感受了。此外，和其他的侵華文學一樣，《建設戰記》中也充斥
著軍國主義的表白和說教。如：「為了自己民族的發展，我必須把剛
才敵人發射的炮彈的威力壓下去，我必須代表我們民族的意志來擊退
他們。我的眼前閃現著父母的影子，妻子的影子，兄弟的影子，閃現
出剛會說話的孩子的笑臉。我彷彿聽到了照顧我家庭的國鐵同事們的
聲音……我更加意識到了民族和國家的重要，我握緊了拳頭。」這個
中篇記實性的作品發表後受到日本讀者的喝采，後來日本的「戰爭文
學」的選本大都選了它。主要原因是採用了鐵道的「建設戰」這樣的
獨特的題材，滿足了日本的讀者了解日占區，特別是鐵道運輸情況的
需要。但是僅此而已。總體上看，《建設戰記》和其他的戰場文學沒
有多大不同。
　　上田廣有特色的作品是第二類，即以中國人的形象描寫為中心的
一系列小說。其中發表較早的是短篇小說〈鮑慶鄉〉。小說中的女主
人公鮑慶鄉是鐵道旁邊一個村裡的年輕姑娘。她家在村裡很有勢力。
村裡駐紮著中國軍隊。村長為了不讓自己的兒子被拉去當兵，就企圖
讓兒子與鮑慶鄉結婚。鮑慶鄉已與一個清貧的鐵道員周德生相愛，她
拒絕了村長兒子的求婚。為了不讓周德生被拉去當兵，她還籌措了二
百元錢，夢想著與周成婚。不料駐紮在此的中國軍人向她求歡。鮑慶
鄉不從，求救於周德生，而周德生無能為力。鮑慶鄉在絕望之下，向
中國軍隊的隊長交出了貞操，並在黎明時分離家出走，不知去向。這
篇作品完全是道聽塗說和胡思亂想的產物，情節荒誕不經。但寫作動
機卻一望可知，那就是醜化中國抗日軍民。在他筆下，中國的老百姓
都不想當兵打仗，而中國軍隊強行徵兵，在村裡為所欲為。

　　這樣對中國軍隊的肆意汙衊在中篇小說《歸順》中更加露骨。《歸順》描寫中國軍隊的情況：士兵得不到軍餉，甚至連槍都得自己買。對戰死者棄之不顧，對受傷者不送醫院。失散的小隊，在追趕部隊的過程中，每天都有許多人掉隊，人數越來越少，看了日本人的勸降傳單，他們就動搖了。看到日本兵追了上來，他們就驚恐萬狀。他們擁進村子裡，搶老百姓的飯吃，強姦婦女。有的兵偷偷串聯想開小差。最後，他們認為日本軍隊是他們的「最後的救助者」，於是決定投降……。上田廣寫這個小說的時候，在中國待的時間還很短。而且，在華北，在山西的日本占領區，主要是共產黨領導的八路軍在和日本軍隊進行游擊戰，日本軍隊根本不能正面接觸中國軍隊，正像上田廣自己在《建設戰記》中所描寫的，日本軍隊根本搞不清楚究竟是誰在破壞他們的鐵路，在和他們戰鬥。在這種情況下，上田廣當然也就根本無法了解中國軍隊。然而，出於汙衊中國抗日軍隊的動機，「聰明」的上田廣在小說中採用了投降日軍的一個中國士兵孫丙山的手記形式，一切由孫丙山的口說出，似乎真實可信。但這當然也只是「藝術手法」罷了。聯繫上田廣的其他作品中的描寫，人們不禁要問，如果中國軍隊都是這個樣子，那麼是誰不斷給日軍以沉重打擊？是誰在猛烈地破壞日軍的鐵路？日軍的所謂「建設戰」又是和誰打的呢？

　　對中國人形象的歪曲還集中地表現在對漢奸的描寫上。這方面的代表作是長篇小說《黃塵》和短篇小說〈燃燒的土地〉。

　　《黃塵》採用以第一人稱「我」（作者的化身）自述的形式。寫了作為一名鐵道兵的「我」，從石家莊，經娘子關、陽泉到太原的所歷所見，但描寫的重點是「我」和兩個中國青年──柳子超和陳子文──的交往。小說分為三篇。第一篇以石家莊、娘子關為舞臺。部隊已先行，「我」接受了留守任務隨後而行。其間「我」僱用了二十一歲的柳子超作苦力。在娘子關遭到了中國軍隊的襲擊。而柳子超拿

起槍來幫助日本人作戰。「我」詫異地對柳子超說：「你是中國人啊！」柳子超卻說：「即使我們是中國人，也不是中國人了。為了活命不能不這樣做，在這個事上馬虎不得。比起亡國來，自己的事更重要。」而且柳還勸說旁邊的中國難民來幫日本人工作。「我」讓他們把糧秣運到火車站。工作完後，柳子超被一個難民叫出來，兩人先是吵架，最後那個難民大罵柳子超是「漢奸」，舉刀就砍。「我」眼看著柳被砍傷肩膀，倒了下去。第二篇的背景是陽泉。「我」仍然隨部隊之後而行。除柳子超之外，又僱用了一個中國青年陳子文當幫手。兩個中國青年關係緊張，動輒吵罵。在中國軍隊的襲擊中，「我」的左腕受傷。柳子超得知要遭襲擊便逃之夭夭。這回是陳子文要過槍來幫日本人打仗。第三篇，寫「我」回歸了駐太原的大部隊。不久部隊向同蒲線進發，「我」和陳子文告別。重點寫了和中國軍隊的兩次交火。此外，還寫到了「我」在石家莊遇到的一位中國年輕女人如何「愛」著「我」，受到中國軍隊的殘兵敗將搶掠的陽泉的老百姓如何歡迎和信賴日本軍隊，日偽的「治安維持會」的活動如何得到中國老百姓的支援，等等。從這個簡單的情節線索中就不難看出，《黃塵》所津津樂道的，就是中國人如何沒有國家觀念，如何沒有民族意識，如何甘當亡國奴，如何容易做漢奸。兩個中國青年，在一起就互相挖苦、嘲諷、吵架，這顯然是為中國人鬧不團結的所謂「國民性」作注解。而這兩個鬧不團結的中國青年，卻同樣對祖國絕望，同樣咒罵自己國家的軍隊，同樣投靠日本人，同樣為日本人效犬馬之力，同樣為自己身為中國人感到可恥。

　　〈燃燒的土地〉和《黃塵》的主題和思路完全一樣，不同的是《黃塵》中的兩個中國男青年在這裡變成了兩個女青年，《黃塵》中的兩個日本軍隊的苦力在這裡變成了日本軍隊中的「宣撫官」。小說採用了一個日本的「宣撫官」的「手記」的形式，而表現於小說中的顯然是作者本人的觀念。兩個中國的年輕女孩朱少雲和李芙蓉，雖然

一個性格直率，一個寡言少語，但都甘心情願地為日本軍隊做「宣撫」工作。她們跟日本兵學說日本話，幫日本兵在鐵道沿線的村莊中走村串戶，對老百姓施以小恩小惠，散發日本人的傳單，進行奴化宣傳，為的是讓老百姓協助日本人維護「治安」，「愛護」鐵路，創建所謂「鐵路愛護村」。日本宣撫官讓她們單獨出去完成任務，她們也絕不借機逃跑。而「我」也逐漸愛上了她們，並認為「這絕不是可恥的事情。」在一次「宣撫」中，一個老村長當場氣憤地罵朱少雲為「你這個漢奸」。朱少雲反問：「什麼是漢奸？你再說一遍。」老村長說道：「說多少遍都一樣！你這樣的人不是漢奸，誰是漢奸？」朱少雲惱羞成怒之下，說他是假村長，並告訴日本人說：這些村子裡有兩個村長，一個是跟中國軍隊打交道的村長，一個是跟日本人打交道的村長。前者是真的，後者是假的。不久，朱少雲因為當漢奸而被一個憤怒的中國年輕軍人刺傷。當這個中國軍人被日本人抓來後，朱少雲要求日本人殺死他。小說最後寫朱少雲巴不得立即就離開她的家鄉，她再次懇求「我」把她帶到日本去。值得注意的是，朱少雲就是這樣一個漢奸，卻最忌諱人家說她是漢奸。小說寫道：

> 朱少雲說，自己被罵作漢奸，比什麼都委屈。一提起這個話題，什麼傷痛啊，現實中的不順心啊，苦惱悲傷啊，似乎全都忘了。只是一個勁兒地大發雷霆：以前從來沒記得有人說我是漢奸。如果我真是漢奸，我寧願死！漢奸就不能和中國人在一起生活，我一直害怕成為漢奸。不，我是為了把自己從漢奸中救出來才活著。不是救我自己，而是大家。所以我才和老百姓們共同生活，共同受苦。這怎麼是漢奸呢？

當時上田廣在從事「宣撫」活動的過程中，和漢奸接觸較多，單從技巧上看，這篇小說對漢奸的複雜心理的表現是比較細緻和準確

的。作為一篇以日軍在中國占領區的「宣撫」活動為背景的小說，《燃燒的土地》意在表明，日軍在中國搞的「宣撫」活動「成效」有多麼大，「宣撫」不但維護了日軍鐵路命脈，而且也在精神上征服了朱少雲那樣的喪失民族自尊和廉恥之心的中國青年！

　　總之，日本的「軍隊作家」製作的「軍隊文學」，是日本軍國主義發動的侵華戰爭的直接產物，雖然號稱「文學」，但實在沒有多少文學價值，從文學角度而言，「軍隊文學」只是說明了，在侵華戰爭期間，文學如何被軍國主義化，也就是文學如何被非文學化了。誠然，文學本來就不是超脫於國家、超脫於民族利益的純粹藝術，正如中國的抗日文學那樣，文學能為民族和國家獨立、自由和發展的崇高目的服務，是文學應盡的責任，也是文學的光榮。但是，像日本的侵華日軍的「軍隊文學」那樣，或為野蠻的侵略和屠殺樹碑立傳，評功擺好，或用來進行奴化宣傳，或意在煽動侵略戰爭的狂熱情緒，那就是文學的可恥的墮落了。而在日本侵華期間，竟是這樣的「文學」大行其道，這豈不是日本文學的可恥與悲哀嗎？

日本的侵華詩歌[1]

一　侵華戰爭給日本的詩歌注入了興奮劑

　　侵華詩歌，是指以侵華戰爭為主題的詩歌，包括日本獨特的詩歌樣式「和歌」（又稱「短歌」）、「俳句」及從西方引進的現代自由詩（新體詩）。在日本發動侵華戰爭期間，侵華詩歌（日本人稱之為「戰爭詩歌」）在數量上簡直是一個「天文數字」，多到了氾濫成災的地步。直到現在，在文獻學十分發達的日本，詩歌研究者們也未能編出一個「戰爭詩歌」的完整的目錄清單來。

　　侵華詩歌之所以氾濫成災，有幾個主要的原因。首先是由詩歌，特別是和歌、俳句在形式上的簡單性所決定的。和歌在形式上的最大特徵是「五、七、五、七、七」，共五「句」三十一個音節；俳句從後來和歌中脫胎而來，取和歌的前三「句」而獨立，即「五、七、五」，共十七個音節。和歌俳句都由五音節和七音節構成，所以在音律上稱為「五七調」。日語和漢語不同，一個音節並不等於一個有獨立意義的字或詞，而一個有獨立意義的字詞，一般是由二至三個以上的音節組成的。這樣一來，和歌的三十一個音節，實際上只相當於十個左右的漢字；俳句的十七個音節，也只相當於五六個漢字。因此可以說，和歌，特別是俳句，是世界上最短的詩。在古代，日本的和歌、俳句除了上述音節上的這些基本規範之外，還有其他一些形式規

1　本文原載《現代文明畫報》（北京），1999年6月；又載《名作欣賞》2016年第1期
　　（總第525期）。

範，在取材、趣味上也比較講究。但取材範圍狹窄，不外風花雪月，
戀愛應酬之類；抒寫個人的情緒感受，超越政治和時事，追求閒適、
寂靜、典雅的女性化的風格。但是到了近代，和歌、俳句經歷了較大
的變革，形式上更為自由，有時候甚至「五七調」也可以突破；在手
法上，強調「寫實」，擴大了取材範圍，宇宙之大，蒼蠅之微，皆可
入詩，也逐漸打破所謂「無丈夫氣」的女性化傾向。這些變革，使和
歌俳句擺脫了內容和形式上的束縛，進一步走向庶民化。只要有一些
文化修養，都可以吟詠、寫作和歌俳句。而且，發表的園地很多。近
代以來，日本出現了五花八門的有關和歌、俳句的社團組織，出版印
刷了無數的報紙雜誌，一般的報刊也開設和歌俳句的欄目，竟至出現
了日本人為之自豪的「全民皆詩人」的局面。同時，西方的現代自由
詩，傳到日本後更為自由，除了分行書寫之外，幾乎沒有什麼形式上
的束縛，實際上也已成為一種高度庶民化的文學樣式。

　　日本軍國主義發動侵華戰爭後，舉國處在戰爭的狂熱中。本來屬
於文字遊戲式的消遣性的、純審美的和歌、俳句等，也很快成為戰爭
的工具。一些詩人和評論家，「敏銳」地發現了戰爭給日本詩歌帶來
的機運，提倡短歌的「革新」以配合侵略戰爭。如著名歌人岡山嚴連
篇累牘地發表文章，鼓吹「以現代的血做現代的歌」，用短歌積極配
合日本的對外擴張。他在〈現代短歌的創造面〉一文中說：「事變
（指七・七事變——引者注）對現代短歌來說是一個重大的考驗。正
像我屢次說過的那樣，如果沒有事變，現在的短歌也許還處在沉沉大
睡中。事變對今天的短歌來說是最後的審判。」他主張短歌的主題要
「取自戰爭」。在戰爭狂熱的驅動下，在像岡山嚴這樣的著名歌人和
理論家的鼓動下，短歌，乃至俳句，自由詩，紛紛面向戰場，此前長
期死氣沉沉的歌壇、俳壇、詩壇一下子沸騰起來。對大多數人來說，
寫小說、寫劇本不太容易，而亢奮的戰爭情緒，最容易用詩歌來表
達，這就造成了日本的「戰爭詩歌」的畸形膨脹。小說、報告文學等

敘事性的侵華文學體裁大都是「文學者」之所為，而侵華詩歌的作者，除了「歌人」、「俳人」和詩人之外，更有眾多的非文學者和普通的老百姓，包括軍人、政客、工人、學生、農民和家庭婦女等參與其中。在和歌、俳句和自由詩三種詩體中，和歌數量最多，現代新詩次之，俳句又次之，另外還有一部分漢詩。在整個侵華戰爭期間，發表在各種報刊上的篇什難以計數，僅結集出版的「歌集」（和歌集）、「句集」（俳句集）、詩集（自由詩集）等，就數以千百計。如今北京圖書館收藏的一九三七至一九四五年間的出版的單行本有上百種；當代日本學者高崎隆治專門編寫了一部《戰爭詩歌集事典》，共選收有關的詩歌集近三百種；東京的講談社在二十世紀七〇年代後期，曾出版了二十卷本的昭和年間的和歌選集《昭和萬葉集》，其中以侵華戰爭為主題或與之有關的和歌，就有四卷。

這些戰爭詩歌，呼應著進攻中國的每一聲嚎叫，配合著日寇射向中國的每一聲槍炮，成為全日本侵華戰爭大喧囂中最為聒噪的音符。盧溝橋上槍聲剛剛響過，詩人佐藤春夫就寫了《我站在盧溝橋頭放聲高唱》；所謂「支那事變」剛剛爆發，「大日本歌人協會」、讀賣新聞社以及齋藤茂吉、土屋文明等人就先後出版了題為《支那事變歌集》的好幾種和歌集；「大東亞戰爭」的「理論」一出籠，在名稱中出現「大東亞戰爭」字樣的詩歌集就接連出現了幾十種。無論是和歌、俳句、還是新詩、漢詩，都充滿著強烈的火藥味。形形色色的以「戰」字招搖的集子多如牛毛，如《宣戰布告》、《戰爭詩集》、《決戰詩集》、《野戰詩集》、《戰鬥的塑像》、《戰爭的歲月》、《短歌戰記》、《聖戰短歌集》、《聖戰俳句集》，《大東亞戰》、《大戰之詩》、《土的戰線》、《赴戰歌》、《決戰》、《火戰》、《戰爭》、《戰魂》、《戰場》、《戰火》、《戰塵》、《戰線》、《轉戰》；各種各樣以「軍」字相張揚的集子不勝枚舉，如《軍神頌》、《軍靴之聲》、《緊跟在軍神後面》、《軍歌選抄》；五花八門的歌頌「槍」、「彈」的篇什鋪天蓋地，如《槍後》、

《機槍聲》、《炮車》、《手撫炮架》、《歌唱肉彈》、《彈痕》、《彈雨中的祓濯》；以「大陸」為題名、或以被占領的中國城市為題名的滲透著殖民主義意識的集子俯拾皆是，如《大陸之秋》、《大陸巡遊吟》、《大陸諷詠》，如《歌集‧北京》、《詩集‧北京》、《歌集‧北京譜》、《歌句集‧南京》、《上海雜草原》等。還有各種各樣以宣揚法西斯主義、「日本主義」為主題的《愛國詩集》、《日本詩集》、《日本的歡喜》、《日本美論》、《日本之美》，等等。在漢詩方面，著名漢學家鹽谷溫編選了幾本《興國詩選》，還寫了一本漢詩集《大東亞戰爭詩史》（1944 年），收集了他在日本侵華戰爭的各個階段寫的歌頌侵華戰爭的漢詩。

總之，侵華戰爭彷彿給日本的詩歌注入了興奮劑，侵華詩歌如雨後的毒蘑，爭先恐後，五顏六色，拱地而出，整個歌壇、詩壇、俳壇，都處在了歇斯底里的瘋狂發作中。

二　侵華詩歌中的戰爭喧囂

日本的侵華詩歌，由於其題材和內容的限制，甚少有「詩意」者。而其中數量最大的和歌、俳句，由於其特有的「五七調」的格律，也很難譯成中文。勉強譯成中文，也難以像「詩」。不過，譯出大意，從中看出這些詩歌究竟寫了些什麼，是可以辦到的。這些詩歌的內容，包括了日本發動對華侵略戰爭的所有環節，從戰爭宣傳到徵兵、參軍、送行，從行軍、作戰，到進村入城，燒殺搶掠，從戰場上的艱難困苦、負傷、戰死到後方的慰問、支援，等等，都「有詩為證」。

鼓吹戰爭、宣傳戰爭的詩，大多出自詩人之手。宣揚軍國主義，煽動戰爭狂熱，鼓吹為國捐軀，是戰爭宣傳詩歌的主題。如著名詩人西條八十在一九三八年寫了一首詩，題為《兩朵櫻花 —— 戰友之

歌》，就頗有代表性，試看如下兩段：

　　你和我是兩朵櫻花，
　　在土堆的背面綻開花朵，
　　既然是花，就免不了凋謝，
　　不如壯麗地散落，
　　為了皇國。
　　你和我是兩朵櫻花，
　　早晚都要凋落，
　　不如到那花的王國靖國神社，
　　在那春日的枝頭，
　　永久會合。

　　在鼓吹戰爭、煽動戰爭狂熱的詩歌中，很多是為侵華軍人唱讚歌的，《肉彈三勇士》、《爆彈三勇士》之類的詩歌，被譜成歌曲，廣為傳唱。如所謂「肉彈三勇士」，指的是「一・二八」事變中抱著爆破筒炸開中國軍隊設置的鐵絲網的三名日本士兵。日本人把這種以肉體作槍彈的獻身行為叫作「肉彈」，把那三個士兵譽為「肉彈三勇士」。歌頌「肉彈三勇士」的詩歌一時大為流行，如下列的兩首和歌（括弧內是作者名）：

　　以身為彈炸敵人，可歌可泣動人心。（齋藤瀏）
　　動天地，泣鬼神，英雄讚歌遍乾坤。（岡山嚴）

　　描寫徵兵、參軍和送行的和歌，集中地反映了當時日本國民的戰爭狂熱；有的詩歌雖然對當兵打仗透出一絲無奈，但極少見有抗拒情緒者──

只要看到士兵，就高喊萬歲；群眾，就像瘋了一般。（中田清
次）

哥哥也應徵，弟弟也應徵，明天馬也得應徵。（奧川夢郎）

支那事變形勢險，鎮上後備老兵又應招。（小松已巳生）

出征士兵排成列，眼含熱淚唱軍歌。（安田章生）

婦女冒雨搖小旗，送走親人上前線。（小笠原信夫）

　　數量較多的是描寫戰場情景、抒發戰爭體驗、宣洩戰爭狂熱的篇
什，即所謂「戰地詠」。如描寫日軍作戰的和歌：

射擊射擊再射擊，槍筒打紅了，放在雪上降降溫，接著再射
擊。（今村憲）

排山倒海氣如虹，窮追猛打中國兵。（鈴木清太郎）

窮追不捨到江岸，敵兵跳到江裡邊，是死和活看不見。（三田
泠人）

生命今日就可舍，對準敵人只管射。（仲定之）

　　這些和歌顯然都出自侵華士兵之手。在「戰地詠」中，還有不少
詩歌反映了日軍如何在中國燒殺搶掠。如炫耀屠殺中國軍民的和歌：

今天殺人未過百，磨快刀劍待明日。（中勘助）

在支那幾千人被殺，在我家庭院綻開了秋海棠花。（鈴木四郎）

拔出刺刀來，從敵兵胃囊中帶出的是小米粒。（香川進）

躲在樹底下，伏擊一敵兵，一槍打出去，敵人喪了命。（茂木
忠雄）

扔出顆顆手榴彈，敵兵個個倒在前。（菰淵正雄）

反映放火的俳句：

匪賊就在此處藏，村落麥田都燒光。（長盧葉愁）
土民尚未逃光，放火燒光民房，屠宰生豬真忙。（伊東佑雄）

反映日軍搶占民房、搶割中國農民的小麥、搶奪並屠宰中國農民
的家畜的和歌：

支那的房屋真淒涼，士兵點著油燈話家常。（甘利英男）
士兵到城外，槍林彈雨下，慌忙割小麥。（小泉苓二）
士兵饑腸響，屠宰活家畜，權且當軍糧。（俵一郎）

也有反映日軍「掃蕩」的和歌，如：

白灰寫的「掃蕩濟」三字在門邊，行軍途中隨處見。（柴田達
雄）

「掃蕩濟」，意思是「掃蕩完畢」。可見日軍掃蕩過後，要在各戶門上
寫上這三個字，表示此處已掃蕩乾淨。掃蕩完畢後，中國居民或死或
逃，日軍破門入室，儼然家主。如高澤圭一的一首詩：

我踢開門搜索房間，
書桌上
有墨，有筆，還有紙箋，
我拿起筆來看，
以前主人的手溫尚存，
紙上的字飄出一股陰氣。（下略）

　　有些詩歌是在日軍攻占中國重要城市的時候寫的。如詩人佐佐木信綱寫了一首題為〈南京陷落〉的新體詩有這樣一個片段：

　　　皇紀二千五百九十七年，
　　　十二月十三日午後十一時二十分
　　　大本營陸軍報導部發表了公報：
　　　「十三日傍晚，敵人的首都南京
　　　被完全攻克」。
　　　十四日早晨，我手裡捧著這份公報，激動地顫抖，
　　　淚流不止，沾濕了面頰。
　　　我大日本帝國靠神明的庇護，
　　　靠大元帥陛下的皇威，
　　　終使敵人首都南京陷落，
　　　我皇軍將士忠勇義烈，
　　　多少將士付出了寶貴的鮮血、寶貴的生命，（下略）

　　侵華士兵寫的攻占徐州和武漢的和歌：

　　　腳踏將要收割的麥田，千軍萬馬進攻徐州。（山田耕二）
　　　南北大軍攻徐州，徐州街巷軍人滿。（竹村豐）
　　　今日軍靴踏上去，古色古香黃鶴樓。（淺見幸三）

　　還有不少反映日軍在戰場上的困窘狀況的詩歌，如寫行軍苦狀和歌：

　　　昨晚戰鬥一夜，士兵精疲力竭，躺在戰壕歌一歌。（坂垣家子夫）

　　躺在戰壕中，糧食已吃光，數著打剩的子彈，漸漸入夢鄉。
　　（稻盆良善）
　　敵兵屍體浮河面，早晨我還要取河水淘米做飯。（濱田初廣）
　　斷糧已數天，通信也中斷。（堀川靜夫）
　　糧食已吃光，藜葉也當糧，傷病員身體更夠嗆。（小泉苳三）
　　站在船舷解小便，敵前登陸搶時間。（坂本登希夫）

寫思鄉的詩歌也不少，如：

　　呵口氣暖一下凍住的鋼筆，今夜寫信給家鄉的妻子。（曾我部
　　由安）
　　想到家裡還有父母妻子，不由生起悔恨之情。（渡邊年應）
　　千萬敵人不足懼，只怕妻子生病時。（住谷三郎）

　　除了「戰地詠」之外，描寫支援前線、慰問士兵、送親人入伍等
內容的詩歌也相當多。其中最大的是描寫所謂「千人針」、「奉公袋」、
「慰問袋」的詩歌。當時，日本人接到入伍通知後，其家屬就走到街
頭，手拿圍腰子，讓眾多的女性縫上「武運長久」之類字樣或老虎之
類的吉祥圖案，即所謂「千人針」。據說士兵圍上這種「千人針」，在
戰場上可消災保平安，女性也以縫「千人針」為榮；「慰問袋」是後
方的日本人自發贈給前線士兵的白色布袋，裡邊裝有食品、書刊、慰
問信等物。下面是幾首有關「千人針」、「慰問袋」和歌。如：

　　搶先去縫千人針，千人當中我第一。（若山喜志子）
　　匆忙赴征途，車站爭縫千人針。（山村玉女）
　　腰上纏著千人針，心裡想著眾女子。（堀川靜夫）
　　孩兒們拿來牛奶糖，寒夜縫入慰問袋。（香坂幽香）
　　輕輕打開慰問袋，淚水簌簌滾下來。（鳥上三平）

後方女子不僅以「慰問袋」「千人針」鼓勵前方日軍，而且還發生了女子為戰死的日軍殉情的事情。日本人戰爭狂熱到了何種地步，由此可見一斑。如一個名叫井上美子的女人，因未婚夫戰死而殉死自殺，她的行為被當時的媒體大加宣傳，她寫的和歌也被收集成冊出版，其中有歌云：

> 君已捨我長離別，我在此世難苟活。

三　侵華詩歌中的中國

日本的侵華詩歌，不少是以中國為題材的，或者寫到了中國。其中，有的詩歌是對中國進行宣傳滲透的，如著名詩人高村光太郎的新體詩《沉思吧，蔣（介石）先生》中的片段：

> 先生太忙，
> 一個人要照顧到四面八方，
> 目前的事情的處理時間也不大長。
> 美英的民主主義在左側，
> 莫斯科的共產主義在右方，
> 華僑的勢力在後邊，
> 日本的炮火逼近你的胸膛，
> 先生你一人如何承當？
> 先生你何去何從，
> 還請仔細思量。
>
> 我也承認先生的偉大，
> 但有一件事你做得不當：

　　你從何處產生了抗日的念想？

　　那些害怕東亞強大的人，

　　要把先生的國家埋葬，

　　要把我們日本的力量消耗光。

　　想想那異色人種的苦肉計，

　　他們是要我們兄弟鬩牆。

　　在應該抵禦外侮的時候，

　　你卻蠱惑民心，舉起了抗日的刀槍。

　　只要有抗日思想，

　　東亞和平就沒有指望。

　　先生難道不喜歡東亞的和平與共榮嗎？

　　那又為什麼和異色人種結成盟邦？

　　我想知道先生的真意，

　　你心裡到底是何主張？

　　高村光太郎的這首詩宣揚的完全是日本的「大東亞主義」以及「東亞共存共榮」的法西斯主義，代表了日本侵華詩歌中的一個基本的主題。

　　有的詩歌汙衊和醜化中國軍隊。如田中喜四郎在題為〈支那的軍隊〉的新體詩中寫道：

　　對婦女施暴者，

　　處以死刑，

　　不是明明寫著嗎？

　　而這種事情，

　　支那人不是天天都在幹嗎？

　　盜竊民間的財物，

處以死刑，

不是也寫著嗎？

此詩是作者的詩集《政治詩集・戰爭的諸神》中的一篇，作者曾作為侵華士兵到中國來過。他在〈戰爭的諸神〉中，把侵華日軍寫成「神」，卻把中國的抗日軍隊寫成了無惡不作的惡魔。作者把自己的這些詩說成是「政治詩」，可見他對中國軍隊的歪曲描寫完全是在迎合日本軍國主義的「政治」需要。

也有不少詩歌有意無意地反映了中國軍民英勇的抗日的情景，特別是「娘子軍」、「學生軍」，給日軍留下了深刻的印象，有許多和歌寫到了他（她）們，如：

最後負隅頑抗者，竟是敵人的娘子軍。（波多野土芝）

水上抓到的娘子軍，都是十八九歲的小姑娘。（小泉苳三）

河南學生義勇軍，堅守戰壕到最後。（小泉苳三）

拿著手榴彈，哭著衝上來，一下倒在地，再也沒起來。（小泉苳三）

長髮少年擦掉淚，奮不顧身來反擊，都是廣西學生軍。（渡邊直己）

龍膽花開遍山野，敵兵屍體少年多。（永井隆）

在一些炫耀屠殺和戰果的詩歌中，也反映出我軍抗戰的某些側面，如：

上等兵談論支那兵的暴勇，聲音雖小我也聽得清。（金子健）

捉了一個精悍的俘虜，俘虜當夜自殺。（野村薰）

打死一批又一批，紅槍匪（手持紅纓槍的中國農民抗日武

裝——引者注）口念咒語再次來襲擊。（堀川靜夫）

《抗日建國綱領》，放在（中國）營長辦公桌上。（堀川靜夫）

敵人逃得急，南瓜飯還冒熱氣，來不及裝進飯盒裡。（菰淵正雄）

牆上寫著「徹底抗日」，村裡沒有一個人影。（坂本義夫）

抗日標語寫在牆，一路行軍一路有。（三國一聲）

我拿著墨汁和筆，塗掉學校牆上的抗日文字。（淺見幸三）

　　有的寫到「敵兵」的和歌，反映了我抗日軍隊戰鬥的慘烈和所做出的犧牲：

支那兵額骨中槍彈，雙手抓土苦不堪。（兒玉柴門）

喇嘛塔影映水中，敵屍塔影兩相映。（行方晃）

雨野行軍山路上，腳踩敵屍默默行。（庭山良一）

戰壕中敵人傷兵在呻吟，我踏著他們向前進。（堀江堅）

　　有些詩歌反映了淪陷區人民的某些情況，如淪陷區人民的悲慘生活，日軍強制性地招募中國人做苦力和勞工、對淪陷區進行殖民主義奴化教育等。

拂曉占領小村莊，村中百姓全逃光，只有一個患麻瘋病的小姑娘。（藤田楫一郎）

此國土民，冒著流彈割小麥。（三國一聲）

勞工排隊魚貫來，手印按在白紙上。（竹內六郎）

道路旁，土民抬來開水，打著倉促作成的太陽旗。（笠原實鶴）

我看見在太平小學校，有日語發音字母表。（下田武夫）

　　從以上列舉出的這些侵華詩歌中，我們足可以看到戰爭期間日本詩歌的大體面目了。當時，日本文壇有人曾預言：「這次的事變（指七・七事變——引者注）會促使偉大作品的產生，其中最偉大的作品，要出自和歌的世界。」（書物展望社編：《聖戰短歌集・序言》，1938年）豈料，這些企圖以「偉大」名世的詩歌，倒成了日本軍國主義侵華罪行史上的一份份鐵證。

日軍在中國淪陷區的「宣撫」活動及「宣撫文學」[1]

一　所謂「宣撫」與「宣撫文學」

　　什麼叫「宣撫」？除了當年受日軍的「宣撫」活動騷擾的中國淪陷區的老百姓外，在今天已經是鮮為人知了。就是在日本，「宣撫」這個詞也早已成為一個死詞，年輕一代大都不知何所指了。日本學者竹內實在〈宣撫的思想〉一文中寫道：「『宣撫』或者是『宣撫班』這用詞，今天，在日語的世界中已經成了死詞。然而，在盧溝橋事變以後，到整個日中戰爭時期，這卻是一個帶有某種浪漫主義色彩的、尖端的、思想的、政治性的用詞。它試圖使人忘掉在中國的軍事行動的可恥性（多少是無意識地意識到的），它不能不帶有咒語的意味。」又說：「『宣撫』這個詞的起源於中國唐朝的制度『宣撫使』，指的是從中央到地方進行地方的安定工作的高級軍事司令官」。（見《日本人眼裡的中國形象》，東京：岩波書店，1992年）可見，當年日軍使用「宣撫」這個詞，是故意取唐朝的意味而用之的，意味著日本把中國的淪陷區作為日本的「地方」，並加以鞏固和安定，具有赤裸裸的殖民主義侵略的含意。

　　把「宣撫」二字分析起來看，也是「宣傳」、「安撫」的意思。日本侵略中國的活動，一開始就是武裝侵略與文化侵略齊頭並進的。他

1　本文原載《名作欣賞》（太原），2015年第11期（總第519期）。

們非常重視在中國淪陷區的宣傳，稱為「思想戰」或「思想宣傳戰」。侵華戰爭全面發動之後不久，日本就出版了不少諸如《戰爭與思想宣傳戰》、《戰爭宣傳論》、《大陸的思想戰》之類論述「思想宣傳戰」的專門著作。日本的「思想戰」或「思想宣傳戰」，按其不同的對象，可分為兩個部分：一部分是面對中國文化人和上層階級的，在這些人當中進行「大東亞主義」、「大東亞共榮圈」、「皇道文化」之類的宣傳滲透，拉攏親日勢力，培養和扶植漢奸；另一部分是面對淪陷區的普通老百姓的。而所謂「宣撫」，指的就是面向中國普通老百姓的思想宣傳活動。這種「宣撫」活動，是日本在中國淪陷區所謂「思想宣傳戰」的主要形式和途徑，在日軍的「思想宣傳戰」中占有十分重要的地位。

　　日本在中國淪陷區的「宣撫」活動，規模很大，為害甚烈。如果說武裝侵略、燒殺搶掠是日本軍隊對付中國人民的硬刀子，那麼，「宣撫」活動則是對付中國人民的軟刀子。他們在占領區採取種種手段，大肆進行欺騙宣傳，造謠惑眾，軟硬兼施，又拉又打，分化當地老百姓的抗日鬥志，成立漢奸組織，為日本侵略軍收集、提供情報，離間、破壞民眾和抗日軍隊，特別是與八路軍的關係。由於「宣撫班」的這些活動在日本侵華戰爭中起到了如此大的作用，所以很快受到了日本軍方及日本國內的普遍關注。從一九三八年開始，日本國內改變了此前只注重報導前線戰役，而對宣撫活動注意不夠的情況，出現了許多關於「宣撫」及「宣撫班」情況的報導。例如，一九三八年，日本組織了一個由「轉向者」（即變節了的原共產黨員）組成的「皇軍慰問團」前往華北淪陷區。這些人回國後出版了一份報告，極力宣揚日軍「宣撫班」的「宣撫活動」。如中山義郎在一九三八年三月發表的〈左翼轉向者所看到的北支〉（「北支」即中國北方——引者注）中寫道：

在北支，最讓我們關注的是宣撫班的活動。在皇軍進駐的地方，無論何處都可以看到宣撫活動。我們旅行所到之處，到處都張貼著宣撫班搞的宣傳畫和傳單。只有這種和皇軍的威武相伴隨的宣撫工作，才雄辯地說明這次戰爭不單是攻擊和侵略，也是促使支那民眾反省、並重新握手的前提。我們奇怪為什麼從軍者們只注意熱鬧的戰爭狀況的報導，而對雖然平凡無奇，然而事關重大的宣撫活動未予報導。我們對此很不滿意。

宣撫班在前線推進之處，到處開展活動。首先，占領一個村落後，就馬上去那個地方保護非戰鬥人員，向戰爭中逃散的村民宣傳皇軍的恩威，讓他們回到村子來。在棉花、高粱尚未收完的地方，指導他們收穫。還從城裡帶來經紀人讓他們從事生意活動。總之是努力把村民從戰爭的傷害中拯救出來。……

八條隆盛在〈事變意義的確立〉一文說：

我有幸看到了保定、石家莊、邯鄲的街區。在居民逃離的房屋上，都貼上了日本軍司令部的封條。上面寫著：「歸來者未經治安維持會辦手續者不得入。」一打聽，才知道〔日〕軍占領了城區，在挨家挨戶掃蕩了殘敵之後，宣撫班的人就貼上這種封條，把不在者的家產保護起來。保定城內，大部分居民已經回來了，很熱鬧。我看見兩家鋪子前面聚集著人，吵吵嚷嚷的。那是治安維持會在發米。和支那的親日家提攜，組織了治安維持會。像這樣的活動，就是宣撫班的工作。

宣撫班讓民眾理解皇軍出兵的真意，告訴他們皇軍絕不幹掠奪之類的事情。從而讓民眾安心、信賴，讓他們積極地與皇軍配合。這些工作，就是宣撫班的任務。……

本田彌太郎在〈大同的一夜〉中也說：

> 這樣的工作當然不太引人注目，然而支那事變的真正目的，不
> 在領土的野心，而是變抗日為親日，抓住民眾的心。如果是這
> 樣，現在的戰爭最終必須發展為宣撫活動。

到了一九三九年，對「宣撫」進行報導的文字增多起來。由短篇
的新聞報導發展到了對日軍「宣撫」活動詳細具體的描寫反映。許多
作者運用報告文學的形式，以較長的篇幅，集中反映「宣撫」活動。
這些以日軍的「宣撫」活動為題材的侵華文學，我們可以稱為「宣撫
文學」。日本的「宣撫文學」數量比較多，僅是題目帶「宣撫」二字
的單行本就有不少，如：小池秋羊的《北支宣撫行》（1939）、川夜瀨
不逢的《宣撫行》，（1940）、新垣恒政的《醫療宣撫行》（1940）、島
崎曙海的《宣撫班戰記》（1941）、木場敬夫的《陸戰隊宣撫記》
（1941）、山本英一的《愛的宣撫行》（1942）、小島利八郎的《宣撫
官》（1942）、關田生吉的《中支宣撫行》（1943），等等。一般的侵華
文學，大都以前線的軍事活動，特別是行軍、作戰等為題材，主要反
映前線的狀況；這些「宣撫文學」則反映了日軍在中國淪陷區的所作
所為，描寫了淪陷區中國民眾的某些生活側面（當然主要是歪曲
的），提供了日軍在中國淪陷區進行「思想宣傳戰」的具體情況。由
於日本「宣撫官」一般都具有較高的文化層次，所以相當一部分「宣
撫文學」均出自日本「宣撫官」之手。總之，「宣撫文學」作為日本
侵華文學的重要的組成部分，在侵華文學中占有特殊的位置。

二　從「宣撫文學」看日軍的「宣撫」活動

現在，我們主要以較有代表性的「宣撫文學」——島崎曙海的

《宣撫班戰記》（作品集，含《宣撫班戰記》、《續‧宣撫班戰記》、《宣撫從軍行》、《宣撫官戰死》等，由東京的今日問題社出版）以及小島利八郎的《宣撫官》（大阪市：錦城出版社）──等文本為例，看「宣撫文學」如何反映和描寫日軍的「宣撫」活動。

　　首先，「宣撫文學」提供了有關「宣撫班」本身的情況。從「宣撫文學」可以看出，從事「宣撫」活動的日軍，有專門的編制，那就是所謂「宣撫班」。「宣撫班」的成員稱為「宣撫官」，由日本士官和漢奸兩部分人構成。由於從事宣傳活動的特殊需要，日本「宣撫官」大都具有較高的文化水平和技能，有人會寫會畫，有人能言善講，有人懂得醫療。他們在「宣撫班」中往往「人盡其才」。「宣撫班」還接納一些漢奸，其中許多人是所謂「滿人」，即偽滿洲國的人，被日本「宣撫官」稱為「滿人宣撫官」，他們主要承擔情報「密探」和翻譯工作。

　　什麼是「宣撫班」？或者說「宣撫班」是做什麼的？島崎曙海在《續‧宣撫班戰記》中一開頭就用抒情散文的筆法寫道：

> 什麼是宣撫班？如果用風來做比喻，它就是春天田野上的微風。微風習習，並非席捲落葉，而是報告春天的消息。如果用微風來比喻，那麼，草木就是支那的民眾。在急風暴雨式的軍隊過去之後，宣撫班隨後來到支那的村落，和屋前的陽光一起，照到支那的家屋。對在那裡生活起居的男女老少，報告春天的到來，勸他們下地耕作，和鳥兒一同歌唱。──這就是宣撫班。……沒有我們宣撫班，小草般的民眾就不能感覺到春天的到來。（《宣撫班戰記》，頁68）

　　這就表明，「宣撫」活動的對象主要是戰爭過後被日軍占領的淪陷區的中國老百姓。而日本占領的淪陷區，也正是共產黨領導的八路

軍進行抗日游擊戰的主要戰場。所以，日軍在淪陷區的宣撫活動的敵
人，就是八路軍。這一點，日本的「宣撫文學」作者都有清楚的認
識。島崎曙海在《宣撫班戰記》中寫道：「……北支到處都有八路
軍，他們有一套特異的收買人心的方法，在破壞我們的工作。所以，
一言以蔽之曰：我們的戰鬥，就是要把八路軍灌輸到土民（日軍把中
國當地老百姓稱為「土民」——引者注）頭腦中的意識形態清除出
去。」在《宣撫班戰記》的第二章中，島崎曙海寫道：

> 宣撫工作就是「與八路軍的戰鬥」。這一點我們在北支感受最
> 深。兵法曰：知彼知己，百戰不殆。但知道八路軍的事情絕非
> 容易。我們宣撫官拚命地想探知八路軍收籠人心的手法，但在
> 空空的城內卻一籌莫展。僅僅是看抗日傳單，或者是審問土民
> 和俘虜，還是不得要領。……就是說，敵人讓（土民）吃了什
> 麼藥，我們必須給他們吃解藥。但這裡又有障礙。就是究竟什
> 麼是良藥？我們作為外國人，不能了然於心，為此而日夜苦
> 惱，不知過了多少不眠之夜。而八路軍方面卻不同，他們對良
> 藥知道得一清二楚。……八路軍嚇唬老百姓說：日本鬼子額頭
> 上長著角。其他的事情即使不說，老百姓也容易相信。……所
> 以民眾就成了八路軍的夥伴，墮入了可怕的荒廢的深淵。但是
> 我們又不能防患於未然，否則就有背聖戰之名了。民眾不是敵
> 人，民眾一人幸福，也是我們東洋民族全部的自豪。這樣想
> 來，我們深感自己責任重大。……然而，北支的破壞分子屢禁
> 不絕。八路軍無處不在。掃蕩了以後還有，掃不勝掃，真是太
> 可怕了。(《宣撫班戰記》，頁 21-22)

「宣撫班」最可怕的敵人就是八路軍，他們最恨的也是八路軍。
面對八路軍的頑強卓越的抗日鬥爭，島崎曙海在《宣撫班戰記》中不

由地慨歎道：「八路軍的組織能力真是可怕呀！」在《宣撫班戰記》中，作者多處寫到八路軍所進行的抗日宣傳活動：八路軍的建築物的牆壁上，到處寫著抗日口號，畫著抗日的宣傳畫。「在曲陽縣城裡，牆上充滿了抗日標語。照例都是白牆上寫著黑字，黑牆上寫著白字。有什麼『沒收漢奸財產充作抗日經費』啦，『民族的解放戰場』啦，『粗食淡茶』啦，『長期抗戰的勝利是我們的』啦，『擁護八路軍抗戰到底，殺日本鬼子』啦。」在王快鎮的民房牆壁上，則有「一切服從抗戰」、「國共合作萬歲」、「為抗日救國不怕流血」、「堅持華北抗戰」、「強姦殺人放火的日本獸軍」等標語。日軍「宣撫班」看到這些抗日宣傳，往往氣急敗壞。——「這樣的標語，和共產軍用槍刺殺日本士兵的壁畫、還有撕破太陽旗等侮辱日軍的過分的東西，滿牆都是。使我們大為憤慨」。而他們的「宣撫」活動的內容之一，就是到街頭收集八路軍的抗日宣傳材料，依此制定反宣傳的策略。每占領了一個地方，他們就把八路軍的標語和宣傳畫塗掉，或者撕下來，換上日軍的宣傳標語和宣傳畫。企圖抵消八路軍的抗日宣傳的作用。這些描寫可以使我們了解當年八路軍進行的有聲有勢的抗日宣傳，可以看見八路軍深入民眾所作的抗日宣傳，對於破壞日軍的軍事占領和奴化宣傳活動中起了多大的作用。

　　日軍每到一處，居民們都棄家出逃，而「宣撫班」則把居民的出逃說成是八路軍的抗日宣傳所造成的：

> 共產軍淨向居民們宣傳日軍的暴行，特別是向婦女宣傳什麼日軍是殘酷至極的日本鬼子，逼著他們全部逃走。我們在進入阜平縣城的時候，看到的抗日文字中有宣傳畫，那就是對婦女鉤乳、割乳、打釘子，×後槍殺之類的煞有介事的壁畫。還有的壁畫，畫的是日軍在頭蓋骨堆旁邊持槍挎刀的樣子。此類宣傳極多，通過宣傳達到聳人聽聞的效果。河北省和山西省交界處

有一個名叫龍泉關的萬里長城的關門，壁畫上畫的好像是那裡的自衛劇團演戲的場面：日本兵拿著劍在追逐婦女，站在一邊的孩子哭著喊著媽媽。支那婦女被這種宣傳嚇壞了，在此次首次五臺山作戰的六個月間，五十歲以下的一個也看不到。（《宣撫班戰記》，頁 194-195）

所以，日軍「宣撫班」每占領一個地方，首要的事情是想辦法，讓棄家逃難的「土民」們回家。因為，用他們的話說，「宣撫工作的先決條件，就是讓土民歸來」，否則，就沒有「宣撫」的對象了。那麼，宣撫官們如何讓老百姓回家呢？當日軍占領了一個空城或空村的時候。「宣撫班」便找到老百姓的避難處，向他們「宣撫」——

土民們嚇得蹲在暗處，像烏龜一樣朝地下縮著腦袋，一動也不動。我們連聲說：「不要怕，不要怕」。「日本軍隊絕不打良民，你們不必擔心。是你們的敵人共產軍才打你們。不要擔心。」——我們向他們說道。
「日本兵一來，你們就逃，有什麼必要呢？」高橋君（日軍宣撫官——引者注）讓土民們坐在子彈打不來的凹地上，讓蔣密探拿來紙菸，一支支地分發著。……木然地拿著紙菸的老人們一人點上了火，兩人點上了火，一會兒工夫，大家都悠然地噴煙吐霧起來。土民們似乎恢復了生氣，他們慢慢地開口說話了。據他們說，村裡幾乎所有的人都到離這裡四十華里的平溝村避難了。「共產軍來了，就強行要布鞋、被子和糧食。年輕人因為怕被徵兵，都逃了。說是日本兵來了，不逃就是漢奸，漢奸就該殺。」就這樣，支那的國民憎恨支那的軍隊。聽著這些牢騷，事情都與我們無關，我們沒有話說。越聽越覺得土民們可憐。如果不打敗共產軍，他們就沒有幸福可言。（《宣撫班戰記》，頁 193-194）

　　這就是「宣撫」。可見，「宣撫」也就是對八路軍宣傳的反宣傳，就是顛倒是非，混淆黑白，就是惡狼披上羊皮，把自己裝扮成羊的朋友。而「宣撫文學」的作者卻把這種「黃鼠狼給雞拜年」式的行為，說成是了不起的善行。《宣撫班戰記》中甚至說：「宣撫官對於土民而言就是救命之神，就是救世主」（頁 221）；「宣撫官」是什麼「不拿槍的文明戰士」（頁 111）！

　　日軍的「宣撫」手段之一，就是向中國老百姓做「宣撫演講」。下面是小島利八郎《宣撫官》中描寫的一個「宣撫演講」的場面：

　　不久我們來到了一個很大的十字路口。忽然遇到一個老頭兒。萬宣撫官（一個漢奸——引者注）一下子抓住了他。命令他把城內的民眾都叫出來。他說著「是的，是的」，挨家挨戶地敲門。先是出來一兩個，老頭兒繼續轉，人數逐漸多了起來。我們也來到附近的家門口，說：「都來吧，不要害怕！」

　　老頭兒、老太太、小孩兒，約集中了五十來人。都是一種惴惴不安的眼神。我和萬宣撫官登上十字路口的一輛牛車，慢慢地開始了演講。

　　「諸位，我們是日本軍。我們今天在這個村落的前面和你們國家的軍隊打了仗。激烈的槍聲把你們給嚇著了吧。我們日本軍隊是不把你們這樣的善良的中國民眾作為敵人的。我們的敵人，只是懷有錯誤思想的中國的軍隊。請看，你們的皮膚和我們的皮膚有什麼不一樣嗎？你們的眼睛和我們的眼睛有一點不同的地方嗎？諸位和我們日本人都是兄弟民族。你們和日本人流著相同的血液。我們日本人希望和你們中國手拉起手來。但是蔣介石一派卻抵抗我們。我們沒有辦法才拿起武器懲罰他們。再說一遍，我們日本人的敵人，只是繼續抗日的中國軍隊。我們日本軍不是侵略者。我們是來保護你們的。如果我們

是侵略者的話，現在就直接把你們殺了，把你們的財產搶了，把你們的家放火燒了。可是，你們現在圍在日本人的身邊，一個被殺的也沒有。這個事實你們看到了吧。有人在日本軍隊進入亳縣城的時候，就警備著縣城，保衛著民眾的安全，並且已經成立了自治委員會，正在縣城建設王道樂土。你們當中有看到的吧？日本軍隊的行動就是這樣，是神聖的行動，所以我們把這場戰爭叫作聖戰。諸位現在必須和日本軍隊合作，在這個十字河建設王道樂土。這是你們的義務，也是你們的幸福。這樣，你們就再也不受支那軍隊的掠奪了。如果有人暗通敵軍，日本軍隊會毫不猶豫地把鐵錘砸在你們頭上。怎麼樣？都聽明白了嗎？明白了就趕快行動吧！（《宣撫官》，頁 201-203）

「演講」裡充滿著謊言、欺騙、勸誘、恫嚇與威脅。那麼，這樣的「宣撫演講」效果怎麼樣呢？從「宣撫文學」中的描寫看，淪陷區手無寸鐵的老百姓，主要是婦女、老人和兒童，在敵人的槍口和刺刀下，大都迫不得已地表示服從。凡表示服從的，日軍「宣撫班」就發給他們所謂「良民證」。然後，為了進一步籠絡民心，「宣撫班」還利用淪陷區老百姓物質生活極為困難的情況，向他們施一點小恩小惠。那就是給老人一支菸，給婦女一盒火柴或一點食鹽，給小孩一塊牛奶糖或一塊點心。還有專門的所謂「醫療宣撫」，即給患病的老百姓打針吃藥。而施小恩小惠、發「良民證」和進行奴化宣傳，往往是同時進行的：

茶的味道很好。（土民）聞著茶，連說「好吃，好吃」。不光是茶，這次把叫作「小孩兒印」的紙菸也拿來了。每人分了一支。我們自己不抽，所以有時間從衣兜裡拿出菸來，一人一支地分發。不夠的話，就從屈和蔣（均為「宣撫班」的漢奸——

引者注）的雜物包中取出給他們。土民們見狀，做出「這怎麼
行」的不好意思的表情。……盧宣撫官趁機向他們說明共產軍
和國民黨如何是惡黨，像那種欺負良民的人，應該快消滅他
們。說得通俗易懂，使大字不識的土民聽得明白。「八路軍如
何向日本軍開戰，他們終究沒有勝利的指望。看看日本的飛
機，看看大炮、重機槍吧，八路軍哪有這種東西？」這麼一強
調，土民中有人高聲說：「沒有，沒有，就連短槍也不是每人
都有。」「是啊是啊」。太陽照到了山崗上，遺憾的是良民證做
的太少，只好把十四五人的姓名、年齡、性別、村名記下來。
按序號交給他們。規定良民證戴在胸前，一個老人戴上了，我
笑著對他說：「好看，好看。」……（《宣撫班戰記》，頁 107-
108）

　　日軍在中國淪陷區進行的這種「宣撫」活動，有著明確的目的
性。從近處說，就是企圖收買人心，破壞抗日的群眾基礎，破壞八路
軍的抗日根據地的建設，直接為日軍的軍事行動服務。為此，他們除
了用小恩小惠對當地老百姓進行拉攏以外，還扶持成立「治安維持
會」等各種漢奸組織。小島利八郎的《宣撫官》中寫到日軍在安徽亳
縣扶持成立了漢奸武裝「警備隊」，編成了兩個中隊。平時由日軍宣
撫班進行軍事訓練，還對他們「施以東亞新秩序的理念為中心的教
育」，戰時則為日軍作倀。在鐵路沿線地帶，為了保障日軍的運輸暢
通，宣撫班的最重要的工作是進行所謂「鐵路愛護村工作」。他們對
村民軟硬兼施，扶植偽村長，劃分責任區，在鐵道邊建造「監視小
屋」，讓村民監視、阻止抗日武裝對鐵路的破壞。並讓他們每天都向
「宣撫班」匯報鐵路運行情況。如稍有鬆懈，「宣撫班」便傳換他
們，「嚴加訓誡」。

　　為了長期占領中國，實現「大東亞共榮圈」的美夢，宣撫班的重

要任務之一就是對淪陷區的中國老百姓進行奴化教育。宣撫班對老百姓進行奴化宣傳教育，手段多種多樣。除了上述的貼標語、宣傳畫、做演講等方式之外，據川夜瀨不逢的《宣撫行》（東京：作家社）中的描寫，「宣撫班」自辦新聞小報，並且把小報送到各家各戶，還在街頭朗讀。另外還到各村放映以「宣撫」為目的的所謂「慰安電影」。《宣撫行》中寫道：

> 從昨天開始的讀報和放映的慰安電影，非常地受歡迎。作為會場的女子學校擠滿了民眾，他們在畫面上看到了我們的宣撫工作的情況，似乎有了深刻的認識。我們拚命地費盡千言萬語，其效果也不及如此。（《宣撫行》，頁 142）

「宣撫班」在進行奴化宣傳的時候，特別注意以兒童和少年為對象。《宣撫班戰記》中寫著，宣撫班在曲陽縣把一批饑餓的頑童少年組織起來，用日軍吃剩的飯加以引誘，讓他們為日軍跑腿做事，成員達到三十多人，稱為「少年吃飯隊」。小島利八郎在《宣撫官》中記述，宣撫班在江蘇宿遷縣成立了「宿遷縣復興小學校」，那是一所「日語學校」，由「宣撫官」任教，還培養中國教師作日語教師。小島寫道：「要真正地把握中國的兒童，真正地把日本的偉大的精神植根於中國兒童，就必須首先牢牢把握與兒童接觸最多的〔中國〕教師的心。」可見，開辦日語學校，是「宣撫班」對當地師生進行奴化教育的重要途徑。

三　「宣撫文學」的謊言與「宣撫」的實質

「宣撫班」在中國淪陷區進行的這些「宣撫」活動，效果如何呢？單從「宣撫文學」中來看，日軍在很大程度上，在許多方面達到

了他們「宣撫」的目的：一定程度地破壞了八路軍的抗日鬥爭，維護了日軍的後方基地，特別是一定程度地對中國淪陷區的老百姓進行了奴化宣傳和奴化教育。在「宣撫班」的「胡蘿蔔加大棒」的威逼利誘之下，淪陷區出現了一些事敵或媚敵的事情。對此，《宣撫班戰記》中有一段得意的描寫：

> 前面出現了可疑的影子。於是，尖兵小隊的戰士們屏息靜氣、繫緊頭盔，貓起腰來。以懸崖為屏障輕步前進。但是，我們看到的不是魔鬼，也不是八路軍的槍口，而是十四、五個土民的身影。他們打著用奇怪的染料描畫的自製的太陽旗。他們鞠著躬從棗樹林中現出了鈍重的身影。挑著破桌子擔著茶水，小心地捧著盛茶的陶製小茶碗，還抱著五、六個疊在一起的茶杯。破衣爛衫的老百姓，到日軍所經過的路口來迎接了。曲陽的山區，農民家的院子裡都有葡萄架，那垂下的紫色的葡萄串，叫行人垂涎欲滴。現在土民們把葡萄、紅棗、熟柿子等山果，滿滿地盛在筐子裡，擺在桌子上，連聲說：日本軍隊，辛苦，辛苦！低著頭笑著請士兵吃。我們早晨出了曲陽城後，一直沒有休息，在烈日下摘去頭盔的士兵們高興地像孩子似的，用支那語說：謝謝。表示好感。
>
> 像這樣，在意想不到的地方受到意想不到的接待，讓宣撫官們感到非常欣慰，這是經常有的事。士兵們會想到，土民們這樣順從，完全是宣撫班默默無聞辛苦工作的結果。……土民們對騎馬的士兵，必定連呼「萬歲」、「萬歲」！士兵們也舉起右手，扭過身子，呼應著土民的喊聲，非常地得意。等部隊首長到達的時候，土民都累得夠嗆，嗓子都喊啞了。……（《宣撫班戰記》，頁38-39）

　　關於淪陷區老百姓「歡迎」日本軍隊的與此類似的場面，在日本的「宣撫文學」中比比皆是，在整個侵華文學中也並不少見。在淪陷區，受日本軍隊「宣撫」活動的影響，或受漢奸賣國勢力的蠱惑利用，出現這樣的事情是可以想像的。「宣撫文學」的作者們也特別喜歡描寫這種場面。他們企圖從這類場面的描寫中證明兩點。第一，「宣撫」是有很大成績的。由於「宣撫文學」的大多數作者，本身就是「宣撫官」，他們需要在「宣撫文學」中表現自己，為自己樹碑立傳，邀功請賞；第二，他們要通過中國民眾歡迎日軍的情節，說明中國民眾是沒有國家觀念和民族意識的，只要給他們一點好處，他們就會接受日本人的統治，日本在如此愚昧的國民中實行「大東亞共榮圈」是可行的。對此，《宣撫班戰記》中寫道：

> 　　我們只能認為，這些堯舜的後代們完全甘於過原始的生活。所以，日本軍隊和共產軍在五臺山浴血奮戰，他們竟毫無所知。原因就是他們認為一切與我無關。不想知道，也沒有知道的必要。……對他們來說，殘酷暴虐的軍隊的進攻，和天變地異是一樣的。洪水來了就到高處避難；旱災來了，就到山谷底下打水澆地。同樣，大兵來了就到山洞裡躲藏，還口口聲聲說著「沒法子」。他們就是這樣，對國家的政治和自然變異不加區別。……（《宣撫班戰記》，頁 57）

　　這就是日本軍隊，也是當時的日本的主流輿論對中國民眾的共同看法。而「宣撫」活動的必要性，就是建立在對中國民眾的這種看法基礎之上的。不料，他們在中國卻遇上了八路軍那樣的頑強抗日的軍隊。八路軍難道不是中國民眾組成的嗎？這樣，他們對中國民眾的那套看法就走向了背謬，只好把八路軍罵作「共產匪」，並極力把八路軍描繪為中國老百姓的敵人。而日本軍隊，特別是「宣撫班」，倒成了中國民眾的「救世主」。

　　然而,「宣撫班」果真是來「拯救」中國人的嗎？儘管「宣撫官」們在中國的真實的所作所為,「宣撫文學」是不敢加以如實描寫的。「宣撫文學」所描寫的,只是「宣撫」活動的堂而皇之的表面。但是,即使在「宣撫文學」中,也仍可以清楚地看出「宣撫班」的侵略本質。事實上,不論是一般的日本軍隊也好,還是「宣撫班」也好,作為侵略者,實質並無區別。「宣撫班」不過是裝扮成「救世主」和「文明戰士」的侵略者罷了。關於這一點,即使是對「宣撫班」極力美化的「宣撫文學」,也還是常常不慎走筆,透露出了自己的侵略行徑。如在中國,日軍以喜歡吃雞而「聞名」。而「宣撫官」們也不例外。在《宣撫班戰記》中,寫到「宣撫班」為了滿足口腹之欲,特組織了什麼「徵發隊」(「徵發」,在日語中是「徵用」之意,實為搶劫),到老百姓家「徵發」搶劫。「徵發隊」中有專門的「雞徵發隊」。「雞徵發隊,不必說是由中國人楊宣撫官為隊長,有馬夫和密探組成。宰殺、拔毛、燒毛等,由我們(指日本人宣撫官——引者注)擔當。」(頁 26)這種無恥貪婪的場面,對淪陷區的中國老百姓來說,是司空見慣的了。

　　在中國的抗日文學中,對於日軍「宣撫」活動的實質是做了揭露和批判的。其中,作家易鷹發表於一九四一年的短篇小說〈宣撫〉(載《屠場》,杭州市：正中書局,1941 年)就是一篇有代表性的佳作,可以說是一篇「反『宣撫』的文學」。這篇小說通過兒子做了漢奸的王老太的一天的遭遇,生動地描寫了「宣撫班」、「宣撫」活動的情形。王老太的六隻雞,已經被日本人搶去了五隻,現在只剩下一隻老母雞了。王老太雖然認為:「不管你們什麼人造反,我們老百姓只要錢糧吃飯。革命黨造反也好,孫傳芳造反也好,日本人造反也好,我們全不管。」她對日本人來「捉雞」和課稅不滿意,但畢竟日本人還讓她「吃飯」。然而有一天,日本的「宣撫官」來了。「日本兵共有九個,他們是來『宣撫』。他們近來時時到四鄉去『宣撫』,但真實的

目的，卻在女人及雞和香菸法幣（當時流通的國民政府發行的貨幣——引者注）。」「宣撫官」一進村，看見阿發想逃，認為「不敬」，便一槍打死。「宣撫官」鈴木闖進王老太家，將王老太那個漢奸兒子的姨太太阿玉的老母，按倒強姦，直至將她折磨至死。「宣撫官」植田闖進王老太家，王老太受過漢奸兒子的「訓練」，「便對植田深深一鞠躬。豈知年高腰硬，身體便往前一撲，植田就砰的一槍！」於是王老太也被打死。植田來到王老太屋裡，發現一個箱子，無法啟鎖，以為裡面有什麼寶貝，便用槍柄猛砸，不料箱內是王老太的漢奸兒子藏匿的彈藥。彈藥爆炸。植田飛上了天。其他正在搶劫的八個「宣撫官」，聽到爆炸聲，慌忙逃走，「立刻報告班長，說正在宣撫，碰到支那游擊隊」。易鷹的這篇小說，證明了日軍的「宣撫」本身就是一種野蠻的侵略，既揭露了「宣撫」的實質，也諷刺了淪陷區有些民眾的愚昧麻木，飽含著深受「宣撫」之害的淪陷區民眾的血淚。

日本的「宣撫文學」對日軍「宣撫班」及其「宣撫活動」的美化，和中國抗日文學對「宣撫」的揭露，形成了鮮明的對照。日本的「宣撫文學」本身就是為日軍侵華做「宣傳」的，因此，它只能描寫那些符合他們「思想宣傳戰」所需要的東西。在這個意義上說，「宣撫文學」中的某些細節上的寫實，根本不可能掩蓋其本質上的虛假與虛偽。實際上，「宣撫班」在中國淪陷區所做的一切，無論是懷柔策略，還是殺人強姦搶劫，只是形式不同，實質都是一樣，那就是對中國的占領、對中國人民的統治和奴役。

真實與謊言，「筆禍」與罪責[1]
——對石川達三及其侵華文學的剖析與批判

一　《活著的士兵》：日軍獸行的真實描寫

　　日本全面發動侵華戰爭後不久，有一位被派往中國戰場的作家，調查採訪後寫了一本反映日軍在中國所作所為的小說，發表後卻被日本軍部當局查禁，作者被指控有罪並被判了徒刑。這就是侵華期間日本文壇最有名的「筆禍」事件。那個被指控的作家就是石川達三，那篇給他帶來「筆禍」的小說就是《活著的士兵》。

　　石川達三（1905-1985）在當時已經是日本著名作家。早在一九三五年，他就以中篇小說《蒼氓》獲得了首屆「芥川龍之介文學獎」。一九三七年十二月十三日國民政府首都南京被日軍攻克陷落，十二月二十九日，石川達三作為《中央公論》的特派作家，被派往南京，並約定為《中央公論》寫一部反映攻克南京的小說。石川達三從東京出發，翌年一月五日在上海登陸，一月八日至十五日到達南京。石川達三到達南京的時候，日軍製造的南京大屠殺血跡未乾，屍骨未寒。石川達三雖然沒有親眼目睹南京大屠殺，但卻親眼看到了大屠殺後的慘狀，並且有條件採訪那些參加大屠殺的日本士兵們。而那些士兵仍然沉浸在戰爭和屠殺的興奮情緒中。石川達三有意識地深入到他們之中，以便搜集到真實的材料。據「審判調查記錄」記載，石川達三當時的想法是：

1　本文原載《國外文學》（北京），1999年第4期。

我覺得，和士兵們交流，聽他們的交談，比起和將校接觸，更
能把握戰爭的真實的情況。所以在那裡我和將校們幾乎沒有接
觸，而是注意士兵們的談話。而且我親眼看到了戰地上的人們
的真實情緒。

他在戰後也說到了同樣意思的話：

我到南京戰場去的時候，打算盡可能地不見將校和軍事首腦。
我抱著這樣一個方針出發了。到達後按照預想的那樣，和下士
官及士兵同吃同住，用心地聽他們的聊天和侃山，從而了解了
他們平常的情況。將校們對外界淨說謊，冠冕堂皇，文過飾
非。為了了解戰場上的真實，我才深入到士兵當中。（《石川達
三選集》第 5 卷，東京：八雲書店，1948 年）

可見，忠實地描寫「戰爭的真實的情況」，反映「戰場上的真
實」，是石川達三最初的創作動機。由於見聞和材料的充實，石川達
三從南京回國後，僅用了十一天的時間，就完成了約合中文八萬多字
的《活著的士兵》。這篇作品把進攻南京並參與南京大屠殺的高島師
團西澤連隊倉田小隊的幾個士兵作為描寫的中心。他寫了他們在進攻
南京的途中，燒殺搶掠無惡不作的種種令人髮指的野蠻罪行：他們僅
僅因為懷疑一個中國年輕女子是「間諜」，就當眾剝光她的衣服，近
藤一等兵用匕首刺透了她的乳房；一等兵平尾因為一個中國小女孩兒
趴在被日軍殺死的母親身邊哭泣而影響了他們休息，便撲上去，用刺
刀一陣亂捅，將孩子捅死；武井上等兵僅僅因為被強行徵來為日軍做
飯的中國苦力偷吃了做飯用的一塊白糖，就當場一刀把他刺死；那個
本來是來戰場超渡亡靈的隨軍僧片山玄澄，一手拿著念珠，一手拿著
軍用鐵鍬，一連砍死幾十個已經放下武器並失去抵抗力的中國士兵。

他們以中國老百姓的「抗日情緒很強」為由，對戰區所見到的老百姓「格殺勿論」，有時對女人和孩子也不放過；他們無視基本的人道準則，有組織地成批屠殺俘虜，有時一人竟一口氣殺死十三個；他們認為「大陸上有無窮無盡的財富，而且可以隨便拿。……可以像摘野果那樣隨心所欲地去攫取」，隨時隨地強行「徵用」中國老百姓的牛馬家畜糧食工具等一切物資；他們每離開一處，就放火燒掉住過的民房，「認為彷彿只有把市街燒光，才能充分證明他們曾經占領過這個地方」；他們在占領上海後，強迫中國婦女作「慰安婦」，成群結隊到「慰安所」發洩獸欲；他們視中國人為牛馬，有的士兵「即使只買一個罐頭，也要抓一個過路的中國人替他拿著，等回到駐地時，還打中國人一個耳光，大喝一聲『滾吧』！」……

在這裡，石川達三顯然沒有像其他「筆部隊」作家那樣把所謂「戰爭文學」作為軍國主義宣傳的手段，而是拋開了軍部對「筆部隊」作家規定的寫作戒律，集中表現「戰場上的真實」。當時，這種真實完全被軍國主義的宣傳所掩蓋。正如石川達三自己在戰後所說：當時，「內地（指日本國內──引者注）新聞報導都是假話。大本營發布的消息更是一派胡言。什麼日本的戰爭是聖戰啦，日本的軍隊是神兵啦，占領區是一片和平景象啦。但是，戰爭絕不是請客吃飯，而是痛烈的、悲慘的、無法無天的。」在法庭對《活著的士兵》的調查中，石川達三陳述了他的寫作動機。他指出：「國民把出征的士兵視為神，認為我軍占領區一下子就被建設成了樂土，並認為支那民眾也積極協助我們。但戰爭絕不是那麼輕鬆的事情。我想，為此而應把戰爭的真實情況告訴國民，真正使國民認識這個非常時期，對於時局採取切實的態度，是非常必要的。」所以，石川達三在《活著的士兵》中，著力表現戰場上為宣傳媒體所歪曲、所掩蓋了的真實。儘管他在作品最後的「附記」中申明：「本稿不是真實的實戰記錄，而是作者進行相當的自由創作的嘗試，故部隊與官兵姓名等，多為虛構。」但

是，事實上，這篇「虛構」的「自由創作」的小說的價值恰恰在它的高度的真實性上。小說對日本士兵形象的描寫、對戰場情況的表現，是侵華文學中那些數不清的標榜「報告文學」、「戰記文學」的所謂「寫實」的、「非虛構」的文字所不能比擬的。火野葦平、上田廣、日比野士朗、棟田博之流的「報告文學」、「戰記」，都聲稱表現了自己「真實」的戰爭體驗。但是，他們要嘛美化侵華日軍，要嘛醜化中國軍民，要嘛歪曲報導中國占領區的情況，為了煽動日本國民的戰爭狂熱，而向他們傳達了片面的、錯誤的戰場信息，其局部和細節的寫實，掩蓋了整體的、本質的真實。比較起來看，石川達三的《活著的士兵》是日本「戰爭文學」中罕見的具有高度真實性的作品。

《活著的士兵》不僅把日軍在侵華戰場上的殘暴野蠻的行徑真實地揭示出來，而且進一步表現了侵略戰爭中的更深層次的真實，那就是侵華士兵的人性的畸變。他不滿足於戰爭狀況的表層的記錄，而是通過描寫戰場的「人」，揭示戰爭的真實本質，把「人性」與「非人性」的糾葛，作為整個作品的立足點。著意表現在侵華戰場上，隨著戰爭的深入，日本士兵如何由正常的人，一步步地喪失了人性，變成了可怕的魔鬼，變成了殺人機器。《活著的士兵》中的幾個主要人物，都是普通的基層官兵。除笠原下士（伍長）是農民出身外，其他幾個都是知識份子。在來中國戰場之前，近藤一等兵是個救死扶傷的醫學士，倉田少尉（排長）是為人師表的小學教師，平尾一等兵是一家報社的校對員，也是一個羅曼蒂克式的知識青年，片山玄澄是受過高等教育的僧人。然而就是這些知識份子，在侵華戰場上，卻一個個都成了殘暴的野獸。一開始就殘暴無比的是笠原下士，「對於笠原下士來說，殺死一個敵人，如同用手捻死一隻螞蟻」。他們都漸漸地羨慕起笠原那殺人不眨眼的「勇敢行為」來。在經歷了多次殺人之後，他們都在極力擺脫內心世界中人性與獸性之間的矛盾衝突。倉田少尉「已覺悟到殺人必須心腸冷酷，毫不手軟。他開始磨煉自己的性格，

以便能參加無論多麼殘酷的屠殺」；近藤一等兵對戰爭罪惡日益麻木，以至完全喪失了良知，「就像一個小學生變成了一個小流氓一樣，不僅不以這種墮落為恥，反以這種墮落為榮，他沾沾自喜地向人誇耀：『我也能搞到姑娘啦』，『我也能從支那兵的屍體上踩過去啦』，『我也會放火燒房子嘍。』」每當他感到煩悶無聊的時候，就湧起殺人的衝動；片山隨軍僧本來是做佛事的和尚，但他在戰場上殺人時，「良心上非但沒有感到絲毫痛苦，反而心花怒放，感到無比的愉快」。……石川達三就是這樣，把筆觸深入到侵華士兵的內心世界中，特別是把知識份子出身的士兵作為剖析的對象，真實地描寫出了他們喪失人性良知的過程。

這就是《活著的士兵》所揭示的侵華戰場上的赤裸裸的真實。

二　闖下「筆禍」與「戴罪立功」

但是，日本軍國主義最忌諱、最害怕的，正是這種赤裸裸的真實。

任何邪惡的東西，它要堂而皇之，大行其道，都需要掩飾和美化自己，都不敢露出自己的真實面目，日本發動的侵華戰爭也不例外。軍國主義者極力把侵華戰爭說成是「解放亞洲」、「建立大東亞共榮圈」的「聖戰」，現在忽然有《活著的士兵》這樣的作品出世，戳穿了「聖戰」的謊言，這就令軍部當局惱羞成怒。於是，石川達三闖下了「筆禍」。

《活著的士兵》在《中央公論》雜誌一八三八年三月號上發表後，立即遭到了禁止發行的行政處分，接著，又以違反報紙法，被追究刑事責任。石川達三被警視廳逮捕，並接受了調查。下面是負責調查的員警和石川達三的一段對話：

員警：你在從軍的時候，都看到了些什麼？

石川：看到了很多，都寫著呢。

員警：你寫的，都是你看到的東西嗎？

石川：因為是寫小說，所以有時候把在南京看到的東西，搬到了上海，把在上海看到的事情，搬到了南京。

員警：可是，全都不是事實！那不是牽強附會，造謠惑眾嗎？不是太豈有此理了嗎？

經過如此之類的調查，八月四日，石川達三和《中央公論》的有關編輯被起訴。並被判有罪。罪名是：「記述皇軍士兵掠奪、殺戮非戰鬥人員，表現軍紀鬆懈狀況，擾亂安定秩序。」九月五日，石川達三被判四個月徒刑，緩期三年執行。

這是日本全面發動侵華戰爭後發生的第一起、也是僅有的一起作家的「筆禍事件」。軍部當局製造的這起事件，意味深長。它不是普通的對犯罪的懲罰，而是通過「殺一儆百」的方式向作家們傳達了一個強硬的信息：只能為侵略戰爭作正面宣傳，不能隨意描寫真實，從而使文壇徹底地服從「戰時體制」，服從對外侵略的「國策」。從此以後，《活著的士兵》這樣真實地描寫士兵，真實地反映日軍侵略行為的作品，在文壇上基本絕跡了。所有的「戰爭文學」都成了宣揚軍國主義的「國策文學」。

石川達三被判有罪，感到了一種「成為罪人的屈辱」。但是，他很快就得到了一個「戴罪立功」的機會。判決十幾天以後，石川達三再次作為《中央公論》的特派員，被派往武漢戰場從軍。《中央公論》刊登了石川達三的照片及特別啟事，稱「石川達三氏將作為本刊特派員參加漢口攻克戰」，還發表了他的題為《再度從軍之際》的文章。文章表達了自己被准許再次從軍的「感激」之情：

漢口也許快要攻陷了。百萬大軍的會戰，近代東洋史的一切含

義，盡在其中。在日本歷史上，也是史無前例的大戰。在這樣的時候，自己獲得再次從軍的機會，真是令我不勝感激。我覺得自己確實到了男子漢幹大事業的關頭。

在中國採訪一個多月後，石川達三回到日本。不久就在一九三九年一月號上發表了長篇作品《武漢作戰》，副標題為「作為一部戰史」。石川達三在《武漢作戰》的〈附記〉中寫道：

> ……目的只是希望內地的人們了解戰爭的廣度和深度。也就是說，筆者盡可能寫出一部真實的戰記。（中略）上次因研究了戰場上的具體的個人而惹下了筆禍。這次盡可能避開個人的描寫，而表現整體的活動。……

可見，石川達三是非常小心地避免再惹「筆禍」。所以，《武漢作戰》和《活著的士兵》大為不同，它不再以幾個主要人物為「研究」和描寫的焦點，而是流水帳式地記錄了武漢作戰的整個過程。全書分為〈武漢作戰之前〉、〈作戰基地安慶〉、〈馬當鎮〉、〈遠望廬山〉、〈進軍武漢〉、〈九江掃蕩戰〉、〈星子附近的激戰〉、〈總攻擊〉、〈田家鎮大火〉、〈民族的飛躍〉等三十一章構成。全書的一開頭就為日本侵華做了荒謬的辯解——

> 為了使蔣介石停止抗日容共的政策，日本政府做完了一切的外交工作，花了很多的錢。但結果卻徒勞無益。支那在一天天地做著抗日的準備。民眾更加團結。戰爭到了非打不可的狀態。（下略）
> 這場戰爭只靠占領北京和上海是不能解決問題的。但是占領了南京的時候，日本的想法多少有些出現了偏差。

從日本人的潔癖的常識來說，首都被占領，那就明確地意味著
失敗了。德國駐華大使，那時也悄悄地勸說蔣介石進行和平談
判，傳達日本的戰勝意識。但蔣將軍拒絕和平談判，揚言能夠
取得最後的勝利。

日本對支那的這種態度感到氣憤，日本於（昭和）十三年一月
十六日發表聲明，「不以蔣政權為對手」。日本本來不想發動這
麼大的戰爭，但事已至此別無選擇了。

　　《武漢作戰》就是這樣貫穿著這種日本軍國主義的蠻橫的戰爭
觀，對日本侵華戰爭進行了正面的肯定和歌頌。在此前的《活著的士
兵》中，作者描寫了日軍的兇殘行徑，而在《武漢作戰》中，他努力
表現日軍的「文明」之舉，顯然是在試圖抵消、抹殺《活著的士兵》
中的有關描寫及其造成的影響。於是，在《武漢作戰》中，殺人不眨
眼的日本士兵不見了。石川達三把戰爭所帶來的災難，統統推到了中
國軍隊一邊，不放過一切機會地攻擊汙衊蔣介石及其中國抗日軍隊。
他顛倒黑白地把日本入侵造成的大量的難民說成是蔣介石和中國軍隊
「製造」的，並引用了據說是中國老百姓的一首民謠攻擊蔣介石：
「自從出了蔣老介，鬧得地覆天又翻，親愛同胞遭禍災，大戶人家財
產盡，小戶人家變炮灰，叮叮叮……，損失數目實難猜。公敵就是蔣
介石，難民不盡滾滾來，無衣無食無遮蓋，生活艱苦實難挨，呼喚和
平快到來。」他寫到中國軍隊每撤離一處就放火投毒，而日本軍隊每
占領一地，就如何如何地做所謂「宣撫」工作來安撫難民；中國軍隊
在撤離九江時投放了霍亂病毒，日本軍隊如何僅用了兩週時間就消滅
了病毒，救助了中國的老百姓；日本人在九江如何善待中國老百姓，
九江人民「表現出了最為親日的感情」，於是剛剛經歷了戰火的九江
城店鋪開張，商業繁榮，老百姓安居樂業。……《活著的士兵》中寫
到了日軍如何屠殺俘虜，而《武漢作戰》卻寫了日軍如何優待俘虜，

以至使得中國俘虜情願給日本軍隊當苦力。……在石川達三的筆下，日本侵略軍簡直成了和平的使者，日本的侵華戰爭簡直就是製造「和平」的「聖戰」。認為「只有在（日本）占領區，和平才得以恢復，下一個作戰區如果不經過血與火的痛烈的洗禮，就不會迎來和平。」石川達三把日軍的武漢戰役中的勝利看成是「日本民族的躍進」。他寫道：「我們以三千年的歷史上從未有過的大軍，把戰火推到了從未有過的廣闊地域，深入到了大陸的最深處，應該說這是日本民族在東洋的躍進。」總之，石川達三雖然標榜《武漢作戰》是「一部真實的戰記」，但由於露骨地為自己「戴罪立功」，無條件地歌頌侵略戰爭，其結果是毫無「真實」可言，而是顛倒黑白，謊言連篇。

在《武漢作戰》之後，石川達三還以第二次從軍為題材，寫了幾篇短篇的「戰爭文學」，如《敵國之妻》、《五個候補將校》等。其中，值得略加剖析的是《敵國之妻》。

《敵國之妻》寫的是日軍在占領九江時，「占領」了一處民房作野戰醫院，一個軍醫在這處民房主人的房間裡發現了一個名叫「洪秋子」的女人的日記。從日記上看出，這個洪秋子是個日本女性。她不顧家人的勸告和強烈反對，和一個名叫「洪青年」的中國留學生戀愛並結了婚。後來和洪青年一起來到中國。結果發現洪青年早已有了老婆。秋子不願作妾，為自己受了騙感到痛苦。後來日本大規模進攻中國，秋子成了「敵國之妻」。但她抱著日軍最終會取得勝利、大陸將恢復和平的願望，和洪的全家一起逃難到了漢口；洪青年的大老婆向中國軍隊告發了秋子，秋子孤立無告，在絕望中自殺。……後來發現日記的那個日本軍醫又找到了秋子的墓，讚歎道：「死得太悲壯了。作為敵國之妻，她為祖國盡了自己的責任。她應該受到褒揚。」在小說中，秋子愛著中國，想和中國人聯姻，結果卻遭到洪青年的欺騙和他的老婆及母親的出賣，遭到中國軍隊的搜捕威脅。這裡所講的故事具有顯而易見的隱喻性：秋子是「善良」、「友好」、「忠誠」的象徵，

她代表著日本；洪青年及其老婆和母親是虛偽、自私和殘忍的象徵，他們代表著中國。小說所要匯出的結論也就是洪秋子在日記中寫的那句話：「支那人是不可信任的人種，洪是不值得愛的偽善者」。

三　描寫的不同角度及對侵略戰爭的根本態度

　　從《活著的士兵》到《武漢作戰》，石川達三從真實地表現戰場，到服從軍部的指示，利用文學明確地進行侵華戰爭的宣傳，其間的轉變是巨大的。但是，這並不是對侵略戰爭態度的根本轉變，而只是描寫的角度的轉變。有人認為，石川達三的《活著的士兵》與《武漢作戰》是完全不同的作品，前者是客觀地暴露戰爭，後者是主觀地歌頌戰爭。但實際上，這兩者的不同只是表面的。他們都從不同的角度表現了石川達三對日本侵華戰爭的根本看法。

　　和《武漢作戰》明確地支持和鼓吹侵略戰爭不同，《活著的士兵》看上去具有相當的客觀性特徵。這種客觀性特徵是由石川達三的自然主義創作方法所決定的。石川達三很推崇自然主義，並明顯地受到了自然主義的影響。自然主義的基本主張是把環境和遺傳（本能）視為決定人的本質的東西。在《活著的士兵》中，石川達三就突出地表現了環境和遺傳本能這兩點。第一，他把小說中的環境（戰場）看成是決定人（士兵）的行為的唯一因素。作者特別要告訴人們的就是──「戰場，似乎有一種強大的魔力。它可以使一切戰鬥人員鬼使神差地變成同一種性格，同一種思維，提出同一種要求。正如醫學學士失去了他的知識份子身分一樣，片山玄澄似乎也失去了他的宗教。」第二，他把本能看成決定人的最根本的東西。這種看法，從他創作伊始到戰後，一直沒有改變。他曾說過：「……生物界裡，相互生存的關係是極其複雜離奇的。我以為說明這個最終不過是兩種方法：其一是研究本能這種東西，如果仍不可解就得用神去說明，別無

他法。總之，生物本能，是可以和神匹敵的偉大的東西。」《活著的士兵》表現的就是由戰場這種特殊的環境所激發的人的生物性本能。在石川達三看來，戰場是人的生物本能暴露最充分的地方，士兵的行為在很大程度上是由生物本能來支配的。在法庭上辯護時，石川達三曾說：

> 國民一般都把出征的士兵看得像神一樣，那是不對的。我想只有表現人的真正的樣子，才能在這個基礎上建立真正的信賴，從而改正國民的認識。

也就是說，戰場上的士兵不是「神」，而是「人」。既然是「人」，就受「生物本能」的支配；倘若日本國民有朝一日發現士兵們不是「神」，就對他們不「信賴」了，那是不對的；既認識到士兵們不是「神」，知道士兵們有燒殺搶掠的行為，同時又「信賴」他們，這才是「真正的信賴」。──這就是石川達三寫作的根本目的。在《活著的士兵》中，石川達三正是從「生物本能」的角度來描寫士兵的。士兵們的燒殺搶掠的野蠻行徑，都是「生物本能」。既然是「本能」，就是不可迴避、無法壓抑的，就是可以理解的。在石川達三的筆下，士兵們有殺戮嗜血的本能，也有「友愛」的本能。所以他們一方面瘋狂地屠殺中國人，一方面又對戰友和上級充滿了愛。有時候，這兩種截然相反的東西是同時並存的。例如，武井上等兵一刀刺死偷吃了白糖的中國伙夫，同時又為自己的上司吃不上有甜味的菜而傷心地流淚。他們在戰場上是劊子手，卻又是對祖國、對家鄉、對親人充滿熱愛和思念之情的好國民、好兒子或好丈夫。石川達三把這截然不同的兩方面都看成了人的本能。例如對笠原下士，作者是這樣評價的：「他殺戮時麻木不仁，無動於衷，使他變成殺人狂的只是他對戰友的本能的愛。他確實稱得上是一位出色的士兵。士兵就應該是他

那個樣子。……只有如此勇敢，如此忠誠的士兵，才是軍隊所需要的人物。」根據這樣的看法，石川達三對士兵們做了明確的正面評價。他在小說中借一個人物的心理獨白，明確寫道：「他們（士兵）為了國家拋棄了這種屬於個人的生活，因此，國家和國民應以最高的禮儀來祭奠他們泯滅的生命」；「那已泯滅的生命不是正在受到同胞們充分的尊敬嗎？」從「為了國家」的角度上講，那些屬於「生物本能」的行徑，也就是「忠勇」的行為。說到底，石川達三希望國民「理解」的，就是士兵們的這些野蠻殘忍的「生物本能」的行為，並且在「理解」了這些行為的基礎上，「信賴」他們。所以，無怪乎文藝評論家山本健吉認為《活著的士兵》「是對士兵們的行為進行辯護的書」。

從《活著的士兵》到《武漢作戰》，其描寫的角度由客觀地描寫戰爭的自然主義，轉向了無條件地歌頌侵略戰爭的軍國主義。但無論如何，石川達三對日本侵華戰爭的看法並沒有根本的不同。誠然，《活著的士兵》的自然主義的描寫，在客觀上暴露了日本軍隊在中國的暴行。但是，作者的主觀出發點絕不是「反戰」。從邏輯上講，作為「筆部隊」的成員自願到中國戰場從軍的作家，作為一個「軍屬」（其兄是職業軍人），卻要作一個「反戰」作家，那是不合邏輯的。事實上，在整個侵華戰爭及「大東亞戰爭」中，石川達三都是非常活躍、非常積極地支援侵略戰爭的。他是「日本文學報國會」的骨幹成員，是該會的「小說分會」的常任幹事。他擔任過煽動戰爭的「文學報國運動講演會」的「講師」，積極參加了鼓吹戰爭的所謂「街頭小說」的製作，參加了日本「文學報國會服務劇」的演出，還是文學家「勤勞報國隊」隊員。他還在第二次「大東亞文學者」大會（1943）上發言，大肆進行戰爭叫囂，說什麼「筆頭子不能擊落敵機」，叫嚷文學家要投筆從戎，從而發揮更大的「文學精神」。更重要的是，除了戰後他為了推卸自己的戰爭責任而把自己的《活著的士兵》、《武漢作戰》說成是「反戰」的作品，他從來都沒有對日本的侵略戰爭有過

正確的認識。例如，他在七〇年代出版的隨筆《時光流逝》中寫道：
「戰爭是兩國幹出來的，不應該說壞事只是一國幹的。」談到南京大
屠殺，他竟然說其真實性「有不少問題」，「我沒有看到屠殺事件，連
痕跡也沒有看到」。這就連他自己在《活著的士兵》中所描寫的，都
不承認了。他在戰後的一篇文章中還說：「生在那個時代，我只有描
寫戰爭。所謂『聖戰』我不相信，所謂『侵略戰爭』我也懷疑。……
我只是描寫戰場上的戰爭。」

　　到這裡，石川達三對日本侵華戰爭的根本看法就很清楚了。弄清
這一點非常重要。長期以來，中國不少人只因為《活著的士兵》真實
地描寫了侵華日軍的暴行，並曾因此招惹過「筆禍」，就把《活著的
士兵》看成是「人道主義」作品，把石川達三看成是「人道主義」作
家，甚至有人說他是「反法西斯鬥士」。重慶出版社一九八九年出版
的頗有影響的《中國抗日戰爭時期大後方文學書系》的第十卷《外國
人士作品》，把石川達三作為抗戰時期的「國際友人」並節錄了他的
《活著的士兵》；重慶出版社一九九二年出版的《世界反法西斯文學
書系》的《日本卷》似乎沒有全面考慮到石川達三在侵華戰爭中的言
行和對戰爭的根本態度，而把他戰後寫的《風中蘆葦》作為「反法西
斯文學」列入其中。我認為，這些都是不妥當的。我們應當在石川達
三及其在侵華戰爭期間全部的創作和言行中，在真實與謊言、「筆
禍」與罪責的複雜的聯繫和糾葛中，對石川達三其人其作品進行實事
求是的剖析、評價和批判。這在今天仍然具有現實意義。

炮製侵華文學的「國民英雄」火野葦平[1]

一　一手揮刀、一手操筆的火野葦平

在侵華戰爭期間，提起火野葦平（本名玉井勝則，1907-1960）及其《士兵三部曲》，在日本幾乎是家喻戶曉。如果說，在日本的侵華文學中，最著名的人物是火野葦平，最著名的作品是他的《士兵三部曲》（包括《麥與士兵》、《土與士兵》、《花與士兵》），那是沒有異議的。《士兵三部曲》單行本出版後不斷重印，僅其中的《麥與士兵》當時就發行了一百多萬冊，成為罕見的暢銷書。這麼大的發行量在日本前所未有，它竟使得瀕臨倒閉的出版商改造社一下子起死回生。不久，三部曲中《麥與士兵》和《土與士兵》被改編成電影，公開上映，影響更大，幾乎盡人皆知。當時有一首和歌云：「《土與士兵》已看完，歸途炮聲繞耳畔」，反映了作品及其電影對觀眾的衝擊。火野葦平本人也深得軍部的賞識，被軍國主義宣傳機器奉為「國民英雄」。

在日本侵華文學的作者當中，火野葦平是少數幾個兼「士兵」與「作家」於一身的人。他在二十歲之前就曾寫作過長篇小說，出版過童話集，創辦過同仁文學雜誌。二十歲的時候，作為「幹部候補生」參軍入伍，後以「伍長」身分退伍。此後從事文學活動，一九三七

1　本文原載《名作欣賞》（太原），2016年第7期（總第531期）。

年，發表以掏糞工人自強不息為主題的中篇小說《糞尿譚》以及詩集
《山上軍艦》。同年，日本發動了全面侵華戰爭，作為「伍長」的火
野葦平再次接到了入伍令，被編入第十八師團，參加了杭州灣登陸作
戰。到一八三八年四月之前，一直作為杭州警備部隊的一員留守杭
州城。

　　極為重視戰爭中的「思想戰」「宣傳戰」的日本軍部，是不會把
火野葦平這樣的「文學者」作為普通士兵來使用的。一九三八年二
月，已被軍部操縱的權威文學獎「芥川龍之介文學獎」，決定把本年
度的獎項授給火野葦平的《糞尿譚》，並派遣著名文學評論家小林秀
雄專程來到杭州，向火野葦平頒獎。日本軍部的這種超乎常規的行
動，無疑是為了表明對「士兵作家」的一種特殊的鼓勵。是年五月，
隨著徐州會戰的展開，火野葦平被派到「中支（即華中——引者注）
派遣軍報導部」，主要從事戰爭的宣傳報導活動。他先是參加了徐州
會戰，接著又參加了漢口作戰、安慶攻克戰、廣州攻克戰，一九三九
年參加了海南島作戰。

　　此間，他以徐州會戰為題材，發表了日記體長篇小說《麥與士
兵》（《改造》雜誌，1938 年 8 月）；以杭州灣登陸為題材，發表了書
信體長篇小說《土與士兵》（《文藝春秋》雜誌，1938 年 11 月）；以
杭州警備留守為題材發表了長篇小說《花與士兵》（《朝日新聞》，
1938 年 12 月）。不久，這三部作品由改造社分別出版單行本，火野
葦平總稱之為《我的戰記》，評論者也稱為「士兵三部曲」（日文作
「兵隊三部作」）。隨後，他又以進攻廣州為題材，發表了《海與士
兵》（後改題為《廣東進軍抄》）；以海南島作戰為題材，發表了《海
南島記》（《文藝春秋》，1939 年 4 月）。一九三九年十二月，火野葦
平「榮耀」地從侵華戰場回國。接著，《士兵三部曲》獲朝日新聞文
化獎、福岡日日新聞文化獎。他本人也到日本各地及琉球、臺灣等地
做旅行演講。一九四一年又應關東軍的邀請，和川端康成、大宅壯一

等人一道，為紀念「滿洲事變」十週年而到中國東北和北京遊覽、講演一九四二年，太平洋戰爭爆發後，火野葦平第三次應召參軍，作為「報道班」成員被派往菲律賓，後又被派到緬甸。一九四三年初回國。此間，一直到日本戰敗投降，火野葦平都是「戰爭文學」的最活躍的作者之一。

　　在侵華戰爭中，火野葦平以「士兵」和「作家」的雙重身分，一手揮刀，一手操筆，連續製作出不少侵華文學作品。在這些作品中，影響最大的還是他的《士兵三部曲》。當時「戰爭文學」作者作品眾多，為什麼日本讀者對《士兵三部曲》最為青睞？這種現象本身就是耐人尋味的。那時日本全國都沉浸在如癡如狂的戰爭狂熱中，人們非常希望了解侵華戰場的實際情況。但當時的「戰爭文學」絕大部分出自從軍作家之手，他們一般只在前線待幾週的時間，難以深入部隊中，缺乏實戰的體驗。而像火野葦平這樣既是作家，又是士兵，並且參加過徐州會戰等幾次重大戰役的人是很少有的。上田廣也是身兼作家與士兵雙重身分，但上田廣一直在山西的日軍鐵道部隊，經歷比較單一，所以其作品的影響也遠不如火野葦平。當時有關的新聞報導和新聞記錄片，表現的都是日軍如何節節勝利，特別是占領中國戰略要地或某某大城市的場面，缺乏對士兵生活的詳細報導和描寫。而日本國內的讀者，幾乎都有親朋好友在中國前線作戰，他們關心前線的士兵，希望了解戰場上的詳細情況，特別是士兵們日常的戰鬥生活。火野葦平的《士兵三部曲》正是在這些方面適應了讀者的要求。

　　與此同時，日本的文學評論界對火野葦平的《士兵三部曲》也給予了異口同聲的讚揚。如評論家森山啟在〈陣中文藝與文藝政策〉（載《文學界》，1938 年 9 月）一文中認為火野葦平把「士兵寶貴的血與汗真正地滲透到作品中了」，同時又「閃耀著清醒的文學家的眼光」，所以《麥與士兵》等作品是「第一等級的戰爭文學」。三好達治在〈麥與士兵的感想〉（載《文藝》，1938 年 9 月）一文中認為，是

火野葦平的《麥與士兵》等作品「把新聞報紙上、電臺廣播中以及銀幕上沒有的東西，終於完美地送到了我們的手上」。北原武夫在〈戰爭文學論〉（載《文學與倫理》，中央公論社，1940 年）一文中說：火野葦平和其他的戰爭文學的差別，「就是在戰爭之中還是在戰爭之外的差別」;「火野葦平作為一名士兵服從軍隊的嚴格的紀律，並在這種紀律所規定的行為中了解了戰爭」,「他是一個作家，但又是作為一名戰士充分地融入了規定的行為之中」，這就是他的作品成功的原因。伊藤信吉和今日出海都認為，《麥與士兵》等作品的可貴之處就在於它的「誠實」。今日出海說：「《麥與士兵》是作者……在蠟燭前不敢懈怠地寫成的日記。這個日記比幾百條戰爭新聞都更能夠打動我們的心，原因不正在於它的單純嗎？不正在於面對生死存亡，面對命運的那種誠實嗎？」（〈戰爭和文學〉，載《新潮》1938 年 9 月）坂垣直子在《現代日本的戰爭文學》（六興商會出版部，1943 年）一書中說：火野葦平只是描寫自己的真實的戰爭體驗，他的戰爭文學的寫作方法和過多強調勇武的寫法大有不同;「火野葦平的態度和方法，反映了現代日本的少壯作家的文學方法」,「在戰爭文學中如何強化作者的個性，火野是一個典範。心態的健康性和充滿生氣的富有彈力的睿智，在世界上也沒有先例。具有公正而又純正的文學感覺的戰爭文學作品，在日本誕生了。」

　　戰爭狀態下，日本軍部當局對火野葦平如此重視，讀者對火野葦平的《麥與士兵》等三部曲如此嗜愛，日本評論家如此慷慨地讚美，其更深層的原因，只能到作品裡邊去尋找。

二　《士兵三部曲》對日本士兵的美化

　　《士兵三部曲》之所以受到日本讀者的普遍讚賞，首先在於火野葦平對日本士兵的描寫，正好投合了戰時日本人對士兵的心理期待。

《士兵三部曲》首先是侵華戰場上日本士兵的頌歌。在火野葦平筆下，侵華戰場上的日本軍隊是偉大神聖的軍隊，他們所向無敵，戰無不勝。置身於這樣的軍隊中，感到一種力量和自豪——

> 我在這行進的隊伍中感到了一種雄壯的力量，彷彿那是一股有力的浩蕩洶湧的波濤。我感到自己身處在這莊嚴的波濤之中。在這廣漠的淮北平原，面對的是一望無際的麥田，我為踩在這片大地上的頑強的生命力而讚歎。……我將有力的雙腳踩在麥田上，眺望著蜿蜒行進的軍隊。那飽滿的、氣宇軒昂而又勢不可擋的雄壯的生命力撞擊著我的心扉。……

士兵們在戰場上時刻都有戰死的可能，但是，為了祖國，他們隨時準備著死：

> 我覺得「祖國」這個概念在我的心中越來越偉大清晰了。這當然不是今天忽然產生的感覺。但是，特別是在最近幾天裡，耳聞目睹了士兵們無法形容的艱苦，與此同時，在我的心中，我彷彿有了自己的思想。杭州灣登陸以來，直到現在的徐州會戰，像以往一樣，很多士兵倒下了。我親眼看到了他們的死。何時戰死無法預測。然而，在戰場上，我們從來沒有畏懼死亡。……沒有一個人不珍惜自己的生命，我也更加熱愛自己的生命，生命是最可寶貴的東西。……很多士兵有家庭，有妻子，有孩子，有父母。可是，在戰場上，不知為什麼，這一切都容易捨棄掉。而且捨棄了也絕不後悔。……（《麥與士兵》）為了祖國而奮勇前進，這比什麼都簡單而又單純。也是最崇高的事情。為此，我們前進。在戰場上，被槍彈打中將要死去的時候，大家嘴裡只知道喊出「大日本帝國萬歲」這句話。（《土與士兵》）

　　而這種不怕死的無畏，又來自對「支那兵」的「強烈的憎惡」——

　　　　我對於那些給我們的同胞造成如此艱難困苦，並威脅到我的生
　　　　命的支那兵，充滿著強烈的憎惡。我想和士兵一起突擊，我想
　　　　親手消滅、殺死他們。(《麥與士兵》)

　　但是，面對著戰場上的險惡環境和艱苦卓絕，火野葦平並不是一
味糾纏在「死亡」與「憎惡」中。總體上看，他是以一種樂觀主義的
態度，把殘酷的戰場美化了。他特別注意表現戰場上的詩意和美感，
他覺得：「和這些士兵一同在戰場上馳騁，真是快樂得很。」在他的
眼裡——

　　　　無論哪個士兵，肯定都是腳疼、胸悶，咬緊牙關艱難地行進。
　　　　但是看上去，又是那樣英姿颯爽，那樣美。不，也許是我逐漸
　　　　地感覺到了這種世上少有的美麗的情景。每一個都是那樣難以
　　　　言喻的辛苦，但整體又是非常的美。不是看上去美，而是感到
　　　　真美、真強，真勇。(《土與士兵》)

　　不僅如此，火野葦平還極力在日軍對中國人的殘酷的屠殺中，體
現出日本士兵的英勇來。一方面，他們把瘋狂屠殺中國人作為一種值
得炫耀的美德，在給自己的孩子的書信中，自豪地宣稱：「爸爸就要
殺那些支那人了。爸爸使用那把爺爺給的日本刀，像岩見重太郎（生
於十六世紀末至十七世紀初的武士——引者注）那樣。等我把敵人的
青龍刀和鋼盔帶回去給你作禮物好嗎？」(《土與士兵》)一方面瘋狂
地殺人，包括已經放下武器的中國戰俘；另一方面，他又企圖在殺戮
中表現日本士兵的「人性」之美——

在二十五里鋪的城牆前面挖掘的壕溝中，支那兵的屍體堆積如山。附近戰壕縱橫，麥田下面都挖有通道。這些膝射散兵壕似乎挖成不久，因土色尚新，也許是剛挖好的。堆積的屍體也都是血跡未乾的新屍。屍體中有的在微微蠕動著。看到這種情景，忽然感到自己竟這樣漫不經心地麻木地看著這人間的慘狀。我愕然了。我變成惡魔了嗎？在戰場上，我真想親手射擊、斬殺支那兵，而且，我也屢屢射擊、或斬死了他們。面對敵人的死屍，我又感到了一種悲痛和感傷。我覺得一陣寒噤，轉身離開了這裡。

這就是日本人的所謂「菊花」與「刀劍」，「和魂」與「荒魂」的兩面，一面是殺人如狂，一面是唏噓感傷。火野葦平曾手書一個條幅，大意是：「強的東西，就是美的東西，就是悲的東西」。屠刀上面有菩薩，鮮血裡面見佛陀。這就是日本人自《平家物語》以來形成的武士道的怪異的「審美」傳統。

在他的筆下，士兵們是那樣的單純，只要性命還在，他們就充滿著快樂。行軍或戰鬥結束後，他們「互相充滿了慶生的快樂，大家嘻嘻哈哈地笑著」，洗澡、做菜，朝著東方，向他們的天皇「遙拜」。甚至在野外蹲著大便時面面相覷，都覺得那樣有趣。士兵們像兄弟般的親密無間，部隊長官對士兵也是那樣的關懷備至——

> 高橋一等兵躺在擔架上，抬頭看著我。說「班長，對不起，對不起」，說著，眼睛裡噙滿淚花。……「對不起」，我說了一句，眼淚也止不住流了下來。（《土與士兵》）
> 部隊長一一看望傷兵來了。他只說了句「你們辛苦了」。但在他那表情上，卻又在說：幹得好啊！那無言的感謝之情分明流露在部隊長的臉上。（《麥與士兵》）

　　這就是火野葦子筆下的日本侵華士兵，既是那樣的英勇無畏，又是那樣的富有「人情味」；既有那樣的偉大的愛國精神，又是那樣的樸實單純；既是那樣的艱苦卓絕，又是那樣的樂觀自信；官兵之間既是那樣的上令下達，又是那樣互敬互愛。總之，儼然正義之師的形象。這就是火野葦平所要刻意表現的所謂「忠勇義烈的皇軍的形象」。火野葦平在表現日軍的這一總體形象的時候，比其他日本侵華作家顯然技高一籌：《麥與士兵》使用自言自語的日記的文體，《土與士兵》使用的是給弟弟通信的形式。因此，這裡沒有其他侵華文學中常見的歇斯底里的叫喊和生硬的侵略戰爭的說教，而是從瑣碎的戰場小景寫起，盡可能顯得冷靜客觀、真實可信。日本讀者從火野葦平的作品裡，找到了他們期待中的日本士兵的形象。

三　《士兵三部曲》中的中國軍民

　　在戰爭中，交戰雙方都希望了解對方的情況，火野葦平似乎很清楚這一點。在《士兵三部曲》中，火野葦平特別注重對於中國軍民的描寫。

　　他筆下的普通的中國，大都是徐州、杭州一帶及長江三角洲一帶的淪陷區。在對有關中國老百姓的描寫中，火野葦平著意地表現了中國人的亡國奴相。在他筆下，中國人對日本侵略者沒有反抗。「無論在什麼時候，什麼地方，支那人一看見日本兵，就會照例做出笑意來。」（《麥與士兵》）當日本軍隊到來的時候，中國老百姓打著日本國旗，抬著茶水，歡迎日軍。他們不知道什麼國家和民族，僅僅是被利用的工具——

　　　　……附近村落中的避難的農民陸續到廟裡來了。我們的部隊留
　　　　在村落把土民全部集中起來避難。……廟裡擠滿了避難的人。

老人和孩子燒了開水來到我們面前。他們端給士兵說：喝吧喝吧。廟裡有一個村長，拿著裝飾過的長菸袋悠悠地噴著菸霧。那是一個長相有點嚴屬的老頭兒。翻譯正跟他說話。村長微微轉過身來答話。引起了一陣快活的哄笑。他說：這一帶蔣介石沒有來過，李宗仁和另外幾個大人物倒是帶著軍隊來過。要問拿出茶水招待嗎？不，我們不光招待日本人，中國軍隊來了的話，我們也招待。又問：那要是兩方面的軍隊都一塊來了呢？笑而答曰：那就跑啊。真是個直率而又狡猾的老頭兒。（《麥與士兵》）

日本軍在其占領區召開所謂「難民大會」。讓中國方面的「代表」發言，說什麼「我們老百姓從苛捐雜稅、橫徵暴斂的國民政府的統治下解放出來，多虧了追求東洋和平的大日本國皇軍的庇護，使我們安居樂業，真是說不出的幸福，云云。」雖然看不懂日軍的傳單上寫的是什麼，但是為了討好日本人，他們一個個畢恭畢敬地從日軍手中接過傳單。面對這樣的中國老百姓，火野葦平的看法是——

我對於這些樸實如土的農民們感到無限的親切。也許是因為這些支那人與我所認識的日本的農民長得很相似。這令人無可奈何的愚昧的民族，被他們所不能理解的政治、理論、戰爭弄得暈頭轉向，但他們仍充溢著不為任何東西所改變的鈍重而又執拗的力量。他們一個個像比賽似地抹著鼻涕，把沾滿鼻涕的手在衣服上抹一抹，或用好不容易討來的傳單揩了鼻涕後丟掉。看到這可憐的農民，我心想：這就是我們的敵人啊，禁不住笑出聲來。（《麥與士兵》）

在火野葦平看來：中國的老百姓根本就沒有國家觀念和民族意

識，他們不把日本人的到來看成是侵略。為了證明這一點，火野葦平在《花與士兵》中，還通過一個中國人「肅青年」（實際上是個漢奸）的口說出了這樣的話——「中國的民眾和國家之類的一切東西都是游離的，和那些東西完全沒有關係。……和日本軍隊的戰爭，民眾也看得與己無關。中國軍隊失敗了，民眾也滿不在乎。」並認為：「中國的民眾沒有自己可以保衛的國家。」對此，火野葦平感慨地寫道：

> 我們日本軍隊每占領一個支那城鎮的時候，留下來的支那人就到我們的駐地來，滿臉堆笑地和我們套近乎。這種作法我們是無法理解的。我想，這如果是在日本，敵軍攻來的時候，不是軍人的國民誰都不會討好敵人，連小女孩也會同仇敵愾地反抗，戰鬥到最後一個人，直到以死相拚。所以，我們對「蘿蔔」、「鹹菜」（作者對兩個漢奸的稱呼——引者注）為代表的支那人，單個的人覺得親近。但對這整個的民族，置本國失敗的命運於不顧，為了個人的性命而向敵人獻媚，是感到輕蔑的。用我們士兵的話說就是：都是些沒有廉恥的東西。

在這裡，火野葦平把中國人中的漢奸敗類，看成是整個中國人的代表，把漢奸賣國的言論，看成是不刊之論了。我們不禁要問：如果中國就是這樣的國家，中國人都是這樣的軟骨頭，那就會不戰而降；如果是這樣的話，火野葦平及日本的軍隊又是在同誰作戰呢？

火野葦平還極力宣揚「皇軍」的「功德」。他借一個中國老太太的嘴，說什麼：「中國軍隊每到一處，米、錢、衣服、姑娘，什麼都洗劫一空。日本軍隊什麼都不拿，非常好」。（《麥與士兵》）彷彿侵略中國的日本軍隊倒成了中國人的救星。在日本占領區，「皇軍」對中國老百姓是那麼友好、文明。中國老百姓給他們水喝，他們硬是要付錢；雞蛋和蔬菜都是花錢跟老百姓買；中國老百姓的店鋪都開張，

「景色悠閒竟令人不相信這裡是戰地」（《麥與士兵》）。這一切描寫，無非是讓讀者相信，日本軍隊到中國來不是侵略，而是在「幫助」和「拯救」中國老百姓。

更有甚者，在《花與士兵》中，火野葦平還講述了一個名叫「河原」的日本士兵與一位名叫「鶯英」的中國杭州一家裁縫店的姑娘的浪漫的戀愛故事。河原救助了從馬背上摔下來的鶯英，鶯英愛上了河原，於是兩人戀愛，互相學習日語和漢語，最後決定結婚。為什麼要和中國的姑娘結婚，作為班長的「我」（火野葦平）論述道：

> 我們現在的確在和支那進行戰爭。但是，戰爭的目的不是扼殺人間之愛，讓人們互相憎恨，而是為了我們兩國人民更緊密地握起手來。也就是說，現在兩國的戰爭就像兄弟吵架一樣。我們現在一面和支那軍隊交火，一面必須和支那民眾融合起來。所以，在這個意義上，對於你和裁縫店的姑娘的事情，我不想因為她是敵國的姑娘就加以反對。我想說的只是：我們時刻不能忘記我們作為軍人的本分。

於是，河原就和鶯英結了婚。鶯英的家人喜出望外。從那以後，鶯英家的裁縫店就義務地為日本士兵們縫補衣服。日本士兵一個個「變得漂亮乾淨了」。火野葦平正是通過這樣杜撰的故事，既說明了中國人沒有民族意識和民族自尊，也反映出日軍在中國的「文明」與「正義」，同時還把中國淪陷區描繪成了日本保護下的「王道樂土」，從而宣揚了「東亞共榮圈」及「大東亞主義」，可謂一石三鳥。

但是，侵略畢竟是侵略。火野葦平常常一不小心，便帶出了日軍在中國燒殺搶掠的真相。在《麥與士兵》的五月九日的日記中，火野葦平寫到了日軍滿地追著捉老百姓的雞，在老百姓的菜田裡「收穫」蔬菜；在五月二十日的日記中，寫到了日軍屠宰中國老百姓的豬；在

五月十五日的日記中，寫到了日軍所到之處，十室九空，日軍侵入農家，大肆入室搶劫；在五月十七日的日記中，寫到日本人在麥田裡捕殺中國農民，理由是他們與中國軍隊有「聯絡」；在《土與士兵》中，寫到了日軍放火燒房，並拉牛、捉雞，稱為「戰利品」；甚至，還恬不知恥地寫道：「我們自從登陸以來，糧食一回也沒分發過。反正我們走到哪裡，都有中國米，也能捉些雞來，還有蔬菜什麼的。」在《花與士兵》中，火野葦平還寫到了日軍侵入中國民居，由於不了解情況所造成的窘狀——

> ……老百姓家家閉門鎖戶。只能見到零零星星的骯髒的支那人。來到石橋上一看，渾濁的河道上，有兩隻糞尿船在通過。支那人不時地從建在石崖上的房子裡，把紅漆的糞桶提出來，把黃色的糞尿倒在船上。我一看見紅漆的桶，就不由地打了一個冷顫。因為我意識到這是登陸以來最叫人生氣的一種失敗。原來，我們登陸以後，在支那每戶人家都看到了塗紅漆的漂亮的桶，我們就用它作飯桶，或者用它打水。那上面有泥金和黑漆的花紋，很乾淨的樣子，而且有的還放在架子上。做夢也沒有想到那是便器，支那人稱為「馬桶」。我們知道後簡直驚愕得說不出話來。……

　　這個情節至少說明了：日軍登陸後中國老百姓都棄家逃難了，日軍便侵占了中國老百姓的家，隨心所欲，為所欲為。

　　對中國抗日軍隊，火野葦平在汙衊之餘，也禁不住感歎中國軍隊的勇敢頑強。《麥與士兵》中寫到一個中國兵，當日軍走近的時候，突然躍起來掏出一顆手榴彈，和敵人同歸於盡；《麥與士兵》在講到一次戰鬥時還寫到：「敵人非常地頑強。而且實際上勇敢得可怕。臨陣脫逃的一個沒有，還從圍牆上探出身體射擊，或者投擲手榴彈。很

快又在正面和我們展開了格鬥。……」《麥與士兵》結尾處，寫到了
三個被日軍俘虜的中國軍人——

> ……敗殘兵中，一人看上去四十來歲。另外兩人不足二十歲。
> 一問，才知道他們不但頑固地堅持抗日，而且對我們的問話拒
> 不回答。他們聳著肩膀，還抬起腳要踢我們。其中一個蠻橫的
> 傢伙還朝我們的士兵吐唾沫。我聽說這就要處死他們，於是跟
> 著去看。村外是一片廣闊的麥田，一望無際。前面好像做好了
> 行刑的準備，割了麥子騰出了一塊空地，挖了一條橫溝，把被
> 捆著的支那兵拉到溝前，讓他們坐著。曹長走到背後，抽出軍
> 刀，大喝一聲砍下去，腦袋就像球一樣滾下去，鮮血噴了出
> 來。三個支那兵就這樣被一個個殺死了。

在當時出版時，這一段文字被日本軍部的書報檢查機關刪除了。
之所以被刪除，恐怕是因為他不但表現了日軍屠殺俘虜的情況，而且
反映了中國軍人寧死不屈、視死如歸的英雄氣概。火野葦平寫到這樣
的情節，主觀意圖當然不是為了表現中國軍人的英雄氣概。緊接著上
一段引文，火野葦平寫道：「我移開了眼睛。我還沒有變成惡魔。我
知道這一點，並深深地舒了一口氣。」這一段話作為《麥與士兵》全
書的結尾，不過是在表明作者覺得自己還沒有變成「惡魔」罷了。

四 「人道主義」？「寫實主義」？

然而，火野葦平即使還沒有變成「惡魔」，也是和「惡魔」為
伍、並自覺地為「惡魔」歌功頌德、樹碑立傳的人。正因為這樣，日
本投降後他被判為主要的「文化戰犯」，受到了應有的懲罰。可是，
當代有的日本的學者以「我還沒有變成惡魔」這一句話為據，以出版

時這句話及其他許多段落被軍部刪除為理由，認為「這可以證明」
《麥與士兵》等作品「不是以軍國主義宣傳為寫作目的的」（見《日
本文學鑒賞辭典・近代編》，東京：東京堂，1985 年，頁 677）。但是
這種看法顯然不符合事實。為軍國主義侵略做宣傳一開始就是火野葦
平的寫作的出發點，一直到日本戰敗後，他對此也沒有反省。他堅信
日本發動的戰爭是為了「建立大東亞新秩序」，認為日本的士兵在戰
場上的所作所為是偉大的，值得讚揚的。他在戰後寫的文章中仍然
說：「很多軍人犧牲了，這尊貴的死絕不是白死。他們永遠活在真正
的日本人的精神中。作為皇國日本的精神基礎早晚要發揮它的力量。
很多的軍人死了，但實際上一個人也沒有死。」他還為自己的《士兵
三部曲》等作辯護，說什麼：「戰爭是以殺人為基調的人間最大的罪
惡，最大的悲劇。這裡集中了一切形式的犯罪，搶劫、強姦、掠奪、
放火、傷害等等，一切戰爭概莫能外，即使是神聖的十字軍的宗教戰
爭，也可以證明這一點。作為一個作家倘若不立體地表現這一切，那
麼作為文學就很難說是完全的。托爾斯泰的《戰爭與和平》、雷馬克
的《西線無戰事》、卡羅沙的《羅馬尼亞日記》、海明威的《永別了，
武器》等作品之所以能打動我們，就在於以高度全面的人道主義精神
寫出了這些戰爭的罪惡。」但是，對於火野葦平來說，問題不在於寫
不寫戰爭的罪惡，而在於沒有把日本侵略軍的「罪惡」作為「罪惡」
來寫，況且火野葦平從來沒有承認日軍的「罪惡」。所以在這裡他無
視戰爭的正義與非正義的本質區別，竟把產生於反侵略戰爭的文學名
著拿來作自己的侵華文學的虎皮。

　　還有人認為火野葦平的《麥與士兵》等三部曲在某些地方表現了
對中國老百姓的「同情」，表現了對戰死的中國士兵的憐憫之情，而
認為這些作品所表現的內容是「人性的」，甚至是「人道主義」的。
（見吉田精一：《現代日本文學史》，東京：筑摩書房，頁 155）這種
說法也實在是匪夷所思。人道主義是一種超越國家、民族和階級的對

人的同情和愛，而火野葦平明明是一個軍國主義的擁護者，談何「人道主義」！事實上，所謂對中國老百姓的同情，不過是見了被日軍嚇得「顫抖」的抱著小女孩的老太太，而用日語說了聲「老太太，叫你受驚了」（見《土與士兵》）之類的事情；不過是對將被殘酷屠殺的中國俘虜虛偽的憐憫。中國作家、評論家巴人在評論《麥與士兵》的時候，曾引用了作品中的這樣一段描寫：

> 兵士們有的拿出果子和香菸送給孩子，她們卻非常懷疑，不大肯接受。於是一個兵拿出刀來大喝一聲，那抱著小孩的女人才勉強受了。

巴人接著精闢而又一針見血地評論道：「這刀頭下的恩惠，卻正是今天日本所加於我們的一切。只有漢奸汪精衛才會奴才一般地接受的。火野葦平所宣揚於世界的，也就是相同於這類情形的大炮下的憐憫。」（見巴人〈關於《麥與士兵》〉，原載《文藝陣地》第 4 卷 5 號，1939 年）

還有的當代日本評論者認為火野葦平的《士兵三部曲》所描寫的內容是「真實」的，作品是「寫實主義」的，認為它們「絲毫沒有修飾和虛構，具有能夠再現真實的強烈的真實性，即一種強烈的現實主義」。（見小松伸六：《昭和文學十二講‧戰爭文學的展望》，東京：改造社）火野葦平自己在《麥與士兵‧作者的話》以及《土與士兵》〈前言〉中，也都強調說：「我相信，能夠真實地描寫戰爭，是我一生中最有價值的事情。」他還聲稱，《麥與士兵》等「三部曲」是作戰的日記，而「不是小說」；《土與士兵》是寫給弟弟的信，「更不是小說」。也就是說，作品所寫，不是向壁虛構，而是真實。誠然，《士兵三部曲》採用的是寫實的手法，細節的描寫非常細膩逼真。但是，寫實的手法和細節的真實，並不等於作品是「寫實主義」的。因為，

作為日本士兵的一員，作為指揮十幾個士兵的「伍長」，作為侵華日
軍報導部的成員，火野葦平非常清楚他寫作這些「戰爭文學」的目的
是什麼。而且，軍部政府也對火野葦平這樣的士兵作家做了十分明確
而具體的規定和限制。據火野葦平自己的記述，這些規定和限制主要
有如下七條：

一、不得寫日本軍隊的失敗；

二、不能涉及戰爭中所必然出現的罪惡行為；

三、寫到敵方時必須充滿憎惡和憤恨；

四、不得表現作戰的整體情況；

五、不能透露部隊的編制和部隊的名稱；

六、不能把軍人當作普通人來寫。可以寫分隊長以下的士兵，
　　但必須把小隊長以上的士兵寫成是人格高尚、沉著勇敢
　　的人；

七、不能寫有關女人的事。

（轉引自《火野葦平選集》第 4 卷〈後記〉，

東京：創元社，1958 年）

　　火野葦平顯然就是按照這樣的規定來寫的。按照這樣的規定來
寫，還談什麼「真實」、還談什麼「寫實主義」呢？在《士兵三部
曲》中，火野葦平寫了軍部所希望宣傳的「真實」，迴避了軍部不希
望披露的「真實」，因而是不可能真實反映戰場狀況，尤其是不可能
充分反映出日本侵略者在中國的燒殺奸掠的真實情況的。

　　總之，火野葦平的《士兵三部曲》站在法西斯主義、軍國主義的
立場上，按照軍部的要求，美化日本侵華軍隊，歪曲地描寫中國抗日
軍民，壯日本侵略軍隊的聲威。它向日本數百萬的讀者傳達了侵華戰
場上的片面的甚至是錯誤的信息，煽動了日本國民的好戰氣焰，影響

十分廣泛和惡劣。戰後幾十年來，《士兵三部曲》在日本又不斷被再版或重印，僅《麥與士兵》在戰後初期就發行了五十萬冊，至今仍擁有眾多的讀者。因此，對《士兵三部曲》做科學地分析和批判，對於正確認識日本軍國主義的侵華歷史，準確評價日本侵華文學，都是非常必要的。

「大東亞文學者大會」與日本對中國淪陷區文壇的滲透[1]

一　第一次「大東亞文學者大會」

一九四一年十二月，日本海軍偷襲了美國海軍基地珍珠港及美、英、荷在太平洋的屬地，太平洋戰爭正式爆發。太平洋戰爭的爆發，標誌著日本帝國主義從企圖征服中國，發展到企圖征服整個亞洲太平洋地區（日本稱為「大東亞」）。一九四二年六月，日軍在中途島激戰中慘敗，從此由戰略進攻被迫轉向戰略防守。在這種情況下，日本為了尋找解決侵華問題的出路，研擬出新的對華政策。提出要進一步扶植和利用汪偽政權，讓汪偽政權代表中國對美英「宣戰」，以便把侵華戰爭堂而皇之說成是「幫助」中國從美英殖民統治的威脅下解放出來的「大東亞戰爭」。汪偽政權也表示與日本「同心協力」，對日本的新的對華政策一唱一和。日偽以宣傳「大東亞戰爭」為中心，進一步加強了所謂「思想宣傳戰」。就這樣，侵華戰爭就被美其名曰「大東亞戰爭」，侵略戰爭被說成了「建立大東亞共榮圈」的「聖戰」。

第一次「大東亞文學者大會」就在這樣的背景下出籠了。

第一次「大東亞文學者大會」召開的時間是一九四二年十一月。日本文學報國會當時發行的《文藝年鑒》有〈大東亞文學者大會報告〉一文，記載了大會的目的：

1　本文原載《新文學史料》（北京），2000年第3期。

本大會是在日本文學報國會成立之後不久策劃召開的。在大東
亞戰爭之中擔負著文化建設共同任務的共榮圈各地的文學家會
聚一堂，共擔責任，暢所欲言，是這次大會的宗旨。

在開會之前，「日本文學報國會」組織了「精通共榮圈各地事務
的人」組成了一個「準備委員會」。「準備委員會」成員有：三浦逸
雄、春山行夫、木村毅、川端康成、奧野信太郎、河野好盛、林房
雄、飯島正、一戶務、吉屋信子、細田民樹、中山省三郎、草野心
平、高橋廣江、金子光晴、張赫宙，共十六人。這些人幾乎都與中國
有著這樣那樣的關係，有的是中國問題研究者，有的作為「筆部隊」
成員到中國戰場從過軍，有的到中國來過。「準備委員會」的組成表
明了日本是把「大東亞共榮圈建設」和「思想戰」的重心放在中國
的。起初他們把大會的名稱定為「宣揚皇國文化大東亞文學者會
議」。也許是因為「宣揚皇國文化」過於露骨，最後改為「大東亞文
學者會議」。但無論如何，「宣揚皇國文化」才是會議的真正的「宗
旨」。「準備委員會」擬定了包括「滿洲國」、「中華民國」（汪偽）、泰
國、印尼、緬甸、菲律賓等六國在內的共三十名代表。邀請函發出
後，除「滿洲國」和「中華民國」的被邀請者大部分願意赴會之外，
其他地區的代表大都表示「不方便」。實際上參加會議的絕大多數都
是「滿洲國」和「中華民國」的代表。

「日本文學報國會」的機關報《日本學藝新聞》（1942年12月1
日）發表了「大會議員」的名單和簡歷。其中，「滿洲國」和「中華
民國」的主要代表的情況是這樣介紹的：

滿洲國：
古丁，北京大學出身，建國大學（日本在長春設立的以實施殖
民主義教育為目的的大學——引者注）講師，經營藝文書房，

文藝家協會會員，代表作有《原野》（有日譯本）。

爵青，滿日文化協會職員，作品有《歐陽家的人們》。

小松，與古丁、爵青同為《藝文志》的同仁，作品《人造絹絲》有日譯本。

吳瑛，女作家。在滿洲圖書配給會社編輯部任職。作品有《白骨》等。

中華民國：

錢稻孫，慶應幼稚社畢業後赴法國留學，現為北京大學校長，正在翻譯日本古典權威《萬葉集》。

沈啟無，江蘇人，北京師範大學出身，現任北京大學國文系主任教授。

尤炳圻，東京帝大出身，後師從周作人，對江戶文學造詣頗深。

張我軍，福建人，北京師範大學出身。從事日本文學與日語的教授與翻譯，譯有漱石《文學論》，另有著述十餘種。

周化人，廣東省人，北京中國大學畢業後，任廣州市長。現為全國經濟委員會委員，上海教育會秘書長。著有《大亞洲主義要綱》、《大亞洲主義論》、《和平運動理論》等。

許錫慶，廣東人，中山大學出身，東亞聯盟南京分會常務理事，國民政府宣傳部主席參事。著有《中國革命理論及史實》。

丁雨林，筆名丁丁，上海人，上海大學文學學士，現為江蘇省教育廳主任秘書。著有《小事件》、《未奇的詩》等。

潘序祖，筆名予且，安徽人，光華大學文學學士，東吳大學法學學士，光華大學教授。現為《中華日報》主筆。

柳雨生，筆名柳存仁，廣東人。太炎文學院教授，光華大學教授。現為國民政府宣傳部編審，新國民運動促進委員會秘書，著有《北大與北大人》、《俞理初先生年譜》等。

周毓英，江蘇人，邊境委員會常務委員，著有《最後的勝

利》、《法西斯主義與中國革命》等。

龔持平，國立中國大學教授，《作家》月刊編者。

……

　　從上面的名單中可以看出，在參加第一次「大東亞文學者大會」的中國代表中，有影響的大文學家，一個也沒有。其中有些是汪偽政權的政客，與「文學」實在沒有多大關係。曾被日本列為「招待候補者」第一名的周作人，由於種種原因，沒有接受邀請。

　　「準備委員會」委員、中國問題研究者一戶務在會議召開之前，在《日本學藝新聞》上發表了題為〈中國的作家們〉的文章。其中寫道：

　　　如今中國的現代作家正式來朝，我們一般的日本人，對於他們有多少預備知識，還是個疑問。相互理解只能有待於今後了。林語堂是中國很有名的隨筆作家，但只是因為他用英語寫文章，才在日本有名。如果他只用支那語寫的話，林語堂的名字未必被日本人知道。魯迅早就為日本人所親近，但那也不是很早的事情，而是進入昭和年代之後的事情了。周作人是日本文學的研究者，為一般日本人所喜歡。郁達夫、老舍、沈從文、冰心、郭沫若等，僅有一點介紹。但是，沒有聽說哪個作家特別為日本作家所尊敬。（中略）這次準備邀請的周作人、錢稻孫、徐祖正、張我軍、張資平等，都是對日本文學——起碼對日本語——有理解的人。此外，中國作家理解日本文學的人還不少，現在都到了重慶方面，請也請不來。他們不一定都具有抗日思想，但迫於當時的形勢，都無意識地一窩蜂似地逃到了四川省。在那些作家中，實在有優秀的人物，但願他們能夠盡快地了解日本的真意，為大東亞文化而努力。……

　　這裡很明確地表明了「日本的真意」，那就是通過「大東亞文學者大會」，對中國文壇施加影響和滲透，使他們為日本的「大東亞文化」出力。

　　一九四二年十一月三日，「大東亞文學者大會」在帝國劇場舉行開幕式。入會者首先按日本的禮儀「遙拜皇宮」，「感謝英靈」（「英靈」指日軍戰死者）。日本文學報國會事物局長久米正雄向大會致詞，內閣情報局次長奧村喜和男致祝詞。奧村喜和男抨擊「美英文化」，鼓吹「亞細亞文化」的優越性，大談「大東亞戰爭」的意義，為日本的侵略戰爭評功擺好，鼓動文學者為「大東亞戰爭」出力。他說：

　　我們的母親亞細亞受到歐美鐵蹄蹂躪的時候，也正是亞細亞文化的危機的時候。然而現在我們要將美英侵略者從亞洲驅逐出去，亞細亞才有了莫大的歡喜和希望。（中略）歷來美英的文化，是以主知主義、合理主義、唯物主義為特徵的，與此相反，亞洲的文化可以說是以全人格和直觀主義為根本的。（中略）美英文化是以單純獲得生活手段為目的的高利貸的非勤勞文化，是剝削的商人文化，與此相反，我們的亞洲文化是為了生活的終極目的而生存的崇高的土地的和勤勞的文化。這不單單是生存，它本身既是藝術也是宗教。（中略）亞洲早就沒有了國際聯盟那樣的國界，我們什麼差別也沒有，有的只是一種理想，一種道德，同苦、共榮。（中略）如今日本無論在國外還是在國內，都正在付出最大的犧牲。這是為什麼？完全不是為了日本自身。日本正是為了整個亞洲，為了正義和真理在戰鬥。（中略）要闡明古來大義，指導世道人心，使懦夫奮起，就要靠筆桿子的力量。筆桿子的威力絕不亞於槍桿子，古今東西歷史都證明了這一點。所以說，要完成大東亞戰爭，使大東亞十億民眾都分擔新秩序的建設任務，還大大地有賴於文筆的力量。……

　　接著，海軍報導部部長、海軍報導部科長、「大政翼贊會」事務總長都致了「祝詞」，其意思和奧村喜和男完全相同。似這樣軍部要員接二連三地登臺致詞，使「大東亞文學者」大會一開始就帶有強烈的軍國主義色彩。「中華民國代表」周化人，「滿洲國」代表古丁，日本作家代表菊池寬也在開幕式上致詞。周化人說：「這次的大東亞戰爭可以說是東方的王道思想和西方的霸道思想的決戰，所以大東亞戰爭的勝利，是東方王道文化的勝利。」引起一陣掌聲。他表示：「我們中國是東亞的一員，中國的文學家一定要成為東亞文學界的先覺者，決心完成這個責無旁貸的任務。」古丁說：「我們滿洲國正期待著實現和諧和道義的世界，這一崇高而又美好的建國精神的淵源，實際上是發源於親邦日本的肇國精神，即八紘一宇的理念。」「我國建國日淺，文化和文藝的創造還幼稚不成熟，所以期待親邦日本的文學家的指導。」

　　開幕式結束後的當天晚間，與會的代表們出席了情報局主辦的晚餐會。晚餐會後，又參加了岩波書店創業三十年紀念晚會。

　　正式會議於四日和五日兩天在大東亞會館召開。戶川貞雄任司儀，菊池寬和河上徹太郎分別任議長和副議長。大會的第一個議題是：「大東亞精神的樹立」。發言者有武者小路實篤、古丁、柳雨生、齋藤瀏、錢稻孫、龍英宗、龜井勝一郎等。古丁發言說：「大東亞精神是民族協和的精神，我相信這是在大東亞共榮圈內進行大東亞文學建設的根本。」錢稻孫發言說：「東亞文化有三個要點，那就是中華民國的四海兄弟、日本的八紘一宇、還有一蓮托生。今後以這三個要點為基礎，相互一視同仁，是非常重要的。」臺灣代表龍英宗說：「所謂大東亞精神就是以日本為中心的大東亞同胞共樂、共喜的精神。民族與民族的理解，靈魂與靈魂的交流是根本的東西。」

　　大會的第二個議題是「大東亞精神的強化普及」。發言者有長與善郎、爵青、周化人、藤田德太郎、恭布札布（蒙古）、橫光利一、

俞鎮午（朝鮮）、吳瑛、吉屋信子、尤炳圻等。爵青說：「中世紀歐洲有句話：條條大路通羅馬，到了近世，是條條大路都和日本的城市相通了。……我想應該讓日本悠久的文學乃至文化在共榮圈內風靡起來，以促進大東亞精神的強化普及。」俞鎮午說：「要強化普及大東亞精神，就要與日本的八紘一宇的肇國大精神在十億民眾中徹底普及，為此，普及日語是非常必要的。至少在大東亞建設方面，必須把日語作為國際語，把日本文學作為典範，讓各國各民族來研究。我們半島文化的急速興隆就是一個範例。」

大會的第三個議題是「以文學為途徑的思想文化融合方法」。龔持平提出成立「大東亞文藝協會」，張我軍提出要相互派遣文學家，加強「文學家和學術的相互交流」，潘序祖提出設立「大東亞研究院」，尾崎喜八、丁雨林、木村毅提出設立「大東亞文學獎」，山田清三郎提出每年都要召開「大東亞文學者大會」。……大會的最後一個議題是「通過文學協力完成大東亞戰爭的方法」。代表們提出的方法有：文學家成立組織，協助日軍在中國進行的「清鄉工作」和「新民運動」；開設電臺向重慶廣播，由日本文學家呼籲在重慶的作家們停止「愚蠢的言論行動」，等等。

最後通過了「大會宣言」，由橫光利一朗讀：

樹立大東亞精神並使其得到徹底強化，這是我們在此討論的根本的、緊急的問題。能夠確立這一堅定的信念，令人不勝欣慰。大東亞戰爭的勃發促使我們東洋文學者從根本上奮起，帶來了重建東洋的牢固意志。此乃日本的孤注一擲的大勇猛心使然。我們期望繼承東洋的傳統，復活祖先的靈魂，從長期的忍從和昏迷的境地中得以再生，並為東洋的新生奠定基石。我們正告敵國：我們將同心同德，以大無畏的精神奮勇向前。文學與思想的問題需要堅強的信念和持之以恆。我們期望永遠牢記

本次大會的宗旨，在慈祥和友愛之下向全世界宏揚東洋的大生
命，並銳意實行之。然而它的成敗，完全依賴於大東亞戰爭的
勝利，整個東洋的命運全仗這次大戰的成功。我們亞細亞的文
學者，要以日本為先鋒，誓死為偉大的東亞的到來而盡力。特
宣誓如上。

　　會議結束後，日本方面又組織代表在東京、大阪、奈良等地參
觀。在大阪，有日本文學報國會、朝日新聞社主辦了「大東亞講演
會」，吳瑛、周化人、張我軍、恭布札布、谷崎潤一郎五人發表了演
講。到十一月十三日，中方代表回國。

二　第二次「大東亞文學者大會」

　　第二次「大東亞文學者大會」於一九四三年八月二十五日至二十
七日，在日本東京召開。
　　一九四三年，是日本在太平洋戰場和侵華戰場上步步失利的一
年。這一年，日本加緊了利用亞洲傀儡政權，以壯「大東亞戰爭」的
聲威，汪偽政權在日本的授意下宣布對美英作戰。在此情況下，第二
次「大東亞文學者大會」也改稱為「大東亞文學者決戰會議」，其中
顯然包含著日本對戰況的焦慮心態。日本文學報國會的機關報《文學
報國》（前身是《日本學藝新聞》）報導大會的宗旨是：

大東亞戰爭的戰況如今已經白熱化。為了完成戰爭，共榮圈內
的決戰態勢已經形成，但強化之乃是燃眉之急。在此邀請大東
亞內參戰諸國的文學者，不僅要確保相互之間的文學上的協
力，而且要暢談決戰必勝的信念，討論實踐的方策，同時通過

參觀等其他方法，顯示我國國民和國體的尊嚴和真姿，以促進參戰文化人的挺身協力。

也就是說，要在文化和文學領域向亞洲國家加緊干預滲透，使其服務於「大東亞戰爭」。而干預滲透的重點仍在中國。自第一次「大東亞文學者大會」以後，汪偽政權對日本的這一文化戰略積極地加以配合。二月十四日，偽國民政府宣傳部長林柏生和偽上海市長陳公博召集上海作家開會，討論訂定了《戰時文化綱領》。參加過第一次大會的柳雨生、周毓英等，發起成立了「中國文化協會」，並在一九四三年四月一日至三日在南京主持召開了「全國文化代表大會」，日本也派了十名代表參加。附逆文化組織「中日文化協會」上海分會在周化人的主持下，十月份在上海召開了以「怎樣協力大東亞戰爭的成果，積極介紹日本現代文學」為主題的座談會。汪偽政權的機關報《中華日報》一九四三年四月二十二日對此作了報導。參加會議並發言的有周越然、柳雨生、魯風、予且、關露、邱韻鐸、楊之華、楊晉豪、雷真原等人。周越然說：「最近日本文壇，戰時文學作品異常活躍。火野葦平、上田廣、丹羽文雄、林芙美子等都曾親赴前方，所寫的作品，銷數逾萬。如何介紹優秀日本文學作品給現在荒蕪的中國文壇，恐怕是我們一致的要求吧？」楊之華發言說：「本人希望：一、文化協會滬會能與日本文學報國會密切聯絡，介紹及交換中日作家稿件，供給各報紙雜誌。二、盼望日方文化團體，提供選擇作品的意見。三、組織文學團體，共謀推進。」除南京上海外，「滿洲國」也在同年一月召開了「文藝家愛國大會」。在這種情況下，參加第二次大會的中國偽政權方面的代表的人數也比上次有所增加，共二十八名（有幾名在「滿華」的日本人被列入其中）。八月二十日的《文學報國》刊登了「滿華」入會者的名單和簡歷。除參加過上次會議的古丁、柳雨生、沈啟無、張我軍等人外，現將其餘的與會者情況摘要如下：

田兵，三十三歲，本名金純斌，在奉天發起《作風》季刊。

吳朗，三十四歲，本名李守仁，編輯《文叢》雜誌，滿洲文學的新星。

周越然，五十九歲，國民政府新國民運動國史編纂委員會委員長。商務印書館編輯長。

邱韻鐸，前創造社成員，現任新中國學藝報主編。

陶亢德，三十九歲，雜誌界重鎮，《中華日報》編輯。

魯風，政治月刊編輯，新中國報總主筆，雜誌社副社長。

關露，二十八歲，本名胡芳君，河北宣化人，國立中央大學哲學系畢業，月刊《女聲》編輯，著有詩集《太平洋上的歌聲》，長篇小說《新舊時代》、《黎明》等。

陳寥士，四十歲，詩人。

陳學稼，三十八歲，南京中央大學農學院院長。

章克標，三十五歲，十五年前從事漱石、谷崎等人的作品翻譯。浙江日語編輯局長。

謝希平，四十歲，江漢日語學校校長，《江漢晚報》社長。

陳綿，福建人，四十三歲，劇作家，曾留學法國，獲巴黎大學文學博士稱號。北京藝術專科學校教授。

徐白林，三十二歲，江蘇人，華北作家協會幹事。

柳龍光，北京人，三十二歲，華北作家協會幹事長，為新作家的團結及活動而竭盡全力。

王承琰，三十一歲，在蒙疆電業株式會社工作。

包崇新，三十歲。

……

在代表中，除日本外，中國代表的人數最多。所以會後有一個華北代表曾不無得意地說：「這個大東亞文學者大會要說它就是中日文

學者大會，也沒有什麼不可以吧。」（〈第二屆大東亞文學者大會中國
代表言論鱗爪集〉，載《中國文學》1944年第1期）

　　會議第一天是開幕式，與第一次會議大同小異。第二天進入大會
議題。會議的議題是：「決戰精神的高揚」、「美英文化的擊滅」、「共
榮圈文化的確立」、「其理念與實行方法」。上午的主要的發言人與發
言題目有：武者小路實篤的〈必勝的信念〉、陳寥士的〈大東亞戰爭
勝利案〉、山田清三郎的〈為完成聖戰而前行的文學的創造案〉、佐藤
春夫的〈皇道精神的滲透〉、吳郎的〈滿洲建國精神的徹底認識〉、謝
希平的〈和平運動的徹底〉、包崇新的〈日本精神的進展〉、周金波的
〈皇民文學的樹立〉、大木惇天的〈新東洋精神的確立〉、魯風的〈大
東亞文學的中心理念的確立〉、俞震午的〈關於決戰文學理念的確
立〉、芳賀檀的〈美英文化的擊滅〉、小林秀雄的〈文學者的提攜〉
等。這些發言的中心之一是鼓吹日本文化或「皇道文化」是「大東亞
文化」的中心。如，佐藤春夫提出建立所謂「皇道文化圈」，他說：
「所謂皇道精神，就是構成我國的根柢的精神」，應該使「皇道精
神」成為亞洲的根本精神，「成為我們的血和肉，融化於我們的靈
魂，我們的神經」。中方代表對此一唱一和。如吳郎說：「滿洲建國精
神淵源於日本的肇國精神，滿洲建國是『八紘一宇』這一大理念最初
的、最輝煌的具現。」魯風說：「無論在軍事上，還是在文化上，日
本都處於東亞的指導地位，今後東亞要實現一體化，就十分需要介紹
日本文化。」臺灣代表周金波提出要使臺灣人民成為「真正的皇國
民」，要建立所謂「皇國文學」。

　　下午的發言重點是「東亞戰爭的理念與實行方法」，也就是如何
使文化和文學配合日本的「大東亞戰爭」。代表們在發言中提出了許
多方案。其中，中方代表發言踴躍。田兵提議制定《大東亞文學建設
綱要》，陳撲提出要「爭取」南洋的華僑，沈啟無提出加強對出版界
的統制、開展文學運動支持大東亞戰爭，等等。

　　大會的第三天上午，代表們分為三個分會場討論。

　　第一分會場主要討論了「文化交流和文學的姊妹藝術」的問題，也就是如何在「日、滿、華」之間進行電影、戲劇、少年兒童文學等方面的交流。張我軍在發言中同意中村武羅夫關於中國的電影「水平低」的說法。他提議說：為了使「中國和日本的文學者相互提攜，振興電影文學，提高電影的水平」，應成立「日滿華電影文學合作社」或「大東亞電影文學合作社」。陳綿發言說：「中國和日本的戲劇的交流，目的是向共榮圈各地的群眾傳播大東亞精神」，陳綿認為中國民眾中文盲太多，不能看印刷品，因此，他「堅信利用演劇是最為便捷的方法」。加藤武雄認為，為了永久地宣傳普及日本「東亞思想」和「東洋精神」，應該重視兒童文學和少年文學，因為「少年兒童像白紙，有染成任何顏色的可能」。「滿洲國」和「中華民國」的代表對此隨聲附和。吳朗說：「大東亞共榮圈建設的根本精神，是以皇道精神為根幹的」，因此，「應該把它作為少年國民的真正的文化基礎加以確立。」張我軍說：「我們所期望於日本的各位，像愛護日本的少年兒童那樣愛護中國的少年兒童，以日本的實力幫助中國出版少年兒童的印刷物，以促進文化的發展。」另外，由於日本老作家島崎藤村剛去世，張我軍還提議：為了「實行大東亞各民族的大團結，消滅美英文化」，「振興大東亞共榮圈內的文學」，應設立「島崎藤村文學獎」。這個提案得到了在場的日本人的讚賞。

　　第二分會場的討論最為熱烈，被《文學報國》稱為「白熱的討論」，充滿了濃烈的火藥味。主題之一仍是對中國文壇的干預和滲透。一方面是如何拉攏「重慶方面」的文學家，一方面是如何強化對所謂「和平地區」（即中國淪陷區）的滲透。片岡鐵兵首先做了題為《掃蕩反動老大作家──應該確立中國文學》的發言，把矛頭指向所謂「和平地區的一個反動老大作家」。他說：「我在今天想特別指出一個敵人，就是和平地區的反動老大作家。他雖在和平地區之內，卻與

諸位的理想、熱情和文學活動相對立，以一個有力的文學家的地位立
於中國文壇。此人何許人也，我不想明言。他以極為消極的表現、思
想和行動，與我們及諸位在思想上形成了敵對……」，因此應該加以
「掃蕩」云云。這個所謂「反動老大作家」，後來證明是周作人。周
作人晚年在《知堂回想錄》中認為，片岡鐵兵之所以攻擊他，是因為
他在此前曾發表過〈中國的思想問題〉的文章，與日本的大東亞新秩
序的思想不一致。但是，片岡鐵兵大罵周作人，似乎還有一個直接的
原因，就是兩次「大東亞文學者大會」周作人都沒有參加。在當時的
淪陷區，周作人可以說是僅有的一個稱得上是「大作家」的人，日本
方面對他出席「大東亞文學者大會」抱有很大的期望。周作人未出席
會議，並非因為他在思想上和當時的日本有什麼不同，主要原因還在
於他同日本派到中國來進行文壇滲透的林房雄以及和林房雄打得火熱
的沈啟無個人關係不睦，故未接受入會邀請。這自然惹得日本方面不
滿。片岡鐵兵對周作人的大罵，似乎也想對淪陷區的其他對「大東亞
文學」持消極態度的中國文學家們起到一種震懾作用。

　　接著，一戶務做了題為〈亞細亞文化的擁護──為了重慶地區的
文化工作〉的發言。他認為，中國新文學在過去二十多年中受到美英
文學的極大影響。但重慶地區的文學家，不光是受到美英文學滲透的
人，也有排斥美英文化，回歸中國文化傳統，並寫出了優秀作品的
人。他倒對中國「和平地區」的文學現狀表示不滿，說：「雖然是和
平地區，也只是嘴上說排斥美英文化，但是還沒有貫徹到作品中去，
作家各行其是，零零散散。我覺得如果不把政治的東西和文學的東西
結合起來，就不會產生新的亞細亞文學。」有人問道，為什麼柳雨生
主編的雜誌刊載重慶作家文章？被汪偽政權聘為「國民政府宣傳部
員」的日本人草野心平回答說：確實存在「和平地區」的雜誌刊載
「重慶派」作家作品的情況，而且日本現在翻譯的中國文學作品，也
大都是「重慶派」作家的作品。他對這一現狀表示不滿，認為「這僅

僅是從文學上加以考慮的，覺得作為文學作品還好，就加以翻譯，就登在雜誌上，而沒有從純粹政治的角度來考慮。」邱韻鐸在發言中，提議設立東亞文學研究機構。他認為正像片岡鐵兵所說，「即使在中國的和平地區，也有反動分子存在」，而如何「反動」，往往難以準確判斷，因此「需要成立一個大的綜合的機構」。

第三分會場主要討論了東亞文學，特別是中日文學之間的交流問題和中國（淪陷區）文壇的現狀問題。陶亢德在發言中認為，「迄今為止的東亞各民族之間的理解、認識，還很不盡人意。對十億一心，進行大東亞建設的偉業，勢必要造成妨害。」他提議成立「大東亞文學」之類的能夠共同發表東亞各國作品的「機關雜誌」。章克標認為，現在中國從事日本文學翻譯的人比先前大為減少，應該成立「翻譯委員會」或「翻譯協會」之類的專門組織，對日本文學的翻譯加以促進。古丁贊同章克標的意見，認為：「……日本精神向大東亞的滲透乃至日滿華的文化文學的交流……不是靠理論，而是靠作品實踐，因此，把（日本的）作品翻譯成漢語，滲透到最大多數的滿華人當中，就必須依靠翻譯活動來實現。」漢學家吉川幸次郎提議加強日本和中國之間的作家、留學生的派遣和常駐。但他在發言中，更多地表示了對淪陷區中國文學現狀的不滿。他認為「現在的中國文學處於非常貧困的狀態」，因此，「日本文學與中國文學的關係，與其說要相互提攜，不如說是日本文學處在於對中國文學加以指導的狀態」。他還以北京的《藝文》雜誌上發表的四篇小說為例，指責中國的作品描寫的都是「人生的黑暗面」，而沒有「對大東亞戰爭的勝利充滿希望的作品」。來自北京文壇的沈啟無在隨後的發言中辯解說：「魯迅的小說也寫了黑暗面。……但是黑暗中實際上包含著光明」。在中國南北淪陷區文壇中轉了半年多、進行文學特務活動的林房雄，發言中也對中國淪陷區文壇大加指責。他說：「無論在南京，還是在北京，都有非常多的日華協力的文化團體。坦率地說，那些團體什麼效果也沒有，

倒成了日華兩國真正的文化交流的障礙。」「迄今為止的文化運動，幾乎沒有什麼成效，倒是起了副作用。其證據就是，出席大東亞文學者大會的，至少應該是一流的文化人。」

下午，再次召開大會，由各分會場的代表匯報討論情況。「日本文學報國會」的事務局長久米正雄宣布了「大東亞文學獎」的獲獎名單。「大東亞文學獎」的「正獎」空缺，獲「次獎」的有：莊司總一的《陳夫人》，大木惇天的《在海原上歌唱》、石軍的《沃土》、爵青的《黃金的窄門》、潘予且的《日本印象》及《予且短篇小說集》、袁犀的《貝殼》。最後由火野葦平宣讀了大會的「宣言」。「宣言」中稱：「我們全東洋的文學者，都是帶著筆和劍，為大東亞戰爭的勝利完成而獻計獻策的戰士。互敬互信，團結一致，在新的東亞的信念下，披荊斬棘，為給世界帶來光明的大東亞文學的建設，而竭盡全力。」

會議結束後，二十八日晚上，在軍人會館召集了「文藝大演講會」，演講者有久米正雄、井上司朗、田兵、柳雨生、包崇新、沈啟無、小林秀雄。九月一日至五日到大阪、京都等地參觀。其間在大阪朝日會館又召集了一次演講會。演講者的中方代表有關露、吳朗、陳綿等人。中方代表回國後，汪偽政權的宣傳媒體都做了不少報導。如「中日文化協會上海分會」的機關刊物《文協》創刊號（1943年11月）刊登了〈大東亞文學者大會回滬歡迎會演講〉的消息。周越然、魯風、柳雨生、丘石木、關露等都發表了演講。他們在演講中大肆歌頌日本，如周越然說：「日本是大東亞共榮圈盟主，」魯風說：「所看到的日本國民精神的一切，除欽佩外，應該給予我們以最大的自省與自勉」，云云。

三　第三次「大東亞文學者大會」

　　第三次「大東亞文學者大會」於一九四四年十一月十二日在南京召開。這個時期，是日本軍國主義滅亡前的垂死掙扎階段。同時，日本和汪偽政權的輿論機器極力掩飾戰場上的敗象，大力進行「決戰必勝」的宣傳，同時加緊進行「思想文化戰」，對汪精衛等亞洲傀儡政權進一步加以懷柔和利用，通過偽政權向亞洲民眾做「亞洲的敵人是美英，日本是亞洲的盟主」之類的欺騙宣傳。一九四四年十一月初，東條英機把汪精衛及其他亞洲六國的傀儡政權頭目招到東京，召開了所謂「大東亞會議」，發表了六條《大東亞共同宣言》，重彈「解放亞洲」、「共存共榮」、「宏揚大東亞文化」之類的老調。在這種情況下，日本希望借「第三次大東亞文學者大會」進一步向中國進行文化和文學的滲透。在大會召開前夕，《文學報國》在一九四四年十一月一日的頭版發表了該報編者及武者小路實篤、高嶋米峰、長谷川如是閑等人寫的關於大東亞文學者大會的文章，明確指出第三次大會的「真義」在於宣傳日本的「大東亞共榮圈的文化政策」（〈呼應南京大會〉）。高嶋米峰在〈決戰和大東亞的文化工作〉中指出：「日本在過去把東亞文化日本化，近代又把西洋文化日本化，像這樣把東西方文化調和融匯起來，日本已經畢業了。而且已經達到了向全世界誇耀的境地。所以，大東亞的文化工作，就是把現在的日本文化，向南方各地域加以宣傳普及，就足夠了。為此，首先不能輕視他們的歷史習慣，風俗民情，而應該努力讓他們漸漸地順應日本文化。」這就把日本召集第三次「大東亞文學者大會」的意圖說得很清楚了。

　　在日本和汪偽政權的宣傳攻勢之下，無論日本還是中國的日偽統治區的「文學者」們，對日本侵華戰爭及「大東亞戰爭」的即將到來的失敗，大都沒有覺悟，因而對「大東亞文學者大會」也都興致勃勃。汪偽政權從第二次大會時，就曾爭取承辦「東亞文學者大會」，

此次日方因「戰局的推移」而決定把會場定在南京，南京方面可謂「如願以償」。十一月十一日，各淪陷區代表召開了「第一屆中國文學者年會」，討論通過了年會簡章和向「大東亞文學大會」提交的各種提案。也就在此時，傳來了汪精衛已於十日在日本病死的消息，給會議蒙上一層陰影。

日方派出參加南京大會的代表有：長與善郎、土屋久泰、高田真治、豐島與志雄、北條秀司、火野葦平、芳賀檀、戶川貞雄、阿部知二、高見順、奧野信太郎、百田宗治、土屋文明等十四人。其中，長與善郎任團長。（原定團長武者小路實篤因病不能到會）中方參加會議的人數共四十六名，在三次大會中是最多的，其中「滿洲國」代表有古丁、爵清、田魯、疑遲、石軍、小松，還有加入了「滿洲國」的日本人山田清三郎、竹內政一，共八名；華北代表有錢稻孫、柳龍光、趙蔭堂、楊丙辰、山丁、王介人、辛嘉、梅娘、雷妍、蕭艾、林榕、侯少君等，共二十一名，會議稱周作人因「高血壓」而不能出席。華中代表有陶晶孫、柳雨生、張若谷等二十五名，其中有不少並非「文學者」，而是汪偽政權中的官僚政客。列席會議的還有當時在南京的日本美術史家土方定一、詩人池田克己、作家武田泰淳和佐藤俊子，以及在中國開設書店的內山完造等人。

十二日下午，在南京「中德文化協會」會場舉行了開幕式。首先由大會籌備委員會副主任沈寥士（汪偽監察院參事、宣傳部副秘書長）報告大會籌備情況。然後推舉錢稻孫（時任偽北京大學文學院院長）為大會議長，陶晶孫（時任中日文化協會常務理事）為副議長。接著由「國民政府」代表、「日本大使館」代表、日本陸軍報導部代表、「滿洲國大使館」代表發表祝詞。第一天的大會遂告結束。

第二天的會議主要討論如下四個議題：

一、如何以小說、詩歌、戲劇等鼓舞士氣，高揚戰意，協助大

東亞戰爭，驅逐美英，謀求大東亞民族的解放？

二、如何復興東亞固有的文化和精神？如何創造新的東亞文化
和精神？

三、如何積極實行《大東亞宣言》第三項中關於文化的條款？

四、如何提高大東亞文化水平和民族意識？

這四個議題是由日方提出來的，直接脫胎於東條英機、汪精衛的《大東亞共同宣言》。在上午的會議上，日本方面的長與善郎、豐島與志雄、高田真治、高見順分別就四個議題做了說明。

下午的會議分為四個分會場進行討論。第一分會場，中方代表提出了「為建設大東亞新文化，尊重古典」的提案；日方的百條秀司提出了「促進共榮圈內戲劇界人士的奮起和交流案」，百田宗治提出了「長期實行詩人學者的相互派遣並具體落實」案，等等。第二分會場，由日方的芳賀檀提出了「設立大東亞文藝院」的提案，中方代表提出了「設置翻譯機構」、「發行以促進中日交流為目的的定期刊物」等提案。第三分會場，土屋久泰提出了「將以漢詩為中心的文化聯盟具體化」的方案，戶川貞雄的大會聲明的起草提案。最後「滿洲國」代表提出，希望第四次大會在「滿洲國」的「首都」「新京」（即長春）召開，並得到了基本同意。

大會的第三天，選出了「宣言決議文起草委員會」。大會宣言由中方代表梅娘、日方代表火野葦平聯合朗讀，博得全場的拍手鼓掌。梅娘和火野葦平朗讀的「第三次大東亞文學者大會宣言」內容如下（原為日文）：

我等在空襲下的中華民國首都南京召開第三次大東亞文學者大會，深感責任重大。為大東亞戰爭的完遂、鞏固確立大東亞文化的決心，特發表如下三條宣言：

一、我等期望高揚大東亞共榮圈內的文化，並為大東亞文化的
大融合的形成貢獻力量。

二、我等期望凝聚大東亞共榮圈內各民族卓越的精神，相互補
益，向大東亞建設的共同目標邁進。

三、期望尊重大東亞共榮圈內各民族的歷史傳統，宏揚大東亞
民族精神。

「宣言」朗讀之後，舉行了「第二次大東亞文學獎」的頒獎儀
式。這一次授獎和第一次一樣沒有選出「正獎」，五個作者及其作品
獲得「次獎」。他們是：日本的田研一及其《滿洲建國史》，中國的梅
娘及其短篇小說集《蟹》、古丁及其《新生》。另外兩個分別是泰國和
菲律賓的作者。

大會散會後，日本代表赴上海出席汪偽政權安排的演講會、座談
會、廣播講話等活動。接著又去北京，出席了《中國文學》雜誌安排
的文學座談會，「華北作家協會」安排的演講會等，然後回國。

和頭兩次會議比較起來，第三次「大東亞文學者」大會雖然人數
不少，但顯得冷清、空洞，也更程式化。代表們的發言大都是陳詞濫
調，缺乏新意。尤其是中方代表的提案發言和表現，令日方不滿。出
席大會的日本作家高見順在《高見順日記》中寫道：「中國人幾乎沒
有注意聽。他們時時歪著腦袋，在看桌上的雜誌或報紙。……滿洲國
的代表張口就是『如今是激烈的戰爭』之類，淨是些千篇一律的演
說。中國方面的文化人講的多是如何想辦法擺脫生活上的困難這類很
實際的提案。」

日本策劃組織的三次「大東亞文學者大會」，是日本在中國的
「思想文化戰」的重要步驟，反映了日本軍國主義將中國文壇拖入
「大東亞戰爭」的企圖。應該說三次大會的組織活動本身是成功的。
在「大東亞戰爭」、「大東亞共榮圈」等軍國主義戰爭宣傳方面起了一

定的作用，在中國淪陷區也產生了一些影響。在這個意義上說，日本借大會對中國進行欺騙宣傳的目的是基本達到了。但是，三次「大東亞文學者大會」對中國淪陷區文學本身的影響，則是很有限的。參加大會的中方代表沒有一個是有影響的文學家。對此，內山完造在其出版的《花甲錄》中寫道：「開過大東亞文學者大會……中國方面誰去了，想來有名的文學家，一個也沒有。有什麼播（潘之誤——引者注）予且，陶元（亢之誤——引者注）德，柳雨生等，婦人有關露，都是這類的人……。」的確，參加大東亞文學者大會的人在當時的淪陷區文化界或文壇上大都比較活躍，然而，他們在文學上的造詣和成績有限，他們在淪陷區的影響也是有限的，更談不上在整個中國文壇的影響了。因此，日本通過大東亞文學者大會對中國文壇實施干預和滲透，實際上只能是對參加大會的這些人本身的滲透。

　　而參加大會的這些人，成分也很複雜。有的在抗戰勝利後被判為漢奸，受到了懲處，如錢稻孫、陶亢德、柳雨生等人；有的後來被證實是中共的地下工作者，如陶晶孫、關露。更多的人則由於種種原因，主動投入或被動陷入了這個泥潭。當中國人民正在進行艱苦卓絕的抗日戰爭的時候，當廣大的文學家為了中華民族的生存和未來而積極投入抗日洪流的時候，卻有這麼一些人置民族大義和文學者的良心於不顧，投入敵人的文化陣營，配合日本的「大東亞戰爭」的叫囂和宣傳，對日本侵略者拍馬逢迎，歌功頌德。無論怎麼說，這都是一種可恥的附逆行為。但是，在近年來發表和出版的有關著作和論文中，或在有關人士的生平活動的介紹中，對參加「大東亞文學者大會」的史實，或辯解開脫，或故意隻字不提了。歷史總歸是歷史，它是我們的研究和反思的對象，也為我們提供著鑑戒。今天我們從文學史的角度對三次「大東亞文學者大會」進行清理，意義就在於此。

「亞細亞主義」、「大東亞主義」及其御用文學[1]

一　「亞細亞主義」、「大東亞主義」與林房雄、佐藤春夫、多田裕計的小說

在侵華戰爭中，日本除了提出「保護日本在華利益」、「膺懲支那」之類的赤裸裸的侵略邏輯外，還逐漸形成了一整套冠冕堂皇的軍國主義理論，其核心就是「亞細亞主義」，或稱「大東亞主義」。

所謂「亞細亞主義」、「大東亞主義」的「理論」早在明治維新以後就逐漸萌芽，上世紀二〇年代以後隨著日本法西斯主義思想的形成而逐漸發展和系統化。侵華戰爭期間成為軍國主義對華侵略的理論支柱。一九三八年，近衛首相發表第二次聲明，提出「帝國所追求的乃是建設確保東亞永久和平的新秩序，此次征戰的最終目的亦在於此」，並拋出了「東亞新秩序」的提法；一九四〇年，時任日本外相的松岡洋佑發表講話，稱「當前日本的外交方針是，遵照皇道的基本精神，首先必須確立日、滿、華一體的大東亞共榮圈」，第一次公開使用了「大東亞共榮圈」一詞。隨著太平洋戰爭的爆發，日本進一步把它擴大了的侵略戰爭稱之為「大東亞戰爭」，把戰爭說成是整個「東亞」對美英的戰爭。並把「亞細亞主義」、「大東亞主義」作為戰爭宣傳的核心。進入二十世紀四〇年代以後，鼓吹「亞細亞主義」的

1　本文原載《名作欣賞》（太原），2015年第9期（總第513期）。

文章書籍大批出籠，諸如《大亞細亞主義論》（小寺兼吉）、《大亞細亞主義文化建設論》（伊東六十次郎）、《大東亞共榮圈》（西村真次）、《大東亞共榮圈建設的基本理論》（田村德治）、《大東亞皇化的理念》（桑原玉市）、《大東亞建設讀本》（小川時郎）、《大東亞建設的指導原理》（杉森孝次郎）等等，不勝枚舉。其中，鼓吹這一套理論的最「權威」、影響最大的理論家，是戰後被定為甲級戰犯的大川周明。大川周明早在一九二二年就炮製了《亞細亞復興諸問題》，分章評介了亞洲各國近代反抗英美殖民侵略的若干民族主義領袖，提出日本必須成為亞洲「解放」的領袖，擔負起「復興亞細亞」、「拯救亞細亞」之「重任」。一九四二年，他在《美英侵略東亞史》一書中指出：「大東亞即日本、支那、印度三國。在日本的心目中已經成為一體。」「東亞的發展是事關日本生死存亡的問題」。他寫道：「日本在日俄戰爭中的勝利不僅阻止了俄國侵略東亞的步伐，而且也是對白人征服世界之步伐的最初的打擊。這一點在世界史上具有深遠的意義。從此以後日本擔負起了包括朝鮮、滿洲、中國在內的整個東亞的治安與保全的巨大責任，並一直圓滿地履行著這一責任。」他還在一九四三年出版的《建設大東亞秩序》一書中論述了日本為什麼有資格領導亞細亞。他說：「亞細亞的復興，並不只是意味著從歐羅巴統治下取得政治上的獨立，它同時也是在亞細亞諸民族的精神生活中復活古代的光榮。而日本實際上正在為這一莊嚴使命而戰。因為，東洋的好的東西、寶貴的東西，即使在其故國最終也已經成為僅僅是過去的偉大的影子。但在日本今天卻以生機勃勃的生命躍動著。……今天支那和印度從我們的生命中所攝取的正是這種作為東洋精神的日本精神。」在這裡，大川周明已經把日本的「大東亞主義」或「亞細亞主義」的內涵和實質表述得很充分、很系統了。「亞細亞主義」也好，「大東亞主義」也好，說到底就是建立以日本為中心、以「日本精神」為基礎的亞洲，因而當時日本有不少的「理論家」乾脆把「亞細亞主義」、

「大東亞主義」稱為「日本主義」。

　　日本文學家也積極地利用文學家的影響，利用文學作品宣傳「亞細亞主義」、「大東亞主義」。這些作品的共同特點，都是或以中國為背景，或以中國人為主人公，以中日關係為經緯，以「亞細亞主義」、「大東亞主義」為主題。其中有代表性的是林房雄的《青年之國》、佐藤春夫的《亞細亞之子》、多田裕計的《長江三角地帶》和太宰治的《惜別》等。

　　林房雄在一九四一年寫了一部為偽「滿洲國」塗脂抹粉、宣揚「亞細亞主義」的長篇小說《青年之國》。這部小說要說明的主題就是：「滿洲國」的建立是日本亞細亞主義理想的實現，是「明治維新的最正確的歸結和發展」。在此書的「後記」中，他引經據典地徵引了日本歷史上的「亞細亞主義」的思想言論。認為亞細亞主義是日本幾代人的理想，從明治維新前夕一直到現代，日本的思想家、政治家們，如吉田松蔭、藤田東湖、橋本左內、西鄉隆盛、平野國臣、真木和泉等，無不主張亞細亞統一論。幕府末期的吉田松蔭早就提出：日本應該「開墾蝦夷，收納琉球，奪取朝鮮，拉來滿洲，壓垮支那，君臨印度，以收進取之效。」在小說中，林房雄通過主人公木村明男表達了亞細亞主義思想。木村明男在中國的街道上走，他眼裡的中國人簡直就是一群動物──「人的赤裸裸的本能和欲望像汗一般從渾身的毛孔裡滲出來」，「那與其說是人的體臭，不如說是野獸的臭。只覺得那是油臭、毛皮臭、血腥臭。與那些人格的東西，理想的東西，神聖的東西完全無緣。就像爛泥坑一般頹廢、沉積、死氣沉沉，使人窒息，令人恐怖。」木村明男在參觀了大同的佛教石窟後，讚歎中國的傳統文化，更覺得現在的中國已經走向了末世，而只有日本才能拯救墮落的中國。由此，木村明男「湧起了一種自信：自己具備了從事一項偉大事業的資格：打破現代支那的一切虛偽的東西，將掩蓋在虛偽的假面具之下的真正的東洋加以復興」。他懷著這樣的理想加入了

「滿洲青年議會」，開始了在滿洲建設「青年之國」的事業。

　　佐藤春夫《亞細亞之子》原為一篇電影故事梗概，發表於一九三八年三月；一九四一年又改寫成短篇小說，題目也改為〈風雲〉，收在題為《風雲》的短篇小說集中。兩者的情節主題等完全相同。寫的是一位姓汪的中國人，具有「文學的才能」和「詩人的熱情」，懷著建設未來新中國的志向來日本留學，但到日本留學後並沒有選擇文學而是選擇了醫學。這令那位希望和汪一起從事文學的「郁某」（《風雲》中作「郁某」，《亞細亞之子》中作「鄭某」）感到失望。汪在日本和一位名叫愛子的日本女護士戀愛結婚，並生了兩個兒子。北伐戰爭期間，汪曾回國參加北伐，並在行軍途中和一位十六歲的漂亮女子戀愛。後來汪寫了〈請看今日之蔣介石〉的檄文，為蔣介石所追捕。汪只好逃到了妻子的祖國日本，在日本居住了十年。十年後，郁某忽然到汪府造訪，他帶著上級的密示，勸誘汪回國參加抗日活動。汪在郁某的勸誘下，只給妻子孩子留下一封告別信，便悄悄回國。安田愛子在日本受到員警的盤問，生活上也相當艱難，但對丈夫仍無怨言。汪回國後，很快在國民政府中就了一個高位，成為蔣介石宣傳的工具。「蔣介石終於借此報了十年以前的仇，讓汪做了官，並利用汪的影響中傷、誹謗汪的愛妻的國家」。但是，不久汪就發現自己是被利用了。他發現自己在北伐時期的那位情人，已被郁某騙了去作了第二夫人，住在西子湖畔的別墅中。汪覺得那個情人的所作所為是連日本的娼婦也不敢為的，於是更感到自己那在日本的妻子愛的真誠。郁某勸誘汪回國有功，得到了蔣介石賞給的原本用來通緝懸賞汪的巨額款數的數倍。郁為了表示友情，又把這些錢的一部分給了汪。但是汪不再信任郁某了，對蔣介石也充滿了怨憤。他回心轉意，「由抗日的急先鋒成了現在的親日家」。他決定用郁某給的那些錢，在日本人統治下的北京通州建一座醫院，為日本開發華北做貢獻。醫院建成了，汪的妻子和已長大了的兒子也得到了父母鄉親的理解和支持，從日本到了通州協助汪的事業。

　　這就是《亞細亞之子》，也即《風雲》的梗概。其中的有些情節顯然是有所影射的。「汪」似乎影射的是郭沫若，「郁某」影射的是郁達夫。二十世紀二〇年代，郭沫若、郁達夫在日本留學期間，和佐藤春夫有較密切的交往。日本侵華戰爭爆發後，郭沫若、郁達夫都積極投身於抗日鬥爭，對此，滿腦子軍國主義意識的佐藤春夫顯然非常不滿，於是寫了這樣的東西，醜化中國抗日人士。佐藤春夫有意採取真真假假的手法，以達到混淆視聽的目的。有些情節和郭沫若、郁達夫的經歷相似，如「汪」從日本歸國前的經歷，與郭沫若的經歷相似；郁達夫也確實曾到日本的郭沫若家中造訪過，並希望郭沫若回國參加抗日鬥爭。但其他的情節，完全是佐藤春夫想入非非的產物。佐藤春夫在短篇集《風雲》自序中，認為他那個時代的特點是「一切都是宣傳第一，一切都注重實效」。也就是說，《亞細亞之子》——《風雲》就是「宣傳第一」的，「注重實效」的。一語道破了他為軍國主義、亞細亞主義作「宣傳」的實質。在這裡，佐藤春夫露骨地宣揚了「亞細亞主義」。題目叫「亞細亞之子」，寓意就在於此。所謂「亞細亞之子」，也就是佐藤春夫的理想人物。佐藤春夫把「汪」寫成了「亞細亞之子」，同時也把「汪」與日本妻子生的兒子也寫成「亞細亞之子」。在《風雲》中，安田愛子對兒子們說：「你們不能只以為自己是支那人，因為你們不只是父親的孩子；你們也不能只以為自己是日本人，因為你們不只是母親的孩子。你們是亞細亞之子。是的，你們是生在日本、在日本成長、在日本的學校受了教育的亞細亞之子。將來，——不遠的將來，你們的使命就變得越來越重大了。」

　　早在一九三八年，佐藤春夫的《亞細亞之子》剛出籠的時候，郁達夫就滿懷義憤，發表了〈日本的娼婦與文士〉一文，對《亞細亞之子》做了嚴正的批判。在介紹了《亞細亞之子》的情節大意後，郁達夫寫道：

在這中間他處處高誇著日本皇軍的勝利，日本女人的愛國愛家的人格的高尚。同時也拙劣地使盡了挑撥我們違反領袖，唆使我們依附日本去作漢奸的技巧。至於中國人的人格呢，對男人則說是出賣朋友的劣種，如姓鄭者之所為，對女人則說是連日本的娼婦還不如。如那一位姓汪的愛人之所為。

（中略）

佐藤在日本，本來是以出賣中國野人頭吃飯的。平常只在說中國人是如何如何的好，中國藝術是如何如何的進步等最大的頌詞。而對於我們私人的交誼哩，也總算是並不十分大壞。但是毛色一變，現在的這一種阿附軍閥的態度，和他平時的所說所行，又是怎樣的一種對比！

平常變化莫測的日本文人，如林房雄之類的行動，卻是大家都曉得的。在這一個時候，即使一變而做了軍閥的卵袋，原也應該，倒還可以原諒。至於佐藤呢，平時卻是假冒清高，以中國人之友自命的。他的這一次假面揭開，究竟能比得上娼婦的行為不能？我所說的，是最下流的娼婦，更不必說李香君、小鳳仙之流的俠伎了。

郁達夫對佐藤春夫的批判，真可謂痛快淋漓、擊中要害。

另一部宣揚「亞細亞主義」、「大東亞主義」的作品是多田裕計的中篇小說《長江三角地帶》。多田裕計是日本在上海開辦的「上海中華映畫會社」的職員。一九四一年，多田在上海的《大陸往來》雜誌發表了《長江三角地帶》，該文同時發表於日本的《文藝春秋》雜誌，當年又出版了單行本。該文作為描寫日占區的「現地文學」，小說很受賞識，當年就獲得了權威的芥川龍之介文學獎。接著，附逆文化組織「中日文化協會武漢分會」為了「溝通」中日文化，舉辦了「中日文學翻譯懸賞」，張仁蠡將它譯成中文，作為「中日文化協會

武漢分會叢書第一種」在武漢出版。譯者在譯序中指出，《長江三角地帶》「是以大亞細亞主義的理念為題材的」，他認為這是「今日的文壇所最需要的」，並希望「讀者如果能夠在這部小說裡獲得若干印象，因而堅定對於建設大東亞的信念，並且增加在這個困難的大時代艱苦奮鬥的勇氣，我們便覺得差堪自慰了。」

　　小說以日本占領下的上海為舞臺，主要人物是兩個中國青年：袁天始和他的姐姐袁孝明，還有作為他們的朋友的日本青年三郎。袁天始在戰爭前曾在日本留學，他對汪精衛的「和平救國」運動感到共鳴，於是從重慶逃到了上海，在三郎的介紹下，在「中日文化會社」從事日本對華文化工作。姐姐袁孝明在南京的金陵女子大學畢業後，參加了左翼運動和抗日運動。姐弟倆具有深厚的同胞手足之情，但在思想和生活道路上卻很不相同。有一天袁天始受抗日派的伏擊，受了槍傷。姐姐袁孝明來看望弟弟，並懇求三郎把弟弟交還給她作寶石商人的父親，三郎則趁機勸說孝明改變思想。孝明此時思想上出現了嚴重危機，陷入了深深的懷疑和苦惱中，形神憔悴，遂去杭州療養。傷好後的袁天始和三郎參加了汪精衛的「還都南京」的儀式。不久他們收到了袁孝明在杭州投湖自殺的消息。孝明在遺書中對弟弟說：「……我理解你所抱的和平思想。我祝福你，願你堅守你的信念。我更祝福中華民國。」「我死，是由於某種天命，我清算了一切，就這樣回到古老的國土，回到支那中去吧。」……小說顯然有意地把袁孝明和袁天始姐弟倆寫成了「抗日派」和「親日派」中國青年的代表。「抗日派」的袁孝明在現實面前找不到出路，產生了嚴重的精神危機，最後只有走向自我的毀滅。而她在毀滅時，也放棄了抗日的信念，向「和平派」投降了。所以作者說她的死「使她復歸為一個東洋人了」。另一方面，作者把袁天始這樣的擁護汪精衛的漢奸寫成了憂國憂民的人。小說寫道：「民國二十七年十二月，汪精衛先生脫出了抗戰派的首都重慶。天始私下所抱的 S 形的心理救國思想，和國民黨

汪先生所抱的，沒有什麼不同。」正由於有著這樣的「和平」思想，他即使受到了槍擊也不思反悔。小說通過袁氏姐弟的截然不同的兩種道路、兩種命運的描寫，力圖表明「抗日」是沒有出路的，「和平」才有前途。整篇小說到處都是「亞細亞主義」、「大東亞主義」的宣傳和說教。在汪精衛的「還都」儀式上，聽著汪精衛高呼「黃色民族團結起來，建設東亞新秩序」，「中日提攜，東亞興隆」之類的口號，主人公興奮異常，「看那夾在太陽旗中的青天白日旗，我真要說中國就要更生了！」

二　「大東亞會議」、《大東亞共同宣言》及其宣傳部署

從一九四二年下半年開始，日本在戰場上漸露敗相，進入垂死掙扎階段。同時也進一步加緊了「亞細亞主義」、「大東亞主義」、「日中親善」之類的宣傳滲透活動。一九四三年十一月五日至六日，在日本首相東條英機的組織和主持下，亞洲的幾個親日政權的頭目，包括偽國民政府的「行政院長」汪精衛、偽滿洲國「總理」張景惠等，在日本召開了「大東亞會議」。東條英機在會上做了《帝國政府對大東亞戰爭完遂和東亞共榮圈建設的基本見解》的開幕詞。接著，在東條英機的授意下，汪精衛借用孫中山的大亞洲主義，鼓吹「大亞細亞主義」和「大東亞共榮」，並呼籲「重慶叛逆政權的覺醒」；張景惠發誓「日滿兩國」要締結永久的「道義國交」。其他亞洲國家的幾個偽政權頭目也做了效忠日本的發言。最後，大會一致通過了《大東亞共同宣言》。「宣言」的內容如下：

> 世界各國各得其所，相互依存，萬邦共榮同樂，乃世界和平確立的根本要義。
> 然而，美英為了自國之繁榮，壓迫其他國家、其他民族，對大

東亞進行貪得無厭的侵略壓榨，企圖將大東亞隸屬化，並為此而破壞大東亞安定的根基。大東亞戰爭的原因就在於此。

大東亞各國協同一致，把大東亞從美英的壓迫下解放出來，謀求自存自衛。基於如下綱領，以大東亞的建設促進世界和平之確立，是為望焉。

一、大東亞各國協同一致，確保東亞安定，建設基於道義的共存共榮的秩序；

二、大東亞各國相互尊重獨立自主，以互助敦睦之實，確立東亞的親和；

三、大東亞各國相互尊重各自傳統，發揮各民族的創造性，高揚大東亞文化；

四、大東亞各國在互利互惠下，緊密提攜，促進經濟發展，增進大東亞的繁榮；

五、大東亞各國致力於萬邦交誼，廢除一切人種的差別，增進文化交流，開放資源，以此對世界的進步作出貢獻。

《大東亞共同宣言》的發表，意味著「大東亞主義」、「亞細亞主義」以一種「國際宣言」的形式得到了進一步強化。日本的「大東亞主義」的宣傳也進入了一個新的階段。內閣情報部要求日本文學界對「宣言」進行宣傳。日本軍國主義政府的附屬機構「日本文學報國會」，立即在機關報《文學報國》上設立了「特集號」，並召開了小說、詩、短歌、俳句、戲劇、漢詩漢文各分部的幹事會，學習討論「大東亞共同宣言」，並決定運用各種文學樣式，對「宣言」進行宣傳。以「日本文學報國會」的「小說部會」為例，該會決定以「宣言」中的五大原則為主題，「刊行構思規模宏大的小說，向大東亞各國國民宣傳皇國（日本自稱為「皇國」——引者注）的傳統和理想，滲透共同宣言的大精神」，並推舉白井喬二、尾崎士郎、戶川貞雄、

木村毅、福田清人、日比野士朗、久米正雄、吉川英治、林房雄、火野葦平、鶴見佑輔、片岡鐵兵等二十多人為「執筆候選者」。一九四四年新年伊始,「小說部會」的約五十名「執筆希望者」召開協議會,出席者其中有立野信之、荒木巍、小田嶽夫、太宰治、山中峰太郎、白井喬二、大江賢次、藤森成吉、川端康成、貴司山治等人。會議決定全體「執筆希望者」先提交小說的寫作梗概、寫作意圖,以便「審查委員會」的審查通過。到了一九四四年底,在幾十名「執筆希望者」中終於選出了六名「委託作家」,並按照「大東亞共同宣言」確立的各項「基本原則」確定了各自的寫作主題和分工。具體情況如下:

> 「共同宣言」整體內容:大江賢次
> 「共存共榮」的原則:高見順
> 「獨立親和」的原則:太宰治
> 「文化高揚」的原則:豐田三郎
> 「經濟繁榮」的原則:北町一郎
> 「世界進步貢獻」的原則:大下宇陀兒

以上六名「委託作家」中,只有太宰治在日本戰敗投降前夕寫出了《惜別》,完成了任務,其他五人均因日本「大東亞」的夢想被徹底擊碎,來不及寫出而胎死腹中。

在「日本文學報國會」首次確定的第一批「執筆候選者」名單中,本來沒有太宰治的名字。在一九四四年初的「執筆希望者」名單中,太宰治名列其中。他在一九四四年一月三十日給山下良三的一封信中說:「新年伊始,文學報國會把大東亞共同宣言的小說化的艱巨任務交給了我。我想這是國家大事,其他的事情可以往後放一放,而對此工作費一番腦筋。」太宰治在提交的供審查用的題為〈《惜別》的意圖〉的短文中,談到了《惜別》的寫作意圖。他寫道,《惜別》

是以在日本仙台留學時期的魯迅為主人公的小說。「對晚年的魯迅概不涉及，只想把一個純情善感的清國留學生『周君』描寫出來。」他要寫二十二歲的周樹人為了學習醫學而到日本留學，在仙台醫專學醫時，雖然被兩三個日本學生惡意中傷，但他有幸得到了藤野先生那樣的恩師和良友，所以，他「開始逐漸地理解日本」，並開始密切地觀察日本人的生活。從而在「關於教育的天皇敕語、乃至關於軍人的天皇敕語中」，看到了「日本人的清純感」，進而得出了中國的危機「根源於理想喪失、怠惰倨傲的可怕的精神疾病」的結論。於是他抱著文藝救國的理想來到了東京。太宰治還聲稱，他在《惜別》中「對中國人既不輕蔑，也不拔高，而是打算以純潔的獨立親和的態度，將周樹人正確地、充滿敬愛地描寫出來。讓現代中國的年輕的知識人讀了以後，感激在日本有我們這樣的知音。其作用超過百發炮彈，從而為日支（「支」即「支那」──引者注）全面和平而效力，這就是（我的寫作）意圖。」

太宰治在接受了寫作任務之後，立即訪問了魯迅研究者小田岳夫，借來了改造社版的《大魯迅全集》，小田還把連載《日本留學生史》的《日華學報》等材料也送給了太宰治。然後，為了調查魯迅在仙台時期的情況，他來到了仙台，查閱了日俄戰爭期間與魯迅有關的資料。他還參觀了魯迅當時租住的宿舍，魯迅常去的牛奶咖啡店、小吃店、劇場等，還參觀了收容俄國俘虜的廣瀨川的川原等等。在動筆前，太宰治還收到了竹內好在當兵出征前贈送給太宰治的《魯迅》一書。看來，太宰治為了寫作《惜別》，是做了大量準備的。但令人遺憾的是，這些調查和資料準備對太宰治「正確」地表現魯迅並沒有起到什麼作用。他要完成軍國主義政權交給他的宣傳「大東亞共同宣言」的任務，就不可能正確地寫出魯迅。本來對太宰治的寫作還抱有期望的竹內好在戰後復員後讀到了《惜別》，也感到「很失望」，覺得太宰治太「自以為是」了。

那麼，太宰治在《惜別》中，究竟是怎樣描寫魯迅的呢？

三　《惜別》：通過歪曲魯迅形象宣傳「大東亞主義」

　　眾所周知，魯迅先生在其著名的散文《藤野先生》中充滿感情地
寫到了在仙台學醫時的恩師藤野先生。在魯迅決定轉學離校時，藤野
先生在自己照片上題贈了魯迅兩個字——「惜別」。太宰治的這篇小
說的題名，顯然就是由此而來。而且整篇小說，也都是在《藤野先
生》的基礎上，加以想像、虛構而成的。太宰治之所以要描寫魯迅，
要把在仙台學醫時的魯迅作為《大東亞共同宣言》中所謂「獨立親
和」的典型來描寫，顯然是受了《藤野先生》的啟發的。他企圖把魯
迅先生對藤野先生的尊敬與思念，引申到東條英機的中日「親善」的
軍國主義的居心不良的虛偽宣傳上去。但是，只根據《藤野先生》中
所提供的材料，無論如何也無法把魯迅寫成一個「日支親善的先
驅」。所以太宰治不得不依靠想像和虛構。於是，在《惜別》中，太
宰治虛構了一個重要人物——日本東北地區的一位老醫生、當年魯迅
的老同學，《惜別》通篇採用的就是這位老醫生（「我」）的手記的形
式。「我」曾經是周樹人在仙台求學時的同學。《惜別》寫了「我」與
周樹人的相識、交談、交往以及對周樹人的印象。「我」在一次同學
集體到松島旅遊的活動中認識了周樹人，兩人相談投機，成了朋友。
然後，《惜別》寫到了眾所周知的「漏題事件」、「幻燈事件」等魯迅
在《藤野先生》中提到的重大事件。這樣的藝術處理之後，起碼從形
式上，《惜別》可以給人以真實感了。但是，敘事形式上的藝術處
理，根本不可能掩蓋對魯迅形象所做的歪曲。

　　《惜別》對魯迅形象的歪曲，首先表現在作者筆下的魯迅對日俄
戰爭的態度上。魯迅在仙台學醫時，正值日俄戰爭時期，在太宰治筆
下，魯迅是日俄戰爭熱烈的讚美者，他有著一套完全日本式的日俄戰
爭觀：

今年二月，日本對北方的強大國家俄國堂堂地宣戰，日本的青年們踴躍奔赴戰場，議會一致全體通過了龐大的戰爭預算，國民準備付出一切犧牲，每日的號外叫賣的鈴聲不絕於耳。我認為，這次戰爭沒問題，日本必勝無疑。像這樣國內群情振奮，不可能打不贏。這是我的直覺。同時，在戰爭爆發以來，一種非常羞恥的感覺不斷困擾著我。這場戰爭，不同的人看法不同，依我看來，這場戰爭就是因為中國沒有能力。如果中國自身的統治有實力的話，這次戰爭也就不會發生了。在我看來，日本完全是為了中國的獨立完整才打這場戰爭的。這樣看來，對於中國來說，這難道不是一場丟臉的戰爭嗎？日本的青年們在中國的土地上勇敢地戰鬥，流下了寶貴的鮮血，而我的同胞們卻坐山觀虎鬥，隔岸觀火。這種情況我實在難以理解！

這哪裡是魯迅說的話！完全是日本軍國主義的陳詞濫調。凡對魯迅稍有了解的人，都會清楚魯迅是一個旗幟鮮明地反對帝國主義戰爭，反對日俄戰爭的人。在日俄戰爭的時候，中國有些人曾錯誤地同情或崇拜日本，但魯迅很早的時候就對日俄戰爭、對日本帝國主義本質有清醒的認識。他在當年給沈瓞民的信中就指出：「日本軍閥野心勃勃，包藏禍心，而且日本和我國鄰接，若沙俄失敗後，日本獨霸東亞，中國人受殃更毒。」（沈瓞民：〈魯迅早年的活動點滴〉，載《上海文學》1961 年 10 月）魯迅早年之所以翻譯武者小路實篤的劇本《一個青年的夢》，就是因為那個作品是反對戰爭（日俄戰爭）的。魯迅對日俄戰爭、對日本帝國主義本質的看法一直沒變。後來，他在〈答文藝新聞社問——日本占領東三省的意義〉一文中說：「在這一面，是日本帝國主義在『膺懲』他的僕役——中國軍閥，也就是『膺懲』中國民眾，因為中國民眾又是軍閥的奴隸；在另一方面，是進攻蘇聯的開頭，是要使全世界的勞苦群眾，永受奴隸的苦處的第一

步。」(《二心集》)魯迅在〈「民族主義文學」的任務和運命〉中,還一針見血地戳穿了日本的所謂「日支親善」的實質:「日本的勇士們雖然也痛恨蘇俄,但也不愛撫中華的勇士,大唱『日支親善』雖然也和主張友誼一致,但事實又和口頭不符。」(《二心集》)

其實,不用援引更多的證據,只看魯迅的《藤野先生》,就可以看出魯迅對日俄戰爭的真實看法:

> 但我接著便有參觀槍斃中國人的命運了。第二年添教黴菌學,細菌的形狀是全用電影來顯示的,一段落已完而還沒有到下課的時候,便影幾片時事的片子,自然都是日本戰勝俄國的情形。但偏有中國人夾在裡邊:給俄國人做偵探,被日本軍捕獲,要槍斃了,圍著看的也是一群中國人;在講堂裡的還有一個我。
> 「萬歲!」他們都拍掌歡呼起來。
> 這種歡呼,是每看一片都有的,但在我,這一聲卻特別聽得刺耳。……

按太宰治的筆下的「周樹人」的思想邏輯,在這種歡呼日本勝利的場合,魯迅也應該拍著巴掌和日本人一起高呼「萬歲」才是。然而,事實上,這歡呼聲在魯迅那裡「卻特別聽得刺耳」。為了歪曲魯迅的日俄戰爭觀,太宰治對《藤野先生》中的這些反戰意思非常明確、但妨礙他的「魯迅形象」的話,全都抹殺了。魯迅後來在《吶喊·自序》中也談到,正是由於這次「幻燈事件」的刺激,使他決定棄醫從文:「因為從那一回以後,我便覺得醫學並非一件緊要事,凡是愚弱的國民,即使體格如何健全,如何茁壯,也只能做毫無意義的示眾的材料和看客。」在這些話裡,對日本人拿中國人「示眾」、「槍斃」,魯迅是多麼強烈地表示了他的悲憤和悲哀!而在《惜別》中,

太宰治卻讓「魯迅」站在日本軍國主義的立場上，為日俄戰爭叫好。更有甚者，太宰治還異想天開地杜撰了這樣的情節：在日本舉國歡呼「旅順陷落」，仙台市民們傾城出動，進行夜間提燈遊行的時候，「異國的周君，好像是被津田氏約出來的，一邊微笑著，一邊和津田氏肩並肩地，提著燈籠遊行。」

在這裡，「周君」簡直就是狂熱的好戰分子了。我們不禁為太宰治的驚人的「想像力」感到愕然。

太宰治對魯迅形象的歪曲，還表現在他筆下的魯迅對日本文化的評論上。

魯迅先生對於日本文化、特別是對日本的國民性，曾作過許多肯定性的評價，特別是和中國的國民性比較，認為日本人國民性有些是值得中國人學習的。如日本人的「認真」精神，日本人的善於摹仿、「會摹仿」等等。關於這些，太宰治在《惜別》中都特意加以利用和發揮。太宰治是站在大日本民族主義，乃至軍國主義的立場上，對魯迅的看法進行任意的引申、發揮和利用的。在太宰治筆下，魯迅簡直是一個日本的崇拜者。他對日本的一切都說好，連日本的風景都比中國好，說中國的西湖比不上日本的松島；他讚美日本人的所謂「大和魂」，說：「日本人都那樣講義氣。因為大和魂的本質，就是義氣。」尤其令人吃驚的是，「魯迅」竟然是日本的天皇制封建主義、軍國主義「國體」的熱烈讚美者——

　　「在日本，國體上實在具有實力。」周君感歎地說道。這似乎是很普通的發現，但是，在我這本單薄的手記中，我是想對此下大力氣，大書特書的。日俄戰爭中日本取得偉大勝利，受這一事件刺激的周君的發現，其醫學救國的思想受到了深深的挫折，不久就改變了自己的方針。我想，這一轉變豈不就是因為這一發現嗎？他說，明治維新絕不是依靠蘭學者（蘭，荷蘭；

蘭學，即西學——引者注）來推動的。維新的思想源流，還是
國學。蘭學不過是路旁開的小花罷了。從德川幕府二百年的太
平，產生了豐富多彩的文藝，在其發達的過程中，有機會和祖
先的文藝思想相接觸，對祖先的研究也認真地做起來了。與此
同時，德川幕府也漸漸地進入了政治上的困頓期，內不能救百
姓於貧窮，外不能抵禦外國之威脅，日本國差點到了崩潰的邊
緣。就在這危機關頭，遠古祖先的思想研究家們，一齊站了出
來，昭示了救國的大道。即：國體的自覺，天皇的親政。⋯⋯
捨棄一切，歸於皇室，這就是國體的精華。⋯⋯

　　這簡直就是借「魯迅」的口來宣傳日本天皇制法西斯主義的理論
了。日本軍國主義把天皇說成是「神」，把日本說成是「神國」，並進
一步把日本的神說成是「大東亞」之「神」，宣揚日本天皇制國體的
優越，企圖使日本的天皇變成「大東亞」各國的天皇，並把它作為日
本統治亞洲的理論基礎。與此同時，為了獨霸亞洲，把英美的勢力從
亞洲排斥出去，日本軍國主義極力排斥以英美為代表的西洋文化。所
以在上面引用的這段文字中，太宰治竟然連西洋文化對明治維新所起
的作用都不承認了，而把明治維新說成是單純的對天皇制統治的恢
復。事實上，魯迅當時之所以到日本學習醫學，正如他自己所說，
「原因之一是因為我確知道了新的醫學對日本維新有很大的助力」。
（魯迅：《集外集拾遺補編・魯迅自傳》）而魯迅所說的「新的醫
學」，當然指的是西洋醫學。
　　更為荒唐的是，在這裡，太宰治借老醫生的口，認為魯迅由醫學
轉向文藝，是由於認識到了日本天皇制的優越性的緣故。接著，他讓
「魯迅」說出這樣意思的話：日本在日俄戰爭中之所以取得勝利，靠
的不是科學的先進，要說科學，俄國更為先進；日本取勝，靠的就是
天皇制國體的優越。為此，「魯迅」表示，他「想好好地研究日本」。

接著，太宰治進一步讓「魯迅」對日本天皇的思想核心「忠」大加讚美。「魯迅」認為：日本人的哲學就是「忠」，「日本人的思想，都歸結為『忠』」。

對魯迅稍有了解的人都知道，魯迅是一個反封建的戰士，對於野蠻愚昧的封建天皇制度，魯迅怎能有絲毫的容忍和讚美呢？對於「忠」、「義氣」之類的封建思想觀念，魯迅是深惡痛絕的。「忠」的觀念，是天皇制的思想基礎，也是日本傳統武士階級的基本觀念。一九二一年，魯迅翻譯了日本近代作家菊池寬《三浦衛門的最後》，在〈譯者附記〉中，認為武士道「在日本，其力又甚於我國的名教」，是喪失了人性的。他稱讚菊池寬對武士道「斷然地加了斧鉞」。由此即可見魯迅對封建觀念的鮮明的態度。對於太宰治在《惜別》中悍然歪曲魯迅思想的行為，竹內好當年吃驚地寫道：「可怕的是，無視魯迅的文章，僅以作者的主觀來捏造魯迅的形象，——準確地說，這是作者的自畫像。例如，作品中寫到魯迅讚美儒教之類，即使不讀魯迅在留學時代的文章，哪怕是讀一讀魯迅晚年的文章，也會清楚地看到魯迅正是為了反抗儒教的秩序才到日本留學的，而作者硬是無視這一點。」（〈花鳥風月〉，載《新日本文學》1956 年 10 月）

在《惜別》中，太宰治是把魯迅作為「日支親善」的典範來描寫的。那麼，他又是如何解釋魯迅在仙台留學時日本人對於魯迅的不友好的舉動呢？如何描寫魯迅對這種不友好舉動的反應呢？我們知道，魯迅在仙台學醫期間，因他的解剖學成績及格了，有的日本學生就懷疑是老師向魯迅漏了題，還在教室的黑板上藉故寫出暗示「漏題」的話，並且給魯迅寫了侮辱性的匿名信。在《藤野先生》中，魯迅大體記錄了這次「漏題事件」。並且沉痛而又感慨地說：「中國是弱國，所以中國人當然是低能兒，分數在六十分以上，便不是自己的能力了；也無怪他們疑惑。」在太宰治的《惜別》中，「漏題」事件也是小說中的重要情節之一。但是，太宰治有意地把這個事件的性質給顛倒

了，把一個日本學生的民族歧視事件寫成了「日中親善」的佳話。太
宰治寫道：當「漏題」的真相澄清了之後，寫匿名信的人——從日本
東北地區來的學生會幹事矢島，便以「東北人特有的道德中的潔癖
性」，還有「他所信仰的基督教反省的美德」，「哭」著承認了匿名信
是自己寫的，做了深刻檢討，並且請求辭去學生會幹事的職務。而
「魯迅」面對此情此景，態度又如何呢？

> 「我經常把筆記拿給藤野先生請他修改，所以也不怪他（指矢
> 島——引者注）有那樣的誤解。我反而同情他了。以前我不太
> 喜歡他，但是，和他交談多了，我知道了他是一個頗正直的
> 人。我跟他開個玩笑，問他：你是基督教徒嗎？他認真地點了
> 點頭，說：是的，因為我是基督教徒，所以不能避免犯罪。像
> 我這樣的有一身毛病、老是犯罪的背德者，才能成為基督教的
> 選民。教會，就是我這種好犯錯誤的人的醫院。……矢島的
> 話，奇怪地打動了我的心，我好像一下子打開了 Krankenhaus
> 的門」。……

對「漏題事件」給魯迅帶來的民族的和個人感情上的傷害，太宰
治完全不提。而寫匿名信誣陷魯迅的人，倒成了「魯迅」予以「同
情」的對象。「魯迅」竟然因為矢島的關於基督教的一席話，而對基
督教動了心。這樣的描寫在太宰治那裡並不奇怪，因為太宰治本人就
是一個基督教徒。在這裡，太宰治又一次把「周君」寫成了太宰治自
己，而真的周樹人——魯迅，卻被完全抹殺了。

到這裡我們可以清楚地看到，在《惜別》中，所謂日支「親
善」，就是像太宰治筆下的「周君」那樣，讚美和崇拜日本的一切，
認同日本的軍國主義、天皇制法西斯主義的國家體制（國體）；就是
接受日本天皇制觀念，接受日本的「亞細亞主義」、「大東亞主義」的

理念；就是承認日本對中國的侵略是為了「保全」中國的「獨立」；就是在遭到日本人傷害的時候也能坦然處之，並且充分諒解和「同情」日本人的「正直」。這就是日本和中國「親善」的前提。

　　應該說，在借用文學來宣揚東條英機及日本軍國主義政權炮製的《大東亞共同宣言》這一點上，《惜別》「很好地」完成了內閣情報局和日本文學報國會交給他的任務。在《惜別》中，魯迅被寫成了日本所理想的「大東亞主義」者，其形象遭到了肆意的歪曲。但也正是因為這種歪曲，《惜別》中的魯迅，完全是太宰治杜撰的「魯迅」。從這種意義上說，真正的魯迅是歪曲不了的。

戰後日本為侵略戰爭全面翻案的第一本書

——林房雄的《大東亞戰爭肯定論》[1]

一

　　二十世紀六○年代後，隨著日美「新安全保障條約」的簽訂，「冷戰」的局勢的嚴峻化、為軍國主義翻案為主要特徵的日本右翼思潮開始抬頭。其顯著標誌之一，就是林房雄的《大東亞戰爭肯定論》的出籠。

　　對日本現代文學特別是「無產階級文學」有些了解的人，對林房雄這個人恐怕都不太陌生。林房雄（1903-1975）出生於日本九州的大分縣，原名後藤壽夫，幼時家境貧困。後考入東京帝國大學法學部政治科，受馬克思主義主義影響，從事無產階級文學活動，成為一個小有名氣的無產階級文學家。不久因從事左翼政治活動而被當局數次逮捕關押，逐漸「轉向」（變節），到三○年代中期傾向右翼，並最終由極左變為極右，在日本侵華戰爭中成為拚命協力戰爭的軍國主義分子。一九三七年日本全面侵華後，林房雄作為《中央公論》雜誌社的特派員（即從軍作家，及所謂「筆部隊」）到上海戰線從軍，後又參加了日本法西斯文學組織「日本文學報國會」，陸續推出了大量鼓吹侵略戰爭，美化侵華日軍、歌頌「滿洲建國」及日本對中國東北的殖

1　本文原載《安徽理工大學學報》（合肥），2006年第2期。

民統治、誣蔑醜化中國抗日軍民、宣揚「勤皇文學」的小說、散文、評論等，包括《戰爭的側面》（1938）、《大陸的新娘》（1939）、《青年之國》（1943）等。四〇年代初，他還數次奉命到中國東北、北京、南京等地，對中國淪陷區的文壇進行滲透，對淪陷區作家指手畫腳，推銷日本的「大東亞文學」，與漢奸作家、附逆文人頻繁接觸，受到了汪偽宣傳部的高規格接待。戰後的一九四六年，林房雄理所當然地被指為文化戰犯嫌疑人，並被開除公職，但不久又能從事文筆活動，發表了不少通俗小說、評論等。從一九六三年起，林房雄開始著手對日本的侵略戰爭，即所謂「大東亞戰爭」進行系統的辯護和翻案，在《中央公論》雜誌一九六三年九月至一九六五年六月連載《大東亞戰爭肯定論》，並將連載稿結集為《大東亞戰爭肯定論》和《續‧大東亞戰爭肯定論》，共分十九章，約合中文三十萬字以上，由番町書房一九六四年和一九六五年相繼出版，後又合為一卷單行本、兩冊「文庫本」（小開本的普及簡裝本）等多種版本，不斷再版和重印，影響很大，因此很有必要對它做詳細的批判和剖析。

在《大東亞戰爭肯定論》中，林房雄炮製出了一個核心概念，或稱關鍵詞，就是「東亞百年戰爭」。「百年戰爭」論也就構成了全書的中心和主題。他把「東亞百年戰爭」一直上溯幕府末期的「攘夷」即對西方入侵的抵抗，從而將後來的侵華戰爭、太平洋戰爭都統歸為「東亞百年戰爭」，從而將近現代日本軍國主義的對外侵略說成是「迫不得已」的對西方列強的「抵抗」。為此，他首先試圖重新界定兩個概念，一個是「帝國主義侵略」，一個叫作「天皇制法西斯主義」。

第一個概念是「帝國主義侵略」。林房雄說：有人把日本的戰爭叫作「帝國主義侵略」，「然而，遺憾的是，從戰爭的結果來看，大日本帝國根本不具備帝國主義國家的資格。在這一百年間，難道就因為日本曾占領過臺灣、朝鮮半島和卡拉夫特的南部及南洋的粟粒島的零

星部分，就管日本叫作帝國主義嗎？所謂帝國主義，並不是由皇帝制定國家政策的意思，如果這就是帝國主義的話，那麼連埃塞俄比亞都是帝國主義國家了。」他接著說：「歷史上的帝國主義，在東洋有大唐帝國，成吉思汗的大元帝國，大征服者乾隆皇帝的大清帝國；在西洋有凱撒和歐格斯塔斯皇帝的大羅馬帝國、斯大林和赫魯雪夫的共產帝國。只有列寧的門徒才將『日本帝國』放在這些大帝國主義國家當中。」林房雄以這幾句話，就把日本帝國的「帝國主義」的帽子摘掉了。這也算是「東亞百年戰爭」假說中的一個「假說」吧，然而卻是徹頭徹尾的「虛假之說」。林房雄的「帝國主義」的嶄新定義純屬獨出心裁，與世界上一直公認的解釋完全不同。例如日本最流行的《新明解國語辭典》對帝國主義的解釋是：「犧牲其他小國的權益和存立，擴大自國的領土和權益的侵略傾向」。而林房雄卻以日本侵占的別國的領土不夠多，而認定日本不是帝國主義！這就好比一個盜竊者辯解說，自己偷的東西不夠多，所以不叫偷竊；一個殺人犯辯解說，自己殺的人不夠多，所以不能叫殺人。何況，日本當年所侵占的土地不夠多嗎？北到中國東北，南到東南亞的接近赤道的新加坡，而且連所謂的「大東亞共榮圈」都快建起來了，還不夠多嗎？

第二個概念就是「天皇制法西斯主義」。

林房雄在第八章〈右翼與法西斯主義〉中，指責戰後日本的「所謂進步學者」頻頻使用的「天皇制法西斯主義」、「軍部法西斯主義」、「極右法西斯主義」之類的用語，是「先驗的迷信」、是「非常可笑的話」。他指出，在義大利有墨索里尼的政黨，在德國有希特勒的政黨分別獲得了政權，建立了極權主義國家。日本與他們結成了三國同盟，所以日本和義大利、德國一樣同屬法西斯主義──「這樣的邏輯極容易進入俗耳」。他認為，這些詞的發明者原本不是日本的「進步學者」，而是以蘇聯為首的聯合國方面，所以假如在論文著作中使用「天制法西斯主義」之類的詞，那就不能體現「學者應有的嚴

慎態度」。林房雄認為，將日本的「右翼運動」看成是法西斯主義運動，「簡直是胡來，起碼說是非學術的」。林房雄極力將臭名昭著的「法西斯主義」與日本右翼加以區分。為此他從兩個方面入手。第一，他認為日本的右翼運動早於歐洲的法西斯主義運動，所以日本的右翼運動不是法西斯主義。實際上毋需林房雄辯白，誰都知道日本的右翼運動確實比歐洲的法西斯主義運動要早，而且日本的民間的右翼運動確實未必受到歐洲法西斯主義的影響，日本的法西斯主義國家體制與墨索里尼的義大利、與希特勒的德國是有所不同的，因此，包括日本有良知的學者在內的國際學術界，才將日本的法西斯主義正確地界定為「天皇制法西斯主義」，即天皇獨裁制度之下的對內獨裁、對外侵略擴張的國家體制。林房雄所指出的日本右翼運動早於歐洲，只能說明日本的右翼法西斯運動比歐洲更有淵源，也更為凶頑。

　　林房雄企圖為日本右翼運動摘掉「法西斯」帽子的另一個手法，就是認為義大利的法西斯黨和德國的納粹黨都是以奪取國家政權為目標的政黨，而日本的右翼運動從來都沒有以奪取政權為目的而組織政黨。他們總是以在野的浪人身分，在政治舞臺的背後活動。林房雄指出的這一點也是事實，但卻無法證明他的結論。相反，這種情況只能說明，不能把日本的以「忠君愛國」為特徵的右翼運動簡單地看作是歐洲的那種以民眾選舉的「民主」方式登場的「法西斯主義運動」。日本右翼運動的目標與天皇制獨裁體制國家從根本上看是一致的，在這種情況下右翼分子不可能試圖推翻天皇制並取而代之。這就是日本右翼法西斯運動的特色。因此，國際學術界在給日本的右翼運動定性的時候，才加上一個限定詞，稱為「天皇制法西斯主義」。林房雄的辯解在這個科學的定性面前，是牽強、淺薄、無力的。

　　同時，林房雄也指出了日本右翼及右翼運動在「東亞百年戰爭」中有多大作用。他寫道：

我想說明的是，所謂「東亞百年戰爭」實際上並不是由政府和
軍部策劃、「共同謀議」並加以實行的，而是被稱為「右翼」
的思想家和行動家促進、推進和準備的。（中略）圍繞所謂
「滿洲事變」、「日中戰爭」、「太平洋戰爭」都是出自軍部首腦
機關「共同謀議」的結果所做的「學術的考證」，不過是可笑
的勾當。「主戰論」全是從民間來的。在大東亞戰爭中，這些
人影響了「青年將校」們，他們頻頻發動計畫，終於促使軍部
上層和政府付諸行動。[2]

　　站在「大東亞戰爭肯定論」的立場上，林房雄也充分肯定了日本
右翼人士「主戰」的思想和行動，斷言日本的右翼雖然常常訴諸暴力
和恐怖手段，但絕不是所謂的「黑暗勢力」。那麼右翼究竟是什麼
「勢力」？林房雄表面上並未下一個明確的判斷。但顯而易見，他對
日本右翼及右翼運動的評價是積極的和正面的。他在為「右翼」「正
名」。林房雄為什麼要對戰後被大多數日本唾棄的「右翼」塗脂抹
粉？原因很清楚，要為「大東亞戰爭」翻案，就必須給「右翼」貼
金。至於說「『東亞百年戰爭』實際上並不是由政府和軍部策劃、『共
同謀議』並加以實行的，而是被稱為『右翼』的思想家和行動家促
進、推進和準備的」，這句話大體是說對了。「右翼」及其影響下的極
右勢力，是推動「大東亞戰爭」的惡性發展的主要力量。而這一點也
恰恰是普通中國讀者最意想不到的。日本的「天皇制法西斯主義」的
特殊性也恰恰就在這裡。

　　林房雄就是這樣把「帝國主義」和「天皇制法西斯主義」這兩個
詞，即被他視為束縛日本、束縛他的「百年戰爭史觀」的「緊箍咒」
摘掉了，或者自以為摘掉了。並由此企圖把侵略中國及亞洲的日本從

2　林房雄：《大東亞戰爭肯性論》（東京：夏目書房，2001年），頁164。

這種束縛中解脫出來，或自以為解脫出來了。然後，他開始系統地鋪排他的「東亞百年戰爭」史觀。

二

　　林房雄極力把日本的侵略戰爭，說成是日本面對西方列強的壓力，為了「自存自衛」而進行的「迫不得已」的戰爭，說什麼「大東亞戰爭形式上看上去像是侵略戰爭，本質上卻是民族解放戰爭」；「日本看上去最終失敗了，但目的卻達到了」，那是一場雖然沒有取得最後勝利、但也十分悲壯和光榮的戰爭。林房雄還寫道：「美國把這叫作太平洋戰爭，日本則把這稱為『大東亞戰爭』，各有歷史的原因。美國的理想是『白色的太平洋』的實現，日本的理想是『大東亞共榮圈』的建設。美國人把它叫作『太平洋戰爭』是可以的，但日本人也應該堂堂正正地稱之為『大東亞戰爭』。」

　　林房雄認為，日本所進行的那場戰爭，即「大東亞百年戰爭」，最早從美國人柏利的「黑船」來到日本海岸的一八五三年之前就開始了。柏利的黑船來到日本的七年以前的弘化年間，就有荷蘭、葡萄牙的艦船在日本近海出沒，從那以後，幕府和各地方諸侯就為抵禦洋人的入侵而東奔西走，也促使日本的許多人開始探討和琢磨如何「攘夷」的問題。林房雄對幕府末期、明治維新前夕的吉田松陰提出的「北割滿洲、南收臺灣呂宋」的侵略中國及亞洲的主張、佐藤信淵提出的吞併中國的「宇內混同秘策」、島津齊彬提出的「大陸出擊策」與「富國強兵策」等，均給予高度評價，認為這些人的主張並不是侵略，而是為了「促使清國（即中國清朝）的改革」，同時也是為了阻止西洋人侵略東洋。他進而提出，「大東亞戰爭」就是從那個時候開始的，是日本與侵略東洋的西方人的戰爭。最初是「不發槍炮的戰爭」，幾年後便發展為九州的薩摩藩與英國之間武力衝突的所謂「薩

英戰爭」。那場戰爭使英國艦隊受到重創，雖不能說是日本「勝利」了，但卻也顯示了日本頑強抵抗的能力；雖然簽訂了不平等條約，但也沒有讓英國人占領國土。林房雄強調說：「薩摩的『抵抗』遠遠超出了英國人的預想，這一事實希望讀者給予注意。」他強調那次薩英戰爭「迫使英國人放棄了會付出很大犧牲的軍事行動，而轉到『和平的強力外交』上來」。在他看來，正是因為西洋人的目的沒有得逞，才有了此後的日本人與中國、與俄國的戰爭，而「假如那個時候 ABDF 包圍圈（A 指美國，B 指英國，D 指荷蘭，F 指法國——引者注）已經包圍了日本，那麼此後的日清戰爭、日俄戰爭就都不會發生了，西方列強也就沒有必要在一個世紀後的所謂『太平洋戰爭』前夕完成對日本的 ABCD 包圍圈（其中 C 指中國，D 指荷蘭——引者注）了」。林房雄寫道：在整個亞洲全部淪為西方列強的殖民地的時候，「只有日本是個極為罕見的例外。從土耳其帝國到大清帝國的東方各個帝國在東漸的西洋文明面前，像紙糊的城堡一樣潰滅了，只剩下了殘骸，而日本這個極小的島國卻沒有加入那『被剪了毛的羊』的行列中」。

　　林房雄在這裡所寫的日本最終未被西洋人占領，大概符合歷史史實。但他對其中原因的分析卻是極其片面的和簡單化的。實際上，明治維新前的日本在當時的亞洲只是一個弱國、一個小國、一個貧瘠的島國，無論從哪方面看，都不可與中國同日而語。日本沒有西方人所渴求的資源，沒有西方人所需要的特產，沒有大陸國家那樣的廣闊市場，地理上處於東北亞死角，也不是西方列強東西進退的交通要道。因而，在當時的西方列強眼裡，日本的重要性遠不及亞洲大陸各國」。歷史資料可以表明，那時沒有一個西方列強打算占領這個在當時看來並沒有多大經濟與政治價值的島國，沒有一個西方列強願意付出代價把日本變成殖民地。這是日本在亞洲沒有成為日本西方殖民地的真正原因。正如東南亞的泰國沒有成為殖民地不是因為泰國強大，

而是列強有意如此；日本沒有成為西方的殖民地絕不是列強不能，而是列強不為。否則，憑幕府末期日本藩閥割據的混亂分裂局面，憑在人數和面積上最多相當於中國一個縣的薩摩藩，就能使得英國人改弦更張，這種看法也太「小兒科」了吧。說什麼日本人頑強抵抗，比得上此前中國人的頑強抵抗嗎？中國人的抵抗遠比日本人頑強而且持久，在十九世紀中葉的鴉片戰爭中，敢於銷毀英國人的鴉片，與英國人槍炮相見，但終究未能抵禦西方的堅船利炮。其中的原因，無數的歷史學家、評論家都有評說，在此不必贅言。無論如何，應該承認最早給西方人以重創的不是日本，而是中國。日本人沒有成為西方殖民地，也絕不是林房雄所稱的是日本的頑強抵抗的結果，日本沒有成為「加入那『被剪了毛的羊』的行列中」，絕不是因為日本人自主選擇的結果，而主要是因為日本身上沒有那麼多「毛」可剪。

　　而且，日本正是借著西方各國忙於在中國等亞洲大陸瓜分勢力範圍、無暇過多顧及日本列島的寶貴時機，開始了自主自願的近代革新——明治維新運動；同時，也正是中國及亞洲各國淪為西方殖民地的慘重教訓，才使日本得有前車之鑒，採取了一系列有效的改革措施。換句話說，沒有中國等亞洲各國對西方列強形成的屏障，沒有中國等亞洲各國頑強悲壯的反抗而對列強形成的牽制，沒有中國吐納西方文化的一系列經驗與教訓，日本就不能產生維新改良的念頭，不會擁有明治維新的環境和條件，也沒有推行維新的正面負面的參照。那些至今仍被日本人稱頌的維新思想家，如福澤諭吉等人，其思想也勢必會成為無源之水，甚至連明治維新的基本口號「開國」、「攘夷」這兩個詞都是從中國搬過去的。從這個意義上說，日本明治維新是在直接或間接地學習中國、鑒戒中國的經驗教訓的基礎上做起來的，因而明治維新的成功首先應該歸功於中國，歸功於中國等亞洲大陸國家做出的犧牲。而不是如林房雄等偏狹的日本民族主義者所自負的那樣，彷彿日本人維新的成功是因為「脫亞」——即不屑與中國人、朝鮮人

為伍的結果，彷彿近代日本人一個個都長著特別聰明的天才的腦袋。林房雄自豪地聲稱當時日本擁有那樣的「敢於抵抗西洋強權的『國力』，同時蘊藏著那麼多能夠直接接受西洋文明之能力的『人材』，真是不可思議」。這洋洋自得的話，除表明其民族自戀的偏狹外，也顯示出他的歷史知識的貧弱，這才是真正令人「不可思議」的事。

　　林房雄接下去繼續演繹他的「百年戰爭」的邏輯。他認為，正是因為日本成功地抵禦了西洋人的武力入侵，又成功地進行了明治維新，才使得日本更具有了與西方抗衡的能力，所以西洋人在當時和此後總是壓制、干預日本，妨礙日本的發展，而且西方人當時逼迫日本簽訂了「不平等條約」，使日本「五十六年間在不平等條約下受苦」，日本就只好按照湯因比所說的文明的「挑戰與應戰」的理論，面對西方的「挑戰」而「應戰」了。林房雄把一百多年間日本對中國和亞洲的一切侵略行徑，包括「征韓論」、「日清戰爭」（即甲午中日戰爭）、日俄戰爭、「日韓合併」、「滿洲建國」、「日支事變」（即七・七事變）都歸結為日本對西方「挑戰」的「應戰」，是「與西洋的對決」，認為這些都是日本頂著強大的國際壓力所進行的「拚命的反擊」，隨著這種壓力卻越來越大，最終爆發了太平洋戰爭，也使「大東亞百年戰爭」達到頂點。

　　然而，這純屬虛構。

　　首先是所謂「征韓論」。「征韓論」是明治維新初期西鄉隆盛等人提出的侵略和吞併朝鮮的主張，這是近代日本對外擴張侵略的第一步。但林房雄卻認為，把「征韓論」視為日本侵略亞洲的第一步只是「左翼歷史家的觀點」，他聲稱：「我只把這種觀點看作是對馬克思主義的生硬套用，我則把『征韓論』看作是『東亞百年戰爭』的一環。這是由維新革命達成國內統一的日本，面對西歐列強最初的、然而有些性急的反擊計畫。因為性急、因為過早，所以挫折了。」他又說：「只有把明治六年西鄉派的征韓論作為『東亞百年戰爭中的挫折的反

擊』來理解的時候，才能夠接觸事情的真相吧。對手不是朝鮮，也不是清國，而是『東漸的西力』，是歐美列強。」在這裡林房雄把西鄉隆盛赤裸裸的「征韓」、「東邦經略」即征服韓國的「近代倭寇」式的強盜計畫，硬說成是為了對抗歐美列強的義舉。眾所周知，當時的朝鮮是一個與中國關係密切的獨立國家，有自己的皇帝、有自己統一的國土和人民。試圖對這樣一個和平國家加以征服和吞併，其性質只能以「侵略」一詞來概括。歷史資料表明，當時的歐美沒有一個國家像日本那樣企圖「征韓」，日本「征韓」與「抵抗歐美」何干？退一步說，即使哪個歐美國家當時也要「征韓」，那又與大海彼岸的日本何干？林房雄將日本征韓論與抵抗歐美聯繫起來，完全是別有用心的生拉硬扯。「征韓」的實質就是日本為了擴張，為了削弱中國在朝鮮的影響力，最終侵占朝鮮，捨此豈有他哉！林房雄在書中引用了近代日本思想家內村鑒三在《有代表性的日本人》中的一句話，反倒可以說明林房雄的「抵抗歐美」論站不住腳。內村鑒三說：「他（西鄉）的征服東亞的目的，與當時他對世界形勢的看法有必然聯繫。日本要與歐洲列強比肩，就要擴張領土，就要振奮民族精神。我相信這種使命感他是有幾分的。」這就說對了。「征韓」不是什麼為了抵抗歐美，而是日本要學歐美的樣兒，像歐美一樣侵略他國，擁有自己的殖民地，即「要與歐洲列強比肩，就要擴張領土」，問題的實質就在這裡。「征韓」絕決不是林房雄所說的那種對歐美的「應戰」，而是主動地向世界「挑戰」，是日本模仿西方列強對亞洲鄰國動刀宰割的開始。

　　眾所周知，日本侵略亞洲的第二個步驟是所謂「日清戰爭」，即一八九四至一八九五年的「甲午中日戰爭」。在談到「日清戰爭」的時候，林房雄隻字不提日本攻打中國的卑劣目的、不提日本在「日清戰爭」中在中國的領海中和領土上所犯的殘暴罪行、不提日本在旅順登陸後對六萬中國人實施的大屠殺。他只是一味強調，日清戰爭是得到日本全國上下的熱烈支持的，不僅是普通國民，就連內村鑒三那樣

的基督教和平主義者，中江兆民那樣的民主主義者，都支援攻打中國。在他看來，全體日本人都支持的戰爭就是合理的戰爭，日本天經地義就是要在中國擁有自己的地盤和權益。

　　關於日俄戰爭，林房雄強調，日本在「日清戰爭」勝利後得到的臺灣和遼東半島，在戰後不久卻受到了俄羅斯、法國和德國的「三國干涉」，三國竟然逼迫日本簽訂《樸茨茅斯條約》，要求日本放棄遼東半島。而日本迫不得已退出遼東半島之後，俄國卻又乘虛而入，於是，日本為了抵抗俄國的入侵，舉全國之力向俄國開戰，並取得了日俄戰爭的勝利。關於一九一〇年的「日韓合併」，林房雄一方面不得不承認：「合併朝鮮是為了日本的利益而進行的，對朝鮮民族造成了很大的傷害是誰也不能否定的。只是我要強調，合併朝鮮作為『日本的反擊』也是『東亞百年戰爭』的一環。」他認為，被指責為帝國主義侵略的日韓合併及日本強制朝鮮簽訂的《修好條約》，實際上是「日本面對清國和俄國的壓力而進行的自衛和抵抗」。

　　林房雄把日本對朝鮮的侵略說成是對中國和俄國的抵抗，簡直是強詞奪理的強盜邏輯。那時中國已經在甲午戰爭中敗於日本，日本逼迫清政府簽訂了割地賠款的《馬關條約》，此後在日本等列強的覬覦之下難以自保，在朝鮮已完全沒有影響力了，還值得日本來「抵抗」嗎？至於說「抵抗」俄國，一九〇四年爆發的日俄戰爭，日本當時就是以「抵抗俄國勢力南下」的名義發動戰爭的，然而那並不是什麼「抵抗」，是日本主動出擊，是日俄兩國為爭奪利益和霸權在中國的土地上所進行的一場骯髒的對華侵略戰爭。

　　林房雄稱，日本在日俄戰爭後的強大，進一步對美國形成了壓力，引起了美國的所謂「恐日症」，美國為了對付日本，而「動用一切軍事、政治、外交上的謀略將日本逼上窮途末路，基本做好周密的準備和必勝的戰爭體制」。「美國要建立一個『白色的太平洋』的狂熱與日本的『亞細亞防衛』的熱情都在百年前就產生了，經過一個世紀

的醞釀，終於在昭和十六年十二月八日爆發」。

　　林房雄就是這樣極力淡化「大東亞戰爭」侵略性質，極力說明「大東亞戰爭」的對手是以俄國、美國為首的西方列強，是日本為反抗西方壓迫而進行的自衛戰爭。對日本侵略中國東北三省的所謂「滿洲事變」，對全面入侵中國的所謂「日中戰爭」，林房雄都以「抵抗西洋列強對亞洲的侵略」一言以蔽之。如果是日本在自己的領海或領土上打一場驅逐西方列強的戰爭，則「抵抗侵略」說還說得過去。而事實卻是日本軍隊侵入了中國廣大地區，對中國人燒殺搶掠，而作為野蠻的侵略者，卻自稱是「抵抗侵略」。從這等無恥爛言中可以看出林房雄這等日本右翼不良文人的人格良知已經墮落到何種地步！不過，應該說明的是，林房雄的這些說詞並不是新見解和新發明。早在二十世紀四〇年代前後的日本全面侵華時期，就有法西斯主義思想家大川周明為代表的御用文人，寫出了《英美東亞侵略史》、《英美亞細亞侵略史》之類的書，將日本的侵略行徑美化為「抵抗侵略」，把日本侵略軍打扮成保護中國免受西洋侵略的英雄。然而戰爭結束近二十年了，林房雄仍然抱住戰爭時期的法西斯軍國主義史觀戀戀不肯放手，並且極欲發揚光大。比起當年的大川周明來，就更為無恥了。

三

　　從這樣的「東亞百年戰爭」史觀出發，林房雄從各種角度全面「肯定」了「大東亞戰爭」，他的結論是：大東亞戰爭「縱然失敗卻是無悔的戰爭」。由於「東亞百年戰爭」的全面肯定，林房雄對戰後聯合國方面對日本東戰犯進行的「東京審判」也做了全面否定。他揚言：

　　　　我不承認「東京審判」，在一切意義上都不予承認。那是戰勝
　　　者對戰敗者的復仇，也就是戰爭本身的繼續，與所謂「正

義」、「人道」、「文明」毫無關係而且是對這些偉大理念的公然
的蹂躪，是戰爭史上史無前例的虐殺俘虜的行徑。

對於這種恬不知恥的「審判」，我想和全體被告、想和全體日
本人民一起高喊「我們就是有罪！和天皇一起有罪！」[3]

　　言下之意就是說：我們日本人從天皇到一般人都有罪，誰又能怎
樣！林房雄繼續說道：「不僅僅是太平洋戰爭，就是包括日清、日
俄、日支戰爭在內的『東亞百年戰爭』中，明治、大正、昭和二位天
皇都簽署了宣戰詔敕，都自動身穿大元帥的軍裝，以大元帥的資格而
戰，皇族的男性也作為軍人而戰。在與東京審判所使用的『戰爭責
任』一詞完全不同的意義上，『戰爭責任』無論天皇還是皇族都有。
這沒有辯護的必要」。這番話將林房雄常常因為酗酒而呈現出的無賴
相，活脫脫地表現出來了。這是在沒有敵手的戰場上擺出的英勇無畏
相。林房雄明知道美國占領當局為了自身的利益而不追究天皇的戰爭
責任，於是在戰爭結束近二十年後，又把天皇拉出來，聲稱天皇與全
體日本人民一樣有罪，俗話說「法不責眾」，全體都有罪就等於全體
都沒有罪。這也是林房雄為侵略戰爭開脫的一種手法。

　　基於這樣的「大東亞戰爭肯定論」的史觀，林房雄在書中的最後
一章即第十九章，對戰後日本「進步的文化人」對戰爭的反省做了尖
酸刻薄的諷刺。林房雄認為，日本無罪，也不必對誰謝罪。他說，在
戰後，竟有「向世界各國派遣謝罪使節」那樣的「癡呆言論」，「『特
別是對中國（謝罪）』這一派至今仍有餘勢力」。他寫道：

　　　　這種類型的親中共派評論家到北京去的時候，「參觀悽慘的廢
　　　墟，導遊的中國青年說是這是日本帝國主義破壞留下的，就感

3　林房雄：《大東亞戰爭肯定性論》（東京：夏目書房，2001年），頁118。

到抬不起頭來」。讀了這種報告文字，感到這簡直是莫名其妙的話。日本軍占領北京，幾乎是無血入城，也許打了十炮二十炮，但留下「悽慘的廢墟」戰鬥及破壞行為應該沒有。……留下悽慘廢墟的，是圓明園宮殿，這是一八六〇年英法聯軍破壞掠奪焚燒留下的。擔任翻譯的中國青年大概是說「這是列強帝國之一的所為」，這位「良心的評論家」就理解為是日本帝國主義幹的，就臉上發燒而抬不起頭來。這種現象就是戰敗後癡呆現象的一種表現，和正確的歷史觀離得太遠。

（中略）

這是戰爭中「聖戰意識」的反面，不過是加害妄想。戰爭犯罪的十字架不應該僅僅由日本人來背負。倘若人類全體不把戰爭責任承擔起來，根絕戰爭的日子就永遠不會到來。[4]

　　在《大東亞戰爭肯定論》的出版上卷〈後記〉中，林房雄寫道：「對於戰後日本的『進步的』歷史學家們所肆無忌憚歪曲、醜化了的日本歷史，我斷然抵抗。」在下卷「後記」中，他又寫道：「日本正在繁榮著。但是，心靈的旗幟卻不再飄揚。被強制地歷史的斷絕和戰爭犯罪意識，使大多數日本人無精打采、心如死灰。為了恢復在那充滿苦難的『東亞百年戰爭』中頑強戰鬥的日本人的自豪和自信，我寫完了這本書。」可以把這些話看作是林房雄寫作《大東亞戰爭肯定論》的最後結論和根本宗旨，也是他的「東亞百年戰爭」史觀所能得出的必然結論。他要極力表明的是，既然「東亞百年戰爭」不是侵略戰爭，而是日本為了抵抗西方列強而迫不得已進行的「民族解放戰爭」，那日本人就不必謝罪，在中國人面前不必「臉紅」，不必「抬不起頭來」；日本人沒有加害於中國，因為戰爭是「人類全體」的，不

4　林房雄：《大東亞戰爭肯性論》（東京：夏目書房，2001年），頁440-441。

是日本單方的，所以戰後日本「進步的文化人」的謝罪意識，臉紅、抬不起頭來，都不過是「加害妄想」所造成的，是「敗戰癡呆現象」。這些驚人的結論表明了林房雄作為一個「人」的良知完全處於麻痺狀態，作為一個作家則完全處在一種「東亞百年戰爭」的虛構幻覺狀態，完全沒有從「大東亞戰爭」的迷夢中醒過來。他的「東亞百戰爭」史觀，將近現代日本不同階段的戰爭看成是一場有始有終的「百年戰爭」，不加區別地將戰爭的敵手說成是「西方列強」，從而迴避、淡化乃至抹殺了日本對中國及亞洲各國的侵略性質，實際上也就等於把中國人民及亞洲各國人民長期艱苦卓絕的抗日戰爭拋在了日本的「百年戰爭」的敵手之外，因此林房雄的這套「大東亞戰爭肯定論」即不符合歷史真實，也不符合歷史邏輯，不過是一個不知改悔的軍國主義頑固分子荒謬史觀的大暴露而已。原本不值一駁。然而，林房雄的《肯定論》在林房雄死後卻一再被右翼文化人所「肯定」、繼承和發揮。他那打著學術的幌子，以歷史著作的方式為日本軍國主義招魂的做法，為後來許多人所效法；他的「加害妄想」一詞，被後來的右翼學者文化人進一步整理概括為「自虐」、乃至「自虐史觀」一詞，成為刺向有良知的反省戰爭的日本人的一把匕首；他關於「東京審判」是「戰勝者對戰敗者的復仇」的看法及對審判的徹底否定和「不承認」，為一九九〇年代新一代右翼學者文化人全面否定東京審判及所謂「東京審判史觀」開了先端。總之，林房雄的《大東亞戰爭肯定論》是戰後日本右翼學者文化人否定侵略戰爭、美化軍國日本的自慰、自戀史觀的祖師。

日本有「反戰文學」嗎？[1]

　　長期以來，中國文學界、學術界的許多人誤以為日本有「反戰文學」、「抵抗文學」甚至「反法西斯文學」，這是亟需澄清的一個重要問題。二十世紀三〇年代中期之前，日本有過「反戰文學」，但從日本全面發動侵華戰爭一直到戰敗期間，整個文壇全面軍國主義化，先前反戰的「無產階級作家」也大都「轉向」（變節叛變）了。連被中國某些學者視為「反戰」、「抵抗」的幾個日本作家，如谷崎潤一郎、金子光晴等，實際上也沒有「反戰」，他們甚至是在「助戰」。嚴格意義上的「反戰」文學，應該是戰爭中的反戰文學。我們不能以戰後發表的某些作品為據，斷定日本有「反戰文學」。這樣做會妨礙我們對日本軍國主義及戰時日本文學的正確認識。

一　關於日本無產階級作家的「反戰」

　　在世界各國反法西斯主義的鬥爭中，共產黨員及共產黨領導的左翼進步作家都是反法西斯主義的中堅力量。以法西斯德國為例，最早、最勇敢地、有組織進行反法西斯和反戰鬥爭的，是共產黨員和無產階級革命作家聯盟的成員。在公開的組織被殘酷鎮壓後，仍然有共產黨領導的「紅色合唱團」那樣地下的反法西斯主義文學組織在積極活動。從希特勒上臺到一九四五年希特勒垮臺之前，德國共產黨作家一直以各種形式在國內外進行著不屈不撓的反法西斯鬥爭，並創作了

1　本文原載《外國文學評論》（北京），1999年第1期。

大量的反法西斯主義文學作品。

　　但是在日本，情況則大有不同。研究「戰爭文學」的日本著名學者高崎隆治在〈無產階級文學運動與反戰〉一文中指出：「在（日本）無產階級文學中，反戰作品出乎意料的少。不言而喻，當時的階級鬥爭，是不能與反戰、反軍脫離開來的。第三國際的二十七年綱領和三十二年綱領都明確地強調反戰的必要性。但是，一般地說，（日本的）無產階級文學都以無產階級的前衛的觀點，以工廠的勞資糾紛和佃農糾紛為素材，著重描寫要求提高工資、反對解僱工人、減免地租、改善封建的人際關係等等大眾鬥爭的各種情況，以及在這些鬥爭中處在前列的英勇的、獻身的革命戰士的行為。這樣一來，這些作品就與反戰、反軍失去了直接的聯繫……直接地以反戰或反軍為題材的所謂反戰小說、反軍小說，在數量眾多的無產階級文學作品中，是罕見的。」[2]

　　高崎隆治先生在這裡講的，的確是一個無可爭議的事實。

　　從二〇年代初無產階級文學興起到「轉向」前的這十幾年的時間裡，在日本無產階級文學中，儘管「罕見」，還是出現了些許的反戰文學。較多的是在非反戰主題的作品中表現了一些反戰思想，如小林多喜二一九三二年創作的《黨生活者》之類。以反戰為主題的作品，只有兩本書。一本是黑島傳治在一九三〇年創作的以一九二八年的「濟南慘案」為題材的長篇小說《武裝的街道》，另一本是一九二八年五月由日本左翼作家聯合會刊行的題為《反對戰爭的戰爭》（第一集）的短篇小說與劇本集。這本作品集收錄了二十篇以反戰為主題的作品。鑒於日本無產階級文學反戰作品的罕見，這兩本書是值得特別重視的。但是，遺憾的是，這僅有的兩本反戰的文學作品，卻遭到了

2　高崎隆志：〈無產階級文學運動與反戰〉，載《筆與戰爭》（東京：成甲書房，1976年），頁93-94。

扼殺或夭折：《武裝的街道》出版時儘管被刪除了許多明確反戰的字句，但還是被禁止發行，一直到戰後才得以重見天日，在當時並沒有產生什麼社會影響；《反對戰爭的戰爭》僅僅出了第一集，此後就永遠沒了下文。而這僅有的兩本反戰作品，實際上還是在日本全面發動侵略戰爭之前寫作的，也就是說，是在大規模戰爭之前的反戰。當日本的法西斯主義國家體制完全確立，並全面發動侵華戰爭及「大東亞戰爭」的十幾年時間裡，日本無產階級的反戰文學則完全銷聲匿跡了。

　　自一九二八年前後，日本法西斯主義軍部政權，對共產黨及其領導的左翼文壇，進行了殘酷的鎮壓，將一批批的左翼作家抓進了監獄，一九三三年二月，著名的無產階級作家小林多喜二被員警拷打致死，此事對日本左翼文壇造成了劇烈的衝擊。法西斯主義政權逼迫獄中的作家改弦易轍，放棄共產主義，承認天皇制政權及其對外侵略的「國策」的正確性。在這種情況下，一九三三年六月，日共領導人佐藤學、鍋山貞親兩人，在獄中聯名發表所謂「轉向聲明」，刊登在當時影響較大的《改造》和《文藝春秋》兩家雜誌上，宣布效忠天皇和軍部，放棄馬克思主義及共產主義，斷絕同共產國際的聯繫。緊隨其後，一批又一批的日共幹部在獄中宣布「轉向」，獄中的絕大多數作家（據統計占總數的百分之九十五以上）都發表了「轉向聲明」，於是在日共歷史和日本文學史上，出現了一個所謂的「轉向時代」。到了一九三五年前後，特別是一九三七年七七事變以後，除了德田球一、志賀義雄、市川正一等少數堅定的共產主義者之外，日共的絕大多數黨員和大多數黨員作家、左翼作家，在日本全面發動侵華戰爭，乃至「大東亞戰爭」的時候，都放棄了反戰的、反法西斯主義的立場。在國際共產主義運動史上，像日本共產黨員這樣，黨的領導幹部、廣大黨員和黨員作家、左翼作家的大規模的變節叛變，都是絕無僅有的，即使在法西斯德國都是不曾有過的。

　　日共及日本左翼作家的「轉向」，固然是由於日本法西斯的殘酷

鎮壓所致，但是，以鎮壓的殘酷程度而言，希特勒德國對左翼作家的鎮壓要比日本政府的鎮壓還要殘酷得多。日本法西斯主義殺害了一個小林多喜二，而被德國法西斯殺害的作家絕不止一個兩個；光在流亡中自殺表示決絕和抵抗的作家就有庫‧圖霍爾斯基、恩‧托勒爾、施‧茨威格、恩‧魏斯、瓦‧本雅明、瓦‧哈森克萊維爾等；而據稱有著「自殺的文化傳統」的日本，卻沒有一個以自殺對法西斯主義表示反抗的作家。從深層看，日本共產黨及左翼作家的「轉向」，與日本的民族性有著深刻的聯繫。首先，日本人歷來不固守先驗的抽象的絕對觀念，思想信仰淺薄，常常根據現實需要加以變通和調和；他們對共產主義沒有絕對的信仰，在壓力之下很容易「變通」和「調和」。如日本法西斯主義理論家北一輝，曾經「信仰」過共產主義，但他後來卻把共產主義的原理運用到他的法西斯主義理論中，認為在現代世界上，歐美帝國主義是富人，是資產階級，而日本是國際上的「無產階級」，因此日本有權利通過戰爭奪取被歐美資產階級「非法占有」的東西。日本共產黨及左翼作家的「轉向」，具有和北一輝大體相同的思維邏輯。在他們那裡，國際共產主義觀念，一「轉」即可成為「東亞共榮」、「八紘一宇」（意為全世界是一家）之類的法西斯主義觀念，這就是日本式的「變通」和「調和」。由此我們可以理解，為什麼那麼多的日本左翼作家由極左變成了極右，由共產主義者變為法西斯主義者。此外，缺乏大視野的狹隘封閉的島國國民意識，「皇國」觀念的廣泛宣傳和深刻滲透，也是日本左翼作家大規模「轉向」的重要根源。在希特勒德國，法西斯的迫害和鎮壓使得幾乎整個德國文學界都移居到了國外。除了八十來位表示效忠法西斯政權的文藝家之外，上千名在國內外有影響的作家都離開了德國，並在國外創作了代表德國文學的藝術和良心的「流亡文學」。然而在日本，除了鹿地亘夫婦流亡到中國之外，所有的作家根本沒有考慮離開日本，亡命海外，而是幾乎全部加入了人數達四千之眾的日本法西斯主義政權

的附屬機構「日本文學報國會」。因此，日本沒有德國那樣的反法西斯主義的「流亡文學」。留在日本，往往意味著無論如何都要同法西斯主義同流合污。

就這樣，由於許多共產黨員及無產階級作家的「轉向」，本來就薄弱的日本反法西斯主義文學消亡了。許多黨員作家、無產階級作家，轉而成為瘋狂的法西斯主義者。他們或積極參加日本的「筆部隊」，到侵華戰場搖旗吶喊，製作了大量「戰爭文學」（侵華文學），如林房雄、片岡鐵兵、里村欣三、立野信之、前田河廣一郎等；或在官方授意下到滿洲從事將滿洲殖民地化的「大陸開拓文學」、「滿洲文學」，如山田清三郎、德永直、島木健作等；或加入法西斯主義文學團體「日本浪漫派」，如林房雄、龜井勝一郎等。有許多在無產階級作家中一直有著好名聲，直至戰後還因為「反戰」而受到高度評價的人，如宮本百和子、藏原惟人等，都曾參加了「日本文學報國會」及下屬的各種官方的法西斯主義文化文學組織，總之，一九三三年以後，由於日本共產黨及無產階級作家對法西斯主義的全面「轉向」（變節投降），無產階級文學的反戰文學不是「罕見」的問題，而是完全絕跡了。

二　所謂「藝術的抵抗」

如上所述，在日本發動侵略戰爭期間，日本共產黨員及無產階級作家沒有寫出反戰文學或抵抗文學，那麼，非無產階級作家有沒有寫出反戰文學或抵抗文學呢？

戰後，日本文學界一般認為，戰爭期間，日本和法國一樣，存在著所謂「抵抗文學」。一九五五年，日本出版了一本《日本抵抗文學

選》[3]，三位編者為此書所寫的「解說」，各自發表了對日本「抵抗文學」的看法。這些看法在日本頗具有代表性。如花田清輝在「解說」中明確指出：「無論如何，日本的文學家們抵抗了。也就是說，儘管他們被看作是畏首畏尾的人，落後於時代的人，或者是沒有出息的人，他們的筆畢竟逆潮流而動了。在這一點上，他們和法國的文學家們毫無疑問是一樣的。」杉浦明平說：「第二次世界大戰中的日本也肯定有抵抗文學，但是，它卻不免具有日本式的曖昧，不是那麼顯而易見的。」「抵抗，是一種行動，這一點必須事先加以明確。而日本人喜歡情緒化的解釋，往往把抵抗看作是一種心理情緒問題。但是，無論心裡如何想的，如果不付諸行動，（例如，在群眾面前高喊『停止戰爭吧』，這才叫行動）就不是抵抗。即使在心裡千萬遍詛咒天皇，憎恨戰爭，當一接到入伍通知書，就整衣正冠，被歡送出門，不久拿起了槍去殺害中國人或菲律賓人中的愛國者，這就不是抵抗。」佐佐木基一說：「我在心裡琢磨：說是戰爭中有抵抗，文學家究竟做了何種程度的抵抗？這是一個很敏感的問題」；「……如果把抵抗理解為有組織的實際行動的話，那麼，這樣的抵抗則是完全不存在的。事實就是如此。嚴格地說，除了沉默、逃避、韜晦、偽裝之外，沒有真正的抵抗。在這個意義上說，從外表看，戰爭的協力者和抵抗者，難以找到本質的區別。協力者也好，抵抗者也好，那只是五十步百步之差。所以，只要把文學的抵抗單純看作是過去的陳述和過去的記錄，那麼從中非但不能引出和今日相關的問題，而且，連誰是戰爭協力者，誰是真正的抵抗者，都不易判定。譬如，一個人寫的東西肯定了戰爭，讚美了軍人，但了解這個人內心秘密的人，卻知道此人是在暗中抵抗的。因而，一個作家的態度，具有無限多樣解釋的可能，問題的實質就變得模糊不清了。」他認為正是因為這一點，才使得戰後戰

3　花田清輝等編：《日本抵抗文學選》（京都：三一書房，1955年）。

爭責任的追究和抵抗實際情況的探討半途而廢。

　　上面引述的杉浦明平和佐佐木基一的話，在我看來實際上等於否定了日本的抵抗文學的存在。但是，他們還是聯合編輯了那本《日本抵抗文學選》，又在證實日本「抵抗文學」的存在。這部書選編了戰爭中有關作家寫的小說、報告文學、劇本、詩歌和評論家寫的評論、隨筆。然而，書中的「抵抗文學」的多數作者，卻都是在日本的侵略戰爭中對戰爭有過「協力」行為的人，如廣津和郎，湯淺克衛、德永直、阿部知二、太宰治、金子光晴等。他們肯定不是「抵抗作家」，而或多或少的是文學家中的「戰爭責任者」，然而他們竟也寫出了「抵抗文學」，無怪乎佐佐木基一說出「誰是戰爭協力者，誰是抵抗者，都不容易判定」這樣的話來。重要的是，讀完了這部《抵抗文學選》，卻無論如何看不出「抵抗」的意味。在那幾十篇作品中，找不到對戰爭、對法西斯主義表示「抵抗」的話。或許是因為我沒有日本人那種「抵抗」的「心理情緒」，而看不出「抵抗」的意思來吧？只是有一點可以肯定，從收在這部書裡的作品中，也看不出讚美和協力戰爭的內容。不談戰爭，不協力戰爭，就算是「抵抗」，這就是日本「抵抗文學」的基本標準，也就是「藝術的抵抗」的含義。看來，所謂「藝術的抵抗」，在日本有它的特殊含義，那就是，「文學的抵抗」並不等於「作家的抵抗」，一個作家即使在行為上「協力」了戰爭，但是他只要寫了並非讚美戰爭的純文學作品，那麼這樣的純文學作品就是「抵抗文學」；「抵抗文學」並不是使用某種藝術形式或藝術手段去抵抗，而是寫作不涉及時事政治、不涉及戰爭的純文藝作品，那就算是「抵抗」了；換言之，不「協力」就是「抵抗」，不贊成侵略戰爭就是「抵抗」侵略戰爭。

　　正是根據這樣的衡量標準，有不少在藝術上成就較大，在戰爭中也寫了優秀作品的人，長期以來被視為「抵抗」或「反戰」作家。例如，永井荷風在戰爭中是少有的比較超脫的人，基本上沒有協力戰爭

的行為，但是，即使從「心理情緒」上看，也談不上有什麼「抵
抗」。他在戰爭中寫的一篇日記中有這樣的話：「對於軍國政治毫無不
安，對於戰爭更不恐懼，莫如說似乎是歡喜的狀態……」。（《斷腸亭
日記》，1937 年 8 月 24 日）又如，在戰爭期間寫出了《魯迅》的竹
內好作為著名的中國文學研究家，在戰爭中是一個大節不虧的人。尾
崎秀樹在〈關於大東亞文學者大會〉一文中讚賞竹內好和武田泰淳主
持的「中國文學研究會」是個「明確地對大東亞文學者大會表示不合
作的團體」。但是另一方面，竹內好和武田泰淳又加入了「日本文學
報國會」，因此他們對侵略戰爭並沒有完全的「抵抗」。再如川端康
成，他在戰爭期間寫的《雪國》等名作，都是「純文學」，單從作品
上看他對戰爭要算是「藝術的抵抗」了，他在戰後也說過：「我是沒
有太受戰爭影響，也沒有太受戰爭傷害的日本人，我的作品在戰前和
戰後沒有明顯的變化。」（《獨影自命》）但是，他在作品創作上固然
沒有「協力」戰爭，卻在「行動」上積極地「協力」了戰爭。戰爭期
間法西斯主義軍部政府組織的幾乎所有為侵略戰爭服務的文學組織、
活動和會議，川端康成都參加了。可見，川端康成絕不是當代中國不
少讀者印象中的「超越時代和政治」的作家。

　　在那些被視為「抵抗」者或「反戰」的文學家中，有兩個人在中
國受到了特別的讚揚，他們是小說家谷崎潤一郎和詩人金子光晴。因
此，對於他們的「抵抗」和「反戰」的實情，有必要特別加以澄清。

　　先說谷崎潤一郎。中國著名翻譯家文潔若女士在題為〈唯美主義
作家谷崎潤一郎〉的文章中說：「谷崎一向反對日本侵華的不義戰
爭」[4]。這句話很能代表中國讀者在戰爭問題上對谷崎潤一郎的良好
印象。眾所周知，谷崎潤一郎在日本侵華期間，創作了長篇小說《細
雪》。這是一部以貴族之家的四姐妹婚姻戀愛為題材的作品，一九四

4　文潔若：《文學姻緣》（長沙市：湖南人民出版社，1977年12月），頁146。

三年在《中央公論》雜誌上連載後不久，軍部就認為：「在雜誌上坦然刊登這樣的小說，態度不謹慎。這裡表現了徹底的戰爭旁觀的態度」，並以「戰時不宜刊載這類有閑文字」為由，予以禁止，直到戰後才得以全文出版。戰後，日本有人認為，谷崎潤一郎把他的「對於戰爭和戰爭政治的不同意的態度寄託於這部作品，在作者的非協力和逃避的文字背後，貫徹著言外的抵抗」。但是，事實絕非如此。谷崎潤一郎在整個日本侵華戰爭期間，是積極而又活躍地「協力」戰爭的。他參加了幾乎所有重要的協力戰爭的文學組織，是「大東亞文學者大會」的積極參與和操辦者。一九四二年二月十六日，當日本攻占新加坡之後，谷崎潤一郎寫了〈新加坡陷落之際〉一文表示歡呼祝賀，並通過 JOAK 向日本全國廣播。他說：「我日本帝國在東洋頂天立地，建立了赫赫偉績。回首以往，我蕞爾東海島國，一度起而膺懲老大清國之後，今又舉拳奮擊，從香港、菲律賓、馬來方面，將盎格魯‧撒克遜人的勢力驅逐出去。迄今為止，皇軍所征之處，公名正大，絕沒有歐洲人侵略史上的邪惡殘暴，可謂不負聖戰之名。」谷崎潤一郎對日本侵略戰爭的態度，由此可見一斑。

再說金子光晴。一九八五年，中國吉林人民出版社出版的《日本文學》雜誌第三期，開設了「金子光晴特輯」，翻譯介紹了他的「抵抗」和「反戰」的詩，並發表了題為《論金子光晴的抵抗詩》的專門論文。文中說：金子光晴「以其戰時創作的反戰、反法西斯獨裁統治的光輝詩篇贏得『抵抗詩人』的桂冠，蜚聲文壇」[5]；重慶出版社出版的《世界反法西斯文學書系‧日本卷》的〈序〉也說：在「二戰期間，他默默無聞，孜孜不倦，秘密地進行詩歌創作，戰後突然於一九四八年出版《降落傘》和《娥》等詩集，將這些詩集公諸於眾，引起轟動」，並稱讚金子光晴的詩「反抗法西斯暴政」，「堪稱日本詩歌的

5　孫利人：〈論金子光晴的抵抗詩〉，載《日本文學》（季刊）1985年第3期。

珍品」[6]。看來，人們都是根據金子光晴在戰後發表的那些詩歌來斷定他是「抵抗詩人」的。金子光晴在日本戰敗數年後，一下子公開了自稱是戰爭中創作的那麼多「反戰詩」，在本來嚴重缺乏「抵抗文學」和「反戰文學」的日本，自然會引起「轟動」。但是，金子光晴的那些反戰詩是戰爭期間的創作，還是戰後的創作？這是值得存疑的。因為，金子光晴在戰爭期間的表現，與戰後發表的那些反戰詩歌很不諧調，並形成了鮮明的對照。

　　事實上，金子光晴在日本侵華戰爭期間，絕非「默默無聞」，而是非常活躍。盧溝橋事變爆發後不久，金子光晴就在《文藝》雜誌一九三七年十月號「歌唱戰爭」的「特集」中，發表了歌頌戰爭的詩，詩中寫道：

　　　　必須開戰
　　　　為了必然
　　　　必須勝利
　　　　為了信念
　　　　連微微搖動的小草
　　　　也必須加以動員
　　　　這裡的時間
　　　　分分秒秒都在對峙

　　　　無論怎麼說
　　　　這都是驚人的壯觀！

　　不久，金子光晴又加入了旨在積極配合「國家的使命」的官方文

6　李芒：《世界反法西斯文學書系（日本卷）‧序》（成都市：重慶出版社，1992年）。

學組織「日本詩人協會」；一九四二年，他的名字又出現在法西斯政府擬議召開的「宣揚皇國文化大東亞文學者會議」的「準備委員」的名單中。在第一次「大東亞文學者大會」上，他做了題為《關於大東亞文學者大會》的發言，他在發言中鼓吹日本文化和文學的優越，提出日本從此以後要向東亞的孱弱國家「輸出食糧」。一九四三年，金子光晴加入了「日本文學報國會」組織的「勤勞報國隊」，成為日本文學家「協力」侵略戰爭的馬前卒。一九四三年，日本攻占緬甸，緬甸偽政權在日本支持下宣布「獨立」。金子光晴立即在《日本少女》雜誌十月號上發表《歌唱緬甸獨立》的詩——

> 亞細亞是一個家族。
> 可憐的妹妹緬甸
> 在他人的家裡
> 度過了漫長的痛苦悲傷的日月，
> 焦急地盼望著盛大的日子，
> 獨立的日子來到了緬甸。
> 燦爛的孔雀旗
> 在蔚藍的天空飄揚。
> 緬甸的姑娘們，
> 捧著茴香和睡蓮花，
> 獻在佛的面前，可信賴的親人面前
> 眾多的日本大哥的胸前。

這就是戰爭期間的金子光晴。在戰爭期間積極協力戰爭，戰後搖身一變，成為「抵抗詩人」；在漫長的戰爭期間，一面忙於協力戰爭的活動，炮製鼓吹戰爭的詩篇，一面又偷偷地寫作「反戰」或「抵抗」詩歌，藏起來以待來日——這樣的所作所為，不能不叫人大費思

量。在德國，戰後不久曾有「從書桌抽屜裡拿出來的文學」，即反法西斯的「抽屜文學」的問世。但「抽屜文學」的作者即使在法西斯統治時期也堅持了不妥協的反法西斯立場。金子光晴戰後發表的「抵抗詩歌」，顯然完全不同於德國作家的「抽屜文學」。

三　日本沒有嚴格意義上的「反戰文學」、「抵抗文學」或「反法西斯文學」

高崎隆治先生早在七〇年代的一篇文章中曾指出：「在最近的詩歌『熱』而引出的詩人的研究和傳記著作中，詩人們在戰時寫作的那些讚美戰爭的作品，好像根本未曾存在一樣，被故意抹殺了。只舉出戰前和戰後的作品來評價該詩人，這種極不誠實的欺騙悍然流行，是目前的實情。而且這樣一來，十五年戰爭中的詩歌歷史就成了空白，而一下子跳到了戰後，這種不負責任的情況大行其道。現在的情況就是如此。」[7]事實上，不只是詩人，日本還有許多文學家，在戰後通過種種手段，對戰爭中的所作所為進行掩飾和辯解，極力擺脫自己的「戰爭責任」，甚至把自己由「戰爭協力者」，說成是「反戰文學家」或「抵抗文學家」。如侵華文學的代表人物石川達三在戰後就把自己的《活躍的士兵》，甚至是《武漢作戰》說成是「對戰爭的批判」。不曾想，高崎隆治說的這種情況，竟也流及了中國。中國的一些日本文學研究介紹者，往往依據日本學者戰後所寫的文章著作、依據文學家本人在戰後的表白，或戰後出版的作品，來對日本戰爭時期的文學、對有關文學家作出評價，或誇大了日本「反戰文學」、「抵抗文學」的規模及作用，或盲從日本文學界，由深受日本侵略戰爭禍害的我們中國人之手，輕易地把「反法西斯」、「反戰」、「抵抗」之類的桂冠戴到

7　高崎隆志：《無名士兵的詩集‧解說》（東京：太平洋出版社，1972年）。

不該戴的人的頭上，對中國讀者製造日本有「反法西斯」、「反戰」或「抵抗」文學的假象。這樣做，對日本人來說，將有礙於他們對戰爭進行進一步深刻的反省，特別是在很多人不願反省的情況下更是有害無益；對中國讀者來說，將有礙於人們真實、全面、深刻地認識日本發動那場侵略戰爭的深層根源，以及日本文化人、文學家在戰爭中所起的作用。戰後，有些積極協力戰爭的日本文學家真心反省了，而且為中日友好做了許多有益的工作，如中島健藏、龜井勝一郎、金子光晴等，我們應該對此作出積極的評價。但是，我們並不能因為這些文學家在戰後為中日友好做出了貢獻，就避諱或淡化他們在戰爭中的行為。這是一個如何對待歷史的原則問題。況且一個真正的希望中日友好的日本文學家，他首先應該是一個敢於正視自己、敢於正視歷史的人。

應該指出，在抗日戰爭期間，流亡中國的左翼作家鹿地亙、池田幸子夫婦和綠川英子等，曾協助中國做過可貴的反戰工作，也在中國寫作發表了一些反戰作品；此外，被中國俘虜的日本士兵，也寫了一些反戰的文字。呂元明先生把這些在特殊的環境條件下產生的反戰文學稱為「在華日本反戰文學」[8]。這些日軍俘虜在中國抗日軍隊支持下成立了「覺醒聯盟」、「日本人反戰同盟」、「日本工農學校」等反戰組織及其各支部，但人數和規模都很小，常常只有幾個人，十幾個人。[9]在這些人中產生的反戰文學數量很小，而且俘虜們是在中國方面進行強制性反戰教育的情況下，才逐漸有所「覺悟」的。由於他們不是文學家，只是普通士兵，因而他們的「反戰文學」更多的是一些反戰的宣傳品。這和二戰期間流亡到其他國家的德國作家出於反法西斯的自覺而創作的高水平的「流亡文學」根本不同。另外，在一九三

8　呂元明：《被遺忘的在華日本反戰文學》（長春市：吉林教育出版社，1993年）。

9　參見孫金科：《日本人民的反戰鬥爭》（北京市：北京出版社，1996年）。

五年以前，乃至上溯到日俄戰爭時期和「滿洲事變」前後，在日本「既成文壇」和無產階級文壇上，都出現過反戰的作家和反戰的文學。但是，如上所說，這些反戰文學的數量相當有限，而且到了後來，「反戰」的作家常常又改變了反戰的立場。除了上述的無產階級作家的「轉向」者之外，人所共知的如武者小路實篤，本世紀初反對戰爭，寫過反戰劇本《一個青年的夢》和反戰文章《我們不需要戰爭》，但是到後來卻轉變成為好戰分子，直至一九四二年寫出了宣揚法西斯主義、鼓吹對外侵略的《大東亞戰爭私感》；再如著名詩人與謝野寬，一九三〇年還寫過反戰詩，但在日本全面侵華時期，卻成了臭名昭著的戰時流行歌《爆彈三勇士》的詞作者。

現在有必要強調本文的結論——

所謂「反法西斯文學」、「反戰文學」或「抵抗文學」，應該是一個歷史的概念，而不是超時空的東西。換句話說，它們應該是對特定歷史時期一種文學現象的概括。既然是「反法西斯」，就應該有現實的「反」的對象——法西斯；既然是「反戰」，就應該有「反戰」的現實物件——戰爭；既然說是「抵抗」，就應該有現實的「抵抗」的物件。在法西斯不存在的時候，談不上「反法西斯」；同樣，在戰爭結束了的時候，「反戰」不免失去了勇敢悲壯。一句話，在戰爭中不反戰，就不是真正的反戰；不是在戰爭中寫作和發表的「反戰文學」，就不是嚴格意義上的「反戰文學」。日本的所謂「反法西斯」、「反戰」或「抵抗」的文學，恰恰都是戰前或戰後的作品，現在我們看到的一些明顯具有「反戰」傾向的作品，雖標明寫於戰爭期間的某年某月，但「寫於」並不等於「發表於」。一個作家聲稱他的某一首詩、某一篇小說「寫於」何時，他人是基本無法查證的。況且，從接受美學的角度來看，一個作家寫的作品如果沒有發表，就沒有讀者的接受；而沒有讀者接受的作品，就如同未曾寫作過。總之，全面侵華戰爭發動以後，日本不存在所謂「反戰文學」、「抵抗文學」或「反法

西斯文學」。這就是日本現代文學的一個特殊性。以世界文學的「一般」來理解日本文學的「特殊」，是行不通的。

　　日本文壇在全面發動侵華戰爭期間，「反戰文學」、「抵抗文學」、「反法西斯文學」死滅，侵華文學氾濫、「戰爭文學」猖獗，這一事實表明：對外侵略作為一種國家行為，作為一種思想意識，具有廣泛的社會基礎，日本文壇在戰時已經全面軍國主義化和法西斯化了。日本天皇制法西斯主義「國體」促使日本文壇法西斯化，而日本文壇的法西斯化反過來又強化了日本天皇制法西斯主義國體，兩者是相輔相成的。因此，不能單純地把日本文壇、日本文學看成是法西斯主義的受害者。「一君萬民」、「官民一致」的思想，狂熱偏狹的大和民族主義、「日本主義」情緒，使得本來應該代表一個民族良知的文學家及文學喪失了良知。文學家放棄良知，放棄反戰的責任，是日本文學難以洗雪的恥辱。

　　重慶出版社出版的《世界反法西斯主義文學書系・日本卷》所選的所謂「反法西斯文學」，小部分是日本全面發動侵略戰爭之前發表的作品，大部分是戰後發表的作品。這對編選者來說實在是迫不得已的。既然預先認定日本有「反法西斯」文學、「反戰文學」，而事實上日本在進行侵華戰爭及「大東亞戰爭」期間又沒有那樣的文學，那就只好在戰前和戰後搜尋篇目了。但遺憾的是，編選者在「日本卷」的「序」中沒有把這一點向讀者交代清楚，很容易給中國讀者造成不應有的錯覺。

日本戰後文壇對侵華戰爭及戰爭責任的認識[1]

一　戰後初期關於文學者的戰爭責任的爭論和追究

在日本進行侵華戰爭及「大東亞戰爭」期間，大量的日本文學家為虎作倀，或參加「筆部隊」充當「從軍作家」，或積極參與軍國主義政權的各種組織和各種活動，為侵略戰爭效力，或在炮製的「戰爭文學」中，鼓吹侵略戰爭，煽動戰爭狂熱。整個日本文學在戰爭中整體墮落，成了軍國主義的一部巨大的宣傳機器。因此，文學界對日本軍國主義的侵略戰爭，負有相當重要的責任。一九四五年八月日本戰敗投降，給日本文壇造成了劇烈衝擊。美國占領軍最高司令部在一九四六年一月發布文件，決定凡在侵略戰爭中負有重要責任的人，將根據其責任程度，區分不同等級（A-G 級，依次共 7 級）進行審查並追究其責任。其中規定：「通過文筆、言論，積極地鼓吹好戰的國家主義的代表人物」──實際上指的主要是文學者──也在追究之列。在占領軍最高司令部文件的支持下，日本文學界內部也開始對文學者的戰爭責任進行揭發和追究。一九四六年一月，評論家荒正人、小田切秀雄、佐佐木基一主持的《文學時標》雜誌創刊號，首先打破了沉默，聲討協力戰爭的作家，呼籲追究他們的戰爭責任。在〈發刊詞〉中，他們寫道：「陽光終於照亮了令人絕望的漫漫長夜，熬過了痛苦

1　本文原載《北京師範大學學報》（北京），1999年第3期。

和屈辱的十幾年的反動歲月，今天終於站在了自由的陽光下，獲得了
生機，真感到由衷的喜悅。」在這種情況下，「《文學時標》將以純粹
的文學的名義，一個也不放過地追究、聲討那些厚顏無恥的、褻瀆文
學的戰爭責任者，並和讀者一起，把他們在文學上的生命埋葬掉。這
是在文學領域確立民主主義的第一步。沒有第一步，一切文學上的重
建都將是沙上的樓閣。」為此，《文學時標》設立文學檢察專欄，漸
次點了戰爭協力者的名字，並列出其種種罪狀加以聲討。被點名的先
後有四十幾人。其中有：高村光太郎、火野葦平、中河與一、吉川英
治、芳賀檀、保田與重郎、龜井勝一郎、山本有三、杉山平助、齋藤
茂吉、橫光利一、島木健作、石川達三、上田廣、佐藤春夫、武者小
路實篤、菊池寬、舟橋聖一、丹羽文雄、淺野晃、藤澤桓夫、青野季
吉、中野好夫、谷川徹三、鹽田良平、岡崎義惠、久米正雄、蓮田善
明、久松潛一、富安風生、岩田豐雄、神保光太郎，等等。

　　例如，對於高村光太郎，聲討內容如下：「……本是很正直的
人，卻變成了人民之敵的讚美、擁護者……詩人們史無前例的墮落，
與高村光太郎的行為關係甚大。從『秉性正直』的高村光太郎那裡，
詩人們得到了自我墮落的最大刺激。在眾多的詩人中，高村光太郎對
於人民來說不僅是戰爭的最大責任者，而且也是對於詩人全體墮落的
最大責任者。」（執筆者小田切秀雄）

　　對於中河與一，聲討內容如下：「……自己被文壇冷落了，便怨
恨、咒罵、復仇。在《文藝世紀》的匿名欄，每期都要寫文章，說什
麼：某某是左翼，他是裝作轉向，對此人要警惕；對於什麼什麼作品
應該禁止發行，那傢伙是反國家的，非國民的。以此筆法誣告人，成
了他的習慣。……」（執筆者大井廣介）

　　對於保田與重郎，聲討內容如下：「……在一群自命為文化人的
人把日本侵略軍的行為合理化，費盡心機地把那說成是『東亞協同
體』、『共榮圈』的時候，保田明確斷言：將那些自稱為成吉思汗的民

眾、其實不過是些螻蟻之輩的民眾征服、殺盡、強姦、燒掉，這都是天皇的威風的體現，也是聖戰的目的。保田還對此加以讚美。然而他的最大的功績，不僅在於他將尼采和折口信夫的東西加以篡改，年年出幾十本書，以那種詰屈聱牙的、怪異的美文把年輕人驅向戰爭，而且，他還如同經濟學界的難波田春夫那樣是個思想偵探，從別人的書中嗅出赤色的味道，然後向參謀本部某科報告。」（執筆者杉浦明平）

　　這樣的聲討儘管用詞激烈，但所揭發的卻是事實；儘管《文學時標》作為一個小刊物影響有限，但畢竟在文學界內部率先進行了有力的聲討。

　　成立於一九四五年底、以戰前的無產階級作家為主要成員的民主主義文學團體「新日本文學會」，也對文學界的戰爭責任問題展開了討論。一九四六年三月底，「新日本文學會」東京支部成立大會，在小田切秀雄提案的基礎上，通過了「追究文學上的戰爭責任」的決議。接著，小田切秀雄在「新日本文學會」的核心刊物《新日本文學》一九四六年六月號上發表了〈追問文學上的戰爭責任〉一文。小田指出：「說起文學上的戰爭責任，那首先是我們每個人自身的問題。必須從我們自身的自我批判開始。……我們自己在戰爭中是怎麼做的，必須自覺地加以追究、檢討和批判。由此，我們才能明確我們對於近十年間日本文學的可怕的墮落、荒廢所負有的責任。」同時，小田又指出：「我們不是搞那種所謂『一億總懺悔』。那樣做是愚蠢的。誰都知道，『誰都有責任』這種提法，就會使一部分負有重大而直接責任的人蒙混過關。」他指出，「使日本文學墮落的直接責任者和把日本文學引向墮落的領導者」，「充當統治者的麥克風，把人民驅向戰爭，用欺騙和阿諛充當統治者的無恥奴才」，「把自己文學上的論敵當作『赤色分子』、『自由主義分子』而告密、揭發，把他們出賣給特高員警的文學者」，「以人性和人道主義的名義粉飾侵略戰爭，把那些幼稚的年輕人往戰爭中驅趕的文學者」，都是重大而直接的戰爭責

任者。根據這樣的標準，小田切秀雄列舉了二十五個作家的名字。他們是：菊池寬、久米正雄、中村武羅夫、高村光太郎、野口米次郎、西條八十、齋藤瀏、齋藤茂吉、岩田豐雄（獅子文六）、火野葦平、橫光利一、河上徹太郎、小林秀雄、龜井勝一郎、保田與重郎、林房雄、淺野晃、中河與一、尾崎士郎、佐藤春夫、武者小路實篤、戶川貞雄、吉川英治、藤田德太郎、山田孝雄。在這裡，小田切秀雄的意思很明顯：侵略戰爭中日本文學的整體墮落，和每一個文學者都有關係，因此每一個文學者都有必要反省自己的戰爭責任問題。但是，這不是當時日本政府提出的旨在把戰爭責任平均攤在國民頭上的所謂「一億總懺悔」，不是要追究每一個人的戰爭責任，而是促使每個人自我反省。應該被追究的只是少數應對侵略戰爭負重要責任的人。

二　戰爭責任問題討論的走調兒和半途而廢

然而，這樣的痛快淋漓而又合情合理的揭發和聲討，卻沒有能夠持續下去，並且不久就走了調兒。

首先，有人利用了小田切秀雄上述意思中的矛盾，片面地引申了小田的「文學者的戰爭責任，首先是我們自身的問題」那句話，從而將戰爭責任問題暖昧化、複雜化了。例如，主張自由主義、藝術至上主義的戰後初期的重要雜誌《近代文學》的同人，召開了題為「文學工作者的職責」的座談會，並在《人間》雜誌一九四六年第四期上發表了座談的內容。本多秋五在座談中說：「對於文學界來說，戰爭的毒風，不管是物理性的還是化學性的，長期以非常之勢興風作浪，不能說我們完全逃過了它的影響。因此，在有關文學界的戰爭責任問題上想做些發言的時候，我們不能像一個局外人那樣考慮問題，我們也不能忘記人們是受到了那毒風的物理性、化學性的滲透的人。我希望記住：戰爭責任也是我們自身的問題。」本多秋五在其後寫的《物語

戰後文學史》中，進一步表述了他的意思：「作為一個文學工作者，不能對文學工作者的戰爭責任視而不見。可是，當一進入追究戰爭責任的階段，首先就遇到了追究者主體的本身的資格問題。而一旦嚴格審查該主體的資格，那麼可以說，完全沒有戰爭責任的文學工作者是絕無僅有的。」在戰爭中為內閣情報局做過事的平野謙在那次座談會上明確地說：「是的，在這個意義上，沒有罪過的（文學者）可以說是沒有的。所以，今晚的座談會，不必把盡人皆知、聲名狼藉的人，例如大眾文學領域的幾個人淺野晃、富澤有為男、森本忠等，作為單獨的問題來談了。」荒正人還舉出了被認為是徹底反戰的幾位左翼作家藏原惟人、宮本顯治、宮本百合子的名字，反問道：「在這些人當中，對戰爭完全沒有責任的人有嗎？」這樣一來，這個座談會的重點，就不在於追究文學者中負有重要責任的惡劣分子，而是在「人人都有責任」的預設前提下，首先將追究者的追究資格予以否定。其結果，誰都沒有資格追究，就等於誰也不會受到追究；沒有了追究者，也就沒有了被追究者。這和當時的東久邇首相企圖模糊戰爭責任的「一億總懺悔」的意圖恰好吻合。從此以後，剛剛開始的文學界內部對文學者的戰爭責任的追究，就這樣改變了方向。

　　在這種情況下，《近代文學》的同仁們的追究轉而變成了對追究者本身進行追究，即轉向了對左翼民主主義文學的追究。用平野謙的話說，就是要追究「當時整個馬克思主義文藝運動的責任的問題」。為此，他們和左翼民主主義文學陣營的中野重治等人展開了一場文學與政治的關係問題的論戰。在論戰中，平野謙把戰爭期間日本文學的荒廢歸因於和「政治」的關係太密切。他把馬克思主義與軍國主義、法西斯主義不加區別地籠統地稱為「政治」。在他看來，無論無產階級作家小林多喜二，還是在戰爭期間大量製作「戰爭文學」的作家火野葦平，他們本質上都是一樣的，都是「政治」的犧牲者、「時代的犧牲者」，因此二者是「互為表裡」的。眾所周知，小林多喜二是因

為反對法西斯主義、反對侵略戰爭而在一九三三年被軍國主義當局殺害的，平野謙卻把他和戰犯作家火野葦平一同視為「時代的犧牲者」而相提並論，故意將戰爭責任者和彌足珍貴的無產階級文學中的反戰作家混為一談。是非黑白如此顛倒，在戰爭責任問題上的「自我批判」也就根本無從談起，更談不上「追究」文學者的「戰爭責任」了。《近代文學》是戰後初期最重要的雜誌，被稱為戰後思想史、文學史上的「主要論壇」。《近代文學》對文學者的戰爭責任的態度，可以說反映了日本戰後初期文學界對戰爭責任問題的主流態度和根本認識。這種論調，五○年代又被評論家吉本隆明等人在《文學者的戰爭責任》（1956）一書中所承襲，影響很大。

　　在這種情況下，文學界關於文學者戰爭責任問題的討論和追究就不了了之。對侵略戰爭負有重要責任的文學者沒有繼續進行深入的批判，而或多或少協力侵略戰爭的絕大多數文學家，也缺少或根本沒有什麼自我反省和自我批判。當時被《文學時標》及《新日本文學》點了名的幾十個文學家，除了一小部分人（如武者小路實篤、保田與重郎、龜井勝一郎等）後來陸續被占領軍最高司令部定為戰爭責任者並給予了開除公職等處分之外，大部分人長期沒有受到任何處分。一直到了一九四八年三月，占領軍最高司令部才分兩批公布了作為文學家受處分的十二人的名單。第一批有：淺野晃、林房雄、北村小松、上田廣、山中峰太郎、中河與一；第二批有：火野葦平、岩田豐雄、石川達三、丹羽文雄、尾崎士郎、山岡莊八。其中，石川達三、丹羽文雄、岩田豐雄三人提出異議，被准予不受處分。總的看來，占領軍司令部對文學界戰爭責任的追究和處分是非常有限的和象徵性的。這些追究和處分是從外部強制的，不是建立在被追究者的自我反省基礎上的。而且，這些處分在幾年以後又全被撤銷。所以，無論從行政手段上，還是思想上，對侵略戰爭負有重要責任的文學家都沒有受到根本的觸動，沒有做過真正的反省。他們中的大部分在戰後短時期內擱筆

觀望，後來一個個又重操文筆生涯。有的甚至蓄意歪曲侵略戰爭的歷史（詳後），有的在幾年後獲得了政府頒發的文化勳章（如武者小路實篤）。其結果，就像中野重治所說的：「應該受處分的文學家們仍在耀武揚威，應該通過自我批判而鼓起勇氣的文學家們卻垂頭喪氣。」（《批評的人間性（二）》）

　　如果把當時日本的整個情況和日本文學界聯繫起來看，那麼，日本文學出現這種不正常情況就是「正常」的了。眾所周知，戰後，美國為了自身的利益、為了同共產主義「冷戰」的需要而利用日本，同意當時日本提出的保存「天皇制國體」的要求，沒有追究在戰爭中身為大元帥、具有最高指揮權的天皇的戰爭責任。這就給許多負有戰爭責任的人（包括文學家）貼上了護身符。既然天皇都沒有責任，我們這些服從天皇的臣民又有什麼責任呢？天皇沒有責任，天皇制就沒有責任，因此不能把責任推給天皇和天皇制；要說責任，一億全體國民有著共同的責任。因此，文學家們追究戰爭責任時，既不能追究天皇及天皇制，也不必追究具體的個人或者自己，而是應追究什麼「自身內部的天皇制」，也就是「天皇制意識」。文學界對戰爭責任的探討和追究，就這樣在預設的樊籬和概念的玩弄中，被抽象化、曖昧化了。

三　不是反對侵略戰爭，而是反對「戰敗」

　　日本文壇戰爭責任追究和討論的不了了之、虎頭蛇尾、半途而廢，也反映在戰後的文學創作中。在相當長的一段時間裡，日本戰後文學是以戰爭為主題、為背景的。這類作家作品在文學史上被稱為「戰後派文學」。這和第二次世界大戰以後的世界各國文學的整體情況沒有什麼兩樣。但是，日本作為發動侵略戰爭的責任國，作為對亞洲人民造成極大禍害的軍國主義和法西斯主義國家，在戰後理所當然地應當對中國這樣的被害國進行反省、懺悔和認罪。但是，在數不勝

數、長長短短、各式各樣的戰後文學作品中，我們卻很少看到這樣的作品。

　　日本戰後派文學有兩個基本的傾向。其一就是極力強調、表現和描寫戰爭給日本人本身、特別是日本人的心靈所造成的傷害，具有強烈的自憐性。這裡以戰後派文學中的兩個最大代表——野間宏和大岡昇平——為例。野間宏在戰爭中先後在中國、菲律賓等地當過三年半的兵，他的有關作品中的主人公大都是參加過侵略戰爭的軍人。但是，野間宏所著意表現的，不是日本軍隊在戰場上的暴行及其對暴行的懺悔，而是這些軍人戰後的內心痛苦。而且這種痛苦又主要不是來自對戰爭中野蠻獸行的悔罪，而常常是因為戰場上只顧自己，如何沒有救助自己的戰友。野間宏的名作、短篇小說《臉上的紅月亮》就是這樣的作品。主人公北山年夫在戰場上喪失了同情和憐憫，對同伴見死不救，戰後人性復甦，陷入了痛苦的自責和懺悔中。野間宏的另兩篇代表作中篇小說《崩潰的感覺》、長篇小說《真空地帶》，或表現戰爭給日本士兵造成的心靈創傷，或描寫日本軍隊內部的黑暗內幕，而對戰爭給被侵略國家的人民造成的苦難，都甚少表現。戰後派文學的另一個代表人物大岡昇平也曾參加過日本軍隊，他的代表作《野火》則寫戰爭後期處於困境中的日本軍隊的士兵們，如何喪失人性，為了活命而殺死同伴吃掉人肉。這些作品所表現的，似乎戰爭的最大受害者首先不是被侵略者，而是作為侵略者的日本士兵。當然，日本士兵也是戰爭的受害者，但是，他們更是侵略者、燒殺姦掠者。日本軍國主義的暴行，是通過他們的手去具體實施的。因此，把日本士兵作為戰爭受害者，而不是加害者來寫，是日本戰後文學中的一個值得注意的偏向。

　　把日本作為戰爭的受害者刻意地加以表現，還集中地表現在戰後文學中出現的所謂的「原爆文學」上。一九四五年八月，美軍為加速日本的投降，在日本的廣島和長崎投下了兩顆原子彈。原子彈的爆炸

奪去了日本近三十萬人的生命，給日本留下了血的教訓。「原爆文學」的代表作品有原民喜的《夏天的花》、《毀滅的序曲》，大田洋子的《屍體狼藉的市街》，井上光晴的《土地群》，井伏鱒二的《黑雨》，佐多稻子的《樹影》等。對原子彈的禍害加以表現，是完全正常的和必要的。但是，這些「原爆文學」雖然不同程度地表現了反戰的傾向，但也往往孤立地描寫日本人如何受到原子彈及其後遺症「原爆病」的危害與折磨，而沒能從根本上指出日本為什麼挨原子彈的轟炸，被害者的意識非常強烈，顯得訴苦有餘，而反省不足。

　　日本戰後派文學的另一個傾向就是「反抗戰後」，即反抗戰後的聯合國軍對日本的占領及實行的民主改革，不滿日本戰敗投降的既定事實，討厭戰後的和平秩序，借此發洩對日本投降的悲哀和憤懣，通俗地說，就是對日本的戰敗投降不服氣。這種情緒在戰後日本文學中相當普遍，竟至形成了一種「反抗戰後」的文學潮流。其中，戰後文學中具有世界影響的大作家三島由紀夫和戰後不久出現的所謂「無賴派」、「太陽族」作家，都鮮明地表現了「反抗戰後」的傾向。三島由紀夫是戰後派作家中的右翼分子的代表，他對以武士道為精神依託的日本軍國主義的毀滅懷有無限的追戀，對日本的戰敗抱著一種深深的幻滅和絕望感。在《金閣寺》中，他寫道：「聽了天皇的停戰詔書，很多人都泣不成聲」，「日本戰敗對我意味著什麼？……那不是一種解放，絕不是」。於是他仇視戰後日本的和平與民主，鼓吹修改和平憲法，復活軍國主義。他的作品大多以倒錯、嗜血、復仇、趨亡等變態心理的描寫為內容，形象地隱喻了對戰後現實的復仇情緒。一九七〇年，這位作家終因煽動自衛隊暴亂未遂而當場剖腹自殺。此後三島由紀夫又成為軍國主義分子們從事招搖宣傳的一面黑旗。「無賴派」和「太陽族」都是「反抗戰後」的文學流派，它們都產生於戰敗的悲哀、產生於對戰後社會的不滿和反抗情緒。無賴派的核心人物太宰治在戰爭中應軍國主義政權之約，寫了宣揚大東亞主義的、歪曲魯迅形

象的《惜別》，戰後又在《維榮的妻子》、《斜陽》等作品中，表現了
戰敗後沒落的情緒和對社會無賴式的反抗與絕望。他本人也在這種絕
望中自殺。「太陽族」的代表石原慎太郎是一個極端右翼分子。他在
《太陽的季節》中，以讚美和欣賞之情描寫了一幫流氓痞子打架鬥毆
玩女人的流氓活動。這些痞子流氓的所作所為不是一般的流氓犯罪活
動，而是象徵著對戰後社會秩序的不滿和反抗。作者所欣賞的，也不
是一般的「垮掉派」式的嬉皮士，而是對戰後日本社會的反抗行為。
在長篇小說《行刑室》中，石原慎太郎通過主人公的口說：「這個社
會彷彿是一間小屋，叫人透不過氣來。……我想使出渾身的力氣去撞
倒它，可是不知道該撞倒什麼。」於是就讓他筆下的人物亂撞一氣。
就在那亂撞一氣的流氓行為中，宣洩了他破壞戰後社會秩序、重建失
去的軍國主義制度的內在欲望。無怪乎這位作家自六〇年代後便由流
氓痞子的旗手，變成了一個右翼政治家，當上了國會議員、大臣和
「知事」，組織了軍國主義組織「青嵐會」，大肆鼓吹復活軍國主義。
近年來又大力宣揚日本民族是世界上最優秀的民族，接二連三地出
書，對美國說「不」；還多次大放厥詞，散布反華謬論，胡說南京大
屠殺是「虛構」的。

　　在上述的「自憐」與「反抗戰後」大語境之中，那些原侵華文學
作家，又是如何表現的呢？原侵華文學的炮製者，在戰後初期寂寞了
一段時間以後，重又活躍在戰後文學的舞臺上。他們中有的人在抽象
的層面上，曾表達過反對戰爭之類的意思，但是對自己的戰爭責任，
特別是自己在侵華戰爭中的責任和罪過，大都故意沉默，或者拒不認
錯。如石川達三、火野葦平、佐藤春夫、尾崎士朗、岸田國士、上田
廣、保田與重郎、林房雄、林芙美子、日比野士郎、棟田博、武者小
路實篤等等，都是如此。這些作家，有的是侵華戰爭中來到中國戰場
「從軍」的所謂「筆部隊」作家，有的是日本侵華軍隊中的所謂「軍
隊作家」。他們對日本軍隊在中國的暴行，即使沒有親身為之，至少

也是耳聞目睹的見證人。有人說，他們在戰爭期間是受軍國主義的政權「驅使」，不得已才協力了戰爭的。既然這樣，那麼照理說，戰後他們有著充分的自由和機會，憑著他們的良知把他們在戰爭中不敢說的話，不敢寫的東西說出來，寫出來。寫出「反侵華文學」、「反侵略文學」，以正視聽，以挽回他們炮製的侵華文學所造成的惡劣影響。但是，戰後他們在對中國人民的戰爭責任問題上，卻三緘其口，諱莫如深。戰後出現的為數寥寥的反省侵華戰爭罪行的作品，並不是這些責任最大的侵華文學炮製者寫的。這種頑固的立場，甚至戰後中國人民以既往不咎、寬容友好相感化，也無濟於事。例如，在戰爭中因製作《麥與士兵》等侵華小說而被日本軍國主義政權譽為「國民英雄」的火野葦平，一九五五年曾來中國訪問旅行，並受到友好接待。他以這次旅行訪問為題材，寫了《去紅色國家旅行的人》。在這部隨筆中，看不到火野葦平的懺悔，相反，卻表現了他對五〇年代中期欣欣向榮的新中國所投下的冷冷的目光。在這部書的最後，火野葦平寫道：「無論新中國如何如何迅速建設起來，作為一個國家如何發展，我無論如何都不想在這個國家待著。」想當初，火野葦平在日本占領下的中國杭州一帶，「待」的是那樣有滋有味（見他的長篇小說《花與士兵》），把淪陷區描寫成了「王道樂土」，而對獨立解放了的新中國，他卻如此隔膜冷漠。其中暗含的陰暗微妙的心理，是不言自明的。還有的原侵華文學作者，據說在戰後的有關作品中表現了「反戰思想」，但是，仔細讀讀就不難看出，與其說他（她）們的作品是反戰的，不如說是「反對戰敗」。如林芙美子，在晚年的長篇小說《浮雲》中，著意描寫了日本戰敗後的慘相，讓小說中的人物說出：「這個戰爭把我們身心都給搞得亂七八糟，我可吃盡了苦頭呀」；「提起我們這些人，都是戰爭給搞的呀」，或者說「戰爭這東西讓我們看到的是極其殘酷的夢」，等等。然而，這裡所謂的「戰爭」，實際上指的是「打敗了的戰爭」。這裡抱怨的不是戰爭本身，而是「戰敗」。想當

初，林芙美子作為少有的「筆部隊」的女作家，在武漢前線出盡風
頭，是侵華戰爭的積極協力者。對她來說，戰爭帶來的是「名聲」、
「榮譽」和虛榮心的滿足。而戰敗，卻使得這些曾令自己陶醉的一
切，頃刻間變得一文不值，甚至臭如糞土。不僅是林芙美子，恐怕對
戰後所有不願懺悔、不承認罪責的原侵華文學作家來說，都是如此。

　　不僅真正反省、真心懺悔的原侵華文學作者寥寥無幾。有的原侵
華文學作家，在戰後仍然堅持反華立場，其中最惡劣的就是林房雄。
林房雄本來是「無產階級作家」，三〇年代被當局逮捕在獄中變節，
變成了一個死心塌地的軍國主義分子。侵華戰爭期間，他曾作為「筆
部隊」成員到中國前線從軍，寫了《上海戰線》、《戰爭的側面》等以
侵華為內容的報告文學。還寫了《勤皇之心》、《青年之國》等宣揚軍
國主義、「大東亞主義」的書。後又在中國積極從事文化特務工作，
在中國南北淪陷區來回穿梭，為配合侵華戰爭而向淪陷區文壇推銷所
謂「大東亞文學」，對中國文學指手畫腳，大肆干預滲透。淪陷區文
壇上的一些人將他視若欽差大臣，極力討好奉迎。戰後，他作為戰爭
責任者受到了處分，但卻不思改悔。六〇年代中期，林房雄炮製了
《大東亞戰爭肯定論》一書，全面地為日本的「大東亞戰爭」辯護。
他表示反對美國的「太平洋戰爭史觀」、蘇聯的「帝國主義戰爭史
觀」和中共的「抗日戰爭史觀」，而要建立他自己的史觀。他認為日
本的「大東亞戰爭」早在日俄戰爭後就開始了，是「百年戰爭」，是
近代日本面對西方列強的威脅而抗爭的「攘夷」行動，是解放亞洲的
戰爭；「滿洲事變」、「日支事變」等「不是大東亞戰爭的原因」，大東
亞戰爭的原因是日本為了生存，在同俄國開戰後又同美國開戰。還認
為日本根本沒有法西斯主義……這些荒謬絕倫的觀點，說出了許多日
本人想說的心裡話。該書在日本卻長期成為暢銷書，一版一版地印刷
發行，造成了惡劣的影響。一九九四年，日本自民黨成立之旨在為
「大東亞戰爭」招魂的「歷史研究委員會」的謬論集《大東亞戰爭的
總結》一書，與林房雄的《大東亞戰爭肯定論》是一脈相承的。

四　罕見而又可貴的勇於表現侵華戰爭罪惡的作家

在這種情況下，對日本人的戰爭責任、對日本給中國人民造成深重苦難進行真誠反省的文學，就缺乏生存的土壤。這樣的作家作品不是沒有，然而比較起來，數量很少。

在日本戰敗投降後約十年間出現的「戰後派」作家群中，有的作家寫過表現侵華戰爭罪惡的作品。首先是著名小說家堀田善衛。一九四五年三月，他受日方派遣到上海進行文化活動，並在上海得到了日本戰敗投降的消息。後被國民黨宣傳部徵用，到一九四七年初回國。他以在上海的經歷為題材，寫了《祖國喪失》、《齒輪》、《歷史》、《時間》等作品。其中，中篇小說《時間》（1953 年 11 月起連載，1955 年出版單行本）是以南京大屠殺為題材的小說，這也是日本戰後文學中最早的反映南京大屠殺的作品。這篇小說以一個在國民政府海軍部工作的中國知識份子陳英諦的日記的形式，揭露了日軍製造的大屠殺的真相。其中寫道：「日軍對俘虜就是斬盡殺絕。日軍亂砍亂殺，塞滿道路的屍體遍體鱗傷」；日軍「掠奪、姦淫、猶如魔鬼降臨，日以繼夜」；「鄰居家有個兒子，既不是士兵也不是什麼，卻因為每天和麵、使擀麵杖，手上磨出繭子來，就說那繭是拿槍磨出來的，便用刺刀給挑死了」；「這　一天，大約平均每小時就有十個男女被帶到這裡集中，把其中十五、六歲到四十歲左右的健壯男子挑出來……調查他們是否當過兵。如果在衣服上的某個地方有一點點痕跡，那就不再檢查盤問了，馬上被帶到後門外面。那裡有條兩米寬的小河，在河邊將他們刺殺，屍體軲軲轆轆滾進水裡。」……《時間》發表後，日本一些評論家批評這篇小說光寫事件，不寫人物，或批評其情節安排的虛假。如本多秋五在《物語戰後文學史》中說：「南京陷落迫在眉睫，政府機關往漢口轉移，主人公帶著將要臨月生產的妻子、五歲的幼兒和一個從蘇州來避難的妙齡的侄女，還在南京磨蹭，令人難以理解。日軍

一天天接近南京時，忙亂不堪的主人公，還平心靜氣地寫日記，也不可思議。」但在我們看來，這些都屬於小說的藝術手法的使用問題。作為以具體的歷史事件為題材的作品，《時間》對南京大屠殺的描寫是真實的。而《時間》的情節和人物的設置，是有助於表現這種真實的。

　　如果說堀田善衛的《時間》著重於客觀地描寫歷史真實，那麼武田泰淳的以侵華戰爭為題材的作品則側重於表現內心的懺悔。武田泰淳和堀田善衛一樣，日本戰敗投降時他也在上海。一九三七年，武田泰淳作為侵華士兵來到中國，在中國有過二年的戰爭體驗。他說過：「我登陸的地方，離上海港不遠。我最初遇到的中國人，不是活的中國人，而是變成了死屍的中國人。從那以後，在半年多時間裡，我每天都看到死屍。吃飯的時候，睡覺的時候，在水井裡，在河中，有的都是死屍。」（與堀田善衛的對話錄《我不再提中國了》）戰前就和竹內好等人組織「中國文學研究會」，從事中國文學研究的武田泰淳，竟成為侵華士兵，這使武田泰淳感到恥辱。他在戰後寫的以侵華戰爭為題材的作品，都貫穿著一種犯罪感和自我懺悔的意識。集中表現這種意識的是小說《審判》（1947）。小說中的二郎殺過中國人。在燒毀的村子裡，二郎面對兩個毫無抵抗力的中國老人，心裡想：「殺殺看。只需舉槍射擊就行了。你沒嚐過殺人的滋味吧？試試看，屁事沒有。」於是他就開槍殺了兩位老人。然而這一罪行在戰後卻使二郎良心上不得安寧。戰爭結束後，他天天注意判決戰犯的新聞，並覺得自己也是個罪犯，應受審判。但當時自己殺死那兩個老人的時候，只有伍長一人知道，而伍長已經在戰爭中病死了。他認為自己的罪行別人不會知道。然而，他又對自己掩蓋罪過的行為感到「憎恨」。於是，便陷入了一種自欺欺人的矛盾痛苦中。為了贖罪和減輕痛苦，他不想結婚，也不想回日本了，「我想留在自己犯罪的地方。看著老人——死在我手下的人——的面孔，生活下去。」《審判》就是這樣，表現了對中國人犯了罪的一個日本人的自我「審判」。

　　表現同樣的悔罪意識的還有遠藤周作五〇年代寫的短篇小說《架著雙拐的人》。精神分析醫生菅大夫收治了一個叫加藤昌吉的突然瘸了腿的「架著雙拐的人」。經過多次診察和交談，菅大夫終於弄清了加藤的病因。原來，加藤是當年的侵華士兵，在華中地區的一個小村莊裡，日軍抓住了一個中國青年，上司說他是密探，命令加藤把他殺掉。於是加藤和一個下士便用刺刀捅死了那個中國青年。而那個青年的母親當時就在場，她趴在地上哭喊著。「當青年被殺死的時候，那老太太用可怕的眼神看著我們。」這個故意殺人的事件，不斷地折磨著加藤，最後終因內心痛苦，患了體感障礙症，成了瘸子。面對加藤對戰爭罪行的回憶，菅大夫找到了病因，卻不知道如何讓他從犯罪感中解脫出來，使他恢復健康。他可以對加藤說：「那不是你的罪惡，而是戰爭的罪惡。」可是菅大夫自己也曾參加過侵略戰爭，「他知道這種安慰話是最卑鄙的謊言」。菅大夫覺得，加藤的形象「就是我們這一輩人的形象。今天我不能把加藤治好，也不能把我自己治好。」

　　五、六〇年代日本文壇上描寫和反省日本侵華戰爭的重要作家還有五味川純平。他在一九五六年七月至一九五八年一月間出版了六卷本的長篇小說《作人的條件》。這是以作者在中國東北地區的戰爭體驗為題材的，著意表現侵略戰爭如何剝奪了一個良心未泯的日本人「作人的條件」，從一個獨特的角度對侵略戰爭做了反省。一九五六年至一九八二年間，五味川純平又出版了多達十八卷的長篇小說《戰爭與人》。小說以日本財閥五代家的兄弟姐妹為中心，以其中的次子伍代俊介為主人公，描寫了日本在中國東北地區進行的軍事侵略和經濟掠奪，也反映了戰爭中個人如何無法支配自己的命運。小說是大體尊重歷史的，但對某些歷史事實的描寫，如濟南慘案等，也未能擺脫日本的主流史觀的影響和束縛。

　　七〇年代，出現了一位大膽站出來，用報告文學的方式揭露日軍侵華暴行的記者、作家本多勝一。一九七一年，本多勝一以《朝日新

聞》記者、編委的身分，來中國調查採訪，搜集了大量材料，發表了
長篇報導《中國之行》，揭露了日軍在瀋陽進行的人體細菌試驗、撫
順萬人坑、平頂山慘案、撫順防疫殺人事件、大石橋萬人坑、南京大
屠殺、勞工奴隸船等暴行。不久，他又和長沼節夫合作發表長篇報告
文學《天皇的軍隊》（1972年雜誌連載，1974年出版單行本）。此書
以入侵山東的日軍五十九師團（「衣」師團）為中心，揭露了「天皇
的軍隊」的侵略罪行。上述兩部作品發表後，在日本引起了強烈的反
響。一些右翼分子對作者進行了辱罵和恫嚇。但是，作者義無反顧。
他認為日本許多人仍在堅持美化侵略戰爭、顛倒是非黑白的「皇國史
觀」，而這種「皇國史觀」是應該改變的。對此，他在〈記錄加害者
罪行之必要〉一文中深刻地指出：「不少人抱有這樣的認識，即認為
罪惡的根源在於戰爭。……但是，讓我們冷靜地想一想，如果日本不
進攻中國，會有那場戰爭嗎？不會的。罪惡的根源在於侵略，而不在
於戰爭。如果認為根源在於戰爭，那就會導致如下結論：對侵略不做
抵抗，便沒有戰爭。因此，最好還是任其侵略，任其屠殺，任其姦淫
搶掠。歸根到柢，還是當奴隸為好。並且，如果罪惡不在戰爭，那
麼，日本軍不壞，天皇不壞，靠軍需工業發財的財閥不壞。壞的只是
戰爭。」

　　到了八〇年代，日本文壇上有兩個重要的反戰作家，那就是著名
推理小說作家森村誠一和劇作家小林宏。他們的作品分別描寫了日軍
侵華期間的最大暴行──「七三一部隊」的活人解剖和南京大屠殺。
一九八一年，森村誠一以「七三一部隊」為題材的《惡魔的飽食》開
始在《赤旗》雜誌上發表，一九八二年又出版了單行本。這是一部紀
實文學。為了搜集材料，森村誠一參閱了遠東軍事法庭對「七三一部
隊」的審判記錄以及日本出版的有關歷史資料，並採訪了許多「七三
一」的當事者，雖然是文學作品，卻具有無可置疑的真實性和文獻價
值。《惡魔的飽食》再現了設在中國哈爾濱附近的以石井四郎為首的

「七三一」細菌部隊的惡魔面目。為了獲得細菌戰的實驗資料，他們以中國及蘇聯的抗日人士，甚至是無辜平民為「原材料」（稱為「木頭」），進行解剖、病毒、細菌、凍傷等各種實驗，先後慘殺了三千多人，其中三分之二是中國人。在《惡魔的飽食》發表的幾乎同時，森村誠一又推出了長篇小說《新人性的證明》。這篇小說虛構了當年從「七三一」僥倖逃脫的中國女子楊君里到日本尋找女兒，忽然中毒死亡的故事，從而引出了當年「七三一」部隊的罪惡內幕。作品把史實和史料小說化了，但涉及「七三一」部隊的史實，是完全尊重歷史的。《新人性的證明》是此前發表的《人性的證明》的續篇。如果說《人性的證明》所證明的是在似乎喪失了人性的人身上，也有一點點人性存在，而《新人性的證明》最終證明了，「七三一」就是殺人的魔窟，根本沒有人性可言。森村誠一的這兩部作品都成了暢銷書，產生了廣泛而積極的影響。一些右翼分子卻對此氣急敗壞，大罵森村誠一是「賣國賊」，「不是日本人」。

　　面對日本國人不思反省的現狀，劇作家小林宏曾沉痛地說過：「日本民族是何等的沒有自信，根本沒有勇氣坦率地承認自己過去的罪行。只是在那裡文過飾非。如此下去，無論成為什麼樣的經濟大國，也不會成為受各國人民尊敬的民族。」為了促使國人反省，小林宏寫了三部劇本。其中，《長江啊，莫忘那苦難的歲月——為銘刻南京大屠殺五十週年而作》，從一個側面揭露了南京大屠殺的真相，批判了日本當代的右翼勢力的「南京大屠殺虛構論」；《在美人蕉繚亂的天崖——遙遠遙遠的戰爭啊》以衡陽戰役為題材，表現了日軍的殘暴行徑，也反映了日本士兵在其晚年的懺悔；《融入黃土地裡的火紅夕陽——伴同隨軍慰安婦們》表現了中國及朝鮮慰安婦們的非人的屈辱生活。小林宏的劇作，注意把歷史題材和日本的社會現實結合在一起，把歷史場面和現實場景交叉在一起，在揭露日軍侵華暴行的同時，批判了日本右翼勢力企圖掩蓋歷史真相的行為。

　　可以說，戰後幾十年間出現的這些作家作品，代表了日本民族尚未泯滅的良心，也表明日本民族是有可能革心洗面、永遠放棄軍國主義迷夢的。但是，總體來看，揭露日本侵華戰爭罪惡，對戰爭罪行進行批判反省的日本作家，還是太少了。對此，小林宏曾感歎地說：「仔細想想，寫以侵略戰爭為題材的作家除我之外如能再多一些該多好啊。可悲的是尚未發現」。這種情況表明，日本文學界對戰爭責任、對侵華戰爭的罪惡，還沒有形成普遍的悔罪意識，對侵略戰爭的普遍正確的認識還遠遠沒有形成。

後記

　　二○○一年，當我第一次在大連外國語大學圖書館讀到王向遠先生的《「筆部隊」和侵華戰爭》一書時，我心底掀起的波瀾是前所未有的。當時的我還是一名日語專業的大二學生，日本文學在我心中一直以一種純文學的姿態搖曳生姿，夏目漱石、芥川龍之介、川端康成等文學大家為我構建出的審美圖景，讓我很難想像原來文學也可以成為侵略的途徑與手段，堂而皇之且濃墨重彩地為日軍的鐵蹄搖旗助威。

　　我想，彼時我的震撼，其實也從某個側面映射出了二十世紀末中國日本文學研究領域所存在的缺失。長期以來，中國學者一直青睞於純文學角度的研究，由於侵華文學大都在藝術層面存在硬傷，自然很難進入學者的研究視野，得到譯介者更是少之又少。研究界尚且如此，一般讀者對於侵華文學的了解就更少了。因此，先生在一九九九年出版的專著《「筆部隊」和侵華戰爭》，無疑為中國的日本文學研究開闢了一個全新的視野，使讀者看到了日本文學的另一面。

　　記得當年閱讀這本書時，曾有兩方面感觸讓我久久不能忘懷：其一是書中對於「大陸開拓文學」以及「滿洲文學」所做的梳理與剖析——作為一名出生於遼寧的日語專業學生，當時的我對於日本在中國東北地區的殖民活動還是有一定了解的。然而，我從未想過自己的故鄉居然也曾是日本殖民文學的主要取景地之一，那些作品所描繪的城市與街道就在我的身邊，只不過殖民視域中的它們因為套語式的書寫變得畸形了、扭曲了、陌生了。這種熟悉與陌生相疊加的感受讓我對「大陸開拓文學」以及「滿洲文學」產生了濃厚的興趣，對我隨後

的研究道路產生了極大的影響，並直接指引我選擇「以故鄉解讀日本殖民文學」作為自己碩士階段、博士階段──乃至整個學術生涯的研究課題。

　　其二是書中的論述方式。起初，我是抱著啃讀學術書的覺悟捧起這本書的，然而在閱讀過程中我卻發現，先生的文章雖然道理深透，行文卻並非像尋常學術著作那般艱深晦澀，那種自然流暢且不失風趣的書寫方式，很能給讀者帶來閱讀的勁頭與樂趣，這種創作方式，在學術書籍中無疑是難能可貴的。若干年後，先生在指導我的博士論文時曾強調：優秀的學術寫作，不應以故弄玄虛的艱澀聱牙為能事，學術閱讀同樣需要樂趣，學術文章也要寫得「美」。這些話使我受用匪淺。

　　繼「筆部隊」與侵華文學的研究之後，先生進一步由文學而進入更廣的文化研究領域，開始陸續發表日本對中國的文化侵略的文章，到二〇〇五年，《日本對中國的文化侵略》與《日本右翼言論批判──「皇國」史觀與免罪情結的病理剖析》這兩部作品也於同年推出，並與之前的《「筆部隊」和侵華戰爭》一併構成對於日本侵華文學、文化進行研究的「三部曲」。這兩部著作與《「筆部隊」和侵華戰爭》一樣，在選題上都是開創性的。這三本著作被列入國家新聞出版署重點出版項目、紀念抗戰勝利六十週年「全國百種重點圖書」以及解放軍總政治部全軍讀書書目，堪稱學界獻給世界反法西斯戰爭勝利六十週年的一份大禮。

　　這些成果的出現，與先生在日本的任教經歷有很大關聯。對於這段經歷，先生在接受《中國青年》（2005 年 9 月 8 日）雜誌記者亓昕的採訪時說道：「二〇〇四年三月，我作為京都外國語大學的客座教授去日本講學兩年。一到日本我就開始逛書店，有時每天逛兩個書店。我發現了大量日本右翼勢力反華、否定戰爭、妖魔化中國的書，數量有一兩百本以上。……作為一個中國學者，我們對右翼的文化挑

礐必須做出反應，我們不能漠視。」於是，先生開始了大負荷的研究工作，以每月平均三萬字的速度，寫下〈日本對華文化侵略的特徵、方式與危害〉、〈日本對華文化侵略與在華通信報刊〉、〈日本在華奴化教育與日語教學的強行推行〉等披露和剖析日本對華文化侵略的精彩論文，並最終結集成《日本對中國的文化侵略》以及《日本右翼言論批判》兩部專著。

與《「筆部隊」和侵華戰爭》一樣，這兩本著作所具有的學術前瞻性、開創性是毋庸置疑的。它們是學界首次圍繞「學者文化人的侵華戰爭」所展開的研究成果，更是國內第一次對日本右翼學者文人的歷史觀加以系統的剖析批判的專著。對此，淩雲在〈拓展日本侵華史研究的新領域〉（《北京師範大學學報》，2005 年第 5 期）一文中評價道：王向遠先生的「剖析和批判，不是意識形態層面上的批判，而是一種客觀、公正、科學的學術立場與方法的批判。表現了中國新一代學者跨國文化的研究能力。全書將冷峻的學術剖析於火熱的正義感融為一體，形成了自己『剖析於批判』的獨特文體——引用史實左右逢源，邏輯分析絲絲入扣透視剖析深中肯綮，批判否定淋漓盡致，泛論駁難雄辯有力。這是事實的力量，也是學術的力量。」所言極是。

如果說閱讀《「筆部隊」和侵華戰爭》時的我還是只一名普通的學生讀者，手捧《日本對中國的文化侵略》與《日本右翼言論批判》時，我已經是一名初涉研究領域的研究生了。在這些著作中，先生不但為我展開了全新的學術視野，他的學術品格與學術精神同樣對我產生了極大的影響。日本右翼勢力的囂張氣焰眾所周知，很多學者對其都抱有唯恐避之而不及的態度，不願對其進行研究，更遑論對其進行揭露與批判。然而先生卻反其道而行之，右翼勢力越是囂張，先生越是認為自己有責任對於這種文化挑釁做出反應，即便存在危險，同樣在所不辭。這是一種強烈的責任感，更是一種難能可貴的學者良知。由於先生的這部分論著大都寫於他在日任教期間，《中國青年》的記

者亓昕曾打趣說這是「跑到日本右翼的身邊去反右」。對此，先生笑而答曰：「對。感覺身臨其境，也很痛快。」這句簡單的回答，透出些許俠義，更有滿滿的大家器量。同時，由於國內針對「文化侵略」的研究少之又少，先生需要在國內外大量搜集、整理各類資料，這個過程不但耗時、耗力，相必也是很孤獨寂寞的。然而先生卻憑藉自己對於研究的執著追求堅持了下來。如果說先生用一篇篇論文、一部部著作教會了我如何去做學問，那麼，他這種鐵肩擔道義的學者良知、執著研究的學者態度則教會了我如何在研究領域做人，如何樹立起自己的學術品格，使我受益終生。

而今，我藉著編輯《王向遠教授學術論文選集》第八卷的機會，將先生關於日本侵華史與侵華文學研究的單篇論文收編為一卷，同時完成了對於先生的相關研究成果的再次閱讀。面對案頭這摞厚厚的文稿，感慨良多。最為感慨的一點，是先生勇於解開日本文學、日本文化的陰暗面，在這個領域中敢為人先。在十多年前乃至二十年前，當「中日友好」曾是那個時代的一個主旋律的時候，先生卻敢於呈現「非友好」的一面，研究日本的侵華文學、研究日本的文化侵略，研究和批判右翼的歷史觀。最近這些年當中日關係翻轉變冷的時候，先生卻改變了方向，去研究日本的審美文化，美學與古代文論了，這是從歷史文化研究向審美文化研究的轉向，先生自嘲是「逆潮流而動」，但這樣可以更多地擺脫時局的制約，而更為超越。據我所知，在紀念抗日戰爭勝利七十週年的時候，許多媒體、雜誌社、出版社跟先生約這方面的稿子，先生卻告訴他們：那都是十多年的研究了，現在不再寫這些了，他只是應雜誌要求把早先的書稿發給他們使用，於是至少有三家雜誌在二〇一五年中連載了他的舊文。與此同時，他的侵華史研究三部曲，也在二〇一五年出版了精裝第三版。我覺得這一切至少表明了兩點，第一，先生確實喜歡做學術上的「少數派」，而不願隨大流，不願走輕車熟路、不斷開闢新的研究領域；第二，先生

十幾年前的研究到今天仍沒有過時，仍在持續地發生著影響。若翻一翻現在已通過答辯的各校相關選題的博士、碩士論文，在綜述先行研究成果的時候，都不能不提到先生的開拓性的貢獻。如今我再讀先生的這些文章，看不出時光流逝對這些文章有什麼影響，而只感到有一種痛快淋漓的新鮮感。

祝然

二〇一六年八月於大連外國語大學

作者簡介

　　王向遠教授一九六二年出生於山東，文學博士、著作家、翻譯家。

　　一九八七年北京師範大學畢業後留校任教，一九九六年破格晉升教授，二〇〇〇年起擔任比較文學與世界文學專業博士生導師。現任北京師範大學東方學研究中心主任、中國東方文學研究會會長、中國比較文學教學研究會會長，中國作家協會會員。

　　主要研究領域：東方學與東方文學、比較文學與翻譯文學、日本文學與中日文學關係等，長期講授外國（東方）文學史、比較文學等基礎課，獲「北京師範大學教學名師」稱號。

　　主持國家社科基金重大項目一項，重大項目子課題一項，獨立承擔國家社科基金一般項目兩項，國家社科基金後期資助項目一項，教育部、北京市社科基金項目共四項。兩部著作入選為國家社科基金項目中華學術外譯項目。

　　在《中國社會科學》、《文學評論》、《外國文學評論》、《外國文學研究》、《中國比較文學》、《北京師範大學學報》等刊物發表論文二百二十餘篇。著有《王向遠著作集》（全十卷，寧夏人民出版社，2007

年）及各種單行本著作二十多種，合著四種。譯作有《日本古典文論
選譯》（二卷4冊）、《審美日本系列》（4種）、《日本古代詩學匯譯》
（上下卷）及井原西鶴《浮世草子》、夏目漱石《文學論》等日本古
今名家名作十餘種共約三百萬字。

　　曾獲首屆「高校青年教師教學基本功比賽」一等獎、第四屆「寶
鋼教育獎」全國高校優秀教師獎、第六屆「霍英東教育獎」高校青年
教師獎、教育部「新世紀優秀人才獎」；有關論著曾獲第六屆「北京
市哲學社會科學優秀成果」一等獎、第六屆「中國人民解放軍優秀
圖書獎」（不分等級）、首屆「『三個一百』原創出版工程」獎等多種
獎項。

東方學研究叢書　1801001

王向遠教授學術論文選集
第八卷　日本侵華史與侵華文學研究

作　　　者	王向遠
叢書策畫	李　鋒、張晏瑞
責任編輯	蔡雅如
特約校對	林秋芬

發 行 人	陳滿銘
總 經 理	梁錦興
總 編 輯	陳滿銘
副總編輯	張晏瑞
編 輯 所	萬卷樓圖書股份有限公司
排　　版	林曉敏
印　　刷	百通科技股份有限公司
封面設計	斐類設計工作室

發　　行　萬卷樓圖書股份有限公司

臺北市羅斯福路二段 41 號 6 樓之 3

電話 (02)23216565 傳真 (02)23218698

電郵 SERVICE@WANJUAN.COM.TW

大陸經銷　廈門外圖臺灣書店有限公司

電郵 JKB188@188.COM

香港經銷　香港聯合書刊物流有限公司

電話 (852)21502100

第八卷 ISBN 978-986-478-076-1

全　套 ISBN 978-986-478-063-1

2017 年 3 月初版

定價：18000 元（全十冊不分售）

如何購買本書：

1. 轉帳購書，請透過以下帳戶

合作金庫銀行 古亭分行

戶名：萬卷樓圖書股份有限公司

帳號：0877717092596

2. 網路購書，請透過萬卷樓網站

網址 WWW.WANJUAN.COM.TW

大量購書，請直接聯繫我們，將有專人為您服務。客服：(02)23216565 分機 10

如有缺頁、破損或裝訂錯誤，請寄回更換

國家圖書館出版品預行編目資料

王向遠教授學術論文選集 / 王向遠著.

李　鋒、張晏瑞 叢書策畫.

-- 初版. -- 臺北市：萬卷樓, 2017.03

冊 ；　公分. -- (王向遠教授學術著作集)

ISBN 978-986-478-063-1(全套：精裝)

ISBN 978-986-478-076-1(第八卷：精裝)

1.文學　2.學術研究　3.文集

810.7　　　　　　　　　　106002083